U0026987

十八家詩鈔

四部備要

集部

中華書局據原刻本校刊

桐鄉陸費逵總勘
杭縣高時顯
杭縣吳汝霖輯校
杭縣丁輔之監造

十八家詩鈔總目

都古近體詩六千五百九十九首

十八家詩鈔總目

十八家詩鈔卷一目錄

曹子建五古五十五首

失題

十八家詩鈔卷一目錄

十八家詩鈔卷一

湘鄉曾國藩纂

合肥李鴻章審訂
東胡王定安校

曹子建五古五十五首

箜篌引 樂府詩集題曰黃雀行

置酒高殿上。親友從我遊。中廚辦豐膳。烹羊宰肥牛。
秦箏何慷慨。齊瑟和且柔。陽阿奏奇舞。京洛出名謳。
樂飲過三爵。緩帶傾庶羞。主稱千金壽。賓奉萬年酬。
久要不可忘。薄終義所尤。謙謙君子德。磬折欲何求。
驚風飄白日。光景馳西流。盛時不可再。百年忽我遒。
生存華屋處。零落歸山丘。先民誰不死。知命復何憂。

氣勢○此篇言盛時難恃樂不可極其末歸於知命而無憂也

薤露行 樂府解題云曹植擬薤露行爲天地國藩按薤露蒿里並喪歌也亦謂之挽歌

天地無窮極。陰陽轉相因。人居一世閒。忽若風吹塵。
願得展功勤。輸力於明君。懷此王佐才。慷慨獨不羣。

鱗介尊神龍走獸宗麒麟蟲獸猶知德何況於士人
孔氏刪詩書王業粲已分騁我徑寸翰流藻垂華芬

惟漢行魏武帝薤露詩云惟漢二十世所任誠不良

太極定二儀清濁始以形三光炤八極天道甚著明
爲人立君長欲以遂其生行仁章以瑞變故誡驕盈
神高而聽卑報若響應聲明主敬細微三季瞢天經
二皇稱至化盛哉唐虞廷禹湯繼厥德周亦致太平
在昔懷帝京日昃不敢甯濟濟在公朝萬載馳其名

此篇下有平陵東以長短句近七古不錄

鰕䱇篇一曰鰕䱇篇樂府解題云曹植擬長歌行爲鰕䱇國藩按樂府解題謂長歌行者以芳華不久當努力行樂無至老大乃傷悲也此則有遠志而思立功於世者殊與長歌行不類

鰕䱇游潢潦不知江海流燕雀戲藩柴安識鴻鵠遊
世士此誠明大德固無儔駕言登五嶽然後小陵邱

俯觀上路人勢利惟是謀讎高念皇家遠懷柔九州撫劍而雷音猛氣縱橫浮汎泊徒嗷嗷誰知壯士憂

吁嗟篇

選詩拾遺作瑟調飛蓬篇樂府解題云曹植擬苦寒行爲吁嗟魏志云植每欲求別見獨談及時政幸冀試用終不能得時法制待藩國峻迫植十一年而三徙都常汲汲無歡

吁嗟此轉蓬居世何獨然長去本根逝宿夜無休閒東西經七陌南北越九阡卒遇回風起吹我入雲閒自謂終天路忽然下沈淵驚飈接我出故歸彼中田當南而更北謂東而反西宕宕當何依忽亡而復存飄颻周八澤連翩歷五山流轉無恆處誰知吾苦艱願爲中林草秋隨野火燔糜滅豈不痛願與根荄連

情韻

豫章行二首

樂府解題云曹植擬豫章行爲窮達

窮達難豫圖禍福信亦然虞舜不逢堯耕耘處中田

太公未遭文，漁釣終渭川。不見魯孔丘，窮困陳蔡閒。周公下白屋，天下稱其賢。言賢才得知己而用之則達則福無知己而棄之則窮則禍

鴛鴦自朋親，不若比翼連。他人雖同盟，骨月天性然。周公穆康叔，管蔡則流言。子臧讓千乘，季札慕其賢。

蒲生行浮萍篇塘上行或以爲魏武帝所作或以爲文帝妻甄后所作歎以讒訴見棄此篇之意亦同

浮萍寄清水，隨風東西流。結髮辭嚴親，來爲君子仇。恪勤在朝夕，無端獲罪尤。在昔蒙恩惠，和樂如瑟琴。何意今摧頹，曠若商與參。茱萸自有芳，不若桂與蘭。新人雖可愛，無若故所歡。行雲有反期，君恩儻中還。慊慊仰天歎，愁心將何愬。日月不恆處，人生忽若寓。悲風來入懷，淚下如垂露。發篋造裳衣，裁縫紈與素。

此下有日苦短篇丹霞蔽日行以長短句近七古未錄

野田黃雀行 樂府詩集此章與前箜篌引並題曰野田黃雀行而辭意少異

高樹多悲風。海水揚其波。利劍不在掌。結友何須多。不見籬閒雀。見鷂自投羅。羅家得雀喜。少年見雀悲。拔劍捎羅網。黃雀得飛飛。飛飛摩蒼天。來下謝少年。

門有萬里客 門有車馬客其客多敘市朝遷變朋舊凋落之事此門有萬里客其客自敘行役之苦

門有萬里客。問君何鄉人。褰裳起從之。果得心所親。挽裳對我泣。太息前自陳。本是朔方士。今爲吳越民。行行將復行。去去適西秦。

泰山梁甫行

八方各異氣。千里殊風雨。劇哉邊海民。寄身於草野。妻子象禽獸。行止依林阻。柴門何蕭條。狐兔翔我宇。

怨歌行 伎錄樂府解題作古辭郭茂倩樂府作曹植

爲君既不易。爲臣良獨難。忠信事不顯。乃有見疑患。

周公佐成王金縢功不刊推心輔王室二叔反流言待辠居東國泣涕常流連皇靈大動變震雷風且寒拔樹偃秋稼天威不可干素服開金縢感悟求其端公旦事既顯成王乃哀歎吾欲竟此曲此曲悲且長今日樂相樂別後莫相忘（子建蓋以周公自喻）

名都篇

（歌錄云名都美女白馬並齊瑟行也皆以首句名篇樂府詩集曰以刺時人騎射之妙游騁之樂而無憂國之心也）

名都多妖女京洛出少年寶劍直千金被服麗且鮮鬬雞東郊道走馬長楸閒馳騁未能半雙兎過我前攬弓捷鳴鏑長驅上南山左挽因右發一縱兩禽連餘巧未及展仰手接飛鳶觀者咸稱善衆工歸我妍歸來宴平樂美酒斗十千膾鯉臇胎鰕炮（一作寒）鼈炙熊蹯鳴儔嘯匹侶列坐竟長筵連翩擊鞠壤巧捷惟萬端白日西南馳光景不可攀雲散還城邑清晨復

來還氣勢

當欲遊南山行

東海廣且深由卑下百川五嶽雖高大不逆垢與塵
良木不十圍洪條無所因長者能博愛天下寄其身
大匠無棄材船車用不均錐刀各異能何所獨卻前
嘉善而矜愚大聖亦同然仁者各壽考四坐咸萬年

美女篇

美女妖且閑採桑歧路間柔條紛冉冉落葉何翩翩
攘袖見素手皓腕約金環頭上金爵釵腰佩翠琅玕
明珠交玉體珊瑚閒木難羅衣何飄颻輕裾隨風還
顧盼遺光彩長嘯氣若蘭行徒用息駕休者以忘餐
借問女安居乃在城南端青樓臨大路高門結重關
容華耀朝日誰不希令顏媒氏何所營玉帛不時安
佳人慕高義求賢良獨難衆人徒嗷嗷安知彼所觀

盛年處房室中夜起長歎氣勢○美女如此容華而安於義命不輕於求遇合以喻士不求苟達也

白馬篇

白馬飾金羈連翩西北馳借問誰家子幽并遊俠兒
少小去鄉邑揚聲沙漠垂宿昔秉良弓楛矢何參差
控絃破左的右發摧月支仰手接飛猱俯身散馬蹄
狡捷過猴猿勇剽若豹螭邊城多警急胡虜數遷移
羽檄從北來厲馬登高隄長驅蹈匈奴左顧陵鮮卑
棄身鋒刃端性命安可懷父母且不顧何言子與妻
名編壯士籍不得中顧私捐軀赴國難視死忽如歸氣勢○此亦求自試表中之意

升天行二首

樂府解題云曹植又有上仙籙與神遊五遊龍欲升天等篇皆傷人世不永俗情險艱當求神仙翱翔六合之外與飛龍仙人遠遊篇前緩聲歌同意

乘蹻追術士遠之蓬萊山靈液飛素波蘭桂上參天

玄豹遊其下翔鶤戲其顛乘風忽登舉彷彿見衆仙
扶桑之所出乃在朝陽谿中心陵蒼昊布葉蓋天涯
日出登東幹既夕沒西枝願得紆陽轡迴日使東馳

五遊篇

九州不足步願得凌雲翔逍遙八紘外遊目歷遐荒
披我丹霞衣襲我素霓裳華蓋紛晻藹六龍仰天驤
曜靈未移景倏忽造昊蒼閶闔啓丹扉雙闕曜朱光
徘徊文昌殿登陟太微堂上帝休西櫺羣后集東廂
帶我瓊瑤佩漱我沆瀣漿踟躕玩靈芝徙倚弄華芳
王子奉仙藥羨門進奇方服食享遐紀延壽保無疆

遠遊篇

楚詞遠遊章云悲時俗之迫阨兮願輕舉而遠遊質菲薄而無因兮焉託乘而上浮王逸云遠遊者屈原之所作也屈原履方直之行不容於世困於讒佞無所告訴乃思與仙人俱遊戲周歷天地無所不至焉

遠遊臨四海俯仰觀洪波大魚若曲陵承浪相經過

靈鼇戴方丈神岳儼嵯峨仙人翔其隅玉女戲其阿
瓊蕊可療飢仰首吸朝霞崐崙本吾宅中州非我家
將歸謁東父一舉超流沙鼓翼舞時風長嘯激清歌
金石固易敝日月同光華齊年與天地萬乘安足多

仙人篇 樂府廣題云秦始皇三十六年使博士為仙真人詩遊行天下令樂人歌之曹植仙人篇曰仙人攬六著言人生如寄當養羽翼徘徊九天以從韓終王喬於天衢也齊陸瑜又有仙人攬六著篇蓋出於此

仙人攬六著對博太山隅湘娥撫琴瑟秦女吹笙竽
玉樽盈桂酒河伯獻神魚四海一何局九州安所如
韓終與王喬要我於天衢萬里不足步輕舉凌太虛
飛騰踰景雲高風吹我軀迴駕觀紫微與帝合靈符
閶闔自嵯峨雙闕萬丈餘玉樹扶道生白虎夾門樞
驅風遊四海東過王母廬俯觀五嶽間人生如寄居
潛光養羽翼進趣且徐徐不見昔軒轅升龍出鼎湖

徘徊九天下與爾長相須

鬬雞篇 春秋左氏傳云季郈之雞鬬季氏介其雞郈氏爲之金距杜預云擣介子播其羽也或云以膠沙播之爲介雞鄭都故事云魏明帝大和中築鬬雞臺趙王石虎亦以芥羽漆砂鬬雞於此故曹植詩云鬬雞東郊道走馬長楸閒是也

遊目極妙伎清聽厭宮商主人寂無爲衆賓進樂方長筵坐戲客鬬雞觀閒房羣雄正翕赫雙翅自飛揚揮羽激清風悍目發朱光觜落輕毛散嚴距往往傷長鳴入青雲扇翼獨翱翔願蒙貍膏助常得擅此場

盤石篇

盤石山巔石 盤石山巔石上石字有誤當用連綿字與飄颻字對 飄颻澗底蓬我本太山人何爲客淮東蒹葭彌斥土林木無分重岸巖若崩缺湖水何洶洶蚌蛤被濱涯光彩如錦虹高彼淩雲霄浮氣象螭龍鯨脊若邱陵鬚若山上松呼吸吞船欐澎濞戲中鴻方舟尋高價珍寶麗以通

一舉必千里乘飈舉帆幢經危履險阻未知命所鍾常恐沈黃鑪下與黿鼈同南極蒼梧野遊眄窮九江中夜指參辰欲師當定從仰天長太息思想懷故邦乘桴何所志吁嗟我孔公詩意大抵言生於帝王之家處於風波之地常有性命之憂

驅車篇

驅車撣駑馬東到奉高城神哉彼太山五嶽專其名隆高貫雲霓嵯峨出太清周流二六候閒置十二亭上有涌醴泉玉石揚華英東北望吳野西眺觀日精魂神所繫屬逝者感斯征王者以歸天效厥元功成歷代無不遵禮記有品程探策或長短唯德享利貞封者七十帝軒皇元獨靈飧霞漱沆瀣毛羽被身形發舉蹈虛廓徑廷升窈冥同壽東父年曠代永長生此亦輕舉遠遊之意

種葛篇

種葛南山下葛藟自成陰與君初婚時結髮恩義深歡愛在枕席宿昔同衣衾竊慕棠棣篇好樂和瑟琴行年將晚暮佳人懷異心恩紀曠不接我情遂抑沈恩紀曠不接謂己見疏於文帝猶婦見棄於其夫也出門當何顧徘徊步北林下有交頸獸仰見雙棲禽攀枝長歎息淚下沾羅襟良馬知我悲延頸代我吟昔爲同池魚今爲商與參往古皆歡遇我獨困於今棄置委天命悠悠安可任

棄婦篇

石榴植前庭綠葉搖縹青丹華灼烈烈璀彩有光榮光榮曄流離可以處淑靈有鳥飛來集拊翼以悲鳴悲鳴夫何爲丹華實不成拊心長歎息無子當歸甯有子月經天無子若流星天月相終始流星沒無精棲遲失所宜下與瓦石并憂懷從中來歎息通雞鳴

反側不能寐逍遙於前庭踟躕還入房肅肅帷幕聲
寒帷更攝帶撫弦調鳴箏慷慨有餘音要妙悲且清
收淚長歎息何以負神靈招搖待霜露何必春夏成
晚穫爲良實願君且安寧子建見疏於文帝屢遷國邑有才而不見用自嗟屏逐之臣故以棄婦自喻

公讌詩此在鄴宮與兄丕讌飲時武帝在故稱丕爲公子

公子敬愛客終宴不知疲清夜遊西園飛蓋相追隨
明月澄清影列宿正參差秋蘭被長坂朱華冒綠池
潛魚躍清波好鳥鳴高枝神飈接丹轂輕輦隨風移
飄颻放志意千古長若斯工律

贈徐幹劉良云子建與徐幹俱不見用有怨刺之意故爲此詩

驚風飄白日忽然歸西山圓景光未滿衆星燦以繁
志士營世業小人亦不閑聊且夜行遊遊彼雙闕閒
文昌殿名鬱雲興迎風觀名高中天春鳩鳴飛棟流猋激

濡軒顧念蓬室士。指幹貧賤誠足憐。薇藋弗充虛。皮褐猶不全。慷慨有悲心。興文自成篇。寶棄怨何人。和氏有其愆。彈冠俟知己。知己誰不然。良田無晚歲。膏澤多豐年。亮懷璵璠美。積久德逾宣。親交義在敦。申章復何言。情韻○和氏植自喻謂己有獻寶之責而已亦遭刖也知己植自指謂徐幹俟己而已之冠亦被黜棄也

贈丁儀

李善云與都亭侯丁翼今云儀誤也魏略曰丁儀字正禮太祖辟爲掾呂向云魏志儀有文才子建贈以此詩有怨刺之意

初秋涼氣發。庭樹微銷落。凝霜依玉除。清風飄飛閣。朝雲不歸山。霖雨成川澤。黍稷委疇隴。農夫安所獲。在貴多忘賤。爲恩誰能博。狐白足禦冬。焉念無衣客。思慕延陵子。寶劍非所惜。子其寧爾心。親交義不薄。情韻○首四句賦景物朝雲四句喻用才則民被其澤棄才則國無所獲在貴四句譏時之貴臣不以薦賢下士爲意末四句自矢不棄良友

贈王粲

端坐苦愁思攬衣起西遊樹木發春華清池激長流
中有孤鴛鴦哀鳴求匹儔我願執此鳥惜哉無輕舟
欲歸忘故道顧望但懷愁悲風鳴我側羲和逝不留
重陰潤萬物何懼澤不周誰令君多念自使懷百憂

情韻○鴛鴦喻粲我願二句喻己思引粲而無良會重陰句喻太祖王粲最爲太祖所重故末四句云爾

又贈丁儀王粲

集云答丁敬禮王仲宣善云翼字敬禮儀誤也

從軍度函谷驅馬過西京山岑高無極涇渭揚濁清
壯哉帝王居佳麗殊百城員闕出浮雲承露槩泰清
皇佐揚天惠四海無交兵權家雖愛勝全國爲令名
君子在末位不能歌德聲丁生怨在朝王子歡自營
歡怨非貞則中和誠可經

從軍謂建安三十年曹公西征張魯皇佐指魏太祖權家謂兵法之權謀家也君子謂丁王也丁時爲太子掾位卑故曰怨在朝王時免官在家故曰歡自營歡怨皆有所不平故最之以中和

贈丁翼文士傳云翼字敬禮儀之弟也爲黃門侍郎

嘉賓塡城闕。豐膳出中廚。吾與二三子。曲宴此城隅。秦箏發西氣。齊瑟揚東謳。肴來不虛歸。觴至反無餘。我豈狎異人。朋友與我俱。大國多良材。譬海出明珠。君子義休偫。小人德無儲。偫待也一曰具也儲謂蓄積之以待無也休偫謂美而有餘也積善有餘慶。榮枯立可須。滔蕩固大節。時俗多所拘。君子通大道。無願爲世儒。

贈白馬王彪七首集云於圈城作魏志云楚王彪字朱虎初封白馬王後徙封楚任城王彰字子文並武帝子彰建安中爲北中郎將伐烏丸有功文帝黃初三年爲中任城王四年朝京不即得見忿怒暴薨○藝苑卮言云子建謁帝承明廬明月照高樓子桓西北有浮雲秋風蕭瑟非鄴中諸子可及仲宣公幹遠在下風吾每至謁帝一章便數十過不可了悲婉宏壯情事理境無所不有又云陳思王贈白馬王彪詩全法大雅文王之什體以故首二章不相承耳後人不知合而爲一者亘可笑也

序曰。黃初四年正月。白馬王任城王與余俱

朝京師會節氣到洛陽任城王薨至七月與白馬王還國後有司以二王歸藩道路宜異宿止意每恨之蓋以人別在數日是用自剖與王辭焉憤而成篇

謁帝承明廬逝將歸舊疆（鄄城也）清晨發皇邑日夕過首陽（在洛陽城東北二十里）伊洛廣且深欲濟川無梁汎舟越洪濤怨彼東路長顧瞻戀城闕引領情內傷 情韻

太谷何寥廓山樹鬱蒼蒼霖雨泥我塗流潦浩縱橫中逵絕無軌改轍登高岡修坂造雲日我馬玄以黃 情韻

玄黃猶能進我思鬱以紆鬱紆將何念親愛在離居本圖相與偕中更不克俱鴟梟鳴衡軛豺狼當路衢蒼蠅間白黑讒巧令親疏欲還絕無蹊攬轡止踟躕 情韻

踟躕亦何留相思無終極秋風發微涼寒蟬鳴我側
原野何蕭條白日忽西匿歸鳥赴喬林翩翩厲羽翼
孤獸走索羣銜草不遑食感物傷我懷撫心長太息

情韻

太息將何爲天命與我違柰何念同生一往形不歸
孤魂翔故域靈柩寄京師存者忽復過亡沒身自衰
人生處一世去若朝露晞年在桑榆閒影響不能追
自顧非金石咄唶令心悲情韻○同生指任城王彰桑榆以日之將落喻人之將老影響雖捷尚不如將逝之年光其去更速也

心悲動我神棄置莫復陳丈夫志四海萬里猶比鄰
恩愛苟不虧在遠分日親何必同衾幬然後展慇懃
憂思成疾疢無乃兒女仁倉卒骨肉情能不懷苦辛

情韻

苦辛何慮思天命信可疑虛無求列仙松子久吾欺

變故在斯須，百年誰能持（言有司逼迫太甚，時虞不測之禍，變生斯須間事耳，誰能保百年哉）。離別永無會，執手將何時。王其愛玉體，俱享黃髮期。收淚卽長路，援筆從此辭（情韻）。

送應氏詩二首（劉良云：送璩、瑒兄弟時，董卓遷獻帝於西京，洛陽被燒，故多言荒蕪之事）

步登北邙阪，遙望洛陽山。洛陽何寂寞，宮室盡燒焚。垣牆皆頓擗，荊棘上參天。不見舊耆老，但覩新少年。側足無行徑，荒疇不復田。遊子久不歸，不識陌與阡。中野何蕭條，千里無人煙。念我平常居，氣結不能言（情韻）。

清時難屢得，嘉會不可常。天地無終極，人命若朝霜。願得展燕婉，我友之朔方。親昵並集送，置酒此河陽。中饋豈獨薄，賓飲不盡觴。愛至望苦深，豈不愧中腸。山川阻且遠，別促會日長。願爲比翼鳥，施翮起高翔。

情韻

三良詩 左傳云秦伯任好卒以子車氏三子奄息仲行鍼虎爲殉皆秦之良也詩人作黃鳥以哀之劉良云植被文帝責黜意者自悔不從武帝而作是詩

功名不可爲。忠義我所安。秦穆先下世。三臣皆自殘。
生時等榮樂。既沒同憂患。誰言捐軀易。殺身誠獨難。
攬涕登君墓。臨穴仰天歎。長夜何冥冥。一往不復還。
黃鳥爲悲鳴。哀哉傷肺肝。

遊仙詩 此亦升天行五遊篇遠遊篇仙人篇等作之旨

人生不滿百。戚戚少歡娛。意欲奮六翮。排霧淩紫虛。
蟬蛻同松喬。翻跡登鼎湖。翱翔九天上。騁轡遠行遊。
東觀扶桑曜。西臨弱水流。北極玄天渚。南翔陟丹邱。

雜詩六首 李善云此六篇並別京已後在鄄城思鄉而作

高臺多悲風。朝日照北林。之子在萬里。江湖迥且深。
方舟安可極。離思故難任。孤雁飛南遊。過庭長哀吟。

翹思慕遠人。之子遠人當有所專指之人若徐幹之類願欲託遺音形影忽不見翩翩傷我心識度○易小過飛鳥遺之音謂欲託之寄音信於故鄉也轉瞬而雁之形影已不見矣

轉蓬離本根。飄颻隨長風。何意迴飆舉。吹我入雲中。高高上無極。天路安可窮。類此游客子。捐軀遠從戎。毛褐不掩形。薇藿常不充。去去莫復道。沈憂令人老。識度○轉蓬游子似皆子建以自喻者本根指京師也

西北有織婦。綺縞何繽紛。明晨秉機杼。日昃不成文。太息終長夜。悲嘯入青雲。妾身守空閨。良人行從軍。自期三年歸。今已歷九春。飛鳥繞樹翔。噭噭鳴索羣。願爲南流景。馳光見我君。識度○良人我君皆喻思君之意

南國有佳人。容華若桃李。朝游江北岸。夕宿瀟湘沚。時俗薄朱顏。誰爲發皓齒。俛仰歲將暮。榮耀難久恃。識度○此首自惜有才而不得及時見用也

僕夫早嚴駕吾將遠行遊遠行欲何之吳國爲我仇
將騁萬里途東路安足由江介多悲風淮泗馳急流
願欲一輕濟惜哉無方舟閒居非吾志甘心赴國憂
識度〇此即求自試表願身分蜀境首懸吳闕之意
飛觀百餘尺臨牖御櫺軒遠望周千里朝夕見平原
烈士多悲心小人媮自閑國讎亮不塞甘心思喪元
拊劍西南望思欲赴太山絃急悲聲發聆我慷慨言
識度〇此亦求自試表之意

閨情 一作雜詩

攬衣出中閨逍遙步兩楹閑房何寂寞綠草被階庭
空室自生風百鳥翩南征春思安可忘憂戚與我并
佳人在遠道妾身單且煢歡會難再遇芝蘭不重榮
人皆棄舊愛君豈若平生寄松爲女蘿依水如浮萍
齎身奉衿帶朝夕不墮傾儻終顧盼恩永副我中情

此亦與棄婦篇相近

七哀詩 玉臺作雜詩

明月照高樓流光正徘徊上有愁思婦悲歎有餘哀
借問歎者誰言是蕩子妻君行踰十年孤妾常獨棲
君若清路塵妾若濁水泥浮沈各異勢會合何時諧
願爲西南風長逝入君懷君懷良不開賤妾當何依

情韻○國藩按樂府詩集所載又有一首晉樂所奏凡二十八句較本辭多十二句

情詩 玉臺作雜詩

微陰翳陽景清風飄我衣遊魚潛綠水翔鳥薄天飛
眇眇客行士遙役不得歸始出嚴霜結今來白露晞
遊子歎黍離處者歌式微慷慨對嘉賓悽愴內傷悲

此代述久役不歸之情遊魚二句言得所也眇眇二句言不如魚鳥也

喜雨詩

天覆何彌廣苞育此羣生棄之必憔悴惠之則滋榮

慶雲從北來鬱述西南征時雨中夜降長雷周我庭
嘉種盈膏壤登秋畢有成

七步詩 本集不載世說新語云文帝嘗令東阿王七步中作詩不成者行大法王應聲便爲詩帝有慚色

煮豆持作羹漉豉以爲汁萁向釜中然豆在釜中泣
本是同根生相煎何太急

失題 見藝鶴部

雙鶴俱遨遊相失東海旁雄飛竄北朔雌驚赴南湘
棄我交頸歡離別各異方不惜萬里道但恐天網張

樂府詩集有桂之樹一首長短句當牆欲高行長短句當事君行長短句當車已駕行長短句妾薄命二首一大言一雜言苦思行一首長短句飛龍篇一首四言與平陵東日苦短丹霞蔽日行皆以非五言古未鈔

阮嗣宗五古八十二首

詠懷八十二首 顏延年云阮公身事亂朝常恐遇禍因茲詠懷雖志在譏刺而

文多隱避百代之下難以情測故屬明大意略其幽旨也詩統云阮集傳之既久頗存譌闕校錄者往往肆爲補綴作者之旨淆亂甚焉今以諸本參校其義稍優○按文選錄詠懷詩十七首近人陳氏沆詩比興箋錄詠懷詩三十八首今於舊注節鈔一二陳氏說節鈔十之六七其前人論說所未及國藩間有窺測亦附書焉尚有數首義不可通遂闕所疑以俟達者

夜中不能寐起坐彈鳴琴薄帷鑒明月清風吹我衿孤鴻號外野翔鳥鳴北林徘徊將何見憂思獨傷心識度

二妃遊江濱逍遙順風翔交甫懷環珮婉孌有芬芳猗靡情歡愛千載不相忘傾城迷下蔡容好結中腸感激生憂思萱草樹蘭房膏沐爲誰施其雨怨朝陽如何金石交一旦更離傷識度○陳沆曰司馬父子隱譎險詐奸而不雄詠懷詩中多以妾婦譏之

嘉樹下成蹊東園桃與李秋風吹飛藿零落從此始

繁華有憔悴堂上生荆杞驅馬舍之去去上西山趾
一身不自保何況戀妻子凝霜被野草歲暮亦云已
識度○陳沆曰司馬懿盡錄魏王公置於鄴嘉樹零落繁華憔悴皆宗枝翦除之喻也
天馬出西北由來從東道春秋非有託富貴焉常保
清露被皋蘭凝霜霑野草朝爲媚少年夕暮成醜老
自非王子晉誰能常美好識度○陳沆云馬出西極由東道主人引之使來司馬氏本人臣由魏帝致之使盛少年倏老喻魏之全盛倏衰也馬卽典午之姓
平生少年時輕薄好絃歌西遊咸陽中趙李相經過
娛樂未終極白日忽蹉跎驅馬復來歸反顧望三河
黃金百鎰盡資用常苦多北臨太行道失路將如何
識度○丹鉛餘錄云阮籍詠懷詩西遊咸陽市趙李相經過過顏延年以爲趙飛燕李夫人劉會孟謂安知非實有此人不必求其誰何也詳詩意咸陽趙李謂游俠近侍之儔漢谷永傳小臣趙李從微賤貴寵成帝常與微行籍用趙李字正出此若如顏延年之說趙飛燕李夫人豈可言經過如劉會孟言當時實有此人唐王維詩亦有日夜經過趙李家豈唐時亦實有此人乎乃知讀書不詳考深思雖如延年之博學

會孟之精鑒亦不免失之況下此者耶詩話補遺云
按漢書乃趙季李款陳沉以首四句比魏之盛時白
日蹉跎比明帝之崩
失路比國家之失權

昔聞東陵瓜近在青門外連畛距阡陌子母相鉤帶五色曜朝日嘉賓四面會膏火自煎熬多財爲患害布衣可終身寵祿豈足賴識度○此首阮公以邵平自比膏火二句亦譏趨附權勢者

炎暑惟茲夏三旬將欲移芳樹垂綠葉青雲自逶迤四時更代謝日月遞參差徘徊空堂上忉怛莫我知願覩卒歡好不見悲別離識度○魏甘露五年六月甲寅司馬昭立常道鄉公在月之三日陳沉謂此詩即指此事三旬將欲移云者謂過三三旬即移秋節也願覩卒歡好云者恐其復爲齊王芳高貴鄉公之續也

灼灼西隤日餘光照我衣迴風吹四壁寒鳥相因依周周尚銜羽蛩蛩亦念飢如何當路子磬折忘所歸豈爲夸譽名憔悴使心悲寧與燕雀翔不隨黃鵠飛

黃鵠遊四海中路將安歸識度○陳沆以磬折忘歸爲譏黨附司馬氏者未知然否至謂末四句爲阮公自命之詞鑒黃鵠之失路甯燕雀以卑棲則深得本指矣

步出上東門北望首陽岑下有采薇士上有嘉樹林良辰在何許凝霜霑衣襟寒風振山岡玄雲起重陰鳴鴈飛南征鶗鴂發哀音素質游商聲悽愴傷我心識度○首四句阮公以伯夷自況鶗鴂似亦刺趨時附勢之小人

北里多奇舞濮上有微音輕薄閒遊子俯仰乍浮沈捷徑從狹路僶俛趨荒淫焉見王子喬乘雲翔鄧林獨有延年術可以慰我心識度○陳沆謂此章譏黨附司馬氏者愚謂前六句似譏鄧颺何晏之徒後四句則自況之語言雖不能避世高舉猶可全生遠害耳

湛湛長江水上有楓樹林皋蘭被徑路青驪逝駸駸遠望令人悲春氣感我心三楚多秀士朝雲進荒淫朱華振芬芳高蔡相追尋一爲黃雀哀淚下誰能禁識度○陳沆云楚襄比魏明帝蔡靈侯比曹爽朱華芬芳謂私取才人爲伎樂高蔡追尋謂兄弟數出宴

游公子挾彈規黃雀比曹爽爲司馬懿所圖

昔日繁華子。安陵與龍陽。夭夭桃李花。灼灼有輝光。悅懌若九春。磬折似秋霜。流眄發姿媚。言笑吐芬芳。攜手等歡愛。宿夕同衣裳。願爲雙飛鳥。比翼共翱翔。丹青著明誓。永世不相忘。識度○舊說安陵龍陽以色事楚魏之主尚盡忠如此而晉文王蒙厚恩於魏乃不能竭其股肱而將行篡奪所以深刺之也○陳沆以丹青明誓指司馬懿受魏文帝明帝兩世託孤寄命之重不應背之

登高臨四野。北望青山阿。松柏翳岡岑。飛鳥鳴相過。感慨懷辛酸。怨毒常苦多。李公悲東門。蘇子狹三河。求仁自得仁。豈復歎咨嗟。識度○陳沆謂此章譏黨附司馬氏者如鍾會成濟之徒終亦不得其死也○求仁得仁猶云求禍得禍蘇李之誅死自取之耳

開秋兆涼氣。蟋蟀鳴床帷。感物懷殷憂。悄悄令心悲。多言焉所告。繁辭將訴誰。微風吹羅袂。明月耀清暉。晨雞鳴高樹。命駕起旋歸。識度○舊說晨雞知時者旋歸將返山林以避世也

昔年十四五志尚好書詩被褐懷珠玉顏閔相與期開軒臨門野登高望所思邱墓蔽山岡萬代同一時千秋萬歲後榮名安所之乃悟羨門子噭噭令自嗤

識度○此首自述其抗志自修遯世無悶千秋二句言榮名不足稱羨門二句言長生不足慕但求有自修之實耳

徘徊蓬池上還顧望大梁綠水揚洪波曠野莽茫茫走獸交橫馳飛鳥相隨翔是時鶉火中日月正相望朔風厲嚴寒陰氣下微霜羈旅無儔匹俛仰懷哀傷小人計其功君子道其常豈惜終憔悴詠言著斯章

識度○陳沆曰大梁指魏也左傳晉伐虢卜偃曰克之其九月十月之交乎鶉火中必是時也嘉平六年九月甲戌司馬師廢帝爲齊王乃十九日十月庚寅立高貴鄉公正九月十月之交鶉火中之時也司馬師先定謀而後白太后其在九月十五日日月相望時乎

獨坐空堂上誰可與歡者出門臨永路不見行車馬登高望九州悠悠分曠野孤鳥西北飛離獸東南下

日暮思親友晤言用自寫識度○陳沆曰悼國無人也我瞻四方蹙蹙靡所騁途窮能無慟乎孤鳥離獸士不西走蜀則南走吳耳

懸車在西南羲和將欲傾流光耀四海忽忽至夕冥朝爲咸池暉濛汜受其榮豈知集作放窮達士一死不再生視彼桃李花誰能久熒熒君子在何許曠世一作歎息未合并瞻仰景山松可以慰吾情首四句言魏祚將傾朝爲二句指前此被魏之恩澤者豈知六句言夏侯之屬云士殉國之人未見景山松似有所指之人可信其勁節不改者

西方有佳人皎若白日光被服纖羅衣左右佩雙璜脩容耀姿美順風振微芳登高眺所思舉袂當集作向朝陽寄顏雲霄閒揮袖淩虛翔飄颻恍惚中流眄顧我旁悅懌未交接晤言用感傷

楊朱泣路歧墨子悲染絲揖讓長離別飄颻難與期豈徒燕婉情存亡誠有之蕭索人所悲禍釁不可辭

趙女媚中山。謙柔愈見欺。嗟嗟塗上士。何用自保持。陳沆以此首與二妃遊江濱昔日繁華子二章同類並觀皆以妾婦譏司馬氏也國藩按歧路染絲言變遷不定翻覆無常不特燕婉之情如此卽國之存亡亦不過一反覆閒耳

於心懷寸陰。羲陽將欲冥。揮袂撫長劍。仰觀浮雲征。雲閒有玄鶴。阮公自況之詞抗志揚哀聲。一飛沖青天。曠世不再鳴。豈與鶉鷃遊。連翩戲中庭。京師曹氏家藏阮步兵詩一卷唐人所書與世所傳多異其一篇云放心懷寸陰羲和將欲冥揮袂撫長劍仰觀浮雲行雲閒有立鶴抗首揚哀聲一飛沖青天曠世不再鳴安與鶉鷃遊翩翩戲中庭孔宗翰亦有本與此多同

夏后乘靈輿。夸父爲鄧林。存止從變化。日月有浮沈。鳳凰鳴參差。伶倫發其音。王子好簫管。世世相追尋。誰言不可見。青鳥明我心。

東南有射山。汾水出其陽。六龍服氣輿。雲蓋切一作覆天綱。仙者四五人。逍遙晏蘭房。寢息一純和。呼噏成露霜。沐浴丹淵中。炤燿日月光。豈安通靈臺。游瀁去

高翔。

殷憂令志結。怵惕常若驚。逍遙未終晏。朱陽忽西傾。蟋蟀在戶牖。蟪蛄號中庭。心腸未相好。誰云諒我情。願爲雲間鳥。千里一哀鳴。三芝延瀛洲。遠遊可長生。拔劍臨白刃。安能相中傷。但畏工言子。稱我三江旁。飛泉流玉山。懸車棲扶桑。日月徑千里。素風發微霜。勢路有窮達。咨嗟安可長。

朝登洪坡顚。日夕望西山。荊棘被原野。羣鳥飛翩翩。鸞鷖時集作特棲宿。性命有自然。建木誰能近。射干復嬋娟。不見林中葛。延蔓相句連。

周鄭天下交。街術當三河。妖冶閒都子。煥燿何芬葩。玄髮發一作照朱顏。睇眄有光華。傾城思一顧。遺視來相誇。願爲三春遊。朝陽忽蹉跎。盛衰在須臾。離別將如何。

若花一作木燿西一作四海扶桑翳瀛洲日月經天塗明暗不相讎集作侔窮達自有常得失又何求豈效路上童攜手共遨遊陰陽有變化誰云沈不浮朱鼈躍飛泉夜飛過吳洲俯仰運天地再撫四海流繫累名利場驁駿同一輈豈若遺耳目升遐去殷憂首四句謂日往月來月往日來互有屈伸不相讎怨人生有達即有窮有得即有失又何怨哉豈效二句言不學世上小兒營營干求朱鼈阮公以之自況亦遠遊遺世之意

昔余遊大梁登于黃華顛共工宅玄冥高臺造青天幽荒邈悠悠悽愴懷所憐所憐者誰子明察自照姸一作應自然應龍沈冀州妖女不得眠肆侈一作使凌世俗豈云永厥年詩話補遺云阮籍詩昔余遊大梁登於黃華顛應龍沈冀州妖女不得眠按戰國策趙武靈西至河登黃華之上夢處女鼓琴歌詩因納吳廣女姓嬴孟姚其先七世而兆於簡子之夢及入宮而奪嫡亂國豈非妖女乎張平子應問曰女魃北而應龍翔合而覩之可見其微意蓋當是時魏明帝郭后毛后后妒寵相殺正類武靈王事故隱語怪說亦春秋定哀多微辭意也陳沆曰大梁魏也女魃

處共工之臺主旱以比司馬氏應龍沈冀州之野主雨以比玄爽晏範之儔矜智自負奢後荒宴自取敗亡也

驅馬出門去意欲遠征行征行安所如背棄夸與名夸名不在己但願適中情單帷蔽皎日高樹隔微聲讒邪使交疏浮雲令晝冥燕婉同衣裳一顧傾人城從容在一時繁華不再榮晨朝奄復暮不見所歡形黃鳥東南飛寄言謝友生

駕言發魏都南向望吹臺簫管有遺音梁王安在哉戰士食糟糠賢者處蒿萊歌舞曲未終秦兵已復來夾林非吾有朱宮生塵埃軍敗華陽下身竟為土灰

文昌雜錄云東京記天清寺繁臺梁孝王按歌吹之臺阮公詩云駕言發魏都南向望吹臺簫管有餘音梁王安在哉後有繁氏居其側里人呼為繁臺陳沆云魏都即指曹魏也明帝末年歌舞荒淫不知求賢講武以致亡國

朝陽不再盛白日忽西幽去此若俯仰如何似九秋

人生若塵露天道邈悠悠齊景升丘山涕泗紛交流
孔聖臨長川惜逝忽若浮去者余不及來者吾不留
願登太華山上與松子遊漁父知世患乘流泛輕舟
識度〇此亦汲汲自修之意

一日復一夕一夕復一朝顏色改平常精神自損消
胸中懷湯火變化故相招萬事無窮極一作理知謀苦
不饒但恐須臾間魂氣隨風飄終身履薄冰誰知我
心焦識度〇司馬師嘗謂阮嗣宗至慎每與言終日言至玄遠未嘗臧否人物

一日復一朝一昏復一晨容色改平常精神自飄淪
臨觴多哀楚思我故時人對酒不能言悽愴懷酸辛
願耕東皋陽誰與守其真愁苦在一時高行傷微身
曲直何所爲龍蛇爲我鄰揚雄傳云君子得時則大行不得時則龍蛇龍蛇者一曲一直一伸一屈如危行伸也言孫屈也此詩畏高行之見傷必言孫以自屈龍蛇之道也

世務何繽紛人道苦不遑壯年以時逝朝露待太陽

願攬羲和轡白日不移光天階路殊絕雲漢邈無梁濯髮暘谷濱遠遊崑岳旁登彼列仙岨採此秋蘭芳時路烏足爭太極可翺翔願攬二句有魯陽揮戈駐景之意白日不移光云者欲使魏祚不遽移於晉也天階二句言手無斧柯無路可以迴天也

誰言萬事艱逍遙莊子篇名可終生臨堂翳華樹悠悠念無形彷徨思親友倏忽復至冥寄言東飛鳥可用慰我情無形言無生之始也莊子溯其始而本無形非徒無形也而本無無生翳華樹日中時也至冥則夕矣

嘉時在今辰零雨似當作靈雨灑塵埃臨路望所思日夕復不來人情有感慨蕩漾焉能排揮滌懷哀傷辛酸誰語哉天之道陰求陽陽求陰氣也人之道男求女女求男情也古人以不遇爲不偶詩騷之稱美人皆求君求友也此詩之望所思亦求友之意似有所指言天時既嘉道路無塵而美人不來能無感慨

炎光延萬里洪川蕩湍瀨彎弓掛扶桑長劍倚天外

泰山成砥礪。黃河爲裳帶。視彼莊周子。榮枯何足賴。捐身棄中野。烏鳶作患害。豈若雄傑士。功名從此大。此首有屈原遠遊之意高舉出世之想

壯士何慷慨。志欲威八荒。驅車遠行役。受命念自忘。良弓挾烏號。明甲有精光。臨難不顧生。身死魂飛揚。豈爲全軀士。效命爭戰場。忠爲百世榮。義使令名彰。垂聲謝後世。氣節故有常。此首似指王淩諸葛誕毋邱儉之徒

混元生兩儀。四象運衡璣。曒日布炎精。素月垂景暉。晷度有昭回。哀哉人命微。飄若風塵逝。忽若慶雲晞。修齡適余願。光寵非己威。安期步天路。松子與世違。焉得淩霄翼。飄颻登雲湄。嗟哉尼父志。何爲居九夷。陳沆曰光寵非己威謂趙孟能賤之也方欲延齡世外遺身霄路卽尼父居九夷且非所慕況肯希當世之寵榮乎

天綱彌四野。六翮掩不舒。隨波紛綸客。集作落汎汎若

浮。鳧。一作鳧鷖

生命無期度。朝夕有不虞。列仙停修齡。養志在沖虛。飄颻雲日間。邈與世路殊。榮名非己寶。聲色焉足娛。採藥無旋返。神仙志不符。逼此良可惑。令我久躊躇。首四句謂晉氏網羅人才庸庸者皆見錄用生命無期度以下阮公自喻其遊於世網之外

王業須良輔。建功俟英雄。元凱康哉美。多士頌聲隆。陰陽有舛錯。日月不常融。天時有否泰。人事多盈沖。園綺遯南岳。伯陽隱西戎。保身念道真。寵耀焉足崇。人誰不善始。尠能克厥終。休哉上世士。萬載垂清風。首四句言魏三祖時多良輔賢士陰陽四句指齊王芳以後之事園綺八句阮公以自喻也上世士即園綺伯陽之倫

鴻鵠相隨飛。飛飛適荒裔。雙翮臨長風。須臾萬里逝。朝餐琅玕實。夕宿丹山際。抗身青雲中。網羅孰能制。豈與鄉曲士。攜手共言誓。此首亦遠遊遺世之念

儔物終始殊。脩短各異方。琅玕生高山。芝之英曜朱堂。熒熒桃李花。成蹊將夭傷。焉敢希千術。三春表微光。自非淩風樹。憔悴烏一作要有常。焉敢二句當有誤字淩風樹亦阮公以自況者有託根霄漢終古不凋之意

幽蘭不可佩。朱草為誰榮。修竹隱山陰。射干臨增城。葛藟延幽谷。綿綿瓜瓞生。樂極消靈神。哀深傷人情。竟知憂無益。豈若歸太清。幽蘭四句喻當世之賢士葛藟二句喻當世之在勢者

鷽鳩飛桑榆。海鳥運天池。豈不識宏大。羽翼不相宜。招搖安可翔。不若棲樹枝。下集蓬艾閒。上遊園圃籬。但爾亦自足。用子指鷽鳩為追隨。此首藝文類聚所載與今本不同而義意近優觀李善文選注江文通擬詠懷詩所引與藝文同亦一證也今從藝文定正國藩按此首似以鷽鳩自比以明不慕高位不貪遠圖之意

生命辰安在。憂戚涕沾襟。高鳥翔山岡。燕雀棲下林。

青雲蔽前庭素琴悽我心崇山有鳴鶴豈可相追尋鳴鳩嬉庭樹焦明遊浮雲焉見孤翔鳥翩翩無匹羣死生自然理消散何繽紛漢魏詩集合前爲一首○國藩按上林賦注焦明似鳳西方之鳥也此與鳴鳩並舉殊覺不倫末二句與前四句尤爲不倫疑後人所附益也

步遊三衢旁惆悵念所思豈爲今朝見恍惚誠有之澤中生喬松萬世未一作安可期高鳥摩天飛淩雲共遊嬉豈有孤行士垂涕悲故時喬松冀有國楨扶魏祚於將傾者高鳥自喻其遺世外也末二句謂有伯夷之心而不學伯夷之迹也

清露爲凝霜華草成蒿萊誰云君子賢明達安可能乘雲招松喬呼噏永矣哉明達似指一死生齊彭殤者言之

丹心失恩澤重德喪所宜善言焉可長慈惠未易施不見南飛燕羽翼正差池高子怨新詩三閭悼乖離何爲混沌氏倏忽體貌隳首四句言曹氏施厚澤於司馬而遭其反噬末二句言司馬氏機智可怖

十日出暘谷。弭節馳萬里。經天耀四海。倏忽潛濛汜。
誰言焱炎久。遊沒可行俟。逝者豈長生。亦去荆與杞。
千載猶崇朝。一餐聊自已。一作百金子是非得失閒。焉足
相識理。計利知術窮。哀情遽一作克能止。陳沆曰此達觀自遺也自日經天有時淪沒運無常隆理有終極漢滅魏興不旋踵而魏釁則將來典午之爝替亦行可俟也
自然有成理。生死道無常。智巧萬端出。大要不易方。
如何夸毘子。作色懷驕腸。乘軒驅良馬。憑几向膏粱。
被服纖羅衣。深榭設閒房。不見日夕華。翩翩飛路旁。
識度○大要不易方云者謂貧富貴賤死生禍福皆有自然之理雖智巧萬端不能逃出範圍之外末二句言花有榮必有落人有盛必有衰也
夸談快憤懣情一作惰慵發煩心。西北登不周。東南望
鄧林。曠野彌九州。崇山抗高岑。一餐度萬世。千歲再
浮沈。誰云玉石同。淚下不可禁。前八句有遠遊遺世之志末二句言己雖生於濁世豈其玉石不分隨衆人之混混而昧於時代之變遷邪

人言願延年延年欲焉之黃鵠呼子安千秋未可期獨坐山巖中惻愴懷所思王子亦何好猗靡相攜持悅懌猶今辰計校在一時置此明朝事日夕將見欺陳沆曰此與王子十五作一章王子皆指少帝也此少帝謀討司馬師時所作計校在一時安危係此一舉也國藩按日夕將見欺似用季平子日入慝作事

貴賤在天命窮達自有時婉孌佞邪子隨利來相欺孤恩損惠施但爲讒夫嗤鶺鴒鳴雲中載飛靡所期焉知傾側士一旦不可持鶺鴒且飛且鳴詩小雅及東方朔答客難皆以喻汲汲自修之士此則似譏汲汲附勢之人

驚風振四野迴雲蔭堂隅牀帷爲誰設几杖爲誰扶雖非明君子豈闇桑與榆世有此聾瞶芒芒將焉如翩翩從風飛悠悠去故居離麾玉山下遺棄毀與譽首四句有時移勢異舉目山河之感翩翩二句言時移勢殊我亦遺世遠舉不效世之聾瞶貪戀祿位茫然不知玉步之已改也

危冠切浮雲。長劍出天外。細故何足慮。高度跨一世。非子（秦之先世）爲我御。逍遙遊荒裔。顧謝西王母。吾將從此逝。豈與蓬戶士。彈琴誦言誓。（此首亦有高舉遺世之意末二句似譏拘守禮法之士）

河上有丈人。緯蕭棄明珠。甘彼藜藿食。樂是蓬蒿廬。豈效繽紛子。良馬騁龍輿。朝生衢路傍。夕瘞橫術隅。歡笑不終宴。俛仰復欷歔。鑒茲二三者。憤懣從此舒。（識度○二三者似亦刺魏臣而二心於晉旋盛旋敗者）

儒者通六藝。（一作義）立志不可干。違禮不爲動。非法不肯言。渴飲清泉流。飢食天一簞。歲時無以祀。衣服常苦寒。屣履詠南風。縕袍笑華軒。信道守詩書。義不受一餐。烈烈褒貶辭。老氏用長歎。（識度○陳沆曰此歎漢黨錮諸儒危行而不言孫故章末以老規儒也烏用月旦之評清流之目哉）

少年學擊刺。（集作劍）妙伎過曲城。英風捷雲霓。超世發奇聲揮劍臨沙漠飲馬九野坰旗幟何翩翩但聞金鼓鳴軍旅令人悲烈烈有哀情念我平常時悔恨從此生少年欲從軍立功而晚節悔恨者念仇敵不在吳蜀而在堂廉之閒也

平晝整衣冠思見客與賓賓客者誰子倏忽若飛塵裳衣佩雲氣言語究靈神須臾相背棄何時見斯人此首或指孫登嵇康之流

多慮令志散寂寞使心憂翱翔觀陂一作彼澤撫劍登輕舟但願長閒暇後歲復來遊此首自述其韜精匿志觀物自怡之素

朝出上東門遙望首陽基松柏鬱森沈鸝黃相與嬉逍遙九曲閒徘徊欲何之念我平居時鬱然思妖姬首二句與第九首相似而基字不如岑字之穩末句思妖姬語尤不倫疑非阮公詩後人附益之耳

王子十五年遊衍伊洛濱朱顏茂春華辯慧懷清真焉見浮邱公舉手謝時人輕蕩易恍惚飄颻棄其身飛飛鳴且翔揮翼且酸辛陳沆曰此言明帝不能辨司馬懿之奸輕以愛子付

託也以王子晉比曹芳以浮邱比司馬懿

塞一作寒門不可出海水焉可浮朱明不相見奄昧獨

無侯持瓜思東陵黃雀誠獨羞失勢在須臾帶劍上

吾邱悼彼桑林子涕下自交流假乘汧渭閒鞍馬去

行遊丹鉛餘錄云漢武帝崩後忽見形謂陵令薛平曰我雖失勢猶爲汝君柰何令吏卒上吾陵磨劍乎因不見推陵旁果有石可以爲礪吏卒嘗盜磨刀劍霍光欲斬之張安世曰神道茫昧不宜爲法故阮公詠懷詩曰失勢在須臾帶劍上吾邱陳沆氏以失勢二句爲刺背魏附晉之輩未知然否

洪生資制度被服正有常尊卑設次序事物齊紀綱

容飾整顏色磬折執圭璋堂上置玄酒室中盛稻粱

外厲貞素談戶內滅芬芳放口從衷出復說道義方

委曲周旋儀姿態愁我腸此首似譏司馬懿厚貌深情詐自厲飾

北臨乾昧谿西行遊少任遙顧望天津駘蕩樂我心

綺靡存亡門一遊不再尋儻遇晨風鳥飛駕出南一作東林漭瀁瑤光中忽忽肆荒淫休息宴清都超世又

誰禁一作起坐復誰禁

人知結交易交友誠獨難險路多疑惑明珠未可干彼求饗太牢我欲并一餐損益在疑當作生怨毒咄咄復何言明珠句似用鄒陽明珠闇投之意干即投也并一餐即並日而食也將損彼之有餘益我之不足而怨毒已生言公道不可持也

有悲則有情無悲亦無思集作無情亦無悲苟非嬰網罟何必萬里畿翔風拂重霄慶雲招所晞灰心寄枯宅曷顧人閑姿始得志我難焉知嘿自遺

木槿榮邱墓煌煌有光色白日頹林中翩翩零路側蟋蟀吟戶牖蟪蛄鳴荆棘蜉蝣玩三朝采采修羽翼衣裳為誰施俛仰自收拭生命幾何時慷慨各努力此首有冉冉將老修名不立之感

修塗馳軒車長川載輕舟性命豈自然勢路有所繇高名令志惑重利使心憂親昵懷反側骨月還相讎

更希毀珠玉可用登遨遊首四句刺馳騖於名利之途者勢路有所由謂趙孟能賤之也更希句卽毀方瓦合儉德避難之意末句疑有誤字
橫術有奇士黃駿服其箱朝起瀛洲野日夕宿明光
再撫四海外羽翼自飛揚去置世上事豈足愁我腸
一去長離絕千歲復相望去置疑當作棄置前六句似刺賈充鍾會之徒
猗歟上世士恬淡志安貧季葉道陵遲馳騖紛垢塵
甯子豈不類揚歌誰肯殉一作詢棲棲非我偶皇皇非
己倫咄嗟榮辱事去來味道眞道眞信可娛清潔存
精神巢由抗高節從此適河濱識度○甯子二句謂甯戚非全不知道者而飯牛之歌果爲何事而肯以身殉之也薄甯戚而慕巢由阮公之志事著矣咄嗟猶須臾也言榮來辱去辱來榮去不過須臾閒事吾但味吾道眞而已
梁東有芳草一朝再三榮色容豔姿美光華耀傾城
豈爲明哲士妖蠱諂媚生輕薄在一時安知百世名
路端便娟子但恐日月傾焉見冥靈木悠悠竟無形

秋駕安可學。東野窮路旁。綸深魚淵潛。矰設鳥高翔。汎汎乘輕舟。演漾靡所望。吹噓誰以益。江湖相捐忘。都冶難爲顏。修容是我常。茲年在松喬。恍惚誠未央。

秋駕作稅駕者誤莊子逸篇尹儒學御三年而無所得夜夢受秋駕明日往朝師師曰今將教子以秋駕註曰秋駕法駕也國藩按秋駕二句言有才者終至蹉跌東野稷馬力已竭事見莊子

咄嗟行至老。僶俛常苦憂。臨川羨洪波。同始異支流。百年何足憂。但恐怨與讎。讎怨者誰子。耳目還相羞。聲色爲胡越。人情自逼遒。招彼玄通士。去來歸羨遊。

此首謂死不足憂但恐有平生親好迫之死於非命同始異支流謂少年相好之人中道異趣也讎怨非他人乃平生親昵朝夕聞見之人一旦異趣談笑之際睇睞之閒已成胡越此有憂生之歎矣末句疑有誤字

昔有神仙士。乃處射山阿。乘雲御飛龍。噓噏嘰瓊華。可聞不可見。慷慨歎咨嗟。自傷非儔類。愁苦來相加。下學而上達。忽忽將如何。

嘰音機小食也終身履冰下學上達皆嗣宗吃緊爲

人處

林中有奇鳥。自言是鳳皇。清朝飲醴泉。日夕棲山岡。高鳴徹九州。延頸望八荒。適逢商風起。羽翼自摧藏。一去崑崙西。何時復迴翔。但恨處非立。愴悢使心傷。鳳皇阮公自况也處非立三字疑有誤

出門望佳人。佳人豈在茲。三山招松喬。萬世誰與期。存亡一作日有長短。慷慨將焉知。忽忽朝日隤。行行將何之。不見入秋草。摧折在今時。望佳人而不見招松喬而不來將抱孤芳而長逝耳

昔有神仙者。羨門及松喬。噏習九陽閒。升近嘰雲霄。人生樂長久。百世自言遼。白日隕隅谷。一夕不再朝。豈若遺世物。登明遂飄颻。

墓前熒熒者。木槿耀朱華。榮好未終朝。連飆隕其葩。豈若西山草。琅玕與丹禾。垂影臨增城。餘光照九阿。

甯微少年子。日夕難咨嗟。此與四十四首七十一首語意重複别無精義疑亦後人附益之也

十八家詩鈔卷一

十八家詩鈔卷二目錄

十八家詩鈔卷二目錄

十八家詩鈔卷二

湘鄉曾國藩纂

合肥李鴻章審訂
東湖王定安校

陶淵明五古一百十四首

形影神三首並序

貴賤賢愚莫不營營以惜生斯甚惑焉故極陳形影之苦言神辨自然以釋之好事君子其取其心焉

形贈影

天地長不沒山川無改時草木得常理霜露榮悴之謂人最靈智獨復不如茲適見在世中奄去靡歸期奚覺無一人親識豈相思但餘平生物舉目情悽洏我無騰化術必爾不復疑願君取吾言得酒莫苟辭

影答形

存生不可言衛生每苦拙誠願游崑華邈然茲道絕

與子相遇來未嘗異悲悅憩蔭若暫乖止日終不別
此同既難常黯爾俱時滅身沒名亦盡念之五情熱
立善有遺愛胡爲不自竭酒云能消憂方此詎不劣

神釋

大鈞無私力萬理自森著人爲三才中豈不以我故
與君雖異物生而相依附結託善惡同安得不相語
三皇大聖人今復在何處彭祖愛一作壽非永年欲留不
得住老少同一死賢愚無復數日醉或能忘將非促
齡具立善常所欣誰當爲汝譽甚念傷吾生正宜委
運去縱浪大化中不喜亦不懼應盡便須盡無復獨
多慮日醉二句辨形贈影之言立善二句辨影答形之言

九日閑居並序

余閑居愛重九之名秋菊盈園而持醪靡由
空服九華寄懷於言

世短意常多斯人樂久生日月依辰至舉俗愛其名露淒暄風息氣徹天象明往燕無遺影來鴈有餘聲酒能祛百慮菊解一作爲制頽齡如何蓬廬士空視時運傾塵爵恥虛罍寒華徒自榮斂襟獨閒謠緬焉起深情棲遲固多娛淹留豈無成時運傾指易代之事淹留無成騷人語也今反之謂事業則無所成於道德豈無成耶

歸園田居五首

少無適俗韻性本愛邱山誤落塵網中一去三十年羈鳥戀舊林池魚思故淵開荒南野一作畝際守拙歸園田方宅十餘畝草屋八九閒榆柳蔭後檐一作園桃李羅堂前曖曖遠人村依依墟里煙狗吠深巷中雞鳴桑樹巔戶庭無塵雜虛室有餘閒久在樊籠裏復得返自然識度

野外罕人事窮巷寡輪鞅白日掩荊扉虛室一作對酒絕

塵想時復墟曲中一作里人披草一作衣共來往相見無雜

言但道桑麻長桑麻日已長我土日已廣常恐霜霰

至零落同草莽識度

種豆南山下草盛豆苗稀晨興理荒穢帶月荷鋤歸

道狹草木長夕露霑我衣衣霑不足惜但使願無違

識度○東坡云以夕露霑衣之故而違其所願者多矣

久去山澤游浪莽林野娛試攜子姪輩披榛步荒墟

徘徊邱壠閒依依昔人居井竈有遺處桑竹殘朽株

一作樹木殘根株借問採薪者此人皆焉如薪者向我言死

沒無復餘一世異朝市此語真不虛人生似幻化終

當歸空一作虛無識度

悵恨獨策還崎嶇歷榛曲山澗清且淺可一作遇以濯

吾足漉我新熟酒隻雞招近屬一作局日入空中闇荊

薪代明燭歡來苦夕短已復至天旭識度

遊斜川并序

辛丑正月五日天氣澄和風物閒美與二三鄰曲同遊斜川臨長流望曾城魴鯉躍鱗於將夕水鷗乘和以翻飛彼南阜者名實舊矣不復乃爲嗟嘆若夫曾城旁無依接獨秀中皐遙想靈山有愛嘉名欣對不足率爾賦詩悲日月之遂往悼吾年之不留各疏年紀鄉里以記其時日淮南子崑崙山有曾城九重陶公因目中所見之層城而遙想崑崙之層城觀上文臨長流望曾城句當是斜川有山名曾城故愛其嘉名與崑崙同耳駱庭芝云曾城落星寺也然云獨秀中皐則是指山非指寺矣

開歲倏五十一作日吾生行歸休念之動中懷及辰爲茲游氣和天惟澄班坐依遠流弱湍馳文魴閑谷矯鳴鷗迴澤散游目緬然睇曾邱雖微九重秀顧瞻無匹儔提壺接賓侶引滿更獻酬未知從今去當復如

此不中腸縱遙情（中腸一作中觴猶大謝詩之中飲卽酒半也）忘彼千載

憂且極今朝樂明日非所求

示周續之祖企謝景夷三郎（時三人皆講禮校書）

負痾頽檐下終日無一欣藥石有時閒念我意中人

相去不尋常（言不近也）道路邈何（一作無）因周生述孔業祖

謝響然臻（薦禰表羣士響臻）道喪向千載今朝復斯聞馬隊

非講肆校書亦已勤老夫有所愛思與爾爲鄰願言

誨諸子從我潁水濱

乞食

飢來驅我去不知竟何之行行至斯里叩門拙言辭

主人解余意遺贈豈虛來談諧終日夕觴至輒傾杯

情欣新知歡與言遂賦詩感子漂母惠愧我非韓才

銜戢知何謝冥報以相貽

諸人共遊周家墓柏下

今日天氣佳清吹與鳴彈感彼柏下人安得不爲歡清歌散新聲綠酒開芳顏未知明日事余襟良已殫

怨詩楚調示龐主簿鄧治中 古今樂錄載怨詩始於卞和繼以班婕好蓋傷不見知之意此篇之末亦傷世無知己也

天道幽且遠鬼神茫昧然結髮念善事僶俛六九年弱冠逢世阻始室喪其偏炎火屢焚如螟蜮恣中田風雨縱橫至收斂不盈廛夏日抱長 一作長抱 飢寒夜無被眠造夕思雞鳴及晨願烏遷在己何怨尤離憂悽目前吁嗟身後名於我若浮煙慷慨獨悲歌鍾期信爲賢

答龐參軍 有序

三復來貺欲罷不能自爾鄰曲冬春再交款然良對忽成舊遊俗諺云數面成親舊況情過此者乎人事好乖便當語離楊公所 楊承也

歎豈惟長悲吾抱疾多年不復爲文本既不豐復老病繼之輒依周孔往復之義且爲別後相思之資（本既不豐謂素瘰瘠也）

相知何必舊傾蓋定前言有客賞我趣每每顧林園談諧無俗調所説聖人篇或有數斗酒閒飲自歡然我實幽居士無復東西緣物新人惟舊弱毫多所宣情通萬里外形跡滯江山君其愛體素來會在何年

五月旦作和戴主簿

虛舟縱逸棹回復遂無窮（回復者去復來來復去也）發歲若俛仰星紀奄將中明兩萃時物（一作南窗罕悴物）北林榮且豐神淵寫時雨晨色奏景風既來孰不去人理固有終居常待其盡曲肱豈傷沖遷化或夷險肆志無窊隆即事如已高何必升華嵩（史記律書景風者居南方）

連雨獨飲

運生會歸盡終古謂之然世間有松喬於今定何間故老贈余酒乃言飲得仙試酌百情遠重觴忽忘天天豈去此哉任真無所先雲鶴有奇翼八表須臾還自我抱茲獨僶俛四十年形骸久已化心在復何言

識度

移居二首

昔欲居南村非為卜其宅聞多素心人樂與數晨夕懷此頗有年今日從茲役敝廬何必廣取足蔽牀席鄰曲時時來抗言談在昔奇文共欣賞疑義相與析

識度

春秋多佳日登高賦新詩過門更相呼有酒斟酌之農務各自歸閒暇輒相思相思則披衣（起往相訪也）言笑無厭時此理將不勝無為忽去茲衣食當須幾（一作紀）力耕不吾欺

識度○此理二句言此樂不可勝無為舍而去之也

和劉柴桑

山澤久相招胡事乃躊躇直爲親舊故未忍言索居良辰入奇懷挈杖還西廬荒塗無歸人時時見廢墟茆茨已就治新疇復應畬谷風轉淒薄春醪解飢劬弱女雖非男慰情良勝無棲棲世中事歲月共相疏耕織稱其用過此奚所須去去百年外身名同翳如

酬劉柴桑

窮居寡人用時志四運周空一作門庭多落葉慨然已知秋新葵鬱北牖嘉穟眷一作養南疇今我不爲樂知有來歲不命室攜童弱良日登遠遊

和郭主簿二首

靄靄堂前林中夏貯清陰凱風因時來回飆開我襟息交逝閑臥坐起弄書琴一作息交遊閑業臥起弄書琴園蔬有餘滋舊穀猶儲今營已良有極過足非所欽舂秫作美

酒酒熟吾自斟弱子戲我側學語未成音此事真復樂聊用忘華簪遙遙望白雲懷古一何深

和澤周三春清涼素一作華秋節露凝無游氛天高風景澈陵岑聳逸峯遙瞻皆奇絕芳菊開林耀青松冠巖列懷此貞秀姿卓爲霜下傑銜觴念幽人千載撫爾訣檢素不獲展厭厭竟良月

於王撫軍座送客王弘爲撫軍將軍江州刺史庾登之爲西陽太守時被徵還京謝瞻爲豫章太守時將赴郡王撫軍於湓浦餞之或邀陶公預宴

秋日淒且厲百卉具已腓爰以履霜節登高餞將歸寒氣冒山澤游雲倏無依洲渚思緬邈風水互乖違瞻夕欣良讌離言聿云悲晨鳥暮來還懸車斂餘輝淮南子日至悲泉是謂懸車逝一作游止判殊路旋駕悵遲遲目送回舟遠情隨萬化遺

與殷晉安別有序○殷景仁名鐵

殷先作晉安南府長史掾因居潯陽後作太尉劉裕參軍移家東下作此以贈

遊好非久長一遇盡殷勤信宿酬清話益復知爲親去歲家南里薄作少時鄰負杖肆游從淹留忘宵晨語默自殊勢亦知當乖分未謂事已及興言在茲春飄飄西來風悠悠東去雲山川千里外言笑難爲因良才不隱世指殷江湖多賤貧陶公自指脫有經過便念來存故人

贈羊長史有序○羊名松齡

左軍羊長史銜使秦川作此與之

愚生三季後慨然念黃虞得知千載上政賴古人書賢聖留餘跡事事在中都豈忘游心目關河不可踰九域甫已一逝將理舟輿聞君當先邁負痾不獲俱路若經商山爲我少躊躇多謝綺與角精爽今何如

紫芝誰復採深谷久應蕪駟馬無貰患貧賤有交娛
清謠結心曲人乖運見疏擁懷累代下言盡意不舒
識度○劉裕破秦以後霸業已盛玉步將更故前者思游中都而九域未一今者九域已一而世代將故但當從綺角游耳駟馬不貰憂患貧賤或多歡娛亦公之素志也

歲暮和張常侍

市朝悽舊人驟驥感悲泉明旦非今日歲暮余何言
素顏斂光潤白髮一已繁闊哉秦穆談膂力豈未愆
向夕長風起寒雲沒西山洌洌氣遂嚴紛紛飛鳥還
民生鮮常在矧伊愁苦纏屢闕清酤至無以樂當年
窮通靡攸慮顦顇由化遷撫己有深懷履運增慨然

和胡西曹示顧賊曹

蕤賓五月中清朝起南颸不駛亦不遲飄飄吹我衣
重雲蔽白日閑雨紛微微流目視西園曄曄榮紫葵
於今甚可愛柰何當復衰一作當樂行復衰感物願及時每

恨靡所揮悠悠待秋稼寥落將賒遲逸想不可淹猖狂獨長悲

悲從弟仲德

銜哀過舊宅悲淚應心零借問爲誰悲懷人在九冥禮服名羣從恩愛若同生門前執手時何意爾先傾在數竟未免爲山不及成慈母沈哀疚二胤纔數齡雙位委空館朝夕無哭聲流塵集虛坐宿草旅前庭階除曠遊迹園林獨餘情翳然乘化去終天不復形遲遲將回步惻惻悲襟一作衿涕盈

始作鎮軍參軍經曲阿宋武帝行鎮軍將軍陶公參其軍事

弱齡寄事外委懷在琴書被褐欣自得屢空常晏如時來苟冥會謂無心遇之也觀一苟字明其爲適然相值非有意就此參軍也婉孌一作踠轡憩通衢投策命晨裝暫與田園疏眇眇孤舟逝綿綿歸思紆我行豈不遙登陟千里餘目倦川塗異

心念山澤居望雲慚高鳥臨水愧游魚真想初在襟誰謂形蹟拘聊且憑化遷終返班生廬識度

庚子歲五月中從都還阻風於規林二首

行行循歸路計日望舊居一欣侍溫顏再喜見友于鼓棹路崎曲指景限西隅江山豈不險歸子念前塗凱風負我心戢枻守窮湖高莽眇無界夏木獨森疏誰言客舟遠近瞻百里餘延目識南嶺空歎將焉如

自古歎行役我今始知之山川一何曠巽坎難與期巽順也坎險也或曰巽風也坎水也崩浪聒天響長風無息時久游戀所生如何淹在茲靜念園林好人間良可辭當年詎有幾縱心復何疑

辛丑歲七月赴假還江陵夜行塗口

閑居三十載遂與塵事冥詩書敦宿好林園無俗情如何舍此去遙遙至南荊叩枻新秋月臨流別友生

涼風起將夕夜景湛虛明昭昭天宇闊皛皛川上平
懷役不遑寐中宵尚孤征商歌非吾事淮南子曰甯戚商歌車下桓公慨然而悟許慎曰甯戚衛人聞齊桓公興霸無因自達將車自往商秋聲也依依在耦
耕投冠旋舊墟不爲好爵縈養真衡茅下庶以善自
名

癸卯歲始春懷古田舍二首

在昔聞南畝當年竟未踐屢空既有人春興豈自免
夙晨裝吾駕啓塗情已緬鳥弄歡新節泠風送餘善一作鳥弄新節泠風送餘善寒竹一作草被荒蹊地爲罕一作幽人遠
是以植杖翁悠然不復返即理愧通識所保詎乃一作成淺
先師有遺訓憂道不憂貧瞻望邈難逮轉欲志長勤
秉耒歡時務解顏勸農人平疇交遠風良苗亦懷新
雖未量歲功即事多所欣耕種有時息行者無問津

日入相與歸壺漿勞近鄰長吟掩柴門聊爲隴畝民

癸卯歲十二月中作與從弟敬遠

寢迹衡門下邈與世相絶顧盼莫誰知荆扉晝常閉必結切凄凄歲暮風翳翳經夕一作月雪傾耳無希聲在目皓已潔勁氣侵襟袖簞瓢謝屢設蕭索空宇中了無一可悅歷覽千載書時時見遺烈高操非所攀謬一作深得固窮節平津苟不由棲遲詎爲拙寄意一言外茲契誰能別平津二句言苟不慕公孫宏之丞相封侯則栖遲山林亦未爲拙也不由謂不由其道也

乙巳歲三月爲建威參軍使都經錢溪

我不踐斯境歲月好已積晨夕看山川事事悉如昔微雨洗高林清飈矯雲翮眷彼品物存義風都未隔伊余何爲者勉勵從茲役一形似有制一字似有誤素襟不可易園田日夢想安得久離析終懷在歸一作壑舟

諒哉宜（一作負）霜柏（趙泉山曰此詩大旨慶遇先帝光復大業不失舊物也）

還舊居（南康志近城五里地名上京亦有淵明故居）

疇昔家上京六（一作十）載去還歸今日始復來惻愴多所悲阡陌不移舊邑屋或時非履歷周故居鄰老罕復遺步步尋往迹有處特依依流幻百年中寒暑日相推常恐大化盡氣力不及衰撥置且莫念一觴聊可揮

戊申歲六月中遇火

草廬寄窮巷甘以辭華軒正夏長風急林室頓燒燔一宅無遺宇舫舟蔭門前迢迢新秋夕亭亭月將圓果菜始復生驚鳥尚未還中宵竚遙念一盼周九天總髮抱孤介（一作念）奄出四十年形迹憑化往靈府長獨閒貞剛自有質玉石乃非堅仰想東戶時餘糧宿中田鼓腹無所思朝起暮歸眠既已不遇茲且遂灌

我園

己酉歲九月九日

靡靡秋已夕淒淒風露交蔓草不復榮園木空自彫
清氣澄餘滓杳然天界高哀蟬無留一作歸響叢一作燕
鴈鳴雲霄萬化相尋繹人生豈不勞從古皆有沒念
之中心焦何以稱我情濁酒且自陶千載非所知聊
以永今朝

庚戌歲九月中於西田穫早稻

人生歸有道衣食固其端孰是都不營而以求自安
開春理常業歲功聊可觀晨出肆微勤日入負耒還
山中饒霜露風氣亦先寒田家豈不苦弗獲辭此難
四體誠乃疲庶無異患干盥濯息檐下斗酒散襟一作劬
顏遙遙沮溺心千載乃相關但願長如此躬耕非
所歎識度

丙辰歲八月中於下潠田舍穫

貧居依一作事稼穡戮力東林隈不言春作苦常恐負所懷司田眷有秋寄聲與我諧飢者歡初飽束帶候鳴雞揚檝越平湖汎隨清壑迴鬱鬱荒山裏猨聲閑且哀悲風愛靜夜一作夜靜林鳥喜晨開曰余作此來三四星火頹姿年逝已老其事未云乖遙謝荷蓧翁聊得從君栖

責子 舒儼宣俟雍份端佚通佟凡五人舒宣雍端通皆小名

白髮被兩鬢肌膚不復實雖有五男兒總不好紙筆阿舒已二八懶惰故無匹阿宣行志學而不愛文術雍端年十三不識六與七通子垂九齡但覓梨與栗天運苟如此且進杯中物識度

有會而作 竝序

舊穀既沒新穀未登頗為老農而值年災日

月尚悠爲患末已登歲之功既不可希朝夕
所資煙火裁通旬日已來始念飢乏歲云夕
矣慨然永懷今我不述後生何聞哉

弱年逢家乏老至更長飢菽麥實所羨孰敢慕甘肥
惄如亞九飯當暑厭寒衣歲月將欲暮如何辛苦悲
常善粥者心深恨蒙袂非嗟來何足吝徒沒空自遺
斯濫豈彼志固窮夙所歸餒也已矣夫在昔余多師

蜡日

風雪送餘運無妨時已和梅柳夾門植一條有佳花
我唱爾言得酒中適何多未能明多少章山有奇歌

飲酒二十首 有序

余閒居寡歡兼比夜已長偶有名酒無夕不
飲顧影獨盡忽焉復醉既醉之後輒題數句
自娛紙墨遂多辭無詮次聊命故人書之以

爲歡笑爾

衰榮無定在彼此更共之邵生瓜田中寧似東陵時寒暑有代謝人道每如茲達人解其會一作趣逝將不復疑忽與一觴酒日夕歡相一作自持識度

積善云有報夷叔在一作飢西山善惡苟不應何事空立言九十行帶索飢寒況當年不賴固窮節百世當誰傳榮啓期事見列子至於九十猶不免行而帶索則自少壯至老當年之飢寒不可勝述矣

道喪向千載人人惜其情有酒不肯飲但顧世間名所以貴我身豈不在一生一生復能幾倏如流電驚鼎鼎百年內持此欲何成

棲棲失羣鳥日暮猶獨飛徘徊無定止夜夜聲轉悲厲響思清晨遠去何所依一作厲響思清遠去來何依依因值孤生松斂翮遙來歸勁風無榮木此蔭獨不衰託身已得所千載不相違識度○趙泉山曰此詩譏切殷景仁顏延年輩附麗於宋

結廬在人境而無車馬喧問君何能爾心遠地自偏
採菊東籬下悠然見南山山氣日夕佳飛鳥相與還
此中有真意欲辯已忘言識度○此首文選錄入雜詩中

行止千萬端誰知非與是是非苟相形雷同共譽毀
三季多此事達士似不爾咄咄俗中愚且當從黃綺湯東澗曰此篇言季世出處不齊士皆以乘時自奮爲賢吾知從黃綺而已

秋菊有佳色裛露掇其英汎此忘憂物遠我遺世情
一觴雖獨進杯盡壺自傾日入羣動息歸鳥趨林鳴
嘯傲東軒下聊復得此生識度○此首文選錄入雜詩中

青松在東園衆草沒其姿凝霜殄異類卓然見高枝
連林人不覺獨樹衆乃奇提壺挂寒柯遠望時復爲
吾生夢幻間何事紲塵羈識度

清晨聞叩門倒裳往自開問子爲誰歟田父有好懷
壺漿遠見候疑我與時乖繿縷茆簷下未足爲高棲

一世皆尚同願君汩其泥深感父老言稟氣寡所諧
紆轡誠可學違己詎非迷且共歡此飲吾駕不可回
識度
在昔曾遠遊直去東海隅道路迴且長風波阻一作起
中塗此行誰使然似爲飢所驅傾身營一飽少許便
有餘恐此非名計息駕歸閑居識度○趙泉山曰此篇述其爲貧而仕
顏生稱爲仁榮公歸有道屢空不獲年長飢至於老
雖留身後名一生亦枯槁死去何所知稱心固爲好
客一作各養千金軀臨化消其寶裸葬何必惡人當解
意表識度○歸猶稱也論語天下歸仁焉稱其仁也曹植詩衆工歸我姸稱其姸也此歸字與上句稱字對舉互見
長公曾一仕長公張摰也壯節忽失時杜門不復出終身
與世辭仲理歸大澤仲理楊倫也高風始在一作如茲一往
便當已何爲復狐疑去去當奚道世俗久相欺擺落

悠悠談請從余所之

有客常同止取舍邈異境一士長獨醉一夫終年醒醒醉還相笑發言各不領規規一何愚兀傲差若穎寄言酣中客日沒獨何炳（一作燭可炳○晉宋間以同居爲同止兩人同居一醉一醒淵明以醒者規規爲愚而醉者傲兀差穎耳）

故人賞我趣挈壺相與至班荊坐松下數斟已復醉父老雜亂言觴酌失行次不覺知有我安知物爲貴悠悠迷所留酒中有深味

貧士乏人工灌木荒余宅班班有翔鳥寂寂無行跡宇宙何悠悠（一作何悠）人生少至百歲月相從過（一作催逼）鬢邊早已白若不委窮達素抱深可惜

少年罕人事游好在六經行行向不惑淹留遂（一作自）無成竟抱窮苦節飢寒飽所更敝廬交悲風荒草沒前庭披褐守長夜晨雞不肯鳴孟公不在茲終以翳

吾情孟公陳遵也

幽蘭生前庭含薰待清風清風脫然至見別蕭艾中行行失故路任道或能通覺悟當念還鳥盡廢良弓鳥盡弓藏湯東澗以爲借昔人去國之語喻己歸田之志

子雲性嗜酒家貧無由得時賴好事人載醪祛所惑觴來爲之盡是諮無不塞有時不肯言豈不在伐國仁者用其心何嘗失顯默識度○末句用柳下惠事蓋以揚雄柳下自比陶公與親舊亦好縱言乎論但不言禪代事耳

疇昔苦長飢投耒去學仕將養不得節凍餒固一作故纏己是時向立年志意多所恥遂盡介然分拂衣一作終死歸田里冉冉星氣流亭亭復一紀世路廓悠悠楊朱所以止雖無揮金事濁酒聊可恃彭澤之歸在義熙元年此云復一紀則賦此飲酒當是義熙十二三年間

羲農去我久舉世少復真汲汲魯中叟彌縫使其淳

鳳鳥雖不至。禮樂暫得新。洙泗輟微響。漂流逮狂秦。詩書復何罪。一朝成灰塵。區區諸老翁。爲事誠殷勤。如何絕世下。六籍無一親。終日馳車走。不見所問津。若復不快飲。空負頭上巾。但恨多謬誤。君當恕醉人。識度

止酒

居止次城邑。逍遙自閑止。坐止高蔭下。步止蓽門裏。好味止園葵。大懽止稚子。平生不止酒。止酒情無喜。暮止不安寢。晨止不能起。日日欲止之。營衛止不理。徒知止不樂。未信一作知止利己。始覺止爲善。今朝真止矣。從此一止去。將止扶桑涘。清顏止宿容。奚止千萬祀。首六句止字俱不貼酒說末三句止字亦不貼酒

述酒

舊注儀狄造酒杜康潤色之○劉裕以毒酒一甖授張偉使酖恭帝繼又令兵人踰垣進藥王不肯飲遂掩殺之國藩按湯文清公漢注述酒詩定爲廋辭隱語蓋恭帝哀詩

茲摘鈔一二吳師道補湯之說亦附鈔之

重離照南陸鳴鳥聲相聞司馬氏出重黎之後以離爲黎故爲錯亂也秋

草雖未黃融風火已分素礫皛修諸南嶽無餘雲修諸

指長江卽江左也此二句言氣數衰謝○已上言晉室南渡國雖未亡而勢已分裂矣豫章抗

高門重華固靈墳劉裕初封豫章王重華謂恭帝禪宋也流淚抱中歎

傾耳聽司晨因恭帝之弒故流淚長歎而達曙神州獻佳粟西靈爲

我馴義熙十四年鞏縣人獻嘉禾西靈當作四靈裕受禪文有四靈效徵之語諸梁董師

旅隼勝喪其身葉公殺白公勝喻裕翦宗室之有才望者山陽歸下國成

名猶不勤說法不勤成名曰靈○二句以魏降漢獻爲山陽公而卒弒之喻裕廢帝爲零陵王

而卒弒之也卜生善斯牧安樂不爲君安樂公蓋以劉禪比恭帝平生

去舊京峽口納遺薰雙陵甫云育三趾顯奇文王子

愛淸吹日中翔河汾朱公練九齒閒居離世紛卜生句平

生八句不甚可解湯公之說亦不可通峩峩西嶺內偃息常所親天容

自永固彭殤非等倫西嶺當指恭帝所葬之地謂偃息邱山天容自固豈與尋常之

壽夭竝論哉

擬古九首

榮榮窗下蘭。密密堂前柳。初與君別時。不謂行當久。出門萬里客。中道逢嘉友。未言心相醉。不在接杯酒。蘭枯柳亦衰。遂令此言負。（一作時沒身還朽）多謝諸少年。相知不忠（一作相）厚。意氣傾人命。離隔復何有。（陳沆曰淵明初辭義熙之辟亦謂時未可以仕耳豈圖大命遽傾終古永訣哉）

辭家夙嚴駕。當往志無終。問君今何行。非商復非戎。聞有田子泰。節義爲士雄。斯人久已死。鄉里習其風。生有高世名。既沒傳無窮。不學狂（一作驅）馳子。直在百年中。（田疇字子泰事劉虞虞爲公孫瓚所害誓爲報讐不遂陶公蓋以疇自比）

仲春遘時雨。始雷發東隅。衆蟄各潛駭。草木從橫（一作此）舒。翩翩新來燕。雙雙入我廬。先巢故尚在。相將還舊居。自從分別來。門庭日荒蕪。我心固匪石。君情定

何如。陳沆曰舊巢尚存主人安在燕獨何心忍戀新而忘舊耶

迢迢百尺樓分明望四荒暮作歸雲宅朝爲飛鳥堂山河滿目中平原轉毛作獨茫茫古時功名士慷慨爭此場一旦百歲後相與還北邙松柏爲人伐高墳互低昂頹基無遺主遊魂在何方榮華誠足貴亦復可憐傷。識度○陳沆曰山河功名戰爭慷慨謂平定燕秦之人也

東方有一士被服常不完三旬九遇食十年著一冠辛苦無此比常有好容顏我欲觀其人晨去越河關青松夾路生白雲宿檐端知我故來意取琴爲我彈上絃驚別鶴下絃操孤鸞願留就君住從今至歲寒識度○陳沆曰此淵明自詠

蒼蒼谷中樹冬夏常如茲年年見霜雪誰謂不知時厭聞世上語結友到臨淄稷下多談士指彼決吾疑裝束既有日已與家人辭行行停出門還坐更自思

不怨道里長但畏人我欺萬一不合意永爲世笑嗤(一作之)伊懷難具道爲君作此詩(稷下決疑亦詹尹問卜之類淵明不仕之志久定姑託爲訪卜稷下之辭耳)

日暮天無雲春風扇微和佳人美清夜達曙酣且歌歌竟長歎息持此感人多皎皎雲閒月灼灼葉中華豈無一時好不久當如何(識度○前六句公自詠後四句歎趨時附勢之人)

少時壯且厲撫劍獨行遊誰言行遊近張掖至幽州飢食首陽薇渴飲易水流不見相知人惟見古時邱路邊兩高墳伯牙與莊周此士難再得吾行欲何求(首陽易水伯牙莊周陶公之志事可見矣)

種桑長江邊三年望當採枝條始欲茂忽值山河改柯葉自摧折根株浮滄海春蠶既無食寒衣欲誰待本不植高原今日復何悔(識度○兩晉立國本無苞桑之固干寶論之詳矣末二句似追咎謀國者之不臧)

雜詩十二首

人生無根蔕飄如陌上塵分散逐風轉此已非常身
落地爲[一作流落成]兄弟何必骨肉親得歡當作樂斗酒
聚比鄰盛年不重來一日難再晨及時當勉勵歲月
不待人[落地爲兄弟言隨處相逢皆兄弟也]
白日淪西河素月出東嶺遙遙萬里輝蕩蕩空中景
風來入房戶夜中枕席冷氣變悟時易不眠知夕永
欲言無予和揮杯勸孤影日月擲人去有志不獲騁
念此懷悲悽終曉不能靜
榮華難久居盛衰不可量昔爲三春蕖今作秋蓮房
嚴霜結野草枯悴未遽央日月還復周[一作有環周]我去
不再陽眷眷往昔時憶此斷人腸[此篇亦感興亡之意]
丈夫志四海我願不知老親戚共一處子孫還相保
觴絃肆朝日罇中酒不燥緩帶盡歡娛起晚眠常早

孰若當世士冰炭滿懷抱百年歸邱壟用此空名道不知老句貫下六句謂自少至老祗在一邱一壑之中與親戚子孫相聚正與四海句相反末四句謂死後縱有空名而生前冰炭滿懷已不勝其苦矣

憶我少壯時無樂自欣豫猛志逸四海騫翮思遠翥荏苒歲月頹此心稍已去值歡無復娛每每多憂慮氣力漸衰損轉覺日不如壑舟無須臾引我不得住前途當幾許未知止泊處古人惜寸陰念此使人懼

昔聞長者言掩耳每不喜奈何五十年忽已親此事求我盛年歡一毫無復意去去轉欲遠此生難一作豈再值傾家持一作時作樂竟此歲月駛有子不留金何用身後置

日月不肯遲四時相催迫寒風拂枯條落葉掩長陌弱質與運頹玄鬢早已白素標插人頭前塗漸就窄家爲逆旅舍我如當去客去去欲何之南山有舊宅

素髮在頭若標識然前塗漸窄猶云來日漸短也

代耕本非望代耕祿也所業在田桑躬親未曾替寒餒常糟糠豈期過滿腹但願飽粳糧御冬足大布麤絺以應陽政爾不能得哀哉亦可傷人皆盡獲宜拙生失其方理也可奈何且爲陶一觴既失其方則寒餒乃其理也

遙遙從羈役一心處兩端掩淚汎東逝順流追時遷日沒星與昴勢翳西山巔蕭條隔天涯惆悵念常飡慷慨思南歸路遐無由緣關梁難虧替絕音寄斯篇淵明未嘗有遠行之役似因故國已亡譬若遠行在外無家可歸託爲之辭後二首亦有行役之感不甚可解

閑居執蕩志時駛不可稽驅役無停息軒裳逝東崖沈陰擬薰麝寒氣激我懷歲月有常御我來淹已彌慷慨憶綢繆此情久已離荏苒經十載暫爲人所羈庭宇翳餘木倏忽日月虧

我行未云遠回顧慘風涼春燕應節起高飛拂塵梁邊鴈悲無所代謝歸北鄉離鵾鳴清池涉暑經秋霜愁人難爲辭遙遙春夜長

嫋嫋松標巖婉孌柔童子年始三五間喬柯何可倚一作柯條何滓滓又作華柯真可寄養色含津氣粲然有心理東坡和陶詩無此篇

詠貧士七首

萬族各有託孤雲獨無依曖曖空中滅何時見餘暉朝霞開宿霧衆鳥相與飛遲遲出林翮未夕復來歸一作已復歸量力守故轍豈不寒與飢知音苟不存已矣何所悲識度○雲見而隨滅鳥出而復歸皆喻己之甘守故轍早賦歸來也湯東澗曰孤雲倦翮以喻舉世皆乘風雲而己獨無攀緣飛翻之意甯忍飢寒以守志節縱無知此意者亦不足悲也

淒厲歲云暮擁一作短褐曝前軒南圃無遺秀枯條盈北園傾壺絕餘瀝闚竈不見煙詩書塞座外日昃不

遑研閒居非陳厄竊有愠見言何以慰吾懷賴古多此賢識度

榮叟老帶索欣然方彈琴原生納決履情歌唱商一作高音重華去我久貧士世相尋敝襟不掩肘藜羹常乏斟豈忘襲輕裘苟得非所欽賜也徒能辯乃不見吾心識度

安貧守賤者自古有黔婁好爵吾不榮厚饋吾不酬一旦壽命盡敝服仍一作覆乃不周豈不知其極非道故無憂從來將千載未復見斯儔朝與仁義生夕死復何求識度

袁安困積雪邈然不可干阮公見錢入即日棄其官芻藁有常温採莒足朝飧豈不實辛苦所懼非飢寒貧富常交戰道勝無戚一作厚顔至德冠邦閭清節映西關

仲蔚愛窮居。遶宅生蒿蓬。翳然絕交游。賦詩頗能工。舉世無知者。一作音 止有一劉龔。此士胡獨然。實由罕所同。介焉安其業。所樂非窮通。人事固以拙。聊得長相從。莊子古之得道者窮亦樂通亦樂所樂非窮通也

昔在黃子廉。彈冠佐名州。一朝辭吏歸。清貧略難儔。年飢感仁妻。泣涕向我流。丈夫雖有志。固爲兒女憂。惠孫一晤歎。腆贈竟莫酬。誰云固窮難。邈哉此前修。黃蓋傳云南陽太守黃子廉之後也

詠二疏

湯東澗曰二疏取其歸三良與主同死荊軻爲主報仇皆託古以自見云

大象轉四時。功成者自去。借問衰周來。幾人得其趣。游目漢廷中。二疏復此舉。高嘯返舊居。長揖儲君傅。餞送傾皇朝。華軒盈道路。離別情所悲。餘榮何足顧。事勝感行人。賢哉豈常譽。厭厭閭里歡。所營非近務。促席延故老。揮觴道平素。問金終寄心。清言曉未悟。

放意樂餘年。遑恤身後慮。誰云其人亡。久而道彌著

詠三良

彈冠乘通津。但懼時我遺。服勤盡歲月。常恐功愈微。
忠情謬獲露。遂爲君所私。出則陪文輿。入必侍丹帷。
箴規嚮已從。計議初無虧。一朝長逝後。願言同此歸。
厚恩固難忘。君命安可違。臨穴罔遅疑。投義志攸希。
荊棘籠高墳。黃鳥聲正悲。良人不可贖。泫然霑我衣。

詠荊軻

燕丹善養士。志在報強嬴。招集百夫良。歲暮得荊卿。
君子死知己。提劍出燕京。素驥鳴廣陌。慷慨送我行。
雄髮指危冠。猛氣衝長纓。飲餞易水上。四座列羣英。
漸離擊悲筑。宋意唱高聲。蕭蕭哀風逝。淡淡寒波生。
商音更流涕。羽奏壯士驚。心知去不歸。且有後世名。
登車何時顧。飛蓋入秦庭。凌厲越萬里。逶迤過千城。

圖窮事自至豪主正怔營惜哉劍術疏奇功遂不成

其人雖已沒千載有餘情一作斯人久已沒千載有深情○淮南子高漸離宋意爲擊筑而歌於易水之上

讀山海經十三首

孟夏草木長遶屋樹扶疏衆鳥欣有託吾亦愛吾廬既耕亦已種時還讀我書窮巷隔深轍頗迴故人車歡言酌春酒摘我園中蔬微雨從東來好風與之俱汎覽周王傳流觀山海圖俯仰終宇宙不樂復何如識度○周穆天子傳者太康二年汲縣民發古冢所獲書也

玉臺堂一作凌霞秀王母怡妙顏天地共俱生不知幾何年靈化無窮已館宇非一山高酣發新謠寧效俗中言山海經云玉山王母所居郭璞注云王母亦有離宮別館不專住一山也○穆天子傳西王母宴穆王於瑤池之上爲天子謠曰云云

迢遞槐江嶺是謂玄圃邱西南望崑墟崙一作光氣難

與儔亭亭明玕照落落清瑤流恨不及周穆託乘一

來游西山經槐江之山其上多琅玕實惟帝之玄圃南望崑崙其光熊熊其氣魂魂爰有淫流其清

洛洛瑤流即淫流也

丹木生何許迺在峚山陽黃花復朱實食之壽命長

白玉凝素液瑾瑜發奇光豈伊君子寶見重我軒黃

峚音密山海經云峚山上多丹木黃華而赤實丹水出焉其中多白玉是有玉膏黃帝是食是饗

翩翩三青鳥毛色奇可憐朝爲王母使暮歸三危山

我欲因此鳥具向王母言在世無所須惟酒與長年

山海經五三青鳥主爲西王母取食又曰三危之山三青鳥居之

逍遙蕪皋止杳然望扶木洪柯百萬尋森散覆暘谷

靈人侍丹池朝朝爲日浴神景一登天何幽不見燭

東山經蕪皋之山東望榑木海外東經暘谷上有扶桑十日所浴

粲粲三珠樹寄生赤水陰亭亭淩風桂八榦共成林

靈鳳撫雲舞神鸞調玉音雖非世上寶爰得王母心

山經云三珠樹生赤水上桂林八樹在番隅東八樹而成林言其大也載民之國鸞鳥自歌鳳鳥自舞

自古皆有沒何人得靈長不死復不老萬歲如平常

赤泉給我飲員邱足我糧方與三辰游壽考豈渠央

山經云不死民在交脛國東其人黑色壽不死

夸父誕宏志乃與日競走俱至虞淵下似若無勝負

神力旣殊妙傾河焉足有餘迹寄鄧林功竟在身後

精衞銜微木將以塡滄海刑天舞干戚猛志故常在

同物旣無慮化去不復悔徒設在昔心良晨詎可待

山經云精衞炎帝之少女名曰女娃游於東海溺而不返常銜西山之木石以堙東海刑天獸名也口中好銜干戚而舞

巨猾肆威暴欽䲹違帝旨窫窳强能變祖江遂獨死

明明上天鑒爲惡不可履長枯固已劇鵕鶚豈足恃

鵃鵝當作鴟鴸見城邑其國有放士念彼懷王世當時數

來止青邱有奇鳥自言獨見爾本爲迷者生不以喻

君子

巖巖顯朝市帝者愼用才何以廢共鯀重華爲之來仲父獻誠言姜公乃見猜臨沒告飢渴當復何及哉鯀竊帝之息壤以堙洪水帝令祝融殺之羽邱仲父請去豎刁三子齊桓公不聽

擬挽歌辭三首

有生必有死早終非命促昨暮同爲人今旦在鬼錄魂氣散何之枯形寄空木嬌兒索父啼良友撫我哭得失不復知是非安能覺千秋萬歲後誰知榮與辱但恨在世時飲酒不得足

在昔無酒飲今旦一作但湛空觴春醪生浮蟻何時更能嘗殽案盈我前親舊哭我旁欲語口無音欲視眼無光昔在高堂寢今宿荒草鄉一朝出門去歸來夜未央

荒草何茫茫白楊亦蕭蕭嚴霜九月中送我出遠郊

四面無人居高墳正嶕嶢馬爲仰天鳴風爲自蕭條（一作鳥爲動哀鳴林爲結風飆）幽室一已閉千年不復朝千年不復朝賢達無奈何向來相送人各自還其家親戚或餘悲他人亦已歌死去何所道託體同山阿

桃花源詩幷記

晉太元中武陵人捕魚爲業緣溪行忘路之遠近忽逢桃花林夾岸數百步中無雜樹芳草鮮美落英繽紛漁人甚異之復前行欲窮其林林盡水源便得一山山有小口髣髴若有光便捨船從口入初極狹纔通人復行數十步豁然開朗土地平曠屋舍儼然有良田美池桑竹之屬阡陌相通雞犬相聞其中往來種作男女衣著悉如外人黃髮垂髫並怡然自樂見漁人乃大驚問所從來具答之便

要還家設酒殺雞作食村中聞有此人咸來問訊自云先世避秦時亂率妻子邑人來此絕境不復出焉遂與外人間隔問今是何世乃不知有漢無論魏晉此人一一爲具言所聞皆歎惋餘人各復延至家皆出酒食停數日辭去此中人語云不足爲外人道也既出得其船便扶（一作於）向路處處誌之及郡下詣太守說如此太守卽遣人隨其往尋向所誌遂迷不復得路南陽劉子驥高尚士也聞之欣然規往（一本有游焉二字）未果尋病終後遂無問津者

嬴氏亂天紀賢者避其世黃綺之商山伊人亦云逝往迹浸復湮來逕遂蕪廢相命肆農耕日入從所憩桑竹垂餘蔭菽稷隨時藝春蠶收長絲秋熟靡王稅

荒路曖交通雞犬互鳴吠俎豆猶古法衣裳無新製
童孺縱行歌斑白懽游詣草榮識節和木衰知風厲
雖無紀歷誌四時自成歲怡然有餘樂於何勞智慧
奇蹤隱五百一朝敞神界淳薄既異源旋復還幽蔽
借問遊方士焉測塵囂外願言躡輕風高舉尋吾契

謝康樂五古六十五首

述祖德詩二首

序曰太元中王父龕定淮南負荷世業尊主
隆人逮賢相徂謝君子道消拂衣蕃岳考卜
東山事同樂生之時志期范蠡之舉

達人貴自我高情屬天雲兼抱濟物性而不嬰垢氛
段生藩魏國展季救魯人弦高犒晉師晉舊作晉呂氏春秋載秦三帥對弦高之言曰晉之道也迷惑陷人大國之地高誘注曰晉國名也仲連卻秦軍臨
組年不紲對珪甯肯分惠物辭所賞勵志故絕人苕

茗歷千載遙遙播清塵清塵竟誰嗣明哲垂經綸明哲

指祖玄也委講綴道論改服康世屯屯難既云康尊主隆斯民工律

中原昔喪亂喪亂豈解已崩騰永嘉末逼迫太元始永嘉懷帝年號太元孝武年號河外無反正江介有蹶圮萬邦咸震懾橫流賴君子拯溺繇道情龕暴資神理秦趙欣來蘇燕魏遲文軌賢相謝世運遠圖因事止高揖七州外拂衣五湖裏隨山疏濬潭傍巖藝枌梓遺情舍塵物貞觀丘壑美工律河外謂洛陽西晉一失不復反正也江介謂金陵東晉疆宇日蹙也賢相謂祖玄也舜分十二州東晉時有其七故曰七州

九日從宋公戲馬臺集送孔令武帝爲宋公在彭城九日出項羽戲馬臺孔靖字季恭宋臺初建以爲尚書令讓不受辭謝東歸高祖餞之百僚咸賦詩

季秋邊朔苦旅鴈違霜雪凄凄陽卉腓皎皎寒潭絜

潔同

良辰感聖心雲旗興暮節鳴葭戾朱宮蘭卮獻時哲餞宴光有孚和樂隆所缺在宥天下理吹萬羣方悅歸客遂海隅脫冠謝朝列弭棹薄枉渚指景待樂闋河流有急瀾浮驂無緩轍豈伊川途念宿心愧將別彼美丘園道喟焉傷薄劣 時哲歸客皆指孔令也毛詩序曰鹿鳴廢則和樂缺矣此云隆所缺謂尚有鹿鳴之意孔以養素爲樂而己以戀位爲辱故云愧將別

從遊京口北固應詔

玉璽戒誠信黃屋示崇高事爲名教用道以神理超昔聞汾水遊今見塵外鑣鳴笳發春渚稅鑾登山椒張組眺倒景 吳都賦張組帷構流蘇 列筵矚歸潮遠巖映蘭薄白日麗江皋原隰荑綠柳墟囿散紅桃皇心美陽澤萬象咸光昭顧己枉維縶撫志慚場苗工拙各所宜終以反林巢曾是縈舊想覽物奏長謠 玉璽黃屋二事皆因辨名教而立之等威也若道則有超乎二事之外者矣

永初三年七月十六日之郡初發都沈約宋書高祖永初三年五月崩少帝卽位出靈運爲永嘉郡守少帝猶未改元故云永初

述職期闌暑理棹變金素秋岸澄夕陰火旻團朝露

辛苦誰爲情遊子值頹暮愛似莊念昔久敬曾存故莊子夫越之流人去國旬月見所嘗見於國中喜及期年也見似人而喜矣韓詩外傳曾子曰少而學長而忘之一費也事君有功輕而負之二費也久友交而中絕三費也

如何懷土心持此謝遠度李牧愧長袖郤克慚躧步戰國策李牧至趙王使韓蒼數之曰王觴將軍將軍爲壽捭匕首當死牧曰身大臂短不能及地故使工人爲木杖以接手上若弗信請視之左傳郤克徵會於齊頃公帷婦人使觀之郤子登婦人笑於房

良時不見遺醜狀不成惡曰余亦支離依方早有慕莊子支離疏者頤隱於齊肩高於頂會撮指天五管在上兩髀爲脅又子桑戶死孟子反子琴張或鼓琴相和而歌孔子曰彼遊方之外者也

生幸休明世親蒙英達顧英達謂盧陵王也

空班趙氏璧徒乖魏王瓠莊子魏王貽我大瓠之種我樹之成而實五石以盛水漿其堅不自舉剖以爲瓢則瓠落而無所容非不枵然大矣吾爲其無用掊之

從來漸二紀始得傍歸路靈運

之永嘉必塗經始甯故宅及祖父邱墓皆在始甯故曰傍歸路始甯今上虞也將窮山海迹

永絕賞心悟

鄰里相送至方山

祇役出皇邑相期憩甌越解纜及流潮懷舊不能發

析析就衰林皎皎明秋月含情易爲盈遇物難可歇

積痾謝生慮寡慾罕所闕資此永幽棲豈伊年歲別

各勉日新志音塵慰寂蔑資寡欲之理爲幽棲之道豈止年歲之別將有終焉之志

過始甯墅沈約宋書靈運父祖竝葬始甯縣竝有故宅及墅遂修營舊業及幽居之案水經注曰始甯縣西本上虞之南鄉也

束髮懷耿介逐物遂推遷違志似如昨二紀及茲年

緇磷謝清曠疲苶慙貞堅拙疾相倚薄還得靜者便

剖竹守滄海守永嘉枉帆過舊山過始甯山行窮登頓水

涉盡洄沿巖峭嶺稠疊洲縈渚連綿白雲抱幽石綠

篠媚清漣葺宇臨迴江築觀基曾巔揮手告鄉曲三載期歸旋且爲樹枌檟無令孤願言工律

富春渚

宵濟漁浦潭旦及富春郭定山緬雲霧赤亭無淹薄遡流觸驚急臨圻阻參錯亮乏伯昏分險過呂梁壑列子伯昏無人臨百仞之泉背逡巡足二分垂在外揖禦寇而進禦寇伏地汗流至踵無人曰至人上闚青天下潛黃泉神氣不變今汝殆矣又孔子觀於呂梁懸水三十仞流沫三十里黿鼉魚鼈不能游也洊至宜便習兼山貴止託平生協幽期淪躓困微弱久露干祿請始果遠遊諾宿心漸申寫萬事俱零落懷抱既昭曠外物徒龍蠖徒龍蠖云者聽其或屈或伸於己心了若無與也

七里瀨

羈心積秋晨晨積展遊眺孤客傷逝湍徒旅苦奔峭石淺水潺湲日落山照曜荒林紛沃若哀禽相叫嘯遭物悼遷斥存期得要妙物外物也期襟期也既秉上皇心五臣

珍倣宋版印

作情莊子監照下土天下載之此謂上皇豈屑末代誚目覩嚴子瀨想屬任公釣莊子任公子爲大鉤巨緇五十犗以爲餌投竿東海朞年不得魚已而得大魚淛河以東蒼梧以北莫不厭若魚也誰謂古今殊異代可同調

晚出西射堂永嘉郡射堂

步出西城集作掖門遙望城西岑連障疊巘崿青翠杳深沈曉霜楓葉丹夕薰嵐氣陰節往慼不淺感來念已深羈雌戀舊侶迷鳥懷故林含情尚勞愛如何離賞心言鳥含情尚知勞愛況乎人而離於賞心也撫鏡華緇鬢攬帶緩促矜安排徒空言幽獨賴鳴琴

登池上樓永嘉郡池上樓

潛虯媚幽姿飛鴻響遠音薄霄愧雲浮棲川怍淵沈進德智所拙退耕力不任徇祿反窮海臥痾對空林衾枕昧節候褰開暫窺臨傾耳聆波瀾舉目眺嶇嶔初景革緒風新陽改故陰神農本草曰春夏爲陽秋冬爲陰池塘生

春草園柳變鳴禽祁祁傷豳歌萋萋感楚吟索居易永久離羣難處心持操豈獨古無悶徵在今虬以深潛而葆眞鴻以高飛而遠害今以嬰俗網故有愧虬鴻也

遊南亭永嘉郡南亭

時竟夕澄霽雲歸日西馳密林含餘清遠峯隱半規久痗昏墊苦旅館眺郊岐澤蘭漸被徑芙蓉始發池未厭青春好已覩朱明移戚戚感物歎星星白髮垂藥餌情所止衰疾忽在斯逝將候秋水息景偃舊巖我志誰與亮賞心惟良知

遊赤石進帆海永甯安固二縣中路東南便是赤石又枕海

首夏猶清和芳草亦未歇水宿淹晨暮陰霞屢興沒周覽倦瀛壖況乃凌窮髮川后時安流天吳靜不發揚帆採石華掛席拾海月溟漲無端倪虛舟有超越仲連輕齊組明海上之可悅子牟眷魏闕言雖悅海上仍不忘朝廷矜名

道不足適己物可忽請附任公言終然謝天伐(工律)

登江中孤嶼(永嘉江也)

江南倦歷覽江北曠周旋懷新道轉迥尋異景不延
亂流趨正絕孤嶼媚中川雲日相輝映空水共澄鮮
表靈物莫賞蘊真誰爲傳想像崑山姿緬邈區中緣
始信安期術得盡養生年(工律)

登永嘉綠嶂山詩

裹糧杖輕策懷遲上幽室行源逕轉遠距陸情未畢
澹瀲結寒姿團欒潤霜質澗委水屢迷林迥巖逾密
眷西謂初月顧東宜落日踐(一作殘)夕奄昏曙蔽翳皆
周悉蠱上貴不事履二美貞吉幽人常坦步高尚邈
難匹頤阿竟何端寂寂寄抱一恬如既已交繕性自
此出

郡東山望溟海詩(一作東山望海)

開春獻初歲白日出悠悠蕩志將愉樂瞰海庶忘憂策馬步蘭皋緤控息椒邱采蕙遵大薄搴若履長洲白花皜陽林紫虈（一作翹）曄春流非徒不弭忘覽物情彌遒萱蘇始無慰寂寞終可求

遊嶺門山詩

西京誰修政龔汲稱良吏君子豈定所清塵慮不嗣早莅建德鄉民懷虞芮意海岸常寥寥空館盈清思協以上冬月晨遊肆所喜千圻邈不同萬嶺狀皆異威摧姦山峭滋汨兩江駛（威摧節用皆疊韻連綿字）魚舟豈安流樵拾謝西芘人生誰云樂貴不屈所志

石室山詩

清旦索幽異放舟越坰郊莓莓蘭渚急藐藐苔嶺高石室冠林陬飛泉發山椒虛泛徑千載崢嶸非一朝鄉村絕聞見樵蘇限風霄微戎無遠覽總笄羨升喬

靈域久韜隱如與心賞交合歡不容言摘芳弄寒條

登上戍石鼓山詩

旅人心長久憂憂自相接故鄉路遙遠川陸不可涉
汨汨莫與娛發春託登躡歡願既無並戚慮庶有協一作怯
極目睞左闊迴顧眺右狹日末澗增波雲生嶺逾疊白芷競新苔綠蘋齊初葉摘芳芳靡諼愉樂樂不變佳期緬無像騁望誰云愜

行田登海口盤嶼山

羈苦孰云慰觀海藉朝風莫辨洪波極誰知大壑東
依稀採菱歌髣髴含嚬容遨遊碧沙渚遊衍丹山峯

白石巖下徑行田

小邑居易貧災年民無生知淺懼不周愛深憂在情
舊業橫海外蕪穢積頹齡饑饉不可久甘心務經營
千頃帶遠堤萬里瀉長汀洲流涓澮合連統塍埒弁

雖非楚宮化荒闕亦黎明雖非鄭白渠每歲望東京
天鑒儻不孤來茲驗微誠

齋中讀書

昔余遊京華未嘗廢邱壑矧乃歸山川心跡雙寂寞
虛館絕諍訟空庭來鳥雀臥疾豐暇豫翰墨時間作
懷抱觀古今寢食展戲謔既笑沮溺苦又哂子雲閣
執戟亦以疲耕稼豈云樂萬事難並歡達生幸可託

工律

命學士講書

臥病同淮陽宰邑曠武城弦歌愧言子清淨謝汲生
古人不可攀何以報恩榮時往歲易周聿來政無成
會是展余心招學講羣經鑠金既云刃凝土亦能型
望爾志尚隆遠嗣竹箭聲敢謂荀氏訓且布一作有蘭
陵情待罪豈久期禮樂俟賢明

種桑詩

詩人陳條柯亦有實擭剔前脩爲誰故後事資紡績常佩知方誡愧微富教益浮陽鶩嘉月藝桑迨閒隙疏欄發近郛長行達廣場曠流始毖泉湎塗猶跬跡俾此將長成慰我海外役

初去郡

彭薛裁知恥貢公未遺榮漢書王莽秉政專權彭宣上書乞骸骨又辥廣德爲御史大夫乞骸骨班固述曰廣德當宣近於知恥又貢禹爲光祿大夫上書乞骸骨鍾會有遺榮賦或可優貪競豈足稱達生伊余秉微尚拙訥謝浮名廬園當棲巖卑位代躬耕顧己雖自許心迹猶未幷無庸方選作妨周任有疾像長卿畢娶類尚子薄遊似邴生恭承古人意促裝返柴荆牽絲及元興解龜在景平牽絲初仕解龜去官也臧榮緒晉書曰安帝卽位改元曰元興靈運初爲琅邪王行軍參軍沈約宋書曰少帝卽位改元曰景平應璩詩不悟牽朱絲三署來相尋漢書黃金印龜紐負心二十

載於今廢將迎理棹遄還期遵渚鶩脩坰遡溪終水
涉登嶺始山行野曠沙岸淨天高秋月明憩石挹飛
泉攀林搴落英戰勝臞者肥鑒止流歸停韓子子夏曰吾入見
先王之義則榮之出見富貴又榮之二者戰於胸臆故臞今見先王之義戰勝故肥也文子莫監於流潦
而監於止水即是羲唐化獲我擊壤情一作聲

田南樹園激流植援

樵隱俱在山繇來事不同不同非一事養痾亦園中
樵者在山隱者亦在山老圃在園吾之養痾亦在園所以在園者亦不同故曰不同非一事中園
一作園中屏氛雜清曠招遠風卜室倚北阜啟扉面南江
激澗代汲井激流插槿當列墉植援羣木既羅戶樹園衆山
亦當窗靡迤趨下田田南迢遞瞰高峯寡欲不期勞即
事罕人功唯開蔣生徑永懷求羊蹤賞心不可忘妙
善冀能同首尾兩押同韻

石壁精舍還湖中作

昏旦變氣候山水含清暉清暉能娛人遊子憺安也忘歸出谷日尚早入舟陽已微林壑斂暝色雲霞收夕霏芰荷迭映蔚蒲稗相因依披拂趨南逕愉悅偃東扉慮澹物自輕意愜理無違寄言攝生客試用此道推工律

登石門最高頂

晨策尋絕壁夕息在山棲疏峯抗高館對嶺臨迴溪長林羅戶穴一作庭積石擁階基連巖覺路塞密竹使徑迷來人忘新術去子惑故蹊活活夕流駛噭噭夜猨嘯沈冥豈別理守道自不攜心契九秋幹目翫三春荑居常以待終處順故安排惜無同懷客共登青雲梯

石門新營所住四面高山迴溪石瀨茂林修竹

躋險築幽居披雲臥石門苔滑誰能步葛弱豈可捫

嫋嫋秋風過萋萋春草繁美人遊不還佳期何繇敦芳塵凝瑤席清醑滿金尊洞庭空波瀾桂枝徒攀翻結念屬霄漢孤景莫與諼俯濯石下潭仰看條上猨早聞夕飈急晚見朝日暾崖傾光難留林深響易奔感往慮有復理來情無存庶持乘日車（選作日用）得以慰營魂匪爲衆人說冀與智者論

於南山往北山經湖中瞻眺

朝日發陽崖（南）景落憩陰峯（北）舍舟眺迴渚（經湖中）停策倚茂松側逕旣窈窕環舟亦玲瓏俛視喬木杪仰聆大壑灇（灇與潨同毛萇曰潨水會也）石橫水分流林密蹊絕蹤解作竟何感升長皆丰容（解作升長用二卦名）初篁包綠籜新蒲含紫茸海鷗戲春岸天雞拜和風（瞻眺所見）撫化心無厭覽物眷彌重不惜去人遠但恨莫與同孤遊非精歎賞廢理誰通

從斤竹澗越嶺溪行

猿鳴誠知曙谷幽光未顯巖下雲方合花上露猶泫逶迤傍隈隩澗迢遞陟陘峴嶺過澗既厲急登棧亦陵緬川渚屢徑復溪行乘流翫迴轉蘋萍泛沈深菰蒲冒清淺企石挹飛泉攀林摘葉卷想見山阿人薜蘿若在眼握蘭勤徒結折麻心莫展情用賞為美事昧竟難辨觀此遺物慮一悟得所遣工律

過白岸亭詩

拂衣遵沙垣緩步入蓬屋近澗涓密石遠山映疏木空翠難強名漁釣易為曲援蘿聆青巖春心自相屬交交止栩黃呦呦食苹鹿傷彼人百哀嘉爾承筐樂榮悴迭去來窮通成休慼未若長疏散萬事恆抱朴

夜宿石門詩拾遺作石門巖上宿

朝搴苑中蘭畏波霜下歇暝還雲際宿弄此石上月

鳥鳴識夜棲木落知風發異音同至聽殊響俱清越妙物莫爲賞芳醑誰與伐美人竟不來陽阿徒晞髮

南樓中望所遲客

杳杳日西頹漫漫長路迫登樓爲誰思臨江遲來客與我別所期期在三五夕圓景早已滿佳人殊（五臣作猶）未適即事怨睽攜感物方悽感孟夏非長夜晦明如歲隔瑤華未堪折蘭若已屢摘路阻莫贈問云何未離析搔首訪行人引領冀良覿

廬陵王墓下作（宋武帝子義真爲廬陵王聰敏好文常與靈運往來會少帝失德議廢立交在廬陵徐羨之等奏廢廬陵爲庶人旋殺之因遷靈運後知無罪召還文帝問曰南來何所制作對曰過廬陵墓作一篇）

曉月發雲陽落日次朱方含悽泛廣川灑淚眺連岡眷言懷君子沈痛切中腸道消絕憤懣運開申悲涼神期恒若存德音初不忘徂謝易永久松柏森已行

延州協心許新序延陵季子聘晉帶寶劍過徐君徐君色欲之已心許矣反則徐君死於是以劍挂徐君墓而去楚老惜蘭芳漢書龔勝楚人也勝卒有老父弔曰薰以香自燒膏以明自銷龔生竟夭天年非吾徒也解劍竟何及撫墳徒自傷平生疑若人通蔽互相妨若人謂延州及楚老也桓子新論曰漢高祖功侔湯武及病歸之天命誤矣此必通人而蔽者也理感深情慟定非識所將已上八句言向疑吳札楚老為情所蔽今已亦因情至而過慟雖有識亦不能自將也將猶持也漢書張竦曰效子者難將脆促良可哀夭枉特兼常猶云倍常一隨往化滅安用空名揚舉身泣已灑長歎不成章工律

還舊園作見顏范二中書顏延之范泰也

辭滿豈多秩謝病不待年偶與張邴合張良邴漢也久欲還東山聖靈昔迴眷謂宋高祖微尚不及宣謂歸隱之志未遽宣陳也何意衝飈激烈火縱炎煙焚玉發崑峯餘燎遂見遷沈約宋書少帝即位權在大臣靈運非毀執政徐羨之等患之出為永嘉太守投沙理既迫如邛願亦愆投沙以賈誼自況如邛以司馬相如自況也長與懽愛別永

絕平生緣浮舟千仞壑總轡萬尋巔流沫不足險石林豈爲艱閩中安可處日夜念歸旋事躓兩如直言媿不似史魚兩如矢之直也心愜三避賢言慕孫叔敖三去相之賢也兩如三避歎後語究未穩愜託身青雲上棲巖挹飛泉盛明盪氛昏貞休康屯邅指宋武帝殊方感成貸微物豫采甄謂己昔蒙召用感深操不固質弱易扳纏曾是反昔園語往實款然疑當作欸然曩基卽先築故池不更穿果木有舊行壤石無遠延雖非休憩地聊取永日閑衞生自有經息陰謝所牽夫子照清素投懷授往篇

酬從弟惠連惠連有西陵遇風獻康樂詩見本集

寢瘵謝人徒滅迹入雲峯巖壑寓耳目歡愛隔音容永絕賞心望長懷莫與同末路值令弟開顏披心胸首章喜惠連之來會

心胸既云披意得咸在茲淩淵尋我室散帙問所知

夕慮曉月流朝忌曛日馳晤對無厭歇聚散成分離文章喜其聚而慮其離

分離別西川迴景歸東山別時悲已甚別後情更延傾想遲嘉音果枉濟江篇辛勤風波事款曲洲渚言三章敘別後得其來詩

洲渚既淹時風波子行遲務協華京想詎存空谷期猶復惠來章祇足攪余思儻若果歸言其陶暮春時

暮春雖未交仲春善遊遨山桃發紅萼野蕨漸紫苞嚶鳴已悅豫幽居猶鬱陶夢寐佇歸舟釋我吝與勞

登臨海嶠初發疆中作與從弟惠連可見羊何其和之集作登臨嶠與從弟惠連一首

杪秋尋遠山山遠行不近與子別山阿含酸赴脩畛中流袂就判欲去情不忍顧望脰未悄陸彥聲詩曰相思心既勞相望脰亦悄說文曰㾊疲也與悄通汀曲舟已隱

隱汀絶望舟騖棹逐一作逾驚流欲抑一生歡並奔千

里遊。日落當棲薄繫纜臨江樓豈惟夕情斂憶爾共

淹留

淹留昔時懽復增今日歎茲情已分慮況乃協悲端

秋泉鳴北澗。哀猨響南巒。戚戚新別心悽悽久念攢

攢念攻別心旦發清溪陰暝投剡中宿明登天姥岑

高高入雲霓。還期那可尋。儻遇浮邱公長絶子徽音

初發石首城沈約宋書靈運陳疾東歸會稽太守孟顗表其有異志靈運馳往京都詣闕上表太祖知其見誣不罪也以爲臨川內史

白圭尚可磨斯言易爲緇雖抱中孚爻猶勞貝錦詩

寸心若不亮微命察如絲日月垂光景指宋太祖成貸遂

兼茲。貸施也既貸其性命又予以官職故曰兼茲出宿薄京畿晨裝摶曾

颸曾颸猶層飈也摶字用莊子摶扶搖羊角字重經平生別再與朋知辭

前之永嘉今適臨川故曰再衆朋知辭故山日已遠風波豈還時迢迢

萬里帆茫茫終何之遊當羅浮行息必廬霍期越海陵三山遊湘歷九嶷欽聖若旦暮懷賢亦悽其皎皎明發心不爲歲寒欺

入東道路詩

整駕辭金門命旅惟詰朝懷居顧歸雲指塗泝行飈屬值清明節榮華感和韶陵隰繁綠杞墟囿粲紅桃鷕鷕翬方雊纖纖麥垂苗隱畛邑里密緬邈江海遼滿目皆古事心賞貴所高魯連謝千金延州權去朝行路既經見願言寄吟謠

道路憶山中

采菱調易急江南歌不緩楚人心音絕越客腸今斷斷絕雖殊念俱爲歸慮款存鄉爾思積憶山我憤懣越客靈運自謂楚人指人原存鄉句亦指作原追尋棲息時偃臥任縱誕得性非外求自已爲誰纂已止也纂繼也莊子曰夫吹萬不同而使之自已也言情

已止矣不解固何復纂也不怨秋夕長常一恆不苦夏日短濯流激浮湍息陰倚密竿協吉旦切懷故叵新歡含悲忘春煖悽悽明月吹惻惻廣陵散殷勤訴危柱慷慨命促管

入彭蠡湖口

客遊倦水宿風潮難具論洲島驟迴合圻岸屢崩奔乘月聽哀狖浥露馥芳蓀春晚綠野秀巖高白雲屯千念集日夜萬感盈朝昏攀巖照石鏡牽葉入松門三江事多往九派理空存靈物合珍怪異人祕精魂金膏滅明光水碧綴五臣作輟流溫徒作千里曲絃絶念彌敦

入華子岡是麻源第三谷

南州實炎德大樹陵寒山銅陵映碧澗石磴瀉紅泉旣枉隱淪客亦棲肥遁賢險徑無測度天路非術阡遂登羣峯首邈若升藝文類聚作騰雲煙羽人絶髣髴丹邱

徒空筌圖牒復磨滅碑版誰聞傳莫辨百代後安知千載前且申獨往意乘月弄潺湲恆充俄頃用豈爲古今然

登歸瀨三瀑布望兩溪

我行乘日垂放舟候月圓沬江免風濤涉清弄漪漣積石竦兩溪飛泉倒三山亦既窴豈陟荒藹橫目前窺巖不覩景披林豈見天陽烏尚傾翰幽篁未爲遭退尋平常時安知巢穴難風雨非攸恡擁志誰與宣儻有同枝條此日即千年

初往新安桐廬口

絺綌雖淒其授衣尚未至感節良已深懷古亦云一作徒役思不有千里棹孰申百代意遠協因子心遙得許生計既及泠風善又即秋水駛江山共開一作闢曠雲日相照媚景夕羣物清對玩咸可憙

擬魏太子鄴中集詩八首 并序

建安末余時在鄴宮朝遊夕讌究歡愉之極天下良辰美景賞心樂事四者難并今昆弟友朋二三諸彥共盡之矣古來此娛書籍未見何者楚襄王時有宋玉唐景梁孝王時有鄒枚嚴馬遊者美矣而其主不文漢武帝徐樂諸才備應對之能而雄猜多忌豈獲晤言之適不誣方將庶必賢於今日爾歲月如流零落將盡撰文懷人感往增愴其辭曰

魏太子

百川赴巨海衆星環北辰照灼爛清漢遙裔起長津天地中橫潰家王（五臣作皇）拯生民區宇既蕩滌羣英必來臻忝此欽賢性緐來常懷仁況值衆君子傾心隆日新論物靡浮說析理實敷陳羅縷豈闕辭窈窕究

天人澄觴滿金罍連榻設華茵急絃動飛聽清歌拂
梁塵莫晏作何言相遇易此歡信可珍工律

王粲

家本秦川貴公子孫遭亂流寓自傷情多

幽厲昔崩亂桓靈今板蕩伊洛說燎煙函崤沒無像五臣作象整裝亂秦川秣馬赴楚壤粲至荊州也沮不自可美客心非外獎常歎詩人言式微何繇往上宰奉皇靈指魏武帝侯伯咸宗長雲騎亂漢南宛晏作紀郢皆掃盪謂平荊表也排霧屬盛明披雲對清朗慶泰欲重疊公子特先賞不謂息肩願一旦值明兩並戚遊鄴京方舟泛河廣綢繆清讌娛寂寥梁棟響既作長夜飲豈顧乘日養工律

陳琳

袁本初書記之士故述喪亂事多

皇漢逢迍邅天下遭氛慝董氏淪關西袁家擁河北單民易周章窘身就羇勒豈意事乖己永懷戀故國相公實勤王指魏武帝信能定蝥賊復覩東郡輝重見漢朝則餘生幸已多矧迺值明德指魏文也愛客不告疲餘讌遺景刻夜聽極星爛五臣作闌朝遊窮曛黑哀哇動梁埃急觴盪幽默且盡一日娛莫知古來惑工律

徐幹

少無宦情有箕潁之心事故仕世多素辭

伊昔家臨淄提攜弄齊瑟置酒飲膠東淹留憩高密此歡謂可終外物始難畢搖蕩箕濮情窮年迫憂慄末塗幸休明棲集建薄質已免負薪苦仍遊椒蘭室清論事究萬美話信非一行觴奏悲歌永夜繫五臣作繼白日華屋非蓬居時髦豈余匹中飲顧昔心悵焉若有失工律○說苑晉靈公欲殺趙宣孟而飲之酒宣孟知之中飲而出國藩按中飲猶曰酒半也鄷

注天官小宰中字別之三中志周瑜傳中江舉帆兩中字與中欽略同

劉楨

卓犖偏人而文最有氣所得頗經奇

貧居晏里閈少小長東平河兖當衝要淪飄薄許京

廣川無逆流招納廁羣英北渡黎陽津南登宛善作紀

郢城既覽古今事頗得治亂情歡友相解達敷奏究

平生矧荷明哲顧知深覺命輕朝遊牛羊下暮坐括

揭鳴終歲非一日傳卮弄清聲辰事既難諧歡願如

今并唯羨肅肅翰繽紛戾高冥工律○括揭鳴疑當作搠揭鳴揭與桀音義同搠揭鳴即雞鳴謂晨也朝遊則至於夕暮坐則達於晨也

應瑒

汝潁之士流離世故頗有飄薄之歎

嗷嗷雲中鴈舉翮自委羽求涼弱水湄違寒長沙渚

顧我梁五臣作原川時緩步集潁許一日逢世難淪薄恆

羈旅天下昔未定託身早得所官渡廁一卒烏林預艱阻晚節值衆賢會同庇天宇列坐蔭華榱金樽盈清醑始奏延露曲繼以闌夕語調笑輒酬答嘲謔無慚沮傾軀無遺慮在心良已敘工律

阮瑀

管書記之任故有優渥之言

河洲多沙塵風悲黃雲起金羈相馳逐聯翩何窮已慶雲惠優渥微薄攀多士念昔渤海時南皮戲清沚今復河曲遊鳴葭泛蘭汜躧步陵丹梯並坐侍君子妍談既愉心哀音一作弄信睦耳傾酤係芳醑酌言豈終始自從食苹來惟見今日美工律

平原侯植

公子不及世事但美遨遊然頗有憂生之嗟

朝遊登鳳閣日暮集華沼傾柯引弱枝攀條摘蕙草

徙倚窮騁望目極盡所討西顧太行山北眺邯鄲道平衢修且直白楊信裊裊副君命飲宴謂文帝也歡娛寫懷抱良遊匪晝夜豈云晚與早衆賓悉精妙清辭灑蘭藻五臣作蘭蒲哀音下迴鵠餘哇徹清昊中山不知醉飲德方覺飽願以黃髮期養生念將老工律

石壁立招提精舍

四城有頓躓三世無極已浮歡昧眼前沈照貫終始壯齡緩前期頽年迫暮齒揮霍夢幻頃飄忽風雷起良緣迨未謝時逝不可俟敬擬靈鷲山尚想祇洹軌絕溜飛庭前高林映窗裏禪室棲空觀講宇析妙理

過瞿溪山僧

迎旭淩絕嶝映泫歸溆浦鑽燧斷山木掩岸墐石戶結架非丹甍藉田資宿莽同遊息心客曖然若可覩清霄颺浮煙空林響法鼓忘懷狎鷗鯈已生馴兕虎

望不眷靈鷲延心念淨土若乘四等觀永拔三界苦

七夕詠牛女

火逝首秋節新明弦月夕月弦光照戸秋首風入隙淩峯步曾（藝文作岑）崖憑雲肆遙脈徙倚西北庭竦踊東南覿紈綺無報章河漢有駿軛

彭城宮中直感歲暮

草草眷徂物契契矜歲殫楚豔起行戚吳趨絶歸欋修帶緩舊裳素鬢改朱顏晚暮悲獨坐鳴鵙歇春蘭

會吟行

六引緩清唱三調佇繁音列筵皆靜寂咸共聆會吟會吟自有初請從文命敷敷績壺冀始刊木至江汜列宿炳天文負海横地理連峯競千仞背流各百里洗池溉粳稻輕雲曖松杞兩京愧佳麗三都豈能似層臺指中天高墉積崇雉飛燕躍廣途鷁首戲清沚

肆呈窈窕容路曜便娟子自來彌年代賢達不可紀
句踐善廢興越叟識行止范蠡出江湖梅福入城市
東方就旅逸梁鴻去桑梓牽綴書士風辭殫意未已

樂府詩集有燕歌行二首七古各十二句鞠歌行一首七古善哉行一首四言隴西行一首四言順東西門行一首長短句上留田行一首九言皆以非五古未鈔外五言中有泰山吟一首八句君子有所思行二十句悲哉行一首二十句緩歌行一首八句苦寒行一首六句豫章行一首六句折楊柳行二首一十四句一十二句皆未選

十八家詩鈔卷二

十八家詩鈔卷三目錄

鮑明遠五古一百三十一首

贈故人馬子喬六首
答客
和王丞
日落望江贈荀丞
秋日示休上人
答休上人
吳興黃浦亭庾中郎作
與伍侍郎別
送別王宣城
送從弟道秀別
贈傅都曹別
和傅大農與僚故別
送盛侍郎餞候亭
與荀中書別

湘鄉曾國藩纂　合肥李鴻章審訂　東湖王定安校

鮑明遠五古一百三十一首

採桑　陌上桑本秦羅敷拒絕挑者之辭樂府解題謂採桑亦出於陌上桑國藩按陌上桑謂夫不在而拒人此則似與夫同處者

季春梅始落工女事蠶作採桑淇洧閒還戲上宮閣早蒲時結陰晚篁初解籜藹藹霧滿閨融融景盈幕乳燕逐草蟲巢蜂拾花萼是節最暄妍佳服又新爍綿玉臺作歛歎對迴塗揚歌弄場藿抽琴試抒思薦珮果成託承君郢中美服義久心諾衛風古愉豔鄭俗舊浮薄靈願悲渡湘宓賦笑瀝洛盛明難重來淵意爲誰涸君其且調絃桂酒妾行酌

代蒿里行

同盡無貴賤殊願有窮伸馳波催永夜零露逼短晨

結一作驅我幽山駕去此滿堂親虛容遺劍佩實貌戢
衣巾斗酒安可酌尺書誰復陳年代稍推遠懷抱日
幽淪人生良可劇天道與何人齎我長恨意歸爲狐
兎塵

代挽歌

獨處重冥下憶昔登高臺傲岸平生中不爲物所裁
埏門祗復閉白蟻相將來生時芳蘭體小蟲今爲災
玄鬢無復根枯髏依青苔憶昔好飲酒素盤進青梅
彭韓及廉藺疇昔已成灰壯士皆死盡餘人安在哉
氣勢

代東門行樂府解題曰古辭出東門言士有貧不安其居者拔劍欲去妻子牽衣留之顧共餔糜不求富貴若鮑照之詩則但傷離別而已

傷禽惡弦驚倦客惡離聲離聲斷客情賓御皆涕零
涕零心斷絕將去復還訣一息不相知何況異鄉別

遙遙征駕遠杳杳白日晚居人掩閨臥行子夜中飯野風吹草木行子心腸斷食梅常苦酸衣葛常苦寒絲竹徒滿座憂人不解顏長歌欲自慰彌起長恨端

氣勢

代放歌行

放歌行一曰孤兒行一曰孤子生行言孤兒爲兄嫂所苦難與久居也鮑照此詩則言榮利之場不宜輕入也

蓼蟲避葵堇習苦不言非小人自齷齪安知曠士懷雞鳴洛城裏禁門平旦開冠蓋縱横至車騎四方來素帶曳長飆華纓結遠埃日中安能止鐘鳴猶未歸夷世不可逢賢君信愛才明慮自天斷不受外嫌猜一言分珪爵片善辭草萊豈伊白璧賜將起黃金臺今君有何疾臨路獨遲迴

氣勢○首四句以蓼蟲之習苦喻世之習於榮利臙仕沈溺而不反者雞鳴八句極言榮利之場衆所共趨夷世十句蓋反言以見意向使君非愛才嫌猜不斷則不能不臨路遲迴矣

代陳思王京洛篇二首（玉臺作煌煌京洛行）

鳳樓十二重四戶八綺窗繡桷金蓮花桂柱玉盤龍
珠簾無隔露羅幌不勝風寶帳三千所爲爾一朝容
揚芬紫煙上垂綵綠雲中春吹回白日霜高落塞鴻
但懼秋塵起盛愛逐衰蓬坐視青苔滿臥對錦筵空
琴瑟縱橫散舞衣不復縫古來共歇薄君意豈獨濃
惟見雙黃鵠千里一相從（氣勢〇春吹四句言時移事異盛極必衰）

南遊偃師縣斜上霸陵東迴瞻龍首堞遙望德陽宮
重門遠照耀天閣復穹隆城傍疑複道樹裏識松風
黃河入洛水丹泉繞射熊夜輪懸素魄朝天蕩碧空
秋霜曉驅雁春雨暗成虹曲陽造甲第高安還禁中
劉蒼歸作相竇憲出臨戎此時車馬合茲晨冠蓋通
誰知兩京盛歡宴遂無窮

代門有車馬客行（門有車馬客皆言問訊其客備敘市朝遷變親友彫落之

意也鮑詩則竝敘此客旋又別去

門有車馬客問客何鄉士捷步往相訊果得舊鄰里悽悽聲中情慊慊增下俚語昔有故悲論今無新喜清晨相訪慰日暮不能已歡戚競尋緒談調何終止辭端竟未究忽唱分途始前悲尚未弭後感方復起嘶聲盈我口談言在君耳手迹可傳心願爾篤行李篤行李猶云珍重道途

代櫂歌行

羈客離嬰時飄颻無定所昔秋寓江界茲春客河滸往戢于役身願言永懷楚泠泠鯈疏潭邕邕雁循渚飂戾長風振搖曳高帆舉驚波無留連舟人不躊竚

代白頭吟

樂府解題曰鮑照張正見虞世南白頭吟皆自傷清直芬馥而遭鑠金玷玉之謗君恩以薄

直如朱絲繩清如玉壺冰何慚宿昔意猜恨坐相仍

人情賤恩舊世議逐衰興毫髮一爲瑕邱山不可勝
食苗實碩鼠點白信蒼蠅鳧鵠遠成美薪蒭前見陵
韓詩外傳田饒謂魯哀公曰雞有五德君食之者以其所從來近也黃鵠一舉千里君貴之者以其所從來遠也史記汲黯謂武帝曰陛下用羣臣如積薪後來者居上
申黜褒女進班去趙
姬升周王日淪惑漢帝益嗟稱心賞猶難恃貌恭豈
易憑古來共如此非君獨撫膺氣勢

代東武吟 東武吟傷時移事異榮華徂謝也此事言苦戰老將傷時事之移易

主人且勿諠賤子歌一言僕本寒鄉士出身蒙漢恩
始隨張校尉張騫也占一作召募到河源後逐李輕車李蔡也
追虜窮塞垣密塗亙萬里甯歲猶七奔密近也近塗猶萬里則遠者可知甯歲猶七奔則多事時可知
肌力盡鞍甲心思歷涼溫將軍
既下世部曲亦罕存時事一朝異孤績誰復論少壯
辭家去窮老還入門腰鎌刈葵藿倚杖牧雞豚昔如
鞲上鷹今似檻中猿徒結千載恨空負百年怨棄席

思君幄疲馬戀君軒願垂晉主惠不愧田子魂氣勢韓子晉文公至河令曰籩豆捐之席蓐損之舅犯聞之哭文公乃止韓詩外傳田子方出見老馬於道曰少盡其力老棄其身仁者不爲也束帛而贖之

代別鶴操古今注曰別鶴操商陵牧子所作也娶妻五年無子父兄將爲之改娶其妻中夜起倚戶而悲嘯牧子援琴作歌

雙鶴俱起時徘徊滄海閒長弄若天漢輕軀似雲懸幽客時結侶提攜遊三山青繳淩瑤臺丹羅籠紫煙海上悲風急三山多雲霧散亂一相失驚孤不得住緬然日月馳遠矣絕音儀有願而不遂無怨以生離鹿鳴在深草蟬鳴隱高枝心自有所存一作懷旁人那得知

代出自薊北門行出自薊北門行大致與從軍行同而兼言燕薊風物此則竝及忠節矣

羽檄起邊亭烽火入咸陽徵騎屯廣武分兵救朔方

嚴秋筋竿勁虜陣精且彊天子按劍怒使者遙相望雁行緣石徑魚貫度飛梁簫鼓流漢颸旌甲被胡霜疾風衝塞起沙礫自飄揚馬毛縮如蝟角弓不可張時危見臣節世亂識忠良投軀報明主身死爲國殤

氣勢

代陸平原君子有所思行

樂府解題曰君子有所思行陸機鮑照沈約之辭皆言彫室麗色不足爲久懽宴安酖毒滿盈所宜敬忌

西上登雀臺東下望雲闕層閣肅天居馳道直如髮繡甍結飛霞璇題納行月築山擬蓬壺穿池類溟渤選色遍齊代徵聲匝邛越陳鐘陪夕讌笙歌待明發年貌不可還身意會盈歇蟻壤漏山阿善作河絲淚毀金骨器惡含滿欹物忌厚生沒智哉衆多士服理辨昭晰

代悲哉行

覊人感淑節緣感欲回轍我行詎幾時華實驟舒結

覩實情有悲瞻華意無悅覽物懷同志如何復乖別

翩翩翔禽羅關鳴鳥列翔鳴尚儔偶所歎獨乖絕

代陳思王白馬篇

白馬騂角弓鳴鞭乘北風要途問邊急雜虜入雲中

閉壁自往夏清野徑還冬僑裝多闕絕旅服少裁縫

埋身守漢境一作節沈命對胡封埋身沈命皆堅志赴敵之意薄暮

塞雲起飛沙被遠松含悲望兩都楚歌登四墉丈夫

設計誤懷恨逐邊戎棄一作罷別中國愛邀冀胡馬功

去來今何道卑賤生所鍾但令塞上兒知我獨爲雄

代昇天行昇天行本求仙之意而此詩窮途三句似亦譏學仙者

家世宅關輔勝帶宦王城備聞十帝事委曲兩都情

倦見物興衰驟覩俗屯平翩翻若回掌恍惚似朝榮

窮途悔短計晚志重一作愛長生從師入遠嶽結友事

仙靈五圖（一作芝）發金記九篇隱丹經（道書有五岳真形圖金記謂金丹書也篇者藏書之篇丹有九轉故曰九篇也）風餐委松宿雲臥恣天行冠霞登綵閣解玉飲椒庭暫游越萬里少（一作近）別數千齡鳳臺無還駕簫管有遺聲（列仙傳蕭史者善吹簫秦穆公以女弄玉妻之爲作鳳臺夫婦止其上一日隨鳳飛去）何當與汝曹啄腐共吞腥

松柏篇并序

余患腳上氣四十餘日知舊先借傅玄集以余病劇遂見還開帙適見樂府詩龜鶴篇於危病中見長逝詞惻然酸懷抱如此重病彌時不差呼吸乏喘舉目悲矣火藥閒闕而擬之

松柏受命獨歷代長不衰人生浮且脆鴥若晨風悲東海迸逝川西山導落暉南廓（一作郊）悅籍短蒿里收永歸諒無疇昔時百病起盡期志士惜牛刀忍勉自

療治傾家行藥事顛沛去迎醫徒備火石苦奄至不得辭寵齡安可獲岱宗限已迫睿聖不得留爲善何所益捨此赤縣居就彼黃壚宅永離九原親長與三辰隔屬纊生望盡闔棺世業埋事痛存人心恨結士者懷祖葬既云及壙隧亦已閉室族內外哭親疏同共哀外姻遠近至名列通夜臺扶輿出殯宮低徊戀庭室天地有盡期我去無還日居者今已盡人事從此畢火歇煙既沒形銷聲亦滅鬼神來依我生人永辭訣大暮杳悠悠長夜無時節鬱湮重冥下煩冤難具說安寢委沈寞戀戀念平生事業有餘結刊述未及成資儲無擔石兒女皆孩嬰一朝放捨去萬恨纏我情追憶世上事束教已自拘明發靡怡愈夕歸多憂虞輟閑晨逕荒輟宴式酒濡知今瞑目苦恨失爾時娛遙遙遠民居獨埋深壤中墓前人跡滅冢上草

日豐空林響鳴蜩高松結悲風長寐無覺期誰知逝者窮生存處交廣連榻舒華茵已沒一何苦楷哉不容身昔日平居時晨夕對六親今日奄奈何一見無諧因禮席有降殺三齡速過隙几筵就收撤室宇改疇昔行女遊歸途行女已嫁之女仕子復王役家世本平常獨有亡者劇時祀望歸來四節靜塋丘孝子撫墳號父兮知來不欲還心依戀欲見絕無由煩冤荒隴側肝心盡崩抽

代苦熱行

赤阪橫西阻火山赫南威身熱頭且痛馬墜魂來歸湯泉發雲潭焦煙起石圻日月有恆昏雨露未嘗晞丹蛇踰百尺玄蜂盈十圍含沙射流影吹蠱病行暉瘴氣晝熏體菵露夜霑衣菵草名有毒其上露觸之肉即潰爛飢猿莫下食晨禽不敢飛毒涇尚多死度瀘寧具腓生軀蹈

死地昌志登禍機戈船榮既薄伏波賞亦微爵輕君

尚惜士重安可希韓詩外傳宋燕相齊罷召客與赴諸侯皆伏不對田饒曰君紈素錦繡從風而敝士曾不得緣衣夫財者君所輕死者士所重君不能用所所輕欲使士用重乎○前言苦熱瘴毒末言從軍死地勞多而賞薄

代朗月行

朗月出東山照我綺窗前窗中多佳人被服妖且妍

靚妝坐帷裏當戶弄清絃鬢奪衞女迅體絕飛燕先

爲君歌一曲當作朗月篇酒至顏自解聲和心亦宣

千金何足重所存意氣閒

代堂上歌行

四坐且莫諠聽我堂上歌昔仕京洛時高門臨長河

出入重宮裏結友曹與何車馬相馳逐賓朋好容華

陽春孟春月朝光散流霞輕步逐芳風言笑弄丹葩

暉暉朱顏酡紛紛織女梭滿堂皆美人目成對湘娥

雖謝侍君閑明妝帶綺羅箏笛更談吹高唱好相和
萬曲不關心一曲動情多欲知情厚薄更聽此聲過

代結客少年場行結客少年場本言輕生重義慷慨以立功名者此則兼言晚節坎壈之狀

驄馬金絡頭錦帶佩吳鉤失意杯酒閒白刃起相讎
追兵一旦至負劍遠行遊去鄉三十載復得還舊邱
升高臨四關表裏望皇州九衢平若水雙闕似雲浮
扶宮羅將相夾道列王侯日中市朝滿車馬若川流
擊鍾陳鼎食方駕自相求今我獨何爲埳壈懷百憂氣勢

扶風歌

昨辭金華殿今次鴈門縣寢臥握秦戈棲息抱越箭
忍悲別親知行泣隨征傳寒煙空徘徊朝日乍舒卷

代少年時至衰老行

憶昔少年時馳逐好名晨結友多貴門出入富兒鄰
綺羅豔華風車馬自揚塵歌唱青齊女彈箏燕趙人
好酒多芳氣餚味厭時新今日每相念此事邈無因
寄語後生子作樂當及春

代陽春登荊山行

旦登荊山頭崎嶇道難遊早行犯霜露苔滑不可留
極眺入雲表窮目盡帝州方都列萬室層城帶高樓
奕奕朱軒馳紛紛縞衣流日氣映山浦暄霧逐風收
花木亂平原桑柘綿平疇攀條弄紫莖藉露折芳柔
遇物雖成趣念者不解憂且共傾春酒長歌登山邱

代貧賤苦愁行

湮沒雖死悲貧苦卽生劇長歎至天曉愁苦窮日夕
盛顏當少歇鬢髮先老白親友四面絕朋知斷三益
空庭慚樹萱藥餌愧過客貧年忘日時黯顏就人惜

俄頃不相酬恧怩面已赤或以一金恨便成百年隙
心爲千條計事未見一獲運圮津塗塞遂轉死溝洫
以此窮百年不如還窀穸

代邊居行

少年遠京陽遙遙萬里行陋巷絕人徑茅屋摧山岡
不覩車馬迹但見麏鹿場長松何落落丘隴無復行
邊地無高木蕭蕭多白楊盛年日月書一去萬恨長
悠悠世中人爭此錐刀忙不憶貧賤時富貴輒相忘
紛紛徒滿目何關慨予傷不如一畝中高會挹清漿
遇樂便作樂莫使候朝光

代邽街行 一作去邪行

峙立出門衢遙望轉蓬飛蓬去舊根在連翩逝不歸
念我捨鄉俗親好久乖違慷慨懷長想惆悵戀音徽
人生隨事變遷化焉可祈百年難必果千慮易盈虧

蕭史曲

蕭史愛長年。嬴女惜童顏。火粒願排棄。霞霧好登攀。龍飛逸天路。鳳起入秦關。身去長不返。簫聲時往還。

侍宴覆舟山二首

息雨清上郊。開雲照中縣。遊軒越丹居。暉燭集涼殿。凌高躋飛楹。追焱起流宴。松苑含靈羣。巖庭藏物變。明輝爍神都。麗氣冠華甸。目遠幽情周。醴洽深恩遍。

繁霜飛玉闥。愛景麗皇州。清蹕戒馳路。羽蓋佇宣游。神居既崇盛。崗巘信環周。禮俗陶德聲。昌會溢民謳。慚無勝化質。謬從雲雨游。

從拜陵登京峴

孟冬十月交。殺盛陰欲終。風烈無勁草。寒甚有凋松。軍井冰晝結。士馬氈夜重。晨登峴山首。霜雪凝未通。息鞍循隴上。支劍望雲峯。表裏觀地險。昇降究天容。

東嶽覆如礪。瀛海安足窮。傷哉長永矣馳光不再中
衰賤謝遠願疲老還舊邦深德竟何報徒令田陌空

蒜山被始興王命作

暮冬霜朔嚴地閉泉不流玄武藏木陰丹鳥還養羞
勞農澤既周役車時亦休高薄符好蒨藻駕及時遊
鹿苑豈淹睇兔園不足留升嶠眺日軏臨迥望滄洲
雲生玉堂裏風靡銀臺陬陂石類星懸嶼木似煙浮
形勝信天府珍寶麗皇州白日迴清景芳醴洽歡柔
參差出寒吹飂戾江上謳。王德愛文雅飛翰灑鳴球
美哉物會昌衣道服光猷

登廬山

懸裝亂水區薄旅次山楹千巖盛阻積萬壑勢迴縈
巃嵸高昔貌紛亂襲前名洞澗窺地脈聳樹隱天經。
松磴上迷密。雲竇下縱橫陰冰實夏結炎樹信冬榮

嘈囋晨鵾思。叫嘯夜猿清。深崖伏化迹窮岫閟長靈
乘此樂山性重以遠遊情方躋羽人途永與煙霧并

登廬山望石門

訪世失隱淪從山異靈士明發振雲冠升嶠遠棲趾
高岑隔半天。長崖斷千里氛霧承星辰潭壑洞江汜
嶄絶類虎牙。巑岏象熊耳埋冰或百年。韜樹必千祀
雞鳴清澗中。猨嘯白雲裏。瑤波逐穴開霞石觸峯起
迴互非一形參差悉相似傾聽鳳管賓緬望釣龍子
松桂盈膝前如何穢城市。

從登香爐峯

辭宗盛荊夢登歌美鳧繹徒收杞梓饒曾非羽人宅
羅景藹雲扃沾光扈龍策御風親列涂乘山窮禹跡。
含嘯對霧岑延蘿倚峯壁青冥搖煙樹穹跨負天石
霜崖滅土膏金澗測泉脈旋淵抱星漢乳竇通海碧

谷館駕鴻人巖棲咀丹客殊物藏珍怪奇心隱仙籍
高世伏音華綿古遁精魄蕭瑟生哀聽參差遠驚覩
慚無獻賦才洗汙奉毫帛

從庾中郎遊園山石室

荒塗趣山楹雲崖隱靈室岡澗紛縈抱林障沓重密
昏昏磴路深活活梁水疾幽隅秉晝燭地牖窺朝日。
怪石似龍章。瑕壁麗錦質洞庭安可窮漏井終不溢
沉空絕景聲。崩危坐驚慄。神化豈有方妙象竟無述
至哉鍊玉人處此長自畢。

登翻車峴

高山絕雲霓深谷斷無光晝夜淪霧雨冬夏結寒霜
淖坂既爲領磧路又羊腸畏塗疑旅人忌轍覆行箱
升岑望原陸四眺極川梁遊子思故居離客遲新鄉
新知有客慰追故遊子傷

登黃鶴磯

木葉江渡寒雁還風送秋臨流斷商絃瞰川悲棹謳適郢無東轅還夏有西浮三崖隱丹磴九派引滄流淚行感湘別弄珠懷漢遊豈伊藥餌泰得奪旅人憂

登雲陽九里埭

宿心不復歸流年抱衰疾既成雲雨人悲緒終不一徒憶江南聲空錄齊后瑟方絕縈絃思豈見繞梁日

自礪山東望震澤

瀾漫潭洞波合沓嶚嶂雲漲島遠不測岡潤近難分幽篁愁暮見思鳥傷夕聞以此藉沈痾棲迹別人羣結言非盡書有念豈敷文

三日遊南苑

採蘋及華月追節逐芳雲騰蒨溢林疏麗日曄山文

清潭圓翠會花薄綠綺紋合樽遽景斜折榮吝組芬

贈故人馬子喬六首

躑躅城上羊攀隅食玄草俱共日月輝昏明獨何早

夕風飄野籜飛塵被長道覩愛難重陳懷憂坐空老

寒灰滅更然夕華晨更鮮春冰雖暫改冬水復還堅

佳人捨我去賞愛長絕緣歡至不留日感物輒復年

松生隴坂上百尺下無枝東南望河尾西北隱崑崖

野風振山籟朋鳥夜驚離悲涼貫年節葱翠恆若斯

安得草木心不怨寒暑移

種橘南池上種杏北池中池北既少露池南又多風

早寒逼晚歲衰恨滿秋容湘濱有靈鳥其字曰鳴鴻

一挹繒繳痛長別遠無雙

皎如川上鵠赫似握中丹宿心誰不欺明白古所難

憑楹觀皓月灑酒盪憂顏永念平生意窮光不忍還

淹留徒攀桂延佇空結蘭

雙劍將離別先在匣中鳴煙雨交將夕從此遂分形雌沈吴江裏（玉臺作水）雄飛入楚城吴江深無底楚闕有崇扃一爲天地別豈直限幽明神物終不隔千祀儻還并

答客

幽居屬有念合意未連詞會客從外來問君何所思澄神自惆悵嘿慮久迴疑謂賓少安席方爲子陳之我以華門士負學謝前基愛賞好偏越放縱少矜持專求遂性樂不計緝名期歡至獨斟酒憂來輒賦詩聲交稍希歇此意更堅滋浮生急馳電物道險絃絲深憂寡情謬進伏兩睽時顧賜卜身要得免後賢嗤

對客自陳素抱而終問之亦屈原卜居之旨

和王丞

限生歸有窮長意一作憶無已年秋心日迴絕春思坐連綿銜協曠古願斟酌高代賢遯迹俱浮海採藥共還山夜聽橫石波朝望宿巖煙明澗子沿越飛蘿予縈牽性好必齊遂迹幽非妄傳滅志身世表藏名琴酒閒

日落望江贈荀丞

旅人乏愉樂薄暮增思深日落嶺雲歸延頸望江陰亂流灇大壑長霧匝高林林際無窮極雲邊不可尋惟見獨飛鳥千里一揚音推其感物情則知遊子心君居帝京內高會日揮金豈念慕羣客咨嗟戀景沈

情韻

秋日示休上人

枯桑葉易零疲客心易驚今茲亦何早已聞絡緯鳴迴風滅且起卷蓬息復征愴愴簟上寒悽悽帳裏清

物色延暮思。霜露逼朝榮臨堂觀秋草東西望楚城

百物方蕭瑟坐歎從此生

答休上人

酒出野田稻菊生高岡草味貌復何奇。能令君傾倒

玉椀徒自羞爲君慨此秋金蓋覆牙柈何爲心獨愁

吳興黃浦亭庾中郎作

風起洲渚寒雲上日無輝連山眇煙霧長波迥難依

旅雁方南過浮客未西歸已經江海別復與親眷違

奔景易有窮離袖安可揮懽觴爲悲酌歌服成泣衣

温念終不渝藻志遠存追役人多牽滯顧路慚奮飛

昧心附遠翰炯言藏佩韋

與伍侍郎別

民生如野鹿知愛不知命飲齕具攢聚。翹陸歘驚迸

傷我慕類心感爾食苹性漫漫鄢郢途渺渺淮海逕

子無金石質吾有犬馬病憂樂安可言離會孰能定
欽哉慎所宜砥德乃為盛貧游不可志久交念敦敬

送別王宣城

發郢流楚思涉淇興衞情既逢青春獻復值白蘋生
廣望周千里江郊藹微明舉爵自惆悵歌管為誰清
潁陰騰前藻淮陽流昔聲樹道慕高華屬路佇深馨

送從弟道秀別

參差生密念躑躅行思悲悲思戀光景密念盈一作彌
歲時歲時多阻折光景乏安怡以此苦風情日夜驚
懸旗登山臨朝日揚袂別所思浸淫旦潮廣瀾漫宿
雲滋天陰懼先發路遠常早辭篇詩後相憶杯酒今
無持游子苦行役冀會非遠期

贈傅都曹別

輕鴻戲江潭孤雁集洲沚邂逅兩相親緣念共無已

風雨好東西一隔頓萬里追憶棲宿時聲容滿心耳落日川渚寒愁雲繞天起短翮不能翔徘徊煙霧裏

和傅大農與僚故別

絕節無緩響傷雁有哀音非同年歲意誰共（一作異）別離心伊昔謬通塗冠屣預人林浮江望南嶽登潮窺海陰孰謂游居淺綦久相深萋萋春草秀嚶嚶喜候禽辰物盡明茂尊盛獨幽沈之子安所適我方棲舊岑墜歡豈更接明愛邈難尋

送盛侍郎餞候亭

霑霜襲冠帶驅駕越城闉北臨出塞道南望入鄉津高墉宿寒霧平野起秋塵君爲坐堂子我乃負羈人欣悲豈等志甘苦誠異身結涕園中草憔悴悲此春

與荀中書別

勞舟厭長浪疲旆倦行風連翩感孤志契闊傷賤躬

親交篤離愛眷戀置酒終數文勉征念發藻慰愁容
思君吟涉洧撫己謠渡江慙無黃鶴翅安得久相從
願遂宿知意不使舊山空

從過舊宮

肅裝屬雲旅奉軔承末塗嚴恭履桑梓加敬覽枌榆
靈命蘊川瀆帝寶伏篇圖虎變由石紐龍翔自鼎湖
功冠生民始道妙神器初宮陛留前制歌思溢今衢
餘祥見雲物遺像存陶漁泉流信清泌原野實甘荼
豈伊愛酆鄗天險兼上腴東秦邦北門非親誰克居
仁聲日月懋惠澤雲雨敷盧令美何歇唐風久不渝
微臣逢世慶征賦備人徒空費行葦德採束謝生芻

從臨海王上荆初發新渚

客行有苦樂但問客何行襲王粲從軍行調扳龍不待翼附
驥絕塵冥梁珪分楚牧羽鷁指全荆雲艫掩江汜千

里被連旌戾戾日風遒嘈嘈晨鼓鳴收纜辭帝郊揚棹發皇京狐兔懷窟志犬馬戀主情撫襟同太息相顧俱涕零奉役塗未啓思歸思已盈

還都道中三首

悅懌遂還心踊躍貪至勤鳴雞戒征路暮息落日分急流騰飛沫回風起江濆孤獸嗁夜侶離鴻噪霜羣物哀心交橫聲切思紛紜歎慨訴同旅美人無相聞

風急訊灣浦裝高偃檣舳夕聽江上波遠極千里目寒律驚窮蹊爽氣起喬木隱隱日沒岫瑟瑟風發谷鳥還暮林諠潮上氷結洑夜分霜下淒悲端出遙陸愁來攢入懷羈心苦獨宿

久宦迷遠川川廣每多懼薄止閭邊亭關歷險程路霮䨴冥隅岫濛昧江上霧時涼籟爭吹流潨浪奔趣注一作惻焉增愁起搔首東南顧茫然荒野中舉目皆

凜素回風揚江泌寒烏棲動樹太息終晨漏企我歸飆遇

上潯陽還都道中

昨夜宿南陵今旦入蘆洲客行惜日月崩波不可留侵星赴早路畢景逐前儔鱗鱗夕雲起獵獵晚（一作曉）風遒騰沙鬱黃霧翻浪揚白鷗登艫眺淮甸掩泣望荆流絶目盡平原時見遠煙浮倏忽坐還合俄思甚兼秋未嘗違戶庭安能千里遊誰令乏古節貽此越鄉憂

還都至三山望石頭城

泉源安首流川末澄遠波晨光被水族曉氣歇林阿兩江皎平迥三山鬱駢羅南帆望越嶠北榜指齊河闕局繞天邑襟帶抱尊華長城非壑嶮峻岨似荆芽攢樓貫白日摛堞隱丹霞征夫喜觀國遊子遲見家

流連入京引躑躅望鄉歌彌前歎景促逾近勸路多
偕萃猶如茲弘易將謂何

還都口號

分壤蕃帝華列正藹皇宮禮讌及時暇朝奏因歲通
維舟歇金景結棹俟昌風鉦歌首寒物歸吹踐開冬
陰沈煙塞合蕭瑟涼海空馳霜急歸節幽雲慘天容
旌鼓貫玄塗羽鵠被長江君王遲京國遊子思鄉邦
恩世共渝洽身願兩扳逢勉哉河濟客勤爾尺波功

行京口至竹里

高歌危且竦鋒石橫復仄複澗隱松聲重崖伏雲色
冰閉寒方壯風動鳥傾翼斯志逢凋嚴孤遊值曛逼
兼塗無憩鞍半菽不遑食君子樹令名細人效命力
不見長河水清濁俱不息

發後渚

江上氣早寒仲秋始霜雪從軍乏衣糧方冬與家別
蕭條背鄉心悽愴清渚發涼埃晦平皐飛潮隱脩樾
孤光獨徘徊空煙視昇滅塗隨前峯遠意逐後雲結
華志分馳年韶顏慘驚節推琴三起歎聲爲君斷絕

岐陽守風

差池玉繩高掩藹瑤井沒廣岸屯宿陰懸巖棲歸月
役人喜先馳軍令申早發洲迥風正悲江寒霧未歇
飛雲日東西別鶴方楚越塵衣孰揮澣蓬思亂光髮

發長松遇雪

土牛既送寒冥陸方浹馳振風搖地局封雪滿空枝
江渠合爲陸天野浩無涯飲泉凍馬骨斵冰傷役疲
昆明豈不慘黍谷甯可吹

詠史

五都矜財雄三川養聲利百金不市死明經有高位

京城十二衢飛甍各鱗次任子影華纓游客竦輕轡
明星晨未晞軒蓋已雲至賓御紛颯沓鞍馬光照地
寒暑在一時所好生毛羽所惡成瘡痏勢利所在變態須臾故曰寒暑在一時繁華
及春媚君平獨寂寞身世兩相棄氣勢

蜀四賢詠司馬相如嚴君平王褒楊雄

渤渚水浴鳧春山玉抵鵲皇漢方盛明羣龍滿階閣
君平因世閑得還守寂寞閑簾注道德開卦述天爵
相如達生旨能屯復能躍陵令無人事毫墨時灑落
褒氣有逸倫雅績信炳博如令聖納賢金璫易羈絡
良遮神明遊豈伊覃思作玄經不期賞蟲篆憂散樂
首路或參差投駕均遠託身表既非我生內任豐薄

擬古

魯客事楚王懷金襲丹素既荷主人恩又蒙令尹顧
日宴罷朝歸鞍馬塞衢路宗黨生光輝賓僕遠傾慕

富貴人所欲道德亦何懼南國有儒生迷方獨淪誤伐木清江湄設罝守毚兔氣勢○自傷不遇不如魯客之宦成名遂

十五諷詩書篇翰靡不通弱冠參多士飛步游秦宮側覩君子論預見古人風兩說窮舌端五車摧筆鋒羞當白璧貺恥受聊城功晚節從世務乘障遠和戎解佩襲犀渠卷袠奉盧弓始願力不及安知今所終氣勢○前十句以舌端筆鋒跌宕自喜晚節四句僅以和戎見長悼本志之變化末二句言今之事已異於昔之志則後之遇當又異於今之事矣

幽并重騎射少年好馳逐氈帶佩雙鞬象弧插雕服獸肥春草短飛鞚越平陸朝遊鴈門上暮還樓煩宿石梁有餘勁驚雀無全目闞子宋景公使工人為弓九年乃成公登虎圈之臺而射之矢踰西霜山其餘力益勁猶飲羽於石梁帝王世紀帝羿與吳賀射雀賀曰射其左目羿誤中右目仰首而愧漢虜方未和邊城屢翻覆留我一白羽將以分虎竹氣勢○志在立功邊郡

鑿井北陵隈百丈不及泉生事本瀾漫何用獨精堅
幼壯重寸陰衰暮及輕年放駕息朝歌提爵止中山
日夕登城隅周迴視洛川街衢積凍草城郭宿寒煙
繁華悉何在宮闕久崩填空謗齊景非徒稱夷叔賢

氣勢

伊昔不治業倦遊觀五都海岱饒壯士蒙泗多宿儒
結髮起躍馬垂白對講書呼我升上席陳觶發飄壺
管仲死已久墓在西北隅後面崔嵬者桓公舊冢廬
君來誠既晚不覩崇明初玉琬徒見傳交友義漸疏

束薪幽篁裏刈黍寒澗陰朔風傷我肌號鳥驚思心
歲暮并賦訖程課相追尋田租送函谷獸藁輸上林
河渭冰未開關隴雪正深笞擊官有罰呵辱吏見侵
不謂乘軒意伏櫪還至今

河畔草未黃胡鴈已矯翼秋蛩扶戶吟寒婦成夜織

去歲征人還流傳舊相識聞君上隴時東望久歎息
宿昔改衣帶朝旦（玉臺作旦暮）異容色念此憂如何夜長
愁更多明鏡塵匣中瑤琴生網羅
蜀漢多奇山仰望與雲平陰崖積夏雪陽谷散秋榮
朝朝見雲歸夜夜聞猿鳴憂人本自悲孤客易傷情
臨堂設樽酒留酌思平生石以堅爲性君勿輕素誠

紹古辭七首

橘生湘水側菲陋人莫傳逢君金華宴得在玉几前
三川窮名利京洛富妖姸恩榮難久恃隆寵易衰偏
觀席妾悽愴覩翰君泫然徒抱忠孝志猶爲葑菲遷
昔與君別時蠶妾初獻絲何言年月駛寒衣已擣治
緣繡多廢亂篇帛久塵緇離心壯爲劇飛念如懸旗
石席我不爽德音君勿欺
瑟瑟涼海風竦竦寒山木紛紛羈思盈慊慊夜絃促

訪言山海路千里歌別鵾絃絕空咨嗟形音誰賞錄
辛苦異人狀美貌改如玉徒畜巧言鳥不解心款曲
孤鴻散江嶼連翩遵渚飛含嘶衡桂浦馳顧河朔畿
攢攢勁秋木昭昭淨冬暉窗前滌歡爵帳裏縫舞衣
芳歲猶自可日夜望君歸
憑楹玩夜月迥眺出谷雲還山路已遠往海不及羣
徘徊清淮汭顧慕廣江濆物情乖喜歡守操古難聞
三越豐少姿容態傾動君
開黛覩容（一作朝）顏臨鏡訪遙塗君子事河源彌祀闕
還書春風掃地起飛塵生綺疏文袿為誰設羅帳空
卷舒不怨身孤寂但念星隱隅
暖歲節物早萬萌迎春達春風夜㛹娟春霧朝晻靄
軟蘭葉可采柔桑條易捋怨咽對風景悶瞀守閨闥
天賦愁民命含生但契闊憂來無行伍歷亂如覃葛

詩女子善懷亦各有行似爲明遠此句之所本

學古

北風十二月雪下如亂巾實是愁苦節惆悵憶一作別

情親會得兩少妾同是洛陽人嬛綿好眉目閑麗美

腰身凝膚皎若雪明淨色如神驕愛生盼矚馨媚起

朱脣衿服雜緹繢首飾亂瓊珍調絃俱起舞爲我唱

梁塵人生貴得意懷願待君申幸值嚴冬暮幽夜方

未晨齊衿久兩設角枕已雙陳願君早休息留歌待

三春

古辭

容華不待年何爲客遊梁九月寒陰合悲風斷君腸

歎息空房婦幽思坐自傷勞心結遠路惆悵獨未央

擬青青陵上柏

涓涓亂江泉綿綿橫海煙浮生旅昭世空事歎華年

書翰幸閒暇我酌子縈絃飛鑣出荆路鶩服指秦川
渭濱富皇居鱗館匝河山輿童唱秉檝櫂女歌采蓮
孚愉鸞閣上窈窕鳳楹前娛生信非謬安用求多賢

學劉公幹體五首

欲宦乏王事結主遠恩私爲身不爲名散書徒滿帷
連冰上冬月披雪拾園葵聖靈燭區外小臣良見遺

曀曀寒野霧蒼蒼陰山柏樹迥霧縈集山寒野風急
歲物盡淪傷孤貞爲誰立賴樹自能貞不計迹幽澀

胡風吹朔雪千里度龍山集君瑤臺上飛舞兩楹前
兹晨自爲美當避豔陽天豔陽桃李節皎潔不成妍
以朔雪自比其歲寒皎潔之性以桃李比側媚之子希世取寵者兹晨冬也豔陽天春也

荷生淥泉中碧葉齊如規迴風蕩流霧珠水逐條垂
彪炳此金塘藻耀君王池不愁世賞絶但畏盛明移
藝文作張華

白日正中時天下共明光北園有細草當晝正含霜
衰榮頓如此何用獨芬芳抽琴爲爾歌絃斷不成章

擬阮公夜中不能寐

漏分不能臥酌酒亂繁憂惠氣憑夜清素景緣隟流
鳴鶴時一聞千里絶無儔佇立爲誰久寂寞空自愁

學陶彭澤體 奉和王義興

長憂非生意短願不須多但使尊酒滿朋舊數相過
秋風七八月清露潤綺羅提瑟當戶坐歎息望天河
保此無傾動寧復滯風波

白雲

探靈喜解骨測化善騰天情高不戀俗厭世樂尋仙
鍊金宿明館屑玉止瑤淵鳳歌出林闕龍駕戾蓬山
淩巖采三露攀鴻戲五煙昭昭景臨霞湯湯風媚泉
命娥雙月際要媛兩星間飛虹眺卷河泛霧弄輕絃

笛聲謝廣賓神道不復傳一逐白雲去千齡猶未旋。

此亦輕舉遠遊之意

臨川王服竟還田里

送舊禮有終事君慚懦薄稅駕罷朝衣歸志願巢塋
尋思邈無報退命愧天爵捨耨將十齡還得守場藿
道經盈竹笥農書滿塵閣愴愴秋風生戚戚寒緯作
豐霧粲草華高月麗雲崿屏跡勤躬稼衰疾倚芝藥
顧此謝人羣豈直止商洛

行藥至城東橋

雞鳴關吏起伐鼓早通晨嚴車臨逈陌延瞰歷城闉
蔓草緣高隅修楊夾廣津迅風首旦發平路塞飛塵
擾擾遊宦子營營市井人懷金近從利撫劍遠辭親
爭先萬里塗各事百年身開芳及稺節含采吝驚春

二句以草喻人也吝惜也草始而開芳既而含彩。草極茂則有驚春之象盛極則必衰故可惜也尊賢。永。照。灼。孤。賤。長。隱。淪。容。華。坐。銷。歇。端。爲。誰。苦。辛。此詩亦感春之屬前十四句言衆人爭名爭利擾擾不休末四句言容華銷歇不勝感歎

園中秋散

負疾固無豫晨衿悵已單氣交蓬門疏風數園草殘
荒墟半晚色幽庭憐夕寒既悲月戶清復切夜蟲酸
流枕商聲苦騷殺年志闌。臨歌不知調發興誰與歡
儻結絃上情豈孤林下彈

觀圃人藝植

善賈笑蠶漁巧宦賤農牧遠養遍關市深利窮海陸
乘軺實金羈當壚信珠服居無逸身伎安得坐粱肉
徒承屬生幸政緩吏平睦春畦及耘藝秋場早芟築
澤閱既繁高山營又登熟抱鍤壠上餐。結茅野中宿
空識已尚淳寧知俗翻覆

遇銅山掘黃精

土肪閟中經水芝韜內策一作籍寶餌緩童年命藥駐
裒歷剞蓄終古情重拾煙霧迹羊角棲斷雲榼口流
隥石銅谿晝森沈乳竇夜涓滴旣類風門磴復像天
井壁蹀蹀寒葉離叢叢秋水積松色隨野深月露依
草白空守江海思豈懷梁鄭客得仁古無怨順道今
何惜

見賣玉器者 并序

見賣玉器者或人欲買疑其是珉不肯成市
聊作此詩以戲買者

涇渭不可雜珉玉當早分子實舊楚客蒙俗謬前聞
安知理孚采豈識質明溫我方歷上國從洛入函轘
揚光十貴室馳譽四豪門奇聲振朝邑高價服鄉村
甯能與爾曹瑜瑕稍辨論

懷楚人

哀樂生有端。離會起無因。去事雖重念恍惚似如神
屬期眇起遠後遇邈無辰馳風掃遙路輕羅含夕塵
思君成首疾欲息眉不伸

夢歸鄉 玉臺作夢還詩

銜淚出郭門撫劍無人逵。沙風暗空起玉臺作塞離心眷
鄉畿夜分就孤枕夢想暫言歸孀婦當戶歎繅絲外編作搔首復鳴機慊款論久別相將還綺闈歷歷檐下涼
朧朧帷裏暉。刈蘭爭芬芳。採菊競葳蕤。開奩奪香蘇
探袖解纓徽。夢中長路近。覺後大江違。驚起空歎息
恍惚神魂飛。白水漫浩浩。高山壯巍巍。波瀾異往復
風霜改榮衰。此土非吾土。慷慨當告誰。

春羈

征人歎道遐去鄉愒路邇佳期每無從淮陽非尺咫
春日起遊心勞情出徙倚岫遠雲煙綿谷屈泉靡迤

風起花四散露濃條缺　暄妍正在茲摧抑多嗟思

嘶聲名一作召　邊壘豈我箱中紙染翰餉君琴新聲憶

解子

歲暮悲

霜露迭濡潤草木互榮落日夜改運周今悲復如昨

晝色苦沈陰白雪夜迴薄皎潔冒霜雁飄揚出風鶴

天寒多顏苦妍容逐丹壑絲罥千里心獨宿乏然諾

歲暮美人還寒壺與誰酌

在江陵歎年傷老

五難未易夷三命戒淵抱方瞳起松髓赬髮疑桂腦

役生良自休。大患安足保開簾窺景夕備屬雲物好

翾翾燕弄風嫋嫋柳垂道池瀆亂蘋萍園援美花草

節如驚灰異零落就衰老

夜聽妓原二首　次首七言四句未錄

夜來坐幾時銀漢傾露落澄滄入闈景葳蕤被園藿

絲管感暮情哀音遶梁作芳盛不可恆及歲共爲樂

天明坐當散琴酒駛絃酌

翫月城西門廨中

始出西南樓纖纖如玉鉤末映東北墀娟娟似娥眉

娥眉蔽珠櫳玉鉤隔鎖窗三五二八時千里與君同

夜移衡漢落徘徊帷戶[玉臺作幌]中歸華先委露別葉早

辭風客遊厭苦辛仕子倦飄塵休澣自公日宴慰及

私辰[選注方言曰慰居也]蜀琴抽白雪郢曲發[玉臺作繞]陽春肴乾

酒未闋金壺啓夕淪迴軒駐輕蓋留酌待情人

喜雨[奉敕作]

營社逹羣陰屯雲[藝文作連宮]擁積陽河井起龍蒸日魄

斂游光簇雲飛泉室震風沈羽鄉升雰浹地維傾潤

瀉天潢平灑周海嶽曲潦溢川莊驚雷鳴桂渚迴涓

流玉堂珍木抽翠條。炎卉擢朱芳。闤市欣九賦京廪
開萬箱無謝堯爲君。何用知柏皇。

苦雨

連陰積澆灌滂沱下霖亂沈雲日夕昏驟雨淫朝旦
蹊濡走獸稀林寒鳥歸晏。密霧冥下溪聚雲屯高岸
野雀無所依羣雞聚空館川梁日已廣懷人邈渺漫
徒酌相思酒。空急促明彈。

詠白雪

白珪誠自白不如雪光姸工隨物動氣能逐勢方圓
無妨玉顏媚不奪素繒鮮投心障苦節隱迹避榮年
蘭焚石既斷。何用恃芳堅。

三日

氣暄動思心柳青起春懷時艷憐花藥服淨。俛登臺
提壺野中飲愛心煙未開露色染春草泉源潔冰苔

泥泥濡露條娟娟承風栽鳥凫雛掇苦薺黃鳥銜櫻梅
解衿欣景預臨流競覆杯美人竟何在浮心空自摧

詠秋

秋蘭徒晚綠流風漸不親飄我垂思幕驚此梁上塵
沈陰安可久豐景將遂淪何由忽靈化暫見別離人

秋夕

慮涕擁心用夜默發思機幽閨溢涼吹閑庭滿清暉
紫蘭花已歇青梧葉方稀江上凄海戾漢曲驚朔霏
鬢斑悟壯晚物謝知歲微臨宵嗟獨對撫賞怨情違
躊躇空明月惆悵徒深帷

秋夜二首

夜久膏既竭啓明日未央環情倦始復空閨起晨裝
幸承天光轉曲影入幽堂徘徊集通隟宛轉燭迴梁
帷風自卷舒簾露視成行歲役急窮晏生慮備温涼

絲紈夙染濯綿綿夜裁張冬雲旦夕至公子乏衣裳華心愛零落非直惜容光願君翦衆志且共覆前觴

遁跡避紛喧貨農棲寂寞荒逕馳野鼠空庭聚山雀既遠人世歡還賴泉卉樂折柳樊場圃負綆汲潭壑霽日見雲峯風夜聞海鶴江介早寒來白露先秋落麻壟方結葉瓜田已掃籜傾暉忽西下迴景思華幕攀蘿席中軒臨觴不能酌終古自多恨幽悲共淪鑠

和王護軍秋夕

散漫秋雲遠蕭蕭霜月寒驚飈西北起孤鴈夜往還開軒當戶牖取琴試一彈停歌不能和終曲久辛酸金氣方勁殺隆陽微且單泉涸甘井竭節徙芳歲殘生事各多少誰共知易難投章心蘊結千里途輕紈願託孤老暇觴思暫開餐

和王義與七夕

宵月向掩扉夜霧方當白寒機思孀婦秋堂泣征客
匹命無單年偶影有雙夕暫交金石心須與雲雨隔

冬至

舟遷莊甚笑水流孔急歎。景移風度改日至晷迴換
眇眇負霜鶴皎皎帶雲雁長河結瓓玕層冰如玉岸
哀哀古老容。慘顏愁歲晏。催促時節過逼迫聚離散
美人還未央。鳴箏誰與彈

冬日

嚴風亂山起白日欲還次。曛霧蔽窮天。夕陰晦寒地。
煙霾有氛氳精光無明異風急野田空。飢禽稍相棄。
含生共通閉懷賢敦爲利天窺苟平圓寗得已偏媚
瀉海有歸潮衰容不還穉君今且安歌無念老方至

望水

剛鬢垂秋日。登高觀水長。千瀾無別源。萬壑共一廣

流駛巨石轉湍迴急沫上苕苕嶺岸高照照寒洲爽
東歸難忖測日逝誰與賞臨川憶古事目孱千載想
河伯自矜大海若沈渺莽

望孤石

江南多暖谷雜樹茂寒峯朱華抱白雪陽條熙朔風
蚌節流綺藻輝石亂煙虹泄雲去無極馳波往不窮
嘯歌清漏畢徘徊朝景終浮生會當幾歡酌每盈衷

山行見孤桐

桐生叢石裏根孤地寒陰上倚崩岸勢下帶洞阿深
奔泉冬激射霧雨夏霖霪未霜葉已肅不風條自吟
昏明積苦思晝夜叫哀禽棄妾望掩淚逐臣對撫心
雖以慰單危悲涼不可任幸願見雕斵為君堂上琴

詠雙燕二首

雙燕戲雲崖羽翰始差池出入南閨裏經過北堂陲

意欲巢君幕。層楹不可窺。沈吟芳歲晚徘徊韶景移
悲歌辭舊愛銜淚覓新知
可。憐。雲。中。燕。旦。去。暮。來。歸。自。知。羽。翅。弱。不。與。鵠。爭。飛。
寄聲謝飛鵠往事子毛衣瑣心誠貧薄叵吝節榮衰
陰山饒苦霧。危節多勁威豈但避霜雪當儆野人機

文選一尚有數詩一首五言　樂府詩集尚有梅花落一首五七言一首　王昭君一首五言四句　吳歌三首五言四句　採菱歌七首五言四句　淮南王一首長短句　白紵歌六首七言七句　雉朝飛操一首三言七言　幽蘭五首五言四句　北風行一首長短句　春日行一首七言三言　鳴雁行一首七言六句　空城雀一首四言五言　行路難十九首七言長短句　夜坐吟一首長短句　中興歌十首五言四句

謝元暉五古一百十八首

隋王鼓吹曲十首 齊永明八年謝朓奉鎮西隋王教於荊州道中作鈞天以上三曲頌帝功校獵以上三曲頌藩德

元會曲

二儀啓昌曆三陽應慶期珪贄紛成序鞮譯憬來思

分階艶組練充庭羅翠旗觴流白日下吹溢景雲滋

天儀穆藻殿萬寓壽皇基

郊祀曲

六宗禋配岳五時奠甘泉整蹕遊九闕淸簫開八埏

鏘鏘玉鑾動溶溶金障旋郊宮光已屬升柴禮旣虔

福響靈之集南嶽固斯年

鈞天曲

高宴顥天臺置酒迎風觀笙鏞禮百神鐘石動雲漢

瑤堂琴瑟驚綺席舞衣散威鳳來參差玄鶴起淩亂

已慶明庭樂詎慚南風彈

入朝曲

江南佳麗地金陵帝王州逶迤帶綠水迢遞起朱樓

飛甍夾馳道垂楊蔭御溝凝笳翼高蓋疊鼓送華輈

獻納雲臺表功名良可收

出藩曲

雲枝紫微內分組承明阿飛艎遡極浦旌節出關河。渺渺蒼山色沈沈寒水波。鐃音巴渝曲簫鼓盛唐歌。夫君邁惟德江漢仰清和

校獵曲

凝霜冬十月殺盛涼飆哀原澤曠千里。騰騎紛往來。平罝望煙合。烈火從風迴。殪獸華容浦。張樂荊山臺虞人昔有諭明明時戒哉

從戎曲

選旅辭轘軒弭節赴河源日起霜戈照風迴連騎翻紅塵朝夜合黃沙萬里昏。寥戾清笳轉蕭條邊馬煩自勉輟耕願征役去何言

送遠曲

北梁辭歡宴南浦送佳人方衢控龍馬平路騁朱輪
瓊筵妙舞絕桂席羽觴陳白雲邱陵遠山川時未因
一爲清吹激潺湲傷別巾

登山曲

天明開秀崿瀾光媚碧隄風邊飄鶯亂雲行芳樹低
暮春春服美遊駕淩丹梯升嶠既小魯登巒且悵齊
王孫尚遊衍蕙草正萋萋

泛水曲

玉露霑翠葉金風鳴素枝罷遊平樂苑泛鷁昆明池
旌旗散容裔簫管吹參差日晚厭遵渚採菱贈清漪
百年如流水寸心寧共知

江上曲

易陽春草出踟躕日已暮蓮葉尚田田淇水不可渡
願子淹桂舟時同千里路千里既相許桂舟復容與

江上可採菱。清歌共南楚。

蒲生行

蒲生廣湖邊。託身洪波側。春露惠我澤。秋霜縟我色。根葉從風浪。常恐不永植。攝生各有命。豈云智與力。安得遊雲上。與爾同羽翼。

詠邯鄲才人嫁爲廝養卒婦

生平宮閣裏。出入侍丹墀。開笥方羅縠。窺鏡比蛾眉。初別意未解。去久日生悲。憔悴不自識。嬌羞餘故姿。夢中忽彷彿。猶言承燕私。

鼓吹曲二首同沈右率諸公賦

芳樹 樂府解題曰古詞中有妒人之子愁殺人君有他心樂不可禁若齊王融謝朓之作但言時暮衆芳歇絕而已

早翫華池陰。復影一作鼓滄洲樾。椅柅芳若斯。葳蕤紛可結。霜下桂枝銷。怨與飛蓬折。不廁玉盤滋。誰憐終委絶。

臨高臺

千里常思歸登臺臨綺翼。纔見孤鳥還。未辨連山極。
四面動清風。朝夜起寒色。誰知倦遊者。嗟此故鄉憶。

同賦雜曲名 時爲宣城守檀秀才江朝詩陶功曹朱孝廉同賦

秋竹曲

嬺娟綺窗北。結根未參差。從風既裊裊。映日頗離離。
欲求棗下吹。問有江南枝。但能凌白雪。貞心蔭曲池。

曲池水

緩步遵莓渚。披衿待蕙風。芙蕖舞輕帶。苞筍出芳叢。
浮雲自西北。江海思無窮。烏去能傳響。見我綠琴中。

銅雀臺同謝諮議賦 諮議名璟○樂府詩集題曰銅雀妓

繐帷飄井榦。樽酒若平生。鬱鬱西陵樹。詎聞歌吹聲。
芳襟染淚迹。嬋娟空復情。玉座猶寂寞。況乃妾身輕。

遊山

託養因支離乘閒遂疲蹇語默良未尋得喪云誰辯
幸涖山水都復值清冬緬淩巖必千仞尋壑將萬轉
堅崿既崚嶒迴流復宛澶杳杳雲竇深淵淵石溜淺
傍眺鬱篻簩還望森柟梗荒隩被葳莎崩壁帶苔蘚
鼯狖叫層嵁鷗鳧戲沙衍觸賞聊自觀即趣咸已展
經目惜所遇前路欣方踐無言蕙草歇留垣芳可搴
尚子時未歸邴生思自免永志昔所欽勝迹今能選
寄言賞心客得性良爲善

遊敬亭山

茲山亘百里合沓與雲齊隱淪既已託靈異居然棲
上干蔽白日下屬帶迴谿交藤荒且蔓樛枝聳復低
獨鶴方朝唳飢鼯此夜嗁渫雲已漫漫夕雨亦淒淒

我行雖紆阻兼得尋幽蹊緣源殊未極歸徑窅如迷要欲追奇趣即此淩丹梯皇恩竟已矣茲理庶無暌

工律

將遊湘水尋句溪

既從陵陽釣挂鱗驂赤螭方尋桂水源謁帝蒼山垂辰哉且未會乘景弄清漪瑟汨瀉長淀潺湲赴兩岐輕蘋上靡靡雜石下離離寒草分花映戲鮪乘空移與以暮秋月清霜落素枝魚鳥余方翫纓緌君自縻及茲暢懷抱山川長若斯

遊東田（朓有莊在鍾山東遊還作）

戚戚苦無悰攜手共行樂尋雲陟累榭隨山望菌閣遠樹曖阡阡生煙紛漠漠魚戲新荷動鳥散餘花落不對芳春酒還望青山郭

答王世子

飛雪天上來飄聚繩櫺外蒼雲暗九重北風吹萬籟
有酒招親朋思與清顏會熊席惟爾安羔裘豈吾帶
公子不垂堂誰肯憐蕭艾

答張齊與

荊山嵸百里漢廣流無極北馳星斗正南望朝雲色
川隰同幽快冠冕異今昔子肅兩岐功我滯三冬職
誰知京洛念彷彿昆山側向夕登城壕潛地隱復直
地迥聞遙蟬天長望歸翼清文忽景麗思泉紛寶飾
勿言修路阻勉子康衢力曾厓寂且寥歸軫逝言陟

暫使下都夜發新林至京邑贈西府同僚蕭子顯齊書曰謝朓為隨王子隆文學子隆在荊州好辭賦數集僚友朓以才文尤被賞愛長史王秀之以朓年少相動密以啓聞世祖敕朓可還都朓道中為詩以寄西府

大江流日夜客心悲未央徒念關山近終知返路長
秋河曙耿耿寒渚夜蒼蒼引領見京室宮雉正相望

金波麗鳷鵲。玉繩低建章。驅車鼎門外。思見昭邱陽。成王定鼎於郟鄏其南門名定鼎門此借用以指建康之南門昭邱指荊州馳暉不可接。何況隔兩鄉。風雲有鳥路。江漢限無梁。常恐鷹隼擊。時菊委嚴霜。寄言罻羅者。寥廓已高翔。情韻

酬晉安王德元 晉安郡太康三年置即今之泉州也

梢梢枝早勁。塗塗露晚晞。南中榮橘柚。寧知鴻鴈飛。拂霧朝青閣。日旰坐彤闈。悵望一途阻。參差百慮依。春草秋更綠。公子未西歸。誰能久京洛。緇塵染素衣。

郡內高齋閒望答呂法曹 郡宣城郡也呂僧珍爲齋王法曹

結構何迢遞。曠望極高深。窗中列遠岫。庭際俯喬林。日出衆鳥散。山暝孤猿吟。已有池上酌。復此風中琴。非君美無度。孰爲勞寸心。惠而能好我。問以瑤華音。若遺金門步。見就玉山岑。工律○若字有儻能之意

在郡臥病呈沈尚書

淮陽股肱守高臥猶在茲況復南山曲何異幽棲時
連陰盛農節薹笠聚東菑高閣常晝掩荒堦少諍辭
珍簟清夏室輕扇動涼颸嘉魴聊可薦綠蟻方獨持
夏李沈朱實秋藕折輕絲良辰竟何許夙昔夢佳期
坐嘯徒可積爲邦歲已朞絃歌終莫取撫枕令自嗤
工律

別王丞僧孺 古文苑作王融

首夏猶清和餘春滿郊甸花樹雜爲錦月池皎如練
如何當此時別離言與宴留襟已鬱紆行舟亦遙衍
非君不見思所悲思不見 工律

同羈夜集

積念隔炎涼驟言始今夕已對濁尊酒復此故鄉客
霜月始流砌寒蛸早吟隙幸藉京華遊邊城讌良席
樵采咸共同荊莎聊可藉恐君城闕人安能久松柏

新亭渚別范零陵雲

洞庭張樂地。瀟湘帝子遊。雲去蒼梧野。水還江漢流。洞庭瀟湘皆范赴零陵經過之道蒼梧則更在零陵之南故曰雲去零陵之水必須由江漢金陵以東入於海故曰水還停驂我悵望。輟棹子夷猶。廣平聽方籍。茂陵將見求。言范同廣平而聲聽方向籍已當居茂陵之下將於彼而見求王隱晉書曰鄭袤字林叔爲中郎散騎常侍會廣平太守缺宣帝謂袤曰賢叔大匠渾垂稱於平陽魏郡蒙化且盧子家王子邕繼踵此郡欲使世不乏賢故復相屈在郡先以德化善爲條教百姓愛之鄭玄毛詩箋曰方向也漢書曰司馬相如既病免家居茂陵心事俱已矣。江上徒離憂。情韻

忝役湘州與宣城吏民別

弱齡倦簪履。薄晚忝華奥。閑沃盡地區。山泉諧所好。幸遇昌化穆。淳俗罕驚暴。四時從偃息。三省無侵冒。下車遽暄席。暄席即暖席也後世所譏虬戶銑溪亦此類耳紆服始黜寵。榮辱未遑敷。德禮何由導。汨徂奉南岳。兼秋典邦號。疲馬方云驅。鉛刀安可操。遺惠良寂寞。恩靈亦匪報。桂

水日悠悠結言幸相勞吐納貽爾和窮通勗所蹈

懷故人

芳洲有杜若可以贈佳期望望忽超遠何由見所思
行行未千里山川已間之離居方歲月故人不在茲
清風動簾夜孤月照窗時安得同攜手酌酒賦新詩

始之宣城郡

下帷闕章句高談媿名理疏散謝公卿蕭條依掾史
簪髮逢嘉會教義承君子心迹苦未并憂歡將十祀
幸沾雲雨慶方轡參多士振鷺徒追飛羣龍難隸齒
烹鮮止貪競共治屬廉恥伊余昧損益何用祇千里
解劍北宮朝息駕南川涘甯希廣平詠聊慕華陰市
棄置宛洛遊多謝金門裏招招漾輕楫行行趨巖趾
江海雖未從山林於此始

之宣城郡出新林浦向板橋

江路西南永歸流東北騖天際識歸舟雲中辨江樹
旅思倦搖搖孤遊昔已屢既懽懷祿情復協滄洲趣
囂塵自茲隔賞心於此遇雖無玄豹姿終隱南山霧

情韻

休沐重還丹陽道中

薄遊第從告思閑願罷歸還邛歌賦似休汝車騎非
灞池不可別伊川難重違汀葭稍靡靡江菼復依依
田鵠遠相叫沙鴇忽爭飛雲端楚山見林表吳岫微
試與征徒望鄉淚盡沾衣賴此盈樽酒含景望芳菲
問我勞何事沾沐仰清徽志狹輕軒冕恩甚戀閨闈
歲華春有酒初服偃郊扉

京路夜發

擾擾整夜裝肅肅戒徂兩曉星正寥落晨光復泱漭
猶沾餘露團稍見朝霞上故鄉邈已敻山川脩且廣

文奏方盈前懷人去心賞赦窮每踽踽瞻恩惟震蕩行矣倦路長無由稅歸鞅

晚登三山還望京邑

灞涘望長安河陽視京縣（以灞陵河陽比三山以長安洛陽比石頭城）白日麗飛甍參差皆可見餘霞散成綺澄江靜如練喧鳥覆春洲雜英滿芳甸去矣方滯淫懷哉罷歡宴佳期悵何許淚下如流霰有情知望鄉誰能鬒不變（情韻）

始出尚書省（朓兼尚書殿中郎高宗輔政以朓為諮議領記室故出尚書省也）

惟昔逢休明十載朝雲陛既通金閨籍復酌瓊筵醴宸景厭昭臨昏風淪繼體紛虹亂朝日濁河穢清濟防口猶寬政餐荼更如薺英衮暢人謀文明固天啓青精翼紫軑黃旗映朱邸還覩司隸章復見東都禮中區咸已泰輕生諒昭洒（音洗）趨事辭宮闕載筆陪旌棨邑里向疏蕪寒流自清泚衰柳尚沈沈凝露方泥

泯零落悲友朋歡娛燕兄弟既秉丹石心寧流素絲

涕因此得蕭散垂竿深澗底逢休明謂齊武帝時也宸景句謂武帝崩也繼體句指鬱林王昭業也英袞二句謂明帝廢鬱林王海陵王而卽位也明帝卽高宗也輕生似朓自稱之辭猶自稱微生小生也辭宮闕出尚書省也陪旌棨爲諮議領記室也

直中書省

紫殿肅陰陰彤庭赫弘敞風動萬年枝日華承露掌

玲瓏結綺錢深沈映朱網紅藥當階翻蒼苔依砌上

茲言翔鳳池鳴珮多清響信美非吾室中園思偃仰

朋情以鬱陶春物方駘蕩安得凌風翰聊恣山泉賞

工律

觀朝雨

朔風吹飛雨蕭條江上來既灑百常觀復集九成臺

空濛如薄霧散漫似輕埃平明振衣坐重門猶未開

耳目暫無擾懷古信悠哉戢翼希驤首乘流畏曝鰓

動息無兼遂歧路多徘徊方同戰勝者去翦北山萊識度

宣城郡內登望

借問下車日匪直望舒圓寒城一以眺平楚正蒼然山積陵陽阻溪流春穀泉威紆距遙甸巉嵒帶遠天切切陰風暮桑柘起寒煙悵望心已極惝怳魂屢遷結髮倦爲旅平生早事邊誰規鼎食盛寧要狐白鮮方棄汝南諾言稅遼東田識度○續漢書曰汝南太守南陽宗資任用范滂時人謠曰汝南太守范孟博南陽宗資主畫諾魏志曰管甯聞公孫度令行海外遂至遼東皇甫謐高士傳曰人或牛暴甯田者甯爲牽牛飼之其人大慙

冬日晚郡事隙

案牘時閒暇偶坐觀卉木颯颯滿池荷翛翛蔭窗竹檐隙自周流房櫳閑且肅蒼翠望寒山崢嶸瞰平陸已惕暮歸心復傷千里目風霜旦夕甚蕙草無芬馥

云誰美笙簧孰是厭邁軸願言稅逸駕臨潭餌秋菊

高齋視事

餘雪映青山寒霧開白日曖曖江村見離離海樹出
披衣就清盥憑軒方秉筆列俎歸單味。連駕止容膝。
空爲大國憂紛詭諒非一。安得掃荒逕鎖吾愁與疾

冬緒羈懷示蕭諮議虞田曹劉江二常侍

去國懷邱園入遠滯城闕寒燈耿宵夢。清鏡悲曉髮。
風草不留霜冰池共如月寂寞此閨帷琴尊任所對
客念坐嬋媛年華稍菴薆夙慕雲澤遊共奉荆臺績
一聽春鶯喧。再視秋鴻沒疲驂良易返恩波不可越
誰慕臨淄鼎常希茂陵渴依隱幸自從求心果蕪昧
方軫歸與願。故山芝未歇。

落日悵望

昧旦多紛喧日宴未遑舍落日餘清陰高枕東窗下

寒槐漸如束秋菊行當把借問此何時。涼風懷朔馬
已傷歸慕客。復思離居者情嗜幸非多案牘偏爲寡。
旣乏琅琊政方憩洛陽社

賽敬亭山廟喜雨

夕悵懷椒糈躅景潔膋薌登秋雖未獻。望歲佇年祥。
潭淵深可厲狹邪車未方。矇朧度絶限出沒見林堂
秉玉朝羣帝樽桂迎東皇排雲接虬蓋。蔽日下霓裳。
會舞紛瑤席安歌遶鳳梁百昧芬綺帳四座沾羽觴
福被延民澤。樂極思故鄉。登山騁歸望。原雨晦茫茫。
胡甯昧千里解珮拂山莊

賦貧民田

假遇（一作佳譽）非將迎靖共（一作靜拱）延殊慶中歲歷三臺旬
月典邦政曾是共治情敢忘卹貧病將無富教禮孰
有知方性敦本抑工商均業省兼併察壤見泉脈。覘

星視農正黍稷緣高殖穱一作秔稌卽卑盛舊埒新塍
分青苗白水映遙樹匝清陰連山周遠淨卽此風雲
佳孤觴聊可命既微三載道庶藉兩歧詠俾爾倉廩
實余從谷口鄭

移病還園示親屬

疲策倦人世斂性就幽蓬停琴佇涼月滅燭聽歸鴻
涼薰乘暮晰秋華臨夜空葉低知露密巖斷識雲重
折荷葺寒袂開鏡眄衰容海暮騰清氣河關祕棲沖
煙衡時未歇芝蘭去相從工律

治宅

結宇夕陰街荒幽橫九曲迢遞南川陽迤邐西山足
闢館臨秋風敞窗望寒旭風碎池中荷霜翦江南菉
既無東都金且稅東臯粟

秋夜講解

四緣去誰肇。七識習未央。沈沈倒營魄。苦蔭蹙愁腸。琴瑟徒爛漫。婷容空滿堂。春顏遽幾日。秋壟終茫茫。孰云濟沈溺。假願託津梁。惠唱摛泉湧。妙演發金相。空有定無執。賓實固相忘。自來乘首夏。及此申暮霜。雲物清晨景。衣巾引夕涼。風振蕉葦裂。霜下梧楸傷。一作露下梧桐傷六龍且無借。三相甯久長。何時接靈應。及子同舟航。

春思

茹谿發春水。阰山起朝日。蘭色望已同。萍際轉如一。巢燕聲上下。黃鳥弄儔匹。邊郊阻遊衍。故人盈契闊。夢寐借假簧。思歸賴倚瑟。幽念漸鬱陶。山楹永爲室。

秋夜

秋夜促織鳴。南鄰擣衣急。思君隔九重。夜夜空佇立。北窗輕幔垂。西戶月光入。何知白露下。坐視階前溼。

誰能長分居秋盡冬復及

和何議曹郊遊二首

春心澹容與挾戈步中林朝光映紅萼微風吹好音

江垂得清賞（江垂猶云江邊）山際果幽尋未嘗遠離別知此

愜歸心流泝終靡已嗟行方至今

江皋倦遊客薄暮懷歸者揚舲浮大川悵望至日下

霏靡青莎被潺湲石流瀉寄語持笙簧舒憂願自假

歸途豈難涉翻同江上夏

和劉西曹望海臺

滄波不可望望極與天平往往孤山映處處春雲生

差池遠雁沒颯沓羣鳧驚囂塵及罇鎮棄捨出重城

臨川徒可羨結網庶時營

和宋記室省中

落日飛鳥遠憂來不可及竹樹澄遠陰雲霞成異色

懷歸欲乘黿瞻言思解翼清揚婉禁居祕此文墨職
無歎阻琴尊相從伊水側

和王著作融八公山

二別阻漢坻雙峭望河澳茲嶺復巑岏分區奠淮服
東限瑯玡臺西距孟諸陸阡眠起雜樹檀欒蔭脩竹
日隱澗疑空雲聚岫如複出沒眺棲雉遠近送春目
戎州昔亂華素景淪伊穀阽危賴宗衮微管寄明牧
長蛇固能翦奔鯨自此曝道峻芳塵流業遙年運倏
平生仰令圖吁嗟命不淑浩蕩別親知連翩戒征軸
再遠館娃宮兩去河陽谷風煙四時犯霜雨朝夜沐
春秀良已凋秋場庶能築工律○周禮曰正東曰青州其藪曰孟諸亦在八公山之東而云西者避上文耳素景晉也伊穀洛陽也淪者謂懷愍陷於賊庭宗衮指謝安明牧指謝玄春秀句謂年華已逝秋場句謂終當歸田

和伏武昌登孫權故城伏曼容爲武昌太守

炎靈遺劍璽當塗駭龍戰聖期缺中壤霸功興寓縣鵲起登吳山鳳翔凌楚甸衿帶窮巖險帷帟盡謀選北拒溺驂鑣（謂周瑜破曹操於赤壁）西龕收組練（謂陸遜破劉備於西陵）江海旣無波俯仰流英眄裘冕類禋郊卜揆崇離殿（卜揆用詩卜云其吉揆之以日指吳相宅於武昌也）釣臺臨講閱樊山開廣讌文物共葳蕤聲明且葱蒨三光厭分景書軌欲同薦參差世祀忽寂寞市朝變舞館識餘基歌梁想遺囀故林衰木平荒池秋草徧雄圖悵若茲茂宰深遐睠（指伏曼容）幽客滯江皐（朓自謂也）從賞乖纓弁清卮阻獻酬良書限聞見幸藉芳音多承風采餘絢于役儻有期鄂渚同遊衍（工律）

夏始和劉孱陵

威仰弛蒼郊龍曜表皇隰春色卷遙甸炎光麗近邑白蘋望已騁緗荷紛可襲徒願尺波旋終憐寸景戢

對窗斜日過洞幌鮮飆入浮雲去欲窮暮鳥飛相及
柔翰縝芳塵清源非易揖迴江難絶濟云誰暢佇立
良宰勗夜漁出入事朝汲積羽余旣裳更賦子盈粒
椅梧何必零歸來共棲集

新治北窗和何從事

國少暇日多民淳紛務屛闢牖期清曠開簾候風景
泱泱日照溪團團雲去嶺岧嶢蘭橑峻駢闐石路整
池北樹如浮竹外山猶影自來彌弦望及君臨箕潁
清文蔚且詠微言超已領不見城濠側思君朝夕頃
迴舟方在辰何以慰延頸

和王主簿季哲怨情

掖庭聘絶國長門失歡宴相逢詠蘼蕪辭寵悲團扇
花叢亂數蝶風簾入雙燕徒使春帶賒坐惜紅妝變
生平一顧重宿昔千金賤故人心尚爾故人心不見

和徐都曹出新亭渚（徐勉名）

宛洛佳遨遊，春色滿皇州。結軫清郊路，迴瞰蒼江流。日華川上動，風光草際浮。桃李成蹊徑，桑榆蔭道周。東都已俶載，言歸望綠疇。（工律）

和劉中書（劉名繪，有入琵琶峽望積布磯詩）

昔余侍君子，歷此遊荊漢。山川隔舊賞，朋僚多雨散。圖南矯風翮，曾非息短翰。移疾覯新篇，披衣起淵翫。惆悵懷昔踐，彷彿得殊觀。赬紫共彬駮，雲錦相淩亂。奔星上未窮，驚雷下將半。迴潮濆崩樹，輪囷軋傾岸。巖篠或傍翻，石箘無脩幹。澄澄明浦媚，衍衍清風爛。江潭良在目，懷賢興累歎。歲暮不我期，淹留絕巖畔。

贈王主簿二首

日落窗中坐，紅妝好顏色。舞衣襞未縫，流黃覆不織。蜻蛉草際飛，遊蜂花上食。一遇長相思，願寄連翩翼。

清吹要碧玉調絃命綠珠輕歌急綺帶含笑解羅襦
餘曲詎幾許高駕且踟躕徘徊韶景暮一作憐暮景惟有
洛城隅

和蕭中庶直石頭蕭衍梁武帝也

九河亙積岨三嵕鬱旁眺皇州總地德迴江款巖徼
井榦聳蒼林雲甍蔽層嶠川霞旦上薄山光晚餘照
翔集亂歸燕虹蜺紛引曜君子奉神略瞰迴憑重峭
彈冠已藉甚升車益英妙功存漢冊書榮並周庭燎
汲疾移偃息董園倚談笑麾旆一悠悠謙姿光且劭
讌嘉多暇日興文起淵調曰余廁鱗羽滅景從漁釣
澤渥資投分逢迎典待詔詠沼邈含毫專城空坐嘯
徒慚皇覽揆終延曲士誚方追隱淪訣偶解金丹要
若偶巫咸招帝閽良可叫

奉和竟陵王同沈右率過劉先生墓竟陵王蕭子良也劉

先生劉瓛也

嘉樹因枝條。琢玉良可寶。若人陵曲臺。垂帷茂淵道。督誘宗學原。鳴鐘霽幽抱。仁風沮宛洛。清徽夜何早。歲晚結松陰。平原亂秋草。不有至言揚。終滯西山老。

和王長史臥病 王名秀之

嵲岫款崇崖。派別朝洪河。免園文雅盛。章臺冠蓋多。淵襟眷睿岳。夔贊動旼歌。顧影慚騑服。載筆旅江沱。縞衣分可獻。琴言曖已和。青皐向還色。春潤視生波。巖垂變好鳥。垂猶際也 松上改陳蘿。日與歲眇邈。歸恨積一作稍蹉跎。願緝吳山杜。甯袂楚池荷。清風豈孤劭。功遂懷曾阿。勿藥良有暢。荏苒芳未過。幸留清樽味。言藉故田莎。

和江丞北戍琅邪城 江丞名孝嗣

春城麗白日。阿閣跨層樓。蒼江忽渺渺。驅馬復悠悠。

京洛多塵霧淮濟未安流豈不思撫劒惜哉無輕舟

夫君良自勉歲暮勿淹留

和沈祭酒行園 沈約

清淮左長薄荒徑隱高蓬回潮旦夕上寒渠左右通

霜畦紛綺錯秋町鬱蒙茸環梨懸已紫珠榴折且紅

君有棲心地伊我歡既同何用甘泉側玉樹望青葱

奉和隋王殿下十六首 隋郡王蕭子隆

玄冬寂脩夜天圍靜且開亭皐霜氣愴松宇清風來

高琴時以思幽人多感懷幸藉汾陽想嶺首正徘徊

高秋夜方靜神居肅且深閑階塗廣路涼宇澄月陰

嬋娟影池竹疏蕪散風林淵情協爽節詠言興德音

闇道空已積干直愧蓬心

愴愴緒風興祁祁族雲布嚴氣集高軒稠陰結寒樹

日月謬論思朝夕承清豫徒藉小山文空揖章臺賦

星回夜未艾洞房凝遠情雲陰滿池樹中月懸高城
喬木含風霧行鴈飛且鳴平臺盛文雅西園富羣英
芳慶良永矣君王嗣德聲眷此伊洛詠載懷汾水情
顧己非麗則恭惠奉仁明觀淄詠已失憮然愧簪纓
肅景遊清都脩簪侍蘭室巽樹疏遠風廣庭麗朝日
穆穆神儀靜愔愔道言密一餐繫靈表無吝科年歷
神心遺魏闕中想顧汾陽肅景懷辰豫捐玦翦山楊
時惟清夏始雲景曖含芳月陰洞野色日華麗池光
草合亭皐遠霞生川路長端坐聞鶴引靜瑟愴復傷
懷哉泉石思歌詠鬱瓊相春塘多迭駕言從伊與商
袞職眷英覽獨善伊何忘願輟東都遠弘道侍二梁
清房洞已靜閑風伊夜來雲生樹陰遠軒廣月容開
宴私移燭飲遊賞藉琴臺風散冠淄鄴袛烏愧唐枚
方池含積水明月流皎鏡規荷承日泫影鱗與風泳

上善叶淵心止川測動性幸是方春來側點游濠盛
浮雲西北起飛來下高堂合散輕帷表飄舞桂臺陽
遙階收委羽平地如夜光眷言金玉照顧慚蘭蕙芳
睿心重離析歧路清江隈四面寒飆舉千里白雲來
川長別管思地迴翻旗回還顧昭陽闕超遠章華臺
置酒巫山日爲君停玉杯
桂樓飛絶限超遠向江岐輕寒霽廣甸微風散清漪
連連絶雁舉渺渺青煙移嚴城亂芸草霜塘凋素枝
氣爽深遙矚豫永聊停曦卽已終可悅盈樽且若斯
炎光缺風雅宗霸拯時淪龍德待雲霧令圖方再晨
歲遠荒城思霜華宿草陳英威遽如是徘徊歧路人
念深沖照廣業闡清化玄端儀穆金殿敷教藻瓊筵
船湛輕帷藹磬轉芳風旋卷巒棲道樹方津棹法舷
歸輿憑大造昭塗良易筌

珍倣宋版印

分悲玉瑟斷別緒金樽傾風入芳帷散釭華蘭殿明
想折中園草共知千里情行雲故鄉色贈此一離聲
年華豫已滌夜艾賞方融新萍時合水弱草未勝風
閨幽瑟易響臺迥月難中春物廣餘照蘭萱佩未窮
連漪映餘雪嚴城限深霧清寒起洞門東風急池樹
神居望已肅徘徊舉沖趣棲歸如遲詠邱山不可屢

和紀參軍服散得益

金液稱九轉西山歌五色鍊質乃排雲濯景終不測
雲英亦可餌且駐羲和力能令長卿臥暫故遇真識

和王中丞聞琴

涼風吹月露圓景動清陰蕙風入懷抱聞君此夜琴
蕭瑟滿林聽輕鳴響澗音無為澹容與蹉跎江海心

將發石頭上烽火樓

徘徊戀京邑躑躅曾阿陵高遲闕近眺迥風雲多

荆吳阻山岫江海含瀾波歸飛無羽翼其如離別何

望三湖

積水照頳霞高臺望歸翼平原周遠近連汀見紆直

威蕤向春秀芸黃共秋色薄暮傷哉人嬋媛復何極

送江水曹還遠館

高館臨荒途清川帶長陌上有流思人懷舊望歸客

塘邊草雜紅樹際花猶白日暮有重城何由盡離席

送江兵曹檀主簿朱孝廉還上國

方舟泛春渚攜手趨上京安知暮歸客詎憶山中情

香風蕋上發好鳥葉閒鳴揮袂送君已獨此夜琴聲

臨溪送別

悵望南浦時徙倚北梁步葉上涼風初日隱輕霞暮

荒城迥易陰秋溪廣難渡沫泣豈徒然君子行多露

後齋迥望

高軒瞰四野。臨牖眺襟帶。望山白雲裏。望水平原外。夏木轉成帷。秋荷漸如蓋。鞏洛常睠然。搖心似懸旆。

與江水曹至干濱戲（玉臺作別江水曹）

山中上芳月。故人清樽賞。遠山翠百重。迴流映千丈。花枝聚如雪。蕪絲散猶網。（一作垂藤散似網）別後能相思。何嗟異封壤。

答沈右率諸君餞別

春夜別清樽。江潭復爲客。歎息東流水。如何故鄉陌。重樹日芬蒀。芳洲轉如積。望望荆臺下。歸夢相思夕。

離夜同江丞王常侍作

玉繩隱高樹。斜漢耿層臺。離堂華燭盡。別幌清琴哀。翻潮尚知限。客思耿難裁。山川不可夢。況乃故人杯。

祀敬亭山廟

翦削兼太華。崢嶸跨玄圃。貝闕眡阿宮。薜帷陰網戶。

參差時未來徘徊望灃浦椒糈若馨香無絕傳終古

出下館一作夏日

麥候始清和涼雨銷炎燠紅蓮搖弱荇丹藤繞新竹
物色盈懷抱方駕娛耳目零落既難留何用存華屋

落日同何儀曹煦

參差複殿影氛氳綺羅雜風入天淵池芰荷搖復合
遠聽雀聲聚回望樹陰沓一賞桂尊前寧傷蓬鬢颯

夜聽妓二首

瓊閨釧響聞瑤席芳塵滿要取洛陽人共命江南管
情多舞態遲意傾歌弄緩知君密見親寸心傳玉盌
上客光四座佳麗值千金挂釵報纓絕墮珥答琴心
蛾眉已共笑清香復入襟歡樂夜方靜翠帳垂沈沈

詠薔薇

低枝詎勝葉輕香幸自通發萼初攢紫餘采尚霏紅

花新對白日故蘂逐行風參差不俱曜誰肯盼微叢

詠蒲

離離水上蒲結水散爲珠閒廁秋菡萏出入春鳧雛

初萌實雕俎暮蘂雜椒塗所悲塘上曲遂鑠黃金軀

詠兔絲

輕絲旣難理細縷竟無織爛漫已萬條連緜復一色

安根不可知縈心終不測所貴能卷舒伊用蓬生直

遊東堂詠桐

孤桐北窗外高枝百尺餘葉生旣婀娜葉落更扶疏

無華復無實何以贈離居裁爲珪與瑞足可命參墟

雜詠三首

鏡臺

玲瓏類丹檻苕亭似玄闕對鳳懸清冰垂龍挂明月

照粉拂紅妝插花理雲髮玉顏徒自見常畏君情歇

燈

發翠斜漢裏蓄寶宕山峯抽莖類仙掌銜光似燭龍
飛蛾再三繞輕花四五重孤對相思夕空照舞衣縫

燭

杏梁賓未散桂宮明欲沈曖色輕帷裏低光照寶琴
徘徊雲髻影灼爍綺疏金恨君秋月夜遺我洞房陰

同詠樂器得琴 同王融 沈約

洞庭風雨幹龍門生死枝雕刻紛布濩沖響鬱清危
春風搖蕙草秋月滿華池是時操別鶴淫淫客淚垂

同詠坐上玩器得烏皮隱几 同沈約

蟠木生附枝刻削豈無施取則龍文鼎三趾獻光儀
勿言素韋潔白沙尚推移曲躬奉微用聊承終宴疲

同詠坐上所見一物得席 同王融虞炎柳惲等

本生潮汐池落景照參差汀洲蔽杜若幽渚奪江蘺

遇君時采擷。玉座奉金巵。但願羅衣拂。無使素塵彌。

詠竹火籠同沈約

庭雪亂如花。井冰粲成玉。因炎入貂袖。懷温奉芳褥。體密用宜通。文邪性非曲。本自江南墟。便娟脩且綠。暫承君玉指。請謝陽春旭。

詠風

徘徊發紅蕚。葳蕤動綠蘤。垂楊低復舉。新萍合且離。步檐行袖靡。當戶思襟披。高響飄歌吹。相思子未知。時拂孤鸞鏡。星鬢視參差。

詠竹

窗前一叢竹。青翠獨言奇。南條交北葉。新筍雜故枝。月光疏已密。風來起復垂。青扈飛不礙。黃口得相窺。但恨從風籜。根株長別離。

詠落梅

新葉初冉冉。初蕋新菲菲。逢君後園讌。相隨巧笑歸。親勞君玉指。摘以贈南威。用持插雲髻。翡翠比光輝。日暮長零落。君恩不可追。

詠牆北梔子

有美當階樹。霜露未能移。金蕡發朱采。映日以離離。幸賴夕陽下。餘景及西枝。還思照綠水。君階無曲池。餘榮未能已。晚實猶見奇。復留傾筐德。君恩信未貲。

樂府詩集有齊雩祭樂歌八首三四五言及七言九言 有所思五言四句 玉階怨五言四句 王孫遊五言四句 永明樂十首五言四句均未鈔

十八家詩鈔卷三

十八家詩鈔卷四目錄

李太白五五古上二百九首

十八家詩鈔卷四目錄

十八家詩鈔卷四

湘鄉曾國藩纂

合肥李鴻章審訂
東湖王定安校

李太白五古上二百九首

古風五十九首

大雅久不作吾衰竟誰陳王風委蔓草戰國多荊榛龍虎相啖食兵戈逮狂秦正聲何微茫哀怨起騷人揚馬激頹波開流蕩無垠廢興雖萬變憲章亦已淪自從（一作蹉跎）建安來綺麗不足珍聖代復元古垂衣貴清真羣才屬休明乘運共躍鱗文質相炳煥衆星羅秋旻我志在刪述重（一作垂）輝映千春希聖如有立絕筆於獲麟

蟾蜍薄太清蝕此瑤臺月圓光虧中天金魄遂淪沒

蝃蝀入紫微大明夷朝暉浮雲隔兩耀萬象昏陰霏

蕭蕭長門宮昔是今已非桂蠹花不實天霜下嚴威

沈歎終永夕感我涕沾衣蟾蜍句暗指楊妃螮蝀句指祿山陷京師兩燿謂元宗在蜀肅宗在靈武

秦皇埽六合虎視何雄哉揮劍決浮雲諸侯盡西來明斷自天啓一作雄圖發英斷大略駕羣才收兵鑄金人函谷正東開銘功會稽嶺騁望瑯邪臺刑徒七十萬起土驪山隈尚採不死藥茫然使心一作人哀連弩射海魚長鯨正崔嵬額鼻象五嶽揚波噴雲雷鬐鬣蔽青天何由覩蓬萊徐市載秦女樓船幾時回但見三泉下金棺葬寒灰

鳳飛九千仞五章備綵珍銜書且虛歸空入周與秦橫絕歷四海所居未得鄰吾營紫河車千載落風塵藥物祕海嶽採鉛青谿濱時登大樓山舉首望仙真羽駕滅去影飆車絕回輪尚恐丹液遲志願不及申徒霜鏡中髮羞彼鶴上人桃李何處開此花非我春

唯應清都境。長與韓衆親。

太白何蒼蒼。星辰上森列。去天三百里。邈爾與世絕。中有綠髮翁。披雲（一作千春）臥松雪。不笑亦不語。冥棲在巖穴。我來逢眞人。長跪問寶訣。粲然忽自哂（一作啟玉齒）授以鍊藥說。銘骨傳其語。竦身已電滅。仰望不可及。蒼然五情熱。吾將營丹砂。永與世人別。

代馬不思越。越禽不戀燕。情性有所習。土風固其然。昔別鴈門關。今戍龍庭前。驚沙亂海日。飛雪迷胡天。蟣蝨生虎鶡（上林賦蒙鶡蘇絝白虎蓋畫鶡蘇以爲冠畫白虎以爲袴也此云蟣蝨生虎鶡蓋蟣蝨生於衣袴之上也）心魂逐旌旃。苦戰功不賞。忠誠難可宣。誰憐李飛將。白首沒三邊。

客有鶴上仙。飛飛凌太清。揚言碧雲裏。自道安期名。兩兩白玉童。雙吹紫鸞笙。去影忽不見。回風送天聲。舉首遠望之。（一作我欲一問之）飄然若流星。願餐金光草。壽與天齊傾上一作五鶴西北來飛飛淩太清仙人綠雲自道安期名兩兩白玉童雙吹紫鸞笙飄然下倒景倏忽無留行遺我金光草服之四體輕將隨赤松去對博坐蓬瀛

莊周夢蝴蝶蝴蝶爲莊周一體更變易萬事良悠悠乃一作那知蓬萊水復作清淺流青門種瓜人舊日東陵侯富貴固一作苟如此營營何所求

齊有倜儻生魯連特高妙明月出海底一朝開光曜卻秦振英聲後世仰末照意輕千金贈顧向平原笑吾亦澹蕩人拂衣可同調

黃河走東溟白日落西海逝川與流光飄忽不相待春容捨我去秋髮已衰改人生非寒松年貌一作顏色豈長在吾當乘雲螭吸景駐光彩一作誰能學天飛三秀與君採

松柏本孤直難爲桃李顏昭昭嚴子陵垂釣滄波間身將客星隱心與浮雲閑長揖萬乘君還歸富春山清風灑六合邈然不可攀使我長歎息冥棲巖石間

君平既棄世世亦棄君平觀變窮太易探元化羣生寂寞綴道論（一作真道）空簾閉幽情（一作清）騶虞不虛（一作復）來鸑鷟有時鳴安知天漢上白日懸高名海客去已久誰人（一作能）測沈冥（君平騶虞鸑鷟皆太白以自比）

胡關饒風沙蕭索（一作颯）竟終古歲落秋草黃登高望戎虜荒城空大漠邊邑無遺堵白骨橫千霜嵯峨蔽榛莽借問誰陵虐天驕毒威武赫怒我聖皇勞師事鼙鼓陽和變殺氣發卒騷中土三十六萬人哀哀淚如雨且悲就行役安得營農圃不見征戍兒豈知關山苦（一本此下添爭鋒徒死節秉鉞皆庸豎戰士塗蒿萊將軍獲圭組四句）李牧今不在（一作衛霍今不在）邊人飼豺虎

燕昭延郭隗遂築黃金臺劇辛方趙至（一作往）鄒衍復齊來柰何青雲士棄我如塵埃珠玉買歌笑糟糠養賢才方知黃鶴舉千里獨徘徊

金華牧羊兒乃是紫煙客我願從之遊未去髮已白不知繁華一作朱顏子擾擾何所迫崑山採瓊蕊一作蘂可以鍊精魄

天津三月時千門桃與李朝爲斷腸花暮逐東流水前水復一作非後水古今相續流新一作今人非舊人年年橋上遊雞鳴海色動謁帝羅公侯月落西上陽一作上陽西餘輝半城樓衣冠照雲日朝下散皇州鞍馬如飛龍黃金絡馬頭行人皆辟易志氣橫嵩丘入門上高堂列鼎錯珍羞香風引趙舞清管隨齊謳七十紫鴛鴦雙雙戲庭幽行樂爭晝夜自言度千秋功成身不退自古多愆尤黃犬空歎息綠珠成釁讎何如鴟夷子散髮棹一作弄扁舟

西上一作嶽蓮花山迢迢見明星素手把芙蓉虛步躡太清霓裳曳廣帶飄拂昇天行邀我登雲臺高揖衞

叔卿怳怳與之去駕鴻凌紫冥俯視洛陽川茫茫走胡兵流血塗野草豺狼盡冠纓

昔我遊齊都登華不注峯茲山何峻秀綠翠如芙蓉蕭颯古仙人了知是赤松借予一白鹿自挾兩青龍含笑淩倒景欣然願相從

泣與親友別欲語再三咽勗君青松心努力保霜雪世路多險艱白日欺紅顏分首各千里去去何時還在世復幾時倏如飄風度空聞紫金經白首愁相誤撫己忽自笑沈吟爲誰故名利徒煎熬安得閒余步終留赤玉舃東上蓬山（一作萊）路秦帝如我求蒼蒼但煙霧（此首亦志在學仙）

郢客吟白雪遺響飛青天徒勞歌此曲舉世誰爲傳試爲巴人唱和者乃數千呑聲何足道歎息空淒然（此首言曲高和寡）

秦水別隴首幽咽多悲聲胡馬顧朔雪躞蹀長嘶鳴
感物動我心緬然含歸情昔視秋蛾飛今見春蠶生
嫋嫋桑枯（一作結）葉萋萋柳垂榮急節謝流水羈心搖
懸旌揮涕且復去惻愴何時平（此首有倦遊思歸落葉糞根之意）

秋露白如玉團團下庭綠我行忽見之寒早悲歲促
生猶鳥過目胡乃自結束景公一何愚牛山淚相續
物苦不知足登（一作得）隴又望蜀人心若波瀾世路有（一作多）
屈曲三萬六千日夜夜當秉燭（此首悲年光之迅駛）

大車揚飛塵亭午暗阡陌中貴多黃金連雲開甲宅
路逢鬬鷄者冠蓋何輝赫鼻息干虹蜺行人皆怵惕
世無洗耳翁誰知堯與跖

世路日交喪澆風散淳源不采芳桂枝反棲惡木根
所以桃李樹吐花竟不言大運有興沒羣動爭飛奔
歸來廣成子去入無窮門

碧荷生幽泉朝日豔且鮮秋花冒綠水密葉羅青煙
秀色空絕世馨香誰爲傳坐看飛霜滿凋此紅芳年
結根未得所願託華池邊
燕趙有秀色綺樓青雲端眉目豔皎月一笑傾城歡
常恐碧草晚坐泣秋風寒纖手怨玉琴清晨起長歎
焉得偶君子共乘雙飛鸞美女求偶皆喻賢才求主不獨此首爲然亦不獨公詩爲然

容顏若飛電時景如飄風草綠霜已白日西月復東
華鬢不耐秋颯然成衰蓬古來聖賢人一一誰成功
君子變猨鶴小人爲沙蟲不及廣成子乘雲駕輕鴻此首亦傷時光之易逝

三季分戰國七雄成亂麻王風何怨怒世道終紛拏
至人洞元象高舉淩紫霞仲尼亦一作欲浮海吾祖之
流沙聖賢共淪沒臨岐胡咄嗟此首亦欲高舉出世

玄風變太古道喪無時還擾擾季葉(一作市井)人雞鳴趨四關但識金馬門誰(一作詎)知蓬萊山白首死羅綺笑歌無休(一作時)閒綠酒晒丹液青娥凋素顏(一作萋萋千金骨風塵凋素顏)大儒揮金槌琢之(一作發冢)詩禮閒蒼蒼三珠樹冥目焉能攀(大儒二句用莊子儒以詩禮發冢事)

鄭客西入關行行未能已白馬華山君相逢平原里璧遺鎬池公明年祖龍死秦人相謂曰吾屬可去矣一往桃花源千春隔流水

蓐收肅金氣西陸弦海月秋蟬號階軒感物憂不歇良辰竟何許大運有淪忽天寒悲風生夜久衆星沒惻惻不忍言哀歌達明發(此首亦感時節之早謝)

北溟有巨魚身長數千里仰噴三山雪橫呑百川水憑凌隨海運烜赫因風起吾觀摩天飛九萬方未已(此首自況卽賦大鵬之意也)

羽檄如流星虎符合專城喧呼救邊急羣鳥皆夜鳴白日曜紫微三公運權衡天地皆得一澹然四海清借問此何爲答言楚徵兵一作征楚兵渡瀘及五月將赴雲南征怯卒非戰士炎方難遠行長號別嚴親日月慘光晶泣盡繼以血心摧兩無聲困獸當猛虎窮魚餌奔鯨千去不一回投軀豈全生如何舞干戚一使有苗平此首似諷天寶末徵兵討閤羅鳳卽白太傅新豐折臂翁之詩意

醜女來效顰還家驚四鄰壽陵失本步笑殺邯鄲人一曲。一作東西斐然子雕蟲喪天真棘刺造沐猴三年費精神功成無所用楚楚且華一作榮身大雅思文王頌聲久崩淪安得郢中質一揮成風斤一作承風一運斤○此首刺當時文士之以雕飾奪天真者卽第一首綺麗不足珍之意

抱玉入楚國見疑古所聞良寶終見棄徒勞三獻君直木忌先伐芳蘭哀自焚盈滿天所損沈冥道爲羣

東海汎碧水流一作西關乘紫雲魯連及柱史可以躡
清芬此首戒懷材者不宜自炫宜以老子魯連爲法
燕臣昔慟哭五月飛秋霜庶女號蒼天震風擊齊堂
精誠有所感造化爲悲傷一本此下添而我竟何辜遠身金殿旁浮雲
蔽紫闥白日難回光羣沙穢明珠衆草淩孤芳古來
共歎息流淚空沾裳前六句言積誠可以回天後六句言衆口可以鑠金理有定而事無定反覆感歎

孤蘭生幽園衆草共蕪沒雖照陽春暉復悲高秋月
飛霜早淅瀝綠豔恐休歇若無清風吹香氣爲誰發
此首喻賢才處幽谷須有汲引之者

登高望四海天地何漫漫霜被羣物秋風飄大荒寒
榮華東流水萬事皆波瀾白日掩徂暉浮雲無定端
梧桐巢鷰雀枳棘棲鴛鸞且復歸去來劍歌行一作悲
路難一本自第四句後云殺氣落喬木浮雲蔽層巒孤鳳鳴天霓遺聲何辛酸遊人悲舊國撫心亦

盤桓倚劍歌所思曲終涕泗瀾
○此首言萬事反覆波瀾千變

鳳飢不啄粟所食惟琅玕焉能與羣雞蹙（一作刺）促爭
一餐朝鳴崑邱樹夕飲砥柱湍歸飛海路遠獨宿天
霜寒幸遇王子晉結交青雲端懷恩未得報感別空
長歎（此首亦自況之詞）

朝弄紫泥海（一作朝駕碧鸞車）夕披丹霞裳揮手折若木拂
此西日光雲臥（一作舉）遊八極玉顏已千霜飄飄入無
倪稽首祈上皇呼我遊太素玉杯賜瓊漿一餐歷萬
歲何用還故鄉永隨長風去天外恣飄揚（此首即屈子遠遊之意）

搖裔雙白鷗鳴飛滄江流宜與海人狎豈伊雲鶴儔
寄影宿沙月沿芳戲春洲吾亦洗心者忘機從爾遊

周穆八荒意漢皇萬乘尊淫樂心不極雄豪安足論
西海宴王母北宮邀上元瑤水聞遺歌玉杯竟空言

靈迹成蔓草徒悲千載魂（此即郭景純所譏燕昭無靈氣漢武非仙才之意）

綠蘿紛葳蕤繚繞松柏枝草木有所託歲寒尚不移奈何夭桃色坐歎葑菲詩玉顏豔紅彩雲髮非素絲君子恩已畢賤妾將何爲（此歎華士不能久榮）

八荒馳驚飆萬物盡凋落浮雲蔽頹陽洪波振大壑龍鳳脫網罟飄颻將安託去去乘白駒空山詠場藿（此首志在高舉出世亦自況之詩）

一百四十年國容何赫然隱隱五鳳樓峨峨橫三川王侯象星月賓客如雲煙（一本首六句云帝京信佳麗國容何赫然劍戟擁九關歌鍾沸三川蓬萊象天構珠翠誇雲仙）鬭雞金宮（一作城）裏蹴踘瑤臺邊（一作走馬蘭臺邊）舉動搖白日指揮回青天當塗何翕忽失路長棄捐獨有揚執戟閉關草太玄（此歎承平時權門之盛今已衰）

歌

桃花開東園含笑誇白日偶蒙春風榮生（一作矜）此豔

陽質豈無佳人色但恐花不實宛轉龍火飛零落早
相失詎知南山松獨立自蕭瑟末二句自況即陶公凝霜殄異類卓然見高枝之意

秦皇按寶劍赫怒振威神逐日巡海右驅石駕滄津
徵卒空九寓作橋傷萬人但求蓬島藥豈思農扈春
力盡功不贍千載爲悲辛

美人出南國灼灼芙蓉姿皓齒終不發芳心空自持
由來紫宮女共妬青蛾眉歸去瀟湘沚沈吟何足悲

宋國梧臺東野人得燕石一作宋人枉千金去國買燕石誇作天下
珍卻哂趙王璧趙璧無緇磷燕石非貞真流俗多錯
誤豈知玉與珉

殷后亂天紀楚懷亦已昏夷羊滿中野綠葹盈高門
比干諫而死屈平竄湘源虎口何婉孌女嬃空嬋娟
彭咸久淪沒此意與誰論

青春流鶯喘朱明一作火驟同薄不忍看秋蓬飄揚竟
何託光風滅蘭蕙白露灑葵藿一作委蕭藿美人不我期
草木日零落此首亦歲不我與之意
戰國何紛紛兵戈亂浮雲趙倚兩虎鬭晉爲六卿分
姦臣欲竊位樹黨自相羣果然田成子一旦殺齊君
倚劍登高臺悠悠送春目蒼榛蔽層邱瓊草隱深谷
鳳凰鳴西海欲集無珍木鸒斯得匹一作所居一作棲蒿
下盈萬族晉風日已頹窮途方慟哭一本首四句以下云翩翩衆鳥
飛翱翔在珍木羣花亦便娟榮耀非一族歸來愴途窮日暮還慟哭
齊瑟彈一作揮東吟秦絃弄西音慷慨動顏魄使人成
荒淫彼女佞邪子婉孌來相尋一笑雙白璧再歌千
黃金珍色不貴道詎惜飛光沈安識紫霞客瑶臺鳴
玉一作素琴
越客採明珠提攜出南隅清輝照海月美價傾鴻一作

皇都獻君君按劍懷寶空長吁魚目復相哂寸心增煩紆

羽族稟萬化小大各有依啁啁亦何辜六翮掩不揮願銜衆禽翼一向黃河飛飛者莫我顧歎息將安歸

我行巫山渚尋古登陽臺天空綵雲滅地遠淸風來神女去已久襄王安在哉荒淫竟淪沒樵牧徒悲哀

惻惻泣路歧哀哀悲素絲路歧有南北素絲易（一作有）變移（一本下添萬事固如此人生無定期田竇相傾奪賓客互盈虧世途多翻覆交道方嶮巇斗酒以下同）

谷風刺輕薄交道方嶮巇斗酒强然諾寸心終自疑張陳竟火滅蕭朱亦星離衆鳥集榮柯窮魚守空（一作枯）池嗟嗟失權客勤問何所規○（一作悲又作窺此首卽翟公署門之意老杜貧交行亦同此嘅）

俠客行（雜曲歌辭以下樂府）

趙客縵胡纓吳鉤霜雪明銀鞍照白馬颯沓如流星

十步殺一人千里不留行事了拂衣去深藏身與名

閑過信陵飲脫劍膝前一作上横將炙啖朱亥持觴勸

侯嬴三杯吐然諾五嶽倒爲輕眼花耳熱後意氣素

霓生救趙揮金槌邯鄲先震驚千秋二壯士烜赫大

梁城縱死俠骨香不慙世上英誰能書閣下白首太

玄經

關山月 横吹曲辭○樂府解題曰關山月傷離別也郭曰相和曲有度關山亦此類也

明月出天山蒼茫雲海閒長風幾萬里吹度玉門關

漢下白登道胡窺青海灣由來征戰地不見有人還

戍客望邊色一作邑思歸多苦顏高樓當此夜歎息未

應閒一作還

結客少年場行 雜曲歌辭○曹植結客篇曰結客少年場報怨洛北邙樂府解題曰結客少年場行言輕生重義慷慨以立功名也

紫鷰黃金瞳啾啾一作稜稜搖綠鬉平明相馳逐結客洛

門東少年學劍術淩轢白猿公珠袍曳錦帶七首插吳鴻由來萬夫勇挾此英雄風託交從劇孟買醉入新豐笑盡一杯酒殺人都市中羞道易水寒從（一作徒）令日貫虹燕丹事不立虛沒秦帝宮武陽死灰人安可與成功

長干行二首（雜曲歌辭）

妾髮初覆額折花門前劇郎騎竹馬來遶牀弄青梅同居長干里兩小無嫌猜十四爲君婦羞顏未嘗開低頭向暗壁千喚不一回十五始展眉願同塵與灰常存抱柱信豈（一作恥）上望夫臺十六君遠行瞿塘灩預堆五月不可觸猿聲天上哀門前遲（一作舊）行跡一一生綠（一作蒼）苔苔深不能掃落葉秋風早八月蝴蝶來（一作黃）雙飛西園草感此傷妾心坐愁紅顏老早晚下三巴預將書報家相迎不道遠直至長風沙

憶妾（一作昔）深閨裏煙塵不曾識嫁與長干人沙頭候風色五月南風興思君下巴陵八月西風起想君發揚子去來悲如何見少別離多湘潭幾日到妾夢越風波昨夜狂風度吹折江頭樹淼淼暗無邊行人在何處北客至（一作真）王公朱衣滿汀（一作江）中（一作北客浮雲驪經過新市中）日暮來投宿數朝不肯東自憐十五餘顏色桃李紅那作商人婦愁水復愁風

古朗月行（雜曲歌辭）

小時不識月呼作白玉盤又疑瑤臺鏡飛在青雲端仙人垂兩足桂樹作（一作何）團圓白兔擣藥成問言誰與餐蟾蜍蝕圓影天（一作大）明夜已殘羿昔落九烏天人清且安陰精此淪惑去去不足觀憂來其如何悽愴摧心肝（蟾蜍蝕影陰精淪惑等句似亦諷讒諂蔽明之意）

上之回（鼓吹曲辭○漢武帝元封四年冬十月行幸雍祠五時通回中道遂北出蕭關）

沈建樂府廣題曰漢曲皆美當時之事

三十六離宮樓臺與天通閣道步行月美人愁煙空恩疏寵不及桃李傷春風淫樂意何極金輿向回中萬乘出黃道千旗揚彩虹前軍細柳北後騎甘泉東豈問渭川老甯邀襄野童但慕一作秋暮瑤池宴歸來樂未窮渭川老文王訪賢也襄野童黃帝問道也瑤池宴穆王佚遊也末四句似有所諷

獨不見雜曲歌辭○郭集錄者七家樂府解題曰獨不見傷思而不得見也

白馬誰家子黃龍邊塞兒天山三丈雪豈是遠行時春蕙忽秋草莎雞鳴曲池風催寒梭響月入霜閨悲憶與君別年種桃齊蛾眉桃今百餘尺花落成枯枝終然獨不見流淚空自知

妾薄命雜曲歌辭○郭集錄者十七家

漢帝重一作寵阿嬌貯之黃金屋咳唾落九天隨風生珠玉寵極愛還歇妒深情卻疏長門一步地不肎暫

回車雨落不上天水覆重難收一作難重收君情一作恩與妾意各自東西流昔日芙蓉花今成斷根草一作素秋草以色事他人能得幾時好

幽州胡馬客歌 横吹曲辭

幽州胡馬客綠眼虎皮冠笑拂兩隻劍萬人不可干彎弓若轉月白雁落雲端雙雙掉鞭行遊獵向樓蘭出門不顧後報國死何難天驕五單于狼戻好兇殘牛馬散北海割鮮若虎餐雖居燕支山不道朔雪寒婦女馬上笑顏如赬玉盤翻飛射鳥獸花月醉雕鞍旄頭四光芒爭戰如蜂攢白刃灑赤血流沙爲之丹名將古誰是疲兵良可歎何時天狼滅父子得閒安

門有車馬客行 相和歌辭○郭集錄者六家古今樂錄曰王僧虔技錄云門有車馬客行歌東阿王置酒一篇樂府解題曰曹植等門有車馬客行皆言問訊其客或得故舊鄉里或駕自京師備敘市朝遷謝親友彫喪之意也曹植又有門有萬里客亦與此

同國藩按此題皆言問訊其客備敍市朝遷變親友彫喪之意

門有車馬賓一作客金鞍曜朱輪謂從丹一作雲霄落乃是故鄉親呼兒埽中堂坐客論悲辛對酒兩不飲停觴淚盈巾歎我萬里遊飄颻三十春空談霸王略紫綬不挂身雄劍藏玉匣陰符生素塵廓落無所合流離湘水濱借問宗黨閒多爲泉下人生苦百戰役死託萬鬼鄰北風揚胡沙埋翳周與秦大運且如此蒼穹寗匪仁惻愴竟何道存亡任大鈞北風二句言兩京俱陷借古題以傷時事

君子有所思行雜曲歌辭○郭集錄者六家樂府解題曰君子有所思行其旨言彫室麗色不足爲久懽宴安酖毒滿盈所宜敬忌與君子行異也

紫閣連終南青冥天倪色憑崖望咸陽宮闕羅北極萬井驚畫出九衢如絃直渭水清銀河横天流不息朝野盛文物衣冠何翕赩廄馬散連山軍容威絕域

伊皋運元化衛霍輸筋力歌鐘樂未休榮去老還逼圓光過滿缺太陽移中昃不散東海金何爭西輝匿無作牛山悲。惻愴淚沾臆。

東海有勇婦代關中有貞女勇又作賢○舞曲歌辭按魏鞞舞五曲中一曰關中有賢女太白作此代之

梁山感杞妻慟哭爲之傾金石忽暫開都由激深情東海有勇婦何慚蘇子卿學劍越處子超騰若流星捐軀報夫讎萬死不顧生白刃曜素雪蒼天感精誠十步兩躩一作跳躍三呼一交兵斬首掉國門。蹴踏五藏行。豁此伉儷憤粲然大義明北海李使君飛章奏天庭捨罪警風俗流芳播滄瀛志在列女籍竹帛已光榮淳于免詔獄漢主爲緹縈津妾一棹歌脫父於嚴刑十子若不肖不如一女英豫讓斬空衣有心竟無成要離殺慶忌壯夫素所輕妻子亦何辜焚之買

虛聲豈如東海婦事立獨揚名

黃葛篇 新樂府辭

黃葛生洛谿黃花自綠羃青煙蔓長條繚繞幾百尺

閨人費素手採緝作絺綌縫爲絕國衣遠寄日南客

蒼梧大火落暑服莫輕擲此物雖過時是妾手中跡

白馬篇 雜曲歌辭○郭集錄者十家按白馬篇言人當立功立事盡力爲國不可念私也鮑照沈約之作則言邊塞征戰之事

龍馬花雪毛金鞍五陵豪秋霜切玉劍落日明珠袍

鬬雞事萬乘軒蓋一何高弓摧宜山虎手接太山猱

酒後競風彩三杯弄寶刀殺人如翦草劇孟同遊遨

發憤去函谷從軍向臨洮叱咤經百戰一作萬戰場匈奴

盡波濤一作逃歸來使酒氣未肯拜一作下蕭曹羞入原

憲室荒徑隱蓬蒿

怨歌行 一作長安見內人出嫁令予代爲怨歌行○相和歌辭郭集錄者七家

十五入漢宮花顏笑一作如春紅君王選玉色侍寢金
一作錦屏中薦枕嬌夕月卷衣戀春一作香風寧知趙飛
燕奪寵恨無窮沈憂能傷人綠鬢成霜蓬一朝不得
意世事徒一作信爲空鷫鸘換美酒舞衣罷雕龍寒苦
不忍言爲君奏絲桐腸斷絃亦絕悲心夜忡忡

塞下曲六首 新樂府辭○郭集錄者二十二家

五月天山雪無花秖有寒笛中聞折柳春色未曾看
曉戰隨金鼓宵眠抱玉鞍願將腰下劍直爲斬樓蘭
天兵下北荒胡馬欲南飲橫戈從百戰直爲銜恩甚
握雪海上餐拂沙隴頭寢何當破月氏然後方高枕
駿馬如風飆鳴鞭出渭橋彎弓辭漢月插羽破天驕
陣解星芒盡營空海霧銷功成畫麟閣獨有霍嫖姚
白馬黃金塞雲砂繞夢思那堪愁苦節遠憶邊城兒
螢飛秋窗滿月度霜閨遲摧殘梧桐葉蕭颯沙棠枝

無時獨不見淚流空自知

塞虜乘秋下天兵出漢家將軍分虎竹戰士臥龍沙邊月隨弓影胡霜拂劍花玉關殊未入少婦莫長嗟

烽火動沙漠連照甘泉雲漢皇按劍起還召李將軍兵（一作殺）氣天上合鼓聲隴底聞橫行負勇氣一戰靜妖氛

塞上曲三首 新樂府辭○郭集錄者九家

大漢無中策匈奴犯渭橋五原秋草綠胡馬一何驕命將征西極橫行陰山側燕支落漢家婦女無花色轉戰渡黃河休兵樂事多蕭條清萬里瀚海寂無波

玉階怨 相和歌辭○郭集錄者三家

玉階生白露夜久侵羅襪卻下水精簾玲瓏望秋月

襄陽曲四首 雜歌謠辭

襄陽行樂處歌舞白銅鞮江城回綠水花月使人迷

山公醉酒時酩酊裏（一作高）陽下頭上白接䍦倒著還騎馬

峴山臨漢江水綠沙如雪（一作水色如霜雪）上有墮淚碑青苔久磨滅

且醉習家池莫看墮淚碑。山公欲上馬。笑殺襄陽兒。

大堤曲（清商曲辭○郭集選者四家）

漢水臨（一作橫）襄陽花開大堤暖佳期大堤下淚向南雲滿春風復無情吹我夢魂散不見眼中人天長音信斷。

宮中行樂詞八首（奉詔作○近代曲辭）

小小生金屋盈盈在紫微山花插寶髻石竹繡羅衣

每出深宮裏常隨步輦歸只愁歌舞散。（一作罷）化作綵雲飛。

柳色黃金嫩梨花白雪香。玉樓巢（一作關）翡翠。珠殿鎖

鴛鴦選妓隨雕一作朝輦徵歌出洞房宮中誰第一飛
鷰在昭陽
盧橘爲秦樹蒲桃出一作是漢宮煙花宜落日絲管醉
春風笛奏龍鳴一作吟水簫吟一作鳴鳳下空君王多樂
事何必向一作在回中一作還與萬方同
玉樹一作殿春歸日一作好金宮樂事多後庭朝未入輕
輦夜相過笑出花間語嬌來燭下歌莫教明月去留
著醉姮娥
繡戶香風暖沙窗曙色新宮花爭笑日池草暗生春
綠樹聞歌鳥青樓見舞人昭陽桃李月羅綺自一作坐
相親
今日明光裏還須結伴遊春風開紫殿天樂下珠樓
豔舞全知巧嬌歌半欲羞更憐花月夜宮女笑藏鉤
寒雪梅中盡春風柳上歸宮鶯嬌欲醉檐鷰語還飛

遲日明歌席。新花豔舞衣晚來移綵仗行樂好光輝
水綠南薰殿花紅北闕樓鶯歌聞太液鳳吹遶瀛洲
素女鳴珠佩天人弄綵毬今朝風日好宜入未央遊

鼓吹入朝曲 鼓吹曲辭

金陵控海浦綠水帶吳京鐃歌列騎吹。颯沓引公卿。
搥鐘速嚴妝伐鼓啓重城天子憑玉案劍履若雲行
日出照萬戶簪裾爛明星朝罷沐浴閑遨遊閬風亭
濟濟雙闕下歡娛樂恩榮

秦女休行 古詞魏朝協律都尉左延年所作今擬之〇雜曲歌辭按左延年辭言秦女休爲燕王婦爲宗報讎殺人都市遇赦得免傳玄辭言龐娥爲父報讎殺人以烈義稱太白此辭擬左延年但左傳俱用長短句太白但用五言爲小異耳

西門秦氏女秀色如瓊花手揮白楊刀清晝殺讎家
羅袖灑赤血英聲凌紫霞直上西山去關吏相邀遮
婿爲燕國王身被詔獄加犯刑若履虎不畏落爪牙

素頸未及斷摧眉伏泥沙金雞忽放赦大辟得寬賒
何慙聶政姊萬古共驚嗟

秦女卷衣 雜曲歌辭○樂府解題曰秦王卷衣言咸陽春景及宮闕之美秦王卷衣以贈所懽也唐李白有秦女卷衣

天子居未央妾來卷衣裳顧無紫宮寵敢拂黃金牀
水至亦不去熊來尚可當微身奉日月飄若螢火光
願君採葑菲無以下體妨

東武吟 一作出金門後書懷留別翰林諸公○相和歌辭郭集錄者四家按東武吟傷時移事異榮華徂謝也

好古笑流俗素聞賢達風方希佐明主長揖辭成功
白日在高天回光燭微躬恭承鳳凰詔欻起雲蘿中
清切紫霄迥優遊丹禁通君王賜顏色聲價凌煙虹
乘輿擁翠蓋扈從金城東寶馬麗絕景錦衣入新豐
倚巖望松雪對酒鳴絲桐因學揚子雲獻賦甘泉宮

天書美片善清芬播無窮歸來入咸陽談笑皆王公
一朝去金馬飄落成飛蓬賓友日疏散玉樽亦已空
才力獨可倚一作恃不慙世上雄閑作東武吟曲盡情
未終書此謝知己吾尋黃綺翁一作扁舟尋釣翁

邯鄲才人嫁爲廝養卒婦雜曲歌辭郭集錄者二家

妾本叢臺女揚娥入丹闕自倚顏如花甯知有凋歇
一辭玉階下去若朝雲沒每憶邯鄲城深宮夢秋月
君王不可見惆悵至明發

出自薊北門行雜曲歌辭郭集錄者四家○樂府解題曰出自薊北門行其大致與從軍行同而兼言燕薊風物及突騎勇悍之狀

虜陣橫北荒胡星曜精芒羽書速驚電烽火晝連光
虎竹救邊急戎車森已行明主不安席按劍心飛揚
推轂出猛將連旗登戰場兵威衝絕漠殺氣淩穹蒼
列卒一作陣赤山下開營紫塞傍孟冬風沙緊旌旗一作

旆颯凋傷畫角悲海月。征衣卷天霜。揮刃斬樓蘭彎弓射賢王單于一平蕩種落自奔亡收功報天子行歌一作歌舞歸咸陽

洛陽陌 橫吹曲辭

白玉誰家郎回車渡天津看花東陌上驚動洛陽人

北上行 相和歌辭○樂府解題曰魏武帝苦寒行備言冰雪谿谷之苦其後或謂之北上行蓋因武帝辭而擬之也

北上何所苦北上緣太行磴道盤且峻巉巖凌穹蒼馬足蹶側石車輪摧高岡沙塵接幽州烽火連朔方殺氣毒劍戟嚴風裂衣裳奔鯨夾黃河鑿齒屯洛陽前行無歸日返顧思舊鄉慘戚冰雪裏悲號絕中腸尺布不掩體皮膚劇枯桑汲水澗谷阻採薪隴坂長猛虎又掉尾磨牙皓秋霜草木不可餐飢飲零露漿歎此北上苦停驂爲之傷何日王道平開顏覩天光。

短歌行 相和歌辭郭集錄者十七家○魏武帝短歌行有身世多憂汲汲求賢之意各家多及時行樂之意

白日何短短百年苦易滿蒼穹浩茫茫萬刧太極長麻姑垂兩鬢一半已成霜天公見玉女大笑億千場吾欲攬六龍回車挂扶桑。北斗酌美酒勸龍各一觴富貴非所願。爲與一作人駐頹一作顏又作流光。

空城雀 雜曲歌辭郭集錄者六家○按空城雀自鮑照以下皆有含辛茹苦守分安命之意

嗷嗷空城雀身計何戚促本與鷦鷯羣不隨鳳凰族提攜四黃口飲乳未嘗足食君糠粃餘。常恐烏鳶逐恥涉太行險羞營覆車粟天命有定端守分絕所欲。

發白馬 雜曲歌辭郭集錄者二家○郭云衞國曹邑有白馬津酈生云守白馬之津是也發白馬謂征戍而發兵於此也

將軍發白馬。旌節渡黃河。簫鼓聒川嶽。滄溟湧濤一作洪波。武安有震瓦易水無寒歌鐵騎若雪山飲流涸滹沱揚兵獵月窟轉戰略朝那倚劍登燕然邊烽列嵯峨蕭條萬里外耕作五原多一掃清大漠包虎戢金戈

陌上桑

相和歌辭郭集錄者十家○郭注一曰豔歌羅敷行古今樂錄曰陌上桑歌瑟調古辭豔歌羅敷行日出東南隅篇崔豹古今注注曰陌上桑者出秦氏女子秦氏邯鄲人有女名羅敷爲邑人千乘王仁妻王仁後爲趙王家令羅敷出採桑於陌上趙王登臺見而悅之因置酒欲奪焉羅敷巧彈箏乃作陌上桑之歌以自明趙王乃止樂府解題曰古辭言羅敷採桑爲使君所邀盛誇其夫爲侍中郎以拒之與前說不同若陸機扶桑升朝暉但歌美人好合與古詞始同而未異又有採桑曲亦出於此

美女渭橋東一作美女細綺衣又作遊女春還又作還來事蠶作五馬飛如花一作如花飛又作如飛龍青絲結金絡不知誰家子調笑來相謔妾本秦羅敷玉顏豔名都綠條映素手採桑向城隅使君且不顧況復論秋胡寒螿愛碧草鳴鳳

棲青梧託心自有處但怪旁人愚徒令白日暮高駕空踟躕

枯魚過河泣雜曲歌辭郭集錄古辭一首太白一首皆以慎出入爲誡

白龍常改服偶被豫且制誰使爾爲魚徒爲訴天帝作書報鯨鯢勿恃風濤勢濤落歸泥沙翻遭螻蟻噬萬乘慎出入柏人以爲誡一作識按柏人用漢高祖過趙事

丁都護一作督護歌清商曲辭郭集錄者三家一曰阿督護歌宋書樂志曰督護歌者彭城內史徐逵之爲魯軌所殺宋高祖使府內直督護丁旿收斂殯埋之逵之妻高祖長女也呼旿至閤下自問殯送之事每問輒歎息曰丁督護其聲哀切後人因其聲廣其曲焉唐書樂志曰丁督護晉宋閒曲也今歌是宋武帝所製云

雲陽上征去兩岸饒商賈吳牛喘月時拖船一何苦水濁不可飲壺漿半成土一唱都護歌心摧淚如雨萬人鑿盤石無由達江滸君看石芒碭掩淚悲千古

相逢行二首一云有贈○相和歌辭郭集錄者六家一曰相逢狹路閒行一

曰長安有狹斜行樂府解題曰古詞文意與雞鳴曲同晉陸機長安狹斜行云伊洛有歧路歧路交朱輪則言世路險狹邪僻正直之士無所措手足矣唐李賀有難忘曲亦出於此

朝騎五花馬謁帝出銀臺秀色誰家子雲車（一作中）珠箔開金鞭遙指點玉勒近遲回夾轂相借問疑（一作知）從天上來（一本更添憐腸愁欲斷斜日復相催下車何輕盈飄然似落梅）邀入青綺門當歌共銜杯（一作嬌羞初解珮語笑共銜杯）銜杯映歌扇似月雲中見相見不得（一作相）親不如不相見相見情已深未語可知心胡爲守空閨孤眠愁錦衾錦衾與羅帷纏綿會有時春風正澹蕩暮雨來何遲（一作春風正紏結青鳥來何遲）願因三青鳥更報長相思光景不待人須臾髮成絲當年失行樂老去徒傷悲持此道密意無令曠佳期相逢紅塵內高揖黃金鞭萬戶垂楊裏君家阿那邊

千里思（一作千里曲○雜曲歌辭郭集錄者三家）

李陵沒胡沙蘇武還漢家迢迢五原關朔雪亂邊花一作愁見雪如花一去隔絕國思歸但長嗟鴻雁向西北因一作飛書報天涯

樹中草雜曲歌辭郭集錄者三家

鳥銜野田草誤入枯桑裏客土植危根逢春猶不死草木雖無情因依尚可生如何同枝葉各自有枯榮

君馬黃鼓吹曲辭郭集錄者三家

君馬黃我馬白馬色雖不同人心本無隔共作遊冶盤雙行洛陽陌長劍既照曜高冠何赩赫各有千金裘俱爲五侯客猛虎落陷穽壯夫時屈厄相知在急難獨好亦一作知何益

擬古

融融白玉輝映我青蛾眉寶鏡似空水落花如風吹出門望同子蕩瀁不可期安得黃鶴羽一報佳人知

折楊柳 橫吹曲辭郭集錄者二十三家○唐書樂志曰梁樂府有胡吹歌云上馬不捉鞭反拗楊柳枝下馬吹橫笛愁殺行客兒此歌辭元出北國卽鼓角橫吹曲折楊柳是也宋書五行志曰晉太康末京洛為折楊柳之歌其曲有兵革苦辛之辭按古樂府又有小折楊柳相和大曲有折楊柳行清商四曲有月節折楊柳歌十三曲與此不同

垂楊一作楊柳拂綠水搖豔一作豔裔東風年花明玉關雪葉暖金窗煙美人結長想對此心悽然攀條折春色遠寄龍庭前一作龍沙邊

鳳凰曲 清商曲辭

嬴女吹玉簫吟弄天上春青鸞不獨去更有攜手人影滅彩雲斷遺聲落西秦

少年子 雜曲歌辭郭集錄者四家

青雲少年子挾彈章臺左鞍馬四邊開突如流星過金丸落飛鳥夜入瓊樓臥夷齊是何人獨守西山餓

紫騮馬 橫吹曲辭郭集錄者十四家○按郭集以紫騮馬為從軍久戍懷歸而作此詩

末二句反之語愈沈痛
紫騮行一作驕且嘶雙翻碧玉蹏臨流不肯渡似惜錦
障泥白雪關山一作城遠黃雲海戍迷揮鞭萬里去安
一作何得念一作戀春閨
少年行雜曲歌辭
擊筑飲美酒劍歌易水湄經過燕太子結託并州兒
少年負壯氣奮烈自有時因聲魯句踐爭情一作博勿
相欺
豫章行相和歌辭郭集錄者九家○按豫章行陸機謝靈運之作言壽短景馳容華不久傳玄之作言盡力於人終以華落見棄太白此作則似從軍之詞
胡風吹代馬一作燕人攢赤羽北擁魯陽關吳兵照海雪西
討何時還半渡上遼津黃雲慘無顏老母與子別呼
天野草間白馬一作白烏繞旌旗悲鳴相追攀白楊秋月
苦早落豫章山本爲休明人斬虜素不閑豈惜戰鬭

死爲君埽兇頑精感石沒羽豈云憚險艱樓船若鯨飛波蕩落星灣此曲不可奏三軍鬢成班

沐浴子 雜曲歌辭郭集錄者二家

沐芳莫彈冠浴蘭莫振衣處世忌太潔至人貴藏暉滄浪有釣叟吾與爾同歸

高句驪 雜曲歌辭

金花折風帽白馬小遲回翩翩舞廣袖似鳥海東來

靜夜思 新樂府辭

牀前看月光疑是地上霜舉頭望山月低頭思故鄉

淥水曲 琴曲歌辭

淥水明秋日南湖採白蘋荷花嬌欲語愁殺蕩舟人

鳳臺曲 清商曲辭郭集錄者二家

嘗聞秦帝女傳得鳳皇聲是日逢仙子當時別有情人吹彩簫去天借綠雲迎心曲一作在身不返空餘弄

玉名

從軍行 相和歌辭郭集錄者十九家○附七言一首

從軍玉門道逐虜金微山笛奏梅花曲刀開明月環鼓聲鳴海上兵氣擁雲間願斬單于首長驅靜鐵關

百戰沙場碎鐵衣城南已合數重圍突營射殺呼延將獨領殘兵千騎歸

秋思二首 琴曲歌辭

春陽如昨日碧樹鳴黃鸝蕪然蕙草暮颯爾涼風吹天秋木葉下月冷莎雞悲坐愁羣芳歇白露凋華滋

閼氏黃葉落妾望白登臺海上一作月出碧雲斷單于一作蟬聲秋色來胡兵沙塞合漢使玉關回征客無歸日空悲蕙草摧

春思

燕草如碧絲秦桑低綠枝當君懷歸日是妾斷腸時

珍倣宋版印

春風不相識何事入羅幃

子夜吳歌四首 清商曲辭

秦地羅敷女採桑綠水邊素手青條上紅妝白日鮮蠶飢妾欲去五馬莫留連 春

鏡湖三百里菡萏發荷花五月西施採人看隘若耶回舟不待月歸去越王家 夏

長安一片月萬戶擣衣聲秋風吹不盡總是玉關情何日平胡虜良人罷遠征 秋

明朝驛使發一夜絮征袍素手抽鍼冷那堪把剪刀裁縫寄遠道幾日到臨洮 冬

對酒二首 相和歌辭郭集錄者八家○按魏武帝賦對酒其古言王者德澤廣被政理民和萬物咸遂范雲以下則言但當及時為樂

松子棲金華安期入蓬海此人古之仙羽化竟何在浮生速流電倏忽變光彩天地無凋換容顏有遷改

對酒不肯飲含情欲誰待

勸君莫拒杯春風笑人來桃李如舊識傾花向我開流鶯啼碧樹明月窺金罍昨來朱顏子今日白髮催棘生石虎殿鹿走姑蘇臺自古帝王宅城闕閉黃埃君若不飲酒昔人安在哉

估客樂 清商曲辭

海客乘天風將船遠行役譬如雲中鳥一去無蹤跡

去婦詞

古來有棄婦棄婦有歸處今日妾辭君辭君遣何去本家零落盡慟哭來時路憶昔未嫁君聞君卻周旋綺羅錦繡段有贈黃金千十五許嫁君二十移所天自從（按自從二字疑衍通首皆五言不應著此一七字句）結髮日未幾離君緬山川家家盡歡喜孤妾長自憐幽閨多怨思盛色無十年相思苦循環枕席生流泉流泉咽不埽獨夢關

山道及此見君歸君歸妾已老物華惡衰賤新寵方姸好掩淚出故房傷心劇秋草自妾爲君妻君東妾在西羅帷到曉恨玉貌一生啼自從離別久不覺塵埃厚常嫌玳瑁孤猶羨鴛鴦偶歲華逐霜霰賤妾何能久寒沼落芙蓉秋風散楊柳以此顦顇顏空持舊物還餘生欲何寄誰肯相牽攀君恩旣斷絕相見何年月悔傾連理杯虛作同心結女蘿附青松貴欲相依投浮萍失綠水教作若爲流不歎君棄妾自歎妾緣業憶昔初嫁君小姑纔倚牀今日妾辭君小姑如妾長回頭語小姑莫嫁如兄夫 按此顧況棄婦詞也後人竄入太白集中

長歌行 相和歌辭郭集錄者十家○按長歌行言人當努力爲樂無至老大乃傷悲也

桃李得日開榮華照當年東風動百物草木盡欲言。枯枝無醜葉涸水吐清泉大力運天地羲和無停鞭。功名不早著竹帛將何宣桃李務青春誰能貫白日富貴與神仙。蹉跎成兩失。金石猶銷鑠。風霜無久質。畏落日月後。强歡歌與酒。秋霜不惜人。倏忽侵蒲柳。

（已上樂府）

南都行（以下歌吟）

南都信佳麗。武闕横西關。白水真人居。萬商羅鄽闤。高樓對紫陌。甲第連青山。此地多英豪。邈然不可攀。陶朱與五羖。名播天壤間。麗華秀玉色。漢女嬌朱顔。清歌遏流雲。豔舞有餘閑。遨遊盛宛洛。冠蓋隨風還。走馬紅陽城。呼鷹白河灣。誰識臥龍客。長吟愁鬢班。

玉真仙人詞

玉真之真（一作仙）人。時往（一作西上）太華峯。清晨鳴天鼓。飆欻騰雙龍。弄電不輟手。行雲本無蹤。幾時入少室。王母應相逢。

清溪行（宣城一作宣州青溪）

清溪清我心水色異諸水借問新安江見底何如此
人行明鏡中鳥度屏風裏向晚猩猩啼空悲遠遊子

歷陽壯士勤將軍名思齊歌 並序

歷陽壯士勤將軍神力出於百夫則天太后召見奇之授遊擊將軍賜錦袍玉帶朝野榮之後拜橫南將軍大臣慕義結十友即燕公張說館陶公郭元振爲首余壯之遂作詩

太古歷陽郡化爲洪川在江山猶鬱盤龍虎祕光彩
蓄洩數千載風雲何霮䨴特生勤將軍神力百夫倍

古意

君爲女蘿草妾作兔絲花輕條不自引爲逐春風斜
百丈託遠松纏綿成一家誰言會面易各在青山崖
女蘿發馨香兔絲斷人腸枝枝相糾結葉葉竟飄揚
生子不知根因誰共芬芳中巢雙翡翠上宿紫鴛鴦

君識二草心海潮亦可量已上歌吟

贈從兄襄陽少府皓一作晧以下投贈○

結髮未識事所交盡豪雄卻秦不受賞擊晉一作救趙甯爲功託身白刃裏殺人紅塵中當朝揖高義舉止欽英風小節豈足言退耕春陵東歸來無產業生事如轉蓬一朝狐一作烏裘敝百鎰黃金空彈劍徒激昂出門悲路窮吾兄青雲士然諾聞諸公所以陳片言片言貴情通棣華儻不接甘與秋草同

贈張公洲革處士

列子居鄭圃不將衆庶分革侯遁南浦常恐楚人聞抱甕灌秋蔬心閑遊天雲每將瓜田叟耕種漢水濱一作濆時登張公洲入獸不亂羣井無桔槔事門絕刺繡文長揖二千石遠辭百里君斯爲眞隱者吾黨慕清芬

淮海對雪贈傅靄一作淮南對雪贈孟浩然

朔雪落吳一作潮天，從風渡溟渤。海樹一作木成陽春，江沙皓明月。飄颻四荒外，想像千花發。瑤草生階墀，玉塵散庭闕。輿從剡溪起，思繞梁山發。寄君郢中歌，曲罷心斷絕。一云剡溪輿空在，郢路歌未歇。寄君梁父吟，曲盡心斷絕。

贈徐安宜

白田見楚老，歌詠徐安宜。製錦不擇地，操刀良在茲。清風動百里，惠化聞京師。浮人若雲歸，耕種滿郊岐。川光淨麥隴，日色明桑枝。訟息但長嘯，賓來或解頤。青槐拂戶牖，白一作碧水流園池。遊子滯安邑，懷恩未忍辭。緊君樹桃李，歲晚託深期。浮人猶流人也遊子太白自謂也

贈任城盧主簿潛魯中

海鳥知天風，竄身魯門東。臨觴不能飲，矯翼思凌空。鐘鼓不爲樂，煙霜誰與同。歸飛未忍去，流淚謝鴛鴻。

海鳥太白以自喻也

早秋贈裴十七仲堪

遠海動風色吹愁(一作秋)落天涯南星變大火熱氣餘丹霞光景不可迴六龍轉天車荆人泣美玉魯叟悲匏瓜功業若夢裏(一作中)撫(一作推)琴發長嗟(以上十句太白自詠也)裴生信(一作實)英邁崛起多才華歷抵海岱豪結交魯朱家(一作歷遊趙魏豪結交列如麻)良圖竟未展意欲飛丹砂破產且救人遺身不爲家復攜兩少女(一作妾)豔色驚荷花雙謌入青雲但惜白日斜窮(一作滄)溟出寶貝大澤饒龍蛇明主儻(一作必)見收煙霄路非賒知飛萬里道勿使歲寒差(一作時命若有會歸應鍊丹砂)

贈范金鄉二首

君子枉清眄不知東走迷離家未幾月絡緯鳴中閨桃李君不言攀花願成蹊那能吐芳信惠好相招攜

我有結綠珍久藏濁水泥時人棄此物乃與燕珉一作石齊拂拭欲贈之申眉路無梯遼東慙白豕楚客羞山雞徒有獻芹心終流泣玉血一作啼衹應自索漠留舌示山妻

范宰不買名絃歌對前楹爲邦默自化日覺冰壺清百里雞犬靜千廬機杼鳴浮人少蕩析愛客多逢迎遊子覩嘉政因之聽頌聲前首自述次首頌范觀枉清眄相招攜等句似范有書邀太白東遊也桃李二句謂縱無書信人猶願攀附而來那能二句言況復有書相招也

贈瑕邱王少府

皎皎鸞鳳姿飄飄神仙氣梅生亦何事來作南昌尉清風佐鳴琴寂寞道爲貴一作爲誰貴一見過所聞操持難與羣毫揮魯邑訟目送瀛洲雲我隱屠釣下爾當玉石分無由接高論空此仰清芬

贈丹陽橫山周處士惟長

周子橫山隱開門臨城隅連峯入戶牖勝概凌方壺時枉白紵詞放歌丹陽湖水色傲溟渤川光秀菰蒲當其得意時心與天壤俱閑雲隨舒卷安識身有無抱石恥獻玉沈泉笑探珠羽化如可作相攜上清都一作攜手上清都

玉真公主別館苦雨贈衛尉張卿二首長安

愁坐金張館繁陰晝不開空煙送雨色蕭颯望中來翳翳昏墊苦沈沈憂恨催清秋何以慰白酒盈吾杯吟詠思管樂此人已成灰獨酌聊自勉誰貴經綸才彈劍謝公子無魚良可哀

苦雨思白日浮雲何由卷稷卨和天人陰陽仍驕蹇秋霖劇倒井昏霧橫絕巘欲往咫尺塗遂成山川限潨潨奔溜瀉浩浩驚波轉泥沙塞中途牛馬不可辨飢從漂母食閑綴羽林一作陵簡曝蠹書於羽陵出穆天子傳園家

逢秋蔬藜藋不滿眼蠨蛸結思幽蟋蟀傷褊淺廚竈無青煙刀机生綠蘚投筯解鷫鸘換酒醉北堂丹徒布衣者慷慨未可量何時黃金盤一斛薦檳榔功成拂衣去搖裔滄洲旁（前路備陳苦雨愁寂之狀末八句自露英雄振奮之概）

贈韋祕書子春

谷口鄭子真躬耕在巖石高名動京師天下皆藉藉其人竟不起雲臥從所適苟無濟世心獨善亦何益惟君家世者偃息逢休明談天信浩蕩說劍紛縱橫謝公不徒然起來爲蒼生祕書何寂寂無乃羈豪英且復歸碧山安能戀金闕舊宅樵漁地蓬蒿已應沒卻顧女几峯（女几山在河南府宜陽縣韋祕書此時當韜歸山中行將復出也）胡顏見雲月徒爲風塵苦一官已白髮氣同萬里合訪我來瓊都披雲覩青天捫蝨話良圖留侯將綺季出處未云殊終與安社稷功成立五湖（首八句論賢者宜濟世不宜高隱惟

君八句言韋門地甚盛不宜久於祕書且復八句敘韋蹔歸山中末八句敘兩人交誼

贈韋侍御黃裳二首

太華生長松亭亭淩霜雪天與百尺高豈爲微飈折
桃李賣搖豔路人行且迷春光掃地盡碧葉成黃泥
願君學長松愼勿作桃李受屈不改心然後知君子
見君乘驄馬知上太山道此地果摧輪全身以爲寶
我如豐年玉棄置秋田草但勗冰壺心無爲歎衰老

贈薛校書

我有吳趨曲無人知此音姑蘇成蔓草麋鹿空悲吟
未誇觀濤作空鬱釣鼇心舉手謝東海虛行歸故林

贈何七判官昌浩

有時忽惆悵匡坐至夜分平明空嘯咤思欲解世紛
心隨長風去吹散萬里雲羞作濟南生九十誦古文
不然拂劍起沙漠收奇勳老死田陌間何因揚清芬

夫子今管樂英才冠三軍終與同出處豈將沮溺羣五字句中跌宕乃爾

讀諸葛武侯傳書懷贈長安崔少府叔封昆季

漢道昔云季羣雄方戰爭霸圖各未立割據資豪英赤伏起頹運臥龍得孔明當其南陽時隴畝躬自耕魚水三顧合風雲四海生武侯立岷蜀壯士吞咸京何人先見許但有崔州平余亦草閒人一作士頗懷拯物情晚途值子玉華髮同衰榮託意在經濟結交爲弟兄無令管與鮑千載獨知名用崔州平影入少府鍼線痕跡宛爾可尋

贈崔侍御

黃河三尺鯉本在孟津居點額不成龍歸來伴一作作凡魚故人東海客一見借吹噓風濤儻相因更欲凌崑墟何當赤草使再往召相如楊齊賢本無末二句似以無之爲是如有此二句赤草使必有誤字

贈參寥子

白鶴飛天書南荊訪高士五雲在峴山果得參寥子骯髒辭故園昂藏入君門天子分玉帛百官接話言毫墨時灑落探元有奇作著論窮天人千春祕麟閣長揖不受官拂衣歸林巒余亦去金馬藤蘿同所歡相思在何處桂樹青雲端

贈饒陽張司務璲 燕魏太原

朝飲蒼梧泉夕棲碧海煙甯知鸞鳳意遠託椅桐前慕藺豈曩古攀嵇是當年愧非黃石老安識子房賢功業嗟落日容華棄徂川一語已道意三山期著鞭蹉跎人間世寥落壺中天獨見遊物祖探元窮化先何當共攜手相與排冥一作罝筌

贈清漳明府姪

我李百萬葉柯條布中州天開青雲器日爲蒼生憂

小邑且割雞大刀佇烹牛雷聲動四境惠與清漳流絃歌詠唐堯脫落隱簪組心和得天真風俗由一作獨太古牛羊散阡陌夜寢不扃戶問此何以然賢人宰吾土舉邑樹桃李垂陰亦流芬河堤繞綠水桑柘連青雲趙女不冶容提籠晝成羣繰絲鳴機杼百里聲相聞訟息烏下階高臥披道帙蒲鞭挂檐枝示恥無撲抶琴清月當戶人寂風入室長嘯無一言陶然上皇逸白玉壺冰水壺中見底清清光洞毫髮皎潔照羣情趙北美佳政燕南播高名過客覽行謠因之頌德聲一作得頌聲

贈臨洺縣令皓弟時被訟停官

陶令去彭澤茫然元古心大音自成曲但奏無弦琴釣水路非遙連鼇意何深終期龍伯國與余相招尋

鄴中贈王大勸入高鳳石門山幽居

一身竟無託遠與孤蓬征千里失所依復將落葉并
中途偶良朋問我將何行欲獻濟時策此心誰見明
君王制六合海塞無交兵壯士伏草間沈憂亂縱橫
飄飄不得意昨發南都城紫鸞櫪上嘶青萍匣中鳴
投軀寄天下長嘯尋豪英恥學琅邪人龍蟠事躬耕
富貴吾自取建功及春榮我願執爾手爾當達我情
相知同一己豈唯弟與兄抱子弄白雲琴歌發清聲
臨別意難盡各希存令名

贈盧徵君昆弟 盧名鴻字顥然

明主訪賢逸雲泉今已空二盧竟不起萬乘高其風
河上喜相得壺中趣每同滄洲即此地觀化遊無窮
木落海水清鼇背覩方蓬與君弄倒影攜手凌星虹

贈新平一作豐少年

韓信在淮陰少年相欺凌屈體若無骨壯心有所憑

一遭龍顏君嘯咤從此與千金答漂母萬古共嗟稱而我竟胡一作何爲寒苦坐相仍長風入短袂內一作兩手如懷冰故友不相恤新交甯見矜摧殘檻中虎羈紲鞲上鷹何時騰風雲搏擊申所能搏擊申所能亦有李廣斬霸陵尉之意太白千古英豪度量亦殊不廣

贈崔侍御

長劍一杯酒男兒方寸心洛陽因劇孟託一作訪宿話胸襟但仰山嶽秀不知江海深長安復攜手再顧重千金君乃輶軒佐余叨翰墨林高風摧秀木驚彈落虛禽不取回舟興而來命駕尋扶搖應借便一作力桃李願成陰笑吐張儀舌愁爲莊舄吟誰憐明月夜腸斷聽秋碪

贈嵩山焦鍊師並序洛陽

嵩邱有神人焦鍊師者不知何許婦人也又

云生於齊梁時其年貌可稱五六十常胎息絕穀居少室廬遊行若飛倏忽萬里世或傳其入東海登蓬萊竟不能測其往也余訪道少室盡登三十六峯聞風有寄灑翰遙贈

二室凌（一作倚）青天三花含（一作明）紫（一作綠）煙中有蓬海客宛疑麻姑仙道在喧莫染跡高想已緜時餐金鵝蘂（一作金蛾蘂）屢讀青苔篇八極恣遊憩九垓長周旋下瓢酌潁水舞鶴來伊川還歸空山上獨拂秋霞眠蘿月挂朝鏡松風鳴夜絃潛光隱嵩嶽鍊魄棲雲幄霓衣何飄飄（一作葳蕤）鳳吹（一作羽駕）轉緜邈願同西王母下顧東方朔紫書儻可傳冥（一作銘）骨誓相學

秋日鍊藥院鑷白髮贈元六兄林宗

木落識歲秋瓶水知天寒桂枝日已綠拂雪凌雲端弱齡接光景矯翼攀鴻鸞投分三十載榮枯同所懽

長吁望青雲鑷白坐相看秋顏入曉鏡壯髮凋危冠窮與鮑生賈飢從漂母餐時來極天人道在豈吟歎樂毅方適趙蘇秦初說韓卷舒固在我何事空摧殘

書情贈蔡舍人雄 梁宋

嘗高謝太傅一作嘗聞謝安石攜妓東山門楚舞醉碧雲吳歌斷青猿暫因蒼生起談笑定黎元余亦愛此人丹霄冀飛翻遭逢聖明主敢進興亡言娥眉積讒妬魚目嗤璵璠白璧竟何辜一作本無瑕青蠅遂成冤一朝去京國十載客梁園猛犬吠九關殺人憤精魂皇穹雪天枉白日開氛昏泰階得夔龍桃李滿中原倒海索明月凌山採芳蓀愧無橫草功虛負雨露恩跡謝雲臺閣心隨天馬轅夫子王佐才而今復誰論論疑當作倫曾飈振六翮不日思騰騫我縱五湖棹煙濤恣崩奔夢釣子陵湍英風緬猶存徒希客星隱弱植不足援

千里一迴首萬里一長歌黃鶴不復來清風愁奈何舟浮瀟湘月（一作江橫羅剎石）山倒洞庭波投汨笑古人臨濠得天和閑時田畝中搔背牧雞鵝別離解相訪應在武陵多（首八句自敘夙有用世之志遭逢十句敘被讒去國皇穹十句敘讒謗得雪再被恩寵夫子四句頌蔡將得志乘時我縱句至末自述遨然高蹈之志）

憶襄陽舊遊贈濟陰馬少府巨

昔爲大堤客曾上山公樓開窗碧嶂滿拂鏡滄江流高冠佩雄劍長揖韓荊州此地別夫子今來思舊遊朱顏君未老白髮我先秋壯志恐蹉跎功名若雲浮（一作有意未得言懷賢若沈憂）歸心結遠夢落日懸春愁空思羊叔子墮淚峴山頭（一作何時共攜手更醉峴山頭）

訪道安陵遇蓋寰爲予造真籙臨別留贈

清水見白石仙人識青童安陵蓋夫子十歲與天通懸河與微言談論安可窮能令二千石撫背驚神聽

揮毫贈新詩高價掩山東至今平原客感激慕清風學道北海仙傳書蘂珠宮丹田了玉闕白日思雲空爲我草眞籙天人慙妙工七元洞豁落八角輝星虹三災蕩璇璣蛟龍翼微躬舉手謝天地虛無齊始終黃金獻高堂答荷難克充下笑世上士。沈魂北羅酆。昔日萬乘墳。今成一科蓬。贈言若可重實此輕華嵩

贈郎中崔宗之 金陵

胡鷹（一作雁）拂海翼翱翔鳴素秋驚雲辭沙朔飄蕩迷河洲（一作胡鷹度日邊雨龍天地秋哀鳴沙塞寒風雪迷河洲）有（一作乃）如飛蓬人去逐（一作一去）萬里遊登高望浮雲。髣髴如舊邱日從海旁沒。水向天邊。流長嘯倚孤劍目極心悠悠歲晏歸去來富貴安所求仲尼七十說歷聘莫見收魯連逃千金珪組豈可（一作不足）酬時哉苟不會。草木爲我儔。希君同攜手。長往南山幽。

贈崔諮議

騄驥本天馬素非伏櫪駒長嘶向一作起清風倏忽淩九區何言西北至卻是東南隅世道有翻覆前期一作程又作途難預圖希君一一作前又作相翦拂一作拂便猶可騁中衢

贈別從甥高五

魚目高太山不如一璵璠賢甥卽明月聲價動天門能成吾宅相不減魏陽元自顧寡籌略功名安所存五木思一擲如繩繫窮猨櫪中駿馬空堂上醉人喧黃金久已罄爲報故交恩聞君隴西行使我驚心魂與爾共飄颻雲天各飛翻江水流或卷此心難具論貧家羞好客語拙覺辭繁三朝空錯莫對飯卻慙冤自笑我非夫生事多契闊蓄積萬古憤向誰得開豁天地一浮雲此身乃毫末忽見無端倪太虛可包括去去何足道臨岐空復愁肝膽不楚越山河亦衾幬

雲龍若相從明主會見收成功解相訪溪水桃花流三朝謂歲朝月朝日朝即正月元旦也見漢書谷永傳觀貧家羞好客六句蓋高五至公家辭別而公愧款接不能丰腆耳

贈裴司馬

翡翠黃金縷繡成歌舞衣若無雲間月誰可比光輝
秀色一如此多爲衆女譏君恩移昔愛失寵秋風歸
愁苦不窺鄰泣上流黃機天寒素手冷夜長燭復微
十日不滿匹鬢蓬亂若絲猶是可憐人容華世中稀
向君發皓齒顧我莫相違通首皆用比體愁苦不窺鄰於人無怨也泣上流黃機反身修德也天寒四句動心忍性也容華世中稀增益其所不能也

敘舊贈江陽宰陸調

太伯讓天下仲雍揚波濤清風蕩萬古跡與星辰高
開吳食東溟陸氏世英髦多君秉古節嶽立冠人曹
風流少年時京洛事遊遨腰間延陵劍玉帶明珠袍

我昔鬬雞徒連延武陵豪邀遮相組織呵嚇來煎熬君開萬叢人鞍馬皆闢易告急清憲臺脫余北門厄閑宰江陽邑翦棘樹蘭芳一本自陸氏世英髦以下云夫子時峻季岳立冠人曹風流少年時京洛事遊遨騣駬紅陽鷹玉劍明珠袍一諾許他人千金雙錯刀滿堂青雲士望美期丹霄我昔北門厄摧如一枝蒿虎挾雞徒連延五陵豪邀遮來組織呵嚇相煎熬君披萬人叢脫我如貔牢此恥竟未刷且食綏山桃非天雨文章所祖記風騷蒼蓬老壯髮長策未逢遭別君幾何時君無相思否鳴琴坐高樓綠水淨窗牖政成聞雅頌人吏皆拱手投刃有餘地迴車攝江陽錯雜非易理先威挫豪强下與此同城門何肅穆五月飛秋霜好鳥集珍木高才列華堂時從府中歸絲管儼成行但苦隔遠道無由共銜觴江北荷花開江南楊梅熟正好飲酒時懷賢在心目挂席候海色當風下長川多酤新豐醁滿載剡溪船中途不遇人直到爾門前大笑同一醉取樂平生年

贈從孫義興宰銘亞相李公重之以能政中丞李公免罷以移官

天子思茂宰天枝得英才朗然清秋月獨出映吳臺
落筆生綺繡操刀振風雷蠖屈雖百里鵬騫望三台
退食無外事琴堂向山開綠水寂以閑白雲有時來
河陽富奇藻彭澤縱名杯所恨不見之猶如仰昭回
元惡昔滔天疲人散幽草驚川無恬鱗舉邑罕遺老
誓雪會稽恥將奔宛陵道亞相素所重投刃應桑林
獨坐傷激揚神融一開襟絃歌欣再理和樂醉人心
蠹政除害馬傾巢有歸禽壺漿候君來聚舞共謳吟
農夫棄蓑笠蠶女墮纓簪歡笑相拜賀則知惠愛深
歷職吾所聞稱賢爾爲最化洽一邦上名馳三江外
峻節冠雲霄通方堪遠大能文變風俗好客留軒蓋
他日一來遊因之嚴光瀨元惡謂安史之亂疲人即疲民也因避諱而作人應

桑林用莊子庖丁解牛合於桑林之舞事謂李銘與亞相投契如響斯應也

草創大還贈柳官迪

天地爲橐籥周流行太易造化合元符交構騰精魄
自然成妙用孰知其指的羅絡四季間緜微一無隙
日月更出沒雙光豈云隻姹女乘河車黃金充轅軛
執樞相管轄摧伏傷羽翮朱鳥張炎威白虎守本宅
相煎成苦老消鑠凝津液髣髴明窗塵死灰同至寂
鑄冶入赤色十二周律歷赫然稱大還與道本無隔
白日可撫弄清都在咫尺北酆落死名南斗上生籍
抑予是何者身在方士格才術信縱橫世途自輕擲
吾求仙棄俗君曉損勝益不向金闕遊思爲玉皇客
鸞車速風電龍騎無鞭策一舉上九天相攜同所適

贈崔司戶文昆季

雙珠出海底俱是連城珍明月兩特達。餘輝照傍人。
英聲振名都高價動殊鄰豈伊箕山故特以風期親
惟昔不自媒。以下自述擔簦西入秦。攀龍九天上。别忝歲星臣布衣侍丹墀。密勿草絲綸。才微惠渥重。讒巧生緇磷。一去已十年。今來復盈旬。清霜入曉鬢。白露生衣巾。側見綠水亭。（謂崔）開門列華茵。千金散義士。四座無凡賓。欲折月中桂。（指崔）持爲寒者薪。（自謂）路傍已竊笑天路將何因垂恩儻丘山報德有微身

贈溧陽宋少府陟

李斯未相秦且逐東門兔宋玉事襄王能爲高唐賦常聞溧水曲忽此相逢遇掃灑青天開豁然披雲霧葳蕤紫鸞鳴巢在崑山樹驚風西北吹飛落南溟去早懷經濟策特受龍顏顧白玉棲青蠅君臣忽行路人生感分義貴欲呈丹素何日清中原相期廓天步

首四句以李宋二姓引入嘗聞四句喜相見而披豁情懷也葳蕤四句指宋由京而至江南早懷四句自敘遭讒失志末四句敘投分之意

戲贈鄭溧陽

陶令日日醉不知五柳春素琴本無絃漉酒用葛巾清風北窗下自謂羲皇人何時到溧一作栗里一見平生親

贈僧崖公

昔在朗陵東學禪白眉空大地了鏡徹迴旋寄輪風攬披造化力持爲我神通晚謁太山君親見日沒雲中夜臥山月一作夜臥雲上月拂衣逃人羣授余金仙道曠劫未始聞冥機發天光獨朗謝垢氛虛舟不繫物觀化遊江濆江濆遇同聲道崖乃僧英說法動海嶽遊方化公卿手秉玉麈尾如登白樓亭微言注百川亹亹信可聽一風鼓羣有萬籟各自鳴啓閉七窗牖託宿掣雷霆自云歷天台搏壁攝翠屏淩兢石橋去恍惚入青冥昔往今來歸絕景無不經何日更攜手乘杯向蓬瀛

遊溧陽北湖亭望瓦屋山懷古贈同旅（一作贈孟浩然）

朝登北湖亭遙望瓦屋山天清白露下始覺（一作知）秋
風還遊子託主人仰觀眉睫間日（一作目）色送飛鴻邈
然不可攀長吁相勸勉何事來吳關聞有貞義女振
窮溧水灣清光了在眼白日如披顏高墳六七墩崒
兀棲猛虎遺跡翳九泉芳名動千古子胥昔乞食此
女傾壺漿運開展宿憤入楚鞭平王凜冽天地間聞
名若懷霜壯夫或未達十步九太行與君拂衣去萬
里同翱翔

贈秋浦柳少府

秋浦舊蕭索公庭人吏稀因君樹桃李此地忽芳菲
搖筆望白雲開簾當翠微時來引山月縱酒酣清輝
而我愛夫子淹留未忍歸

宿清溪主人

夜到清溪宿主人碧巖裏檐楹挂星斗枕席響風水
月落西山時啾啾夜猿起

贈王判官時余歸隱居廬山屏風疊尋陽

昔別黃鶴樓蹉跎淮海秋俱飄零落葉各散洞庭流
中年不相見蹭蹬遊吳越何處我思君天台綠蘿月
會稽風月好卻遶剡溪迴雲山海上出人物鏡中來
一度浙江北十年醉楚臺荆門倒屈宋梁苑傾鄒枚
苦笑我誇誕知音安在哉大盜割鴻溝如風掃秋葉
吾非濟代人且隱屏風疊中夜天中望憶君思見君
明朝拂衣去永與海鷗羣

在水軍宴贈幕府諸侍御永王軍中

月化五白一作日龍翻飛凌九天胡沙驚北海電掃洛
陽川虜箭雨宮闕皇輿成播遷英王受廟略英王即永王璘
也秉鉞清南邊雲旗卷海雪金戟羅江煙聚散百萬

人弛張在一賢霜臺降羣彥水國奉戎旃繡服開宴語天人借樓船如登黃金臺遙謁紫霞仙卷身編蓬下冥機四十年甯知草間人腰下有龍泉浮雲在一決誓欲清幽燕願與四座公靜談金匱篇齊心戴朝恩不惜微軀捐所冀旄頭滅功成追魯連

贈武十七諤 並序

門人武諤深於義一作詩者也質木沈悍慕要離之風潛釣川海不數數於世間事聞中原作難西來訪余余愛子伯禽在魯許將冒胡兵以致之酒酣感激援筆而贈

馬如一匹練明日過吳門乃是要離客西來欲報恩笑開燕七首拂拭竟無言狄犬吠清洛天津成塞垣愛子隔東魯空悲斷腸猨林回棄白璧千里阻同奔君為我致之輕齎涉淮源精誠合天道不愧遠遊魂

一作鄧攸魂

贈張相鎬二首 時逃難病在宿松山作後一首亦作書懷重寄張相公

神器難竊弄天狼窺紫宸六龍遷 一作駕 白日四海 一作九洛 暗胡塵昊穹降元宰君子方經綸澹然養浩氣歘起持天鈞秀骨象山嶽英謀合鬼神佐漢解鴻門與唐 一作功成 思退身 一作生唐爲後身 擁旄秉金鉞伐鼓乘朱輪虎將如雷霆 一作電 總戎向東巡諸侯拜馬首猛士騎鯨鱗澤被魚鳥悅令行草木春聖智 一作逢聖 不失時建功及良辰醜虜安足紀可貽幗與巾倒瀉溟海珠盡爲入幕珍馮異獻赤伏鄧生歘來臻庶同昆陽舉再覩漢儀新昔爲管將鮑中奔吳隔秦一生欲報主百代期榮親其事竟不就哀哉難重陳臥病古松滋蒼山空四鄰風雲激壯志枯槁驚常倫聞君自天來目張氣益振亞夫得劇孟敵 一作七 國空 一作定 無人捫蝨

對桓公願得論悲辛大塊方噫氣何辭鼓青蘋斯言儻不合歸老漢江濱（昔爲管將鮑以下皆自述也）

本家（一作家本）隴西人先爲漢邊將（自敘家世本出李廣）功略蓋天地名飛青雲上苦戰竟不侯當年頗惆悵世傳崆峒勇氣激金風壯英烈遺厥孫百代神猶王十五觀奇書作賦凌相如龍顏惠殊寵麟閣憑天居（一作侍從承明廬）晚途未云已蹭蹬遭讒毀想像晉末時崩騰胡塵起衣冠陷鋒鏑戎虜盈朝市（一作荆棘生朝市）石勒窺神州劉聰劫天子撫劍夜吟嘯雄心日千里誓欲斬鯨鯢澄清洛陽水六合（一作三合）灑霖雨萬物（一作六合）無凋枯我揮一杯水自笑何區區因人恥成事貴欲決良圖滅虜不言功飄然陟（一作向）蓬壺唯有安期舄留之滄海隅（想像六句借晉事以喻明皇幸蜀）

贈閭邱宿松

阮籍爲太守乘驢上東平剖竹十日間一朝風化清
偶來拂衣去誰測主人情夫子理宿松浮雲知古城
掃地物莽然秋來百草生飛鳥還舊巢遷人返躬耕
何慙宓子賤不減陶淵明吾知千載後卻掩二賢名

獄中上崔相渙尋陽

胡馬渡洛水血流征戰場千門閉秋景萬姓危朝霜
賢相燮元氣再欣海縣康台庭有夔龍列宿粲成行
羽翼三光聖發輝兩太陽應念覆盆下雪泣拜天光

太白坐永王璘事繫尋陽獄宣撫大使崔渙與御史中丞宋若思驗治以爲罪薄宜貫

繫尋陽上崔相渙二首此題又有一首虛傳一片雨云云非上崔相之詩今不抄

邯鄲四十萬同日陷長平能迴造化筆或冀一人生
毛遂不墮井曾參甯一作不殺人虛言誤公子投杼惑
慈親白璧雙明月方知一玉真毛遂曾參皆有兩人同名事見西京雜記

太白引此以自比其遭讒之枉

贈劉都使

東平劉公幹南國秀餘芳一鳴即朱紱五十佩銀章
飲冰事戎幕衣錦華水鄉銅官幾萬人諍訟清玉堂
吐言貴珠玉落筆迴風霜而我謝明主銜哀投夜郎
歸家酒債多門客粲成行高談滿四座一日傾千觴
所求竟無緒裘馬欲摧藏主人若不顧明發釣滄浪

此向劉都使借貸之詩下語極有斟酌

贈常侍御

安石在東山無心濟天下一起振橫流功成復蕭灑
大賢有舒卷李葉輕風雅匡復屬何人君爲知音者
傳聞武安將氣振長平瓦燕趙期洗清周秦保宗社
登朝若有言爲訪南遷賈周秦謂東京西京時尚未收復也

贈易秀才

少年解長劍投贈卽分離何不斷犀象精光暗往時
蹉跎君自惜竄逐我因誰地遠虞翻老秋深宋玉悲
空摧芳桂色不屈古松姿感激平生意勞歌寄此辭

經亂離後天恩流夜郎憶舊遊書懷贈江夏韋
太守良宰（江夏岳陽）

天上白玉京十二樓五城仙人撫我頂結髮受長生
誤逐世間樂頗窮理亂情九十六聖君浮雲挂空名
天地賭一擲未能忘戰爭試涉霸王略將期軒冕榮
時命乃大謬棄之海上行學劍翻自哂爲文竟何成
劍非萬人敵文竊四海聲兒戲不足道五噫出西京
臨當欲去時慷慨淚沾纓歎君倜儻才標舉冠羣英
開筵引祖帳慰此遠徂征鞍馬若浮雲送余驃騎亭
歌鍾不盡意白日落昆明（已上自敘少時以謫仙之才講匡時之略曾承韋太守錢別於長安）十月到幽州戈鋋若羅星君王棄北海掃地

借長鯨呼吸走百川燕然可摧傾心知不得意一作語
卻欲棲蓬瀛彎弧懼天狼挾矢不敢張攬涕黃金臺
呼天哭昭王無人貴駿骨綠耳空騰驤樂毅儻再生
于今亦奔亡士蹉跎一作蒼茫不得意驅馬過貴鄉逢君聽
絃歌肅穆坐華堂百里獨太古陶然臥羲皇徵樂昌
樂館開筵列壺觴賢豪間青娥對燭儼成行醉舞紛
綺席清歌繞飛梁歡娛未終朝秩滿一作解印歸咸陽祖
道擁萬人供帳遙相望一別隔千里榮枯異炎涼已上自敘薄遊燕齊知祿山之必反而未敢言與韋相見於昌樂親見韋秩滿歸朝之事又炎涼幾
度改九土中橫潰漢甲連胡兵沙塵暗雲海草木搖
殺氣星辰無光彩白骨成丘山蒼生竟何罪函關壯
帝居國命懸哥舒長戟三十萬開門納兇渠公卿如
犬羊忠讜醢與葅二聖出遊豫兩京遂丘墟已上敘安史之亂
帝子許專征秉旄控強楚節制非桓文軍師擁熊

虎人心失去就賊勢騰風雨惟君固房陵誠節冠終
古僕臥香鑪頂餐霞漱瑤泉門開九江轉枕下五湖
連半夜水軍來尋陽滿旌旃空名適自誤迫脅上樓
船徒賜五百金棄之若浮煙辭官不受賞翻謫夜郎
天夜郎萬里道西上令人老掃蕩六合清仍爲負霜
草日月無偏照何由訴蒼昊已上敘永王璘東巡已因迫脅賜金而獲罪
良牧稱神明深仁恤交道一忝青雲客三登黃鶴樓
顧慚禰處士虛對鸚鵡洲樊山霸氣盡寥落天地秋
一作形襜冠白筆爽氣淩清秋江帶峨眉雪橫穿三峽流萬舸此中
來連帆過揚州送此萬里目曠然散我一作煩愁紗窗
倚天開水樹綠如髮一作水綠樹如髮窺日一作光畏銜山促
酒喜見月吳娃與越豔窈窕誇鉛紅呼來上雲梯含
笑出簾櫳對客小垂手羅衣舞春風賓跪請休息主
人情未極覽君荊山作江鮑堪動色清水出芙蓉天

然去雕飾已上敘至江夏後韋太守顧選之厚竝贊其詩句之工逸興橫素襟
無時不招尋朱門一作旄擁虎士列戟何森森翦鑿竹
石開縈流漲清深登樓一作臺坐一作入水閣吐論多英
一作奇音片辭貴白璧一諾輕黃金謂我不媿君青鳥
一作鸞明丹心五色雲間鵲飛鳴天上來傳聞赦書至
卻放夜郎回暖氣變寒谷炎煙生死灰君登鳳池去
勿棄賈生才桀犬尚吠堯匈奴笑千秋中夜四五歎
常爲大國憂旌旆夾兩山黃河當中流連雞不得進
飲馬空夷猶安得羿善射一箭落旄頭已上敘與韋綢繆日久得
聞赦書仍思見用於世破賊立功

江夏使君叔席上贈史郎中

鳳凰丹禁裏銜出紫泥書昔放三湘去今還萬死餘
仙郎久爲別客舍問何如涸轍思流水浮雲失舊居
多慚華省貴不以逐臣疏復如竹林下而陪芳宴初

希君生羽翼一化北溟魚

流夜郎半道承恩放還兼欣剋復之美書懷示息秀才

黃口為人羅白龍乃魚服得罪豈怨天以愚陷網目鯨鯢未翦滅豺狼屢翻覆悲作楚地囚何因秦庭哭遭逢二明主前後兩遷逐去國愁夜郎投身竄荒谷半道雲屯蒙曠如鳥出籠遙欣剋復美光武安可同天子巡劍閣儲皇守扶風揚袂正北辰開襟攬羣雄胡兵出月窟雷破關之東左掃因右拂旋收洛陽宮迴輿入咸京席卷六合通叱咤開帝業一作宇手成天地功大駕還長安兩日忽再中一朝讓寶位劍璽傳無窮媿無秋毫力誰念矍鑠翁弋者何所慕高飛仰冥鴻棄劍學丹砂臨鑪雙玉童寄言息夫子歲晚陟方蓬

十八家詩鈔卷第四

十八家詩鈔卷五目錄

李太白五古中百五十三首

登黃山凌歊臺送族弟溧陽尉濟充汎舟赴華

陰

酬談少府

五月東魯行答汶上翁

答長安崔少府叔封遊終南翠微寺太宗皇帝

金沙泉見寄

酬崔五郎中

以詩代書答元丹邱

金門答蘇秀才

酬坊州王司馬與閻正字對雪見贈

酬張卿夜宿南陵見贈

酬岑勛見尋就元丹邱對酒相待以詩見招

答從弟幼成過西園見贈

酬王補闕惠翼莊廟宋丞泚贈別

十八家詩鈔卷五

湘鄉曾國藩纂　合肥李鴻章審訂

李太白五古中百五十二首

博平鄭太守自廬山千里相尋入江夏北市門見訪卻之武陵立馬贈別

大梁貴公子氣蓋蒼梧雲若無三千客誰道信陵君救趙復存魏英威天下聞邯鄲能屈節訪博從毛薛夷門得隱淪而與侯生親仍要鼓刀者乃是袖鎚人好士不盡心何能保其身多君重然諾意氣遙相託五馬入市門金鞍照城郭都忘虎竹貴且與荷衣樂去去桃花源何時見歸軒相思無終極腸斷朗江一作陵猨

贈王漢陽

天落白玉棺一作天上墮玉棺王喬辭葉縣一去未千年漢

陽復相見猶乘飛凫舄尚識仙人面鬢髮何青青童顏皎如練吾曾弄海水清淺嗟三變果愜麻姑言時光速流電與君數杯酒可以窮歡宴白雲歸去來何事坐交戰

贈別舍人弟臺卿之江南

去國客行遠還山秋夢長梧桐落金井一葉飛銀牀覺罷把朝鏡鬢毛颯已霜良圖委蔓草古貌成枯桑欲道心下事時人疑夜光因爲洞庭葉飄落之瀟湘一作流浪至瀟湘令弟經濟士一作才謫居我何傷一作出則見我傷潛虬隱尺一作斗水著論談興亡客遇王子喬口傳不死方入洞過天地登真朝玉皇吾將撫爾背揮手遂翶翔一作攜手淩蒼蒼

贈盧司戶

秋色無遠近出門盡寒山白雲遙相識待我蒼梧閒

借問盧躭鶴西飛幾歲還盧躭廣州人為州治中少學仙術身能奮飛嘗化為白鶴參預朝列

醉後贈王歷陽歷陽

書禿千兔毫詩裁兩牛腰筆蹤起龍虎舞袖拂雲霄雙歌一作寄二胡姬更奏一作唱遠清朝舉酒挑朔雪從君不相饒

贈歷陽褚司馬時此公為稚子舞

北堂千萬壽侍奉有光輝先同稚子舞更著老萊衣因為小兒啼醉倒月下歸人間無此樂此樂世中希

贈宣城宇文太守兼呈崔侍御宣城

白若白鷺鮮清如清唳蟬受氣有本性不為外物遷飲水箕山上食雪首陽巔迴車避朝歌掩口去盜泉岧嶤廣成子倜儻魯仲連卓絕二公外丹心無間然已上太白自敘高潔之性昔攀六龍飛今作百鍊鉛懷恩欲報主

投佩向北燕彎弓綠弦開滿月不憚堅閑騎駿馬獵一射兩虎穿回旋若流光轉背落雙鳶胡虜三歎息兼知五兵權錚錚突雲將卻掩我之妍多逢勦絕兒先著祖生鞭據鞍空矍鑠壯志竟誰宣（已上自敘平生有滅胡之壯志）蹉跎復來歸憂恨坐相煎無風難破浪失計長江邊危苦惜頹光金波忽三圓時遊敬亭上閑聽松風眠或弄宛溪月虛舟信洄沿顏公三十萬盡付酒家錢興發每取之聊向醉中仙過此無一事靜談秋水篇（已上自敘功名不遂薄遊江南流連宣城之狀）君從九卿來水國有豐年魚鹽滿市井布帛如雲煙下馬不作威冰壺照清川霜眉邑中叟皆美太守賢時時慰風俗往往出東田竹馬數小兒拜迎白鹿前含笑問使君日（一作早）晚可迴旋遂（一作還）歸池上酌掩抑清風絃曾標橫浮雲（一作游雲端）下撫謝脁肩樓高碧海出樹古青蘿懸（已上頌宇文太

守之賢光祿紫霞杯伊昔忝相傳良圖掃沙漠別夢繞旌旃富貴日成疏願言杳無緣登龍有直道倚玉阻芳筵敢獻繞朝策思同郭泰船何言一水淺似隔九重天崔生何傲岸縱酒復談玄身爲名公子英才苦迍邅鳴鳳託高梧凌風何翩翩安知慕羣客彈劍拂秋一作青蓮已上敘己與宇文交誼兼及崔侍御

贈宣城趙太守悅

趙得寶符盛山河功業存三千堂上客出入擁平原六國揚清風英聲何喧喧大賢茂遠業虎竹光南藩錯落千丈松虬龍盤古根枝下無俗草所植唯蘭蓀已上敘趙世冑之盛憶在南陽時始承國士恩公爲柱下史脫繡歸田園伊昔簪白筆幽都逐遊魂持斧佐三軍霜清天北門差池宰兩邑鶚立重飛翻焚香入蘭臺起草多芳言夔龍一顧重矯翼凌翔鵷赤縣揚雷聲強

項聞至尊驚飈摧秀木跡屈道彌敦出牧歷三郡所居猛獸奔（已上敘昔相見之早竝頌太守之賢）遷入同衛鶴謬上懿公軒自笑東郭履側慚狐白溫閑吟步竹石精義忘朝昏顉頷成醜士風雲何足論獼猴騎土牛羸馬夾雙轅願借羲和景爲人照覆盆溟海不震蕩何由縱鵬鯤所期要津日倜儻假騰騫（已上謝趙款接之厚仍冀其汲引也）

贈從弟宣州長史昭

淮南（一作北）望江南千里碧山對我行倦（一作盡）過之半落青天外宗英佐雄郡水陸相控帶長川豁中流千里瀉吳會君心亦如此包納無小大搖筆起風霜推誠結仁愛訟庭垂桃李賓館羅軒蓋何意蒼梧雲飄然忽相會才將聖不偶命與時俱背獨立山海間空老聖明代知音不易得撫劍增感慨當結九萬期中途莫先退

書懷贈南陵常贊府

歲星入漢年方朔見明主調笑當時人中天謝雲雨一去麒麟閣遂將朝市乖故交不過門秋草日上堦當時何特達獨與我心諧置酒淩歊臺歡娛未曾歇歌動白紵山舞迴天門月問我心中事爲君前致辭君看我才能何似魯仲尼大聖猶不遇小儒安足悲雲南五月中頻喪渡瀘師毒草殺漢馬張兵奪秦旗至今西二（當作洱）河流血擁僵屍將無七擒略魯女惜園葵咸陽天地樞累歲人不足雖有數斗玉不如一盤粟賴得契宰衡持鈞慰風俗自顧無所用辭家方未歸霜驚壯士髮淚滿逐臣衣以此不安席蹉跎身世違終當滅衞謗不受魯人譏

於五松山贈南陵常贊府

爲草當作蘭爲木當作松蘭秋香風遠松寒不改容

松蘭相因依蕭艾徒丰茸雞與雞竝食鸞與鸞同枝揀珠去沙礫但有珠相隨遠客投名賢真堪寫懷抱若惜方寸心待誰可傾倒虞卿棄趙相便與魏齊行海上五百人同日死田橫當時不好賢豈傳千古名願君同心人於我少留情寂寂還寂寂出門迷所適長劍歸乎來（一作歌歸來）秋風思歸客

自梁園至敬亭山見會公談陵陽山水兼期同遊因有此贈（宣州作）

我隨秋風來瑤草恐衰歇中途寡名山安得弄雲月渡江如昨日黃葉向人飛敬亭愜素尚弭棹流清輝冰谷明且秀陵巒抱江城粲粲吳與史衣冠耀天京水國饒英奇潛光臥幽草會公真名僧所在卽爲寶開堂振白拂高論橫青雲雪山掃粉壁墨客多新文爲余話幽棲且述陵陽美天開白龍潭月映清秋水

黃山望石柱突兀誰開張（一作白柱插星漢西崖誰開張）黃鶴久不來子安在蒼茫東南焉可窮山鳥絕飛處（一作援狖絕行處）稠疊千萬峯相連入雲去聞此期振策歸來空閉關相思如明月可望不可攀何當移白足早晚凌蒼山且寄一書札令余解愁顏（子明子安俱於陵陽得仙黃鶴棲於園即子安之仙蹟也）

贈友人三首

蘭生不當戶別是閑庭草夙被霜露欺紅榮已先老謬接瑤華枝結根君王池顧無馨香美叨沐清風吹餘芳若可佩卒歲長相隨

袖中趙匕首買自徐夫人玉匣閉霜雪經燕復歷秦其事竟不捷淪落歸沙塵持此願投贈與君同急難（一作歲寒）荆卿一去後壯士多摧殘長號易水上爲我揚波瀾鑿井當及泉張帆當濟川廉夫唯重義駿馬不

勞鞭人生貴相知何必金與錢
慢世薄功業非無胸中畫謔浪萬古賢以爲兒童劇
立產如廣費匡君懷長策但苦山北寒誰知道南宅
歲酒上逐風霜鬢兩邊白蜀主思孔明晉家望安石
時來列五鼎談笑期一擲虎伏避胡塵漁謌遊海濱
敝裘恥妻嫂長劍託交親夫子秉家義羣公難與鄰
莫持西江水空許東溟臣他日青雲去黃金報主人

陳情贈友人

延陵有寶劍價重千黃金觀風歷上國暗許故人深
歸來挂墳松萬古知其心懦夫感達節壯氣激素衿
鮑生薦夷吾一舉致齊相斯人無良朋豈有青雲望
臨財不苟取推分固辭讓後世稱其賢英風邈難尚
論交但若此有道孰云喪多君騁逸藻掩映當時人
舒文振頹波秉德冠彝倫卜居乃此地共井爲比鄰

清琴弄雲月美酒娛冬春薄德中見捐忽之如遺塵英豪未豹變自古多艱辛他人縱以疏君意宜獨親奈何成離居相去復幾許飄風吹雲霓蔽目不得語投珠冀有報按劍恐相拒所思采芳蘭欲贈隔荊一作脩渚沈憂心若醉積恨淚如雨願假東壁輝餘光照貧女

贈從弟冽

楚人不識鳳重一作高價求山雞獻王昔云是今來方覺迷自居漆園北久別咸陽西風飄落日去節變流鸎嗁桃李寒未開幽關豈來蹊逢君發花萼若與青雲齊及此桑葉綠春蠶起中閨日出撥穀鳴田家擁鋤犂顧余乏尺土東作誰相攜傅說降霖雨公輸造雲梯羌戎事未息君子悲塗泥報國有長策成功羞執珪無由謁明主杖策還蓬藜他年爾相訪知我在

磻溪

贈閭邱處士

賢人有素業乃在沙塘陂竹影掃秋月荷衣落古池
閑讀山海經散帙臥遙帷且耽田家樂遂曠一作廣林
中期野酌勸芳酒園蔬烹露葵如能樹桃李爲我結
茅茨

贈宣州靈源寺沖濬公

敬亭白雲氣秀色連蒼梧下映雙溪水如天落鏡湖
此中積龍象獨許濬公殊風韻逸江左文章動海隅
觀了一作心同水月解領得明珠今日逢支遁高談出
有無

贈僧朝美

水客淩洪波長鯨湧溟海百川隨龍舟噓噏竟安在
中有不死者探得明月珠高價傾宇宙餘輝照江湖

苞卷金縷褐蕭然若空無誰人識此寶竊笑有狂夫了心何言說各勉黄金軀

贈僧行融

梁日湯惠休常從鮑照遊峨眉史懷一獨映陳公出卓絕二道人結交鳳與麟行融亦俊發吾知有英骨海若不隱珠驪龍吐明月大海乘虚舟隨波任安流賦詩旃檀閣縱酒鸚鵡洲待我適東越相攜上白樓

贈黄山胡公求白鷴并序

聞黄山胡公有雙白鷴蓋是家雞所伏自小馴狎了無驚猜以其名呼之皆就掌取食然此鳥耿介尤難畜之余平生酷好竟莫能致而胡公輟贈於我唯求一詩聞之欣然適會宿意因援筆三叫文不加點以贈之

請以雙白璧買君雙白鷴白鷴白如錦白雪恥容顏

照影玉潭裏刷毛琪樹間夜棲寒月靜朝步落花閑
我願得此鳥翫之坐碧山胡公能輟贈籠寄野人還

登敬亭山南望懷古贈竇主簿

敬亭一迴首目盡天南端仙者五六人常聞此遊盤
谿流琴高水石聳麻姑壇白龍降陵陽黃鶴呼子安
羽化騎日月雲行翼鴛鸞下視宇宙間四溟皆波瀾
決絕目下事從之復何難百歲落半途前期浩漫漫
強食不成味清晨起長歎願隨子明去鍊火燒金丹

經亂後將避地剡中留贈崔宣城

雙鵝飛洛陽五馬渡江徼何意上東門胡雛更長嘯
中原走豺虎烈火焚宗廟太白晝經天頹陽掩餘照
王城皆蕩覆世路成奔峭四海望長安嚬眉寡西笑
蒼生疑落葉白骨空相弔連兵似雪山破敵誰能料
我垂北溟翼且學南山豹崔子賢主人歡娛每相召

胡床紫玉笛卻坐青雲叫楊花滿州城置酒同臨眺
忽思剡溪去水石遠清妙雪晝天地明風開湖山貌
悶爲洛生詠醉發吳越調赤霞動金光日足森海嶠
獨散萬古意閑垂一溪釣猿近天上嗁人移月邊棹
無以墨綬苦來求丹砂要華髮長折腰將貽陶公誚

獻從叔當塗宰陽冰 當塗

金鏡霾六國亡新亂天經焉知高光起自有羽翼生
蕭曹安峴屼耿賈摧欃槍吾家有季父傑出聖代英
雖無三台位不借四豪名激昂風雲氣終協龍虎精
弱冠燕趙來賢彥多逢迎魯連擅談笑季布折公卿
遙知禮數絕常恐不合并惕想結宵夢素心久已冥
顧慚青雲器謬奉玉樽傾山陽五百年綠竹忽再榮
高歌振林木大笑喧雷霆落筆灑篆文崩雲使人驚
吐辭又炳煥五色羅華星秀句滿江國高才掞天庭

宰邑艱難時浮雲空古城居人若薙草掃地無纖莖
惠澤及飛走農夫盡歸耕廣漢水萬里長流玉琴聲
雅頌播吳越還如太階平小子别金陵來時白下亭
羣鳳憐客鳥差池相哀鳴各拔五色毛意重太山輕
贈微所費廣斗水澆長鯨彈劍歌苦寒嚴風起前楹
月銜天門曉霜落牛渚清長歎即歸路臨川空屏營
首六句以蕭曹耿賈引起陽冰不甚精切浮雲三句言邑中艱難瘠苦○已上投贈

安陸白兆山桃花巖寄劉侍御綰安陸一作春歸桃花巖貽

許侍御○以下寄懷

雲臥三十年好閑復愛仙蓬壺雖冥絕鸞鶴心悠然
歸來桃花巖得憩雲窗眠一本云幼採紫房談早愛滄溟仙心跡頗相誤世事空徂還歸來丹巖曲得憩青霞眠對嶺人共語飲潭猨相連時昇翠
微上遊若羅浮巔兩岑抱空巒一嶂橫西天樹雜日
易隱崖傾月難圓芳草換野色飛蘿搖春煙入遠構

石室選幽閒山田獨此林下意杳無區中緣永辭霜臺客（一作繡衣客）千載方來旋（此等詩似謝宣城）

淮南臥病書懷寄蜀中趙徵君蕤　淮南

吳會一浮雲飄如遠行客（一作萬里無主人一身獨爲客）功業莫從就歲光屢奔迫良圖俄棄捐衰疾乃緜劇古琴藏虛匣長劍挂空壁楚懷奏鍾儀越吟比莊舄（一作臥來恨已久興發思逾積）國門遙天外鄉路遠山隔朝憶相如臺夜夢子雲宅。旅情初結緝（一作如結骨）秋氣方寂歷風入松下清露出草閒白故人不在此（一作不可見）而我（一作幽夢）誰與適寄書西飛鴻贈爾慰離析

寄弄月溪吳山人

嘗聞龐德公家住洞湖水終身棲鹿門不入襄陽市夫君弄明月滅景清淮裏高蹤邈難追可與古人比清揚杳莫覿白雲空望美待我辭人閒攜手訪松子

秋山寄衞尉張卿及王徵君 會稽

何以折相贈白花青桂枝月華若夜雪見此令人思雖然剡溪興不異山陰時明發懷二子空吟招隱詩

望終南山寄紫閣隱者 長安

出門見南山引領意無限秀色難爲名蒼翠日在眼有時白雲起天際自舒卷心中與之然託興每不淺何當造幽人滅跡棲絶巘

夕霽杜陵登樓寄韋繇

浮陽滅霽景萬物生秋容登樓送遠目伏檻觀羣峯原野曠超緬關河紛錯重清輝映竹日（一作水竹）翠色明雲松蹈海寄遐想還山迷舊蹤徒然迫晚暮未果諧心胸結桂空佇立折麻恨莫從（一作采菊竟誰舉游蘭恨莫從）思君達永夜長樂聞疏鐘

秋夜宿龍門香山寺奉寄王方城十七丈奉國

瑩上人從弟幼成令問 洛陽

朝發汝海東暮棲龍門中水寒夕波急木落秋山空望極九霄迥賞幽萬壑通目皓沙上月心清松下一作裏風玉斗生一作橫綱戶銀河耿花宮與在趣方逸歡餘情未終一作咫尺世喧隔微冥真理融鳳駕憶王子虎溪懷遠公桂枝坐蕭瑟一作銷歇棣華不復同流恨一作淚寄伊水盈盈焉可窮

聞丹邱子於城北山營石門幽居中有高鳳遺跡僕離羣遠懷亦有棲遁之志因敘舊以寄之

春華一作弄滄江月秋色碧海雲離居盈寒暑對此長思君思君楚水南望君淮山北夢魂雖飛來會面不可得疇昔在嵩陽同衾臥羲皇綠蘿笑簪紱丹壑賤巖廊晚途各分析乘興任所適僕在鴈門關君爲峨

眉客心懸萬里外影滯兩鄉隔長劍復歸來相逢洛
陽陌陌上何喧喧都令心意煩迷津覺路失託勢隨
風翻以茲謝朝列長嘯歸故園故園恣閑逸求古散
縹帙久欲入一作尋名山婚嫁殊未畢人生信多故世
事豈惟一念此憂如焚悵然若有失聞君臥石門宿
昔契彌敦方從桂樹隱不羨桃花源高鳳起遐曠幽
人跡復存松風清瑤瑟溪月湛芳樽安居偶佳賞丹
心期此論敘嵩陽一會旋別向鴈門洛陽一會旋別向故園脈絡分明而行閒一種跌宕飄逸之氣獨邁羣賢

淮陰書懷寄王宗成一首再至淮南一作王宋城

沙墩至梁苑二十五長亭大舶夾雙櫓中流鵝鸛鳴
雲天掃空碧川岳涵餘清飛鳧從西來適與佳興幷
眷言王喬舄婉孌故人情復此親懿會而增交道榮
沿洄且不定飄忽悵徂征暝投淮陰宿欣得漂母迎

斗酒烹黃雞一餐感素誠予爲楚壯士不是魯諸生有德必報之千金恥爲輕緬書羈孤意遠寄棹歌聲前十二句言昔在梁苑與王相會聚後十二句敘近至淮陰心懷

月夜江行寄崔員外宗之

飄颻江風起蕭颯海樹秋登艫美清夜挂席移輕舟月隨碧山轉水合清天流杳如一作然星河上但覺雲林幽歸路方浩浩徂川去悠悠徒悲蕙草歇復聽菱歌愁岸曲迷後浦沙明暇前洲懷君不可見望遠增離憂

宿白鷺洲寄楊江甯

朝別朱雀門暮棲白鷺洲波一作沙光搖海月星影入城樓望美金陵宰如思瓊樹憂徒令魂作夢翻覺夜成秋綠水解人意爲余西北流因聲玉琴裏蕩漾寄君愁

新林浦阻風寄友人（一云金陵阻風雪書懷寄楊江甯）

潮水定可信天風難與期清晨西北轉薄暮東南吹以此難挂席佳期益相思（一本云以此難挂席洄沿頗淹遲使索金陵書又叨賢宰知絃歌止過客惠化聞京師）海月破圓（一作團）景菰蔣生綠池昨日北湖梅開花已滿枝（一作昨日北湖花初開未滿枝）今朝（一作看）白門柳夾道垂青絲歲物忽如此我來定（一作復）幾時紛紛江上雪草草客中悲明發新林浦（一作板橋浦）空吟謝朓詩

北山獨酌寄韋六

巢父將許由未聞買山隱道存跡自高何憚去人近紛吾下茲嶺地閑喧亦泯門橫羣岫開水鑿衆泉引屏高而在雲竇深莫能準川光晝昏凝林氣夕淒緊於焉摘朱果兼得養玄牝坐月觀寶書拂霜弄瑤軫傾壺事幽酌顧影還獨盡念君風塵遊傲爾令自哂

一作安知世上人名利空蠢蠢

寄東魯二稚子（在金陵作）

吳地桑葉綠吳蠶已三眠我家寄東魯誰種龜陰田
春事已不及江行復茫然南風吹歸心飛墮酒樓前
樓東一株桃枝葉拂青煙此樹我所種別來向三年
桃今與樓齊我行尚未旋嬌女字平陽折花倚桃邊
折花不見我淚下如流泉小兒名伯禽與姊亦齊肩
雙行桃樹下撫背復誰憐念此失次第肝腸日憂煎
裂素寫遠意因之汶陽川

獨酌青溪江石上寄權昭夷（秋浦）

我攜一樽酒獨上江祖石自從天地開更長幾千尺
舉杯向天笑天迴日西照永願坐此石長垂嚴陵釣
寄謝山中人可與爾同調

禪房懷友人岑倫南遊羅浮兼泛桂海自春徂

秋不返僕旅江外書情寄之尋陽

嬋娟羅浮月搖豔桂水雲美人竟獨往而我安能羣一朝語笑隔萬里懽情分沈吟綵霞沒夢寐瓊芳歇歸鴻度三湘遊子在百越邊塵染衣劍白日凋華髮已上敘岑在嶺南春氣變楚關秋聲落吳山草木結悲緒風沙淒苦顏揭來已永久類思如循環飄飄限江裔想像空留滯離憂每醉心別淚徒盈袂坐愁青天末出埜黃雲蔽已上敘己在尋陽目極何悠悠梅花南嶺頭空長滅征鳥水闊無還舟寶劍終難託金囊非易求歸來儻有問桂樹山之幽已上敘懷想之殷

下尋陽城泛彭蠡寄黃判官

浪動灌嬰井尋陽一作吾知江上風開帆入天鏡直向彭湖東落景轉疏雨晴雲散遠空名山發佳興一作返景照疏雨輕煙散遠空中流得佳興清賞亦何窮石鏡挂遙月香爐滅彩

虹一作瀑布灑青壁遙山挂彩虹相思俱對此舉目與君同

書情寄從弟邠州長史昭

自笑客行久我行定幾時綠楊已可折攀取最長枝翩翩一作翻翻弄春色延佇寄相思誰言貴此物意願一作厚重瓊蕤昨夢見惠連朝吟謝公詩東風引碧草不覺生華池臨翫忽云夕杜鵑夜鳴悲懷君芳歲歇庭樹落紅滋

寄上吳王三首

淮王愛八公攜手綠雲中小子添枝葉亦攀丹桂叢謬以詞賦重而將枚馬同何日背淮水東之觀土風

坐嘯廬江靜閑聞進玉觴去時無一物東壁挂胡床

英明廬江守聲譽廣平籍掃灑黃金臺招邀青雲客客曾與天通出入清禁中襄王憐宋玉願入蘭臺宮

流夜郎永華寺寄尋陽羣官流夜郎

朝別淩煙樓賢豪滿行舟暝投永華寺賓散予獨醉
願絶九江流添成萬行淚寫意寄廬嶽何當來此地
天命有所懸安得苦愁思

流夜郎至西塞驛寄裴隱上峽

揚帆借天風水驛苦不緩平明及西塞已先投沙伴
迴巒引羣峯横蹙楚山斷砯衝萬壑會震沓百川滿
龍怪潛溟波候時救炎旱我行望雷雨安得霑枯散
鳥去天路長人悲春光短空將澤畔吟寄爾江南管

江夏寄漢陽輔錄事

誰道此水廣狹如一匹練江夏黄鶴樓青山漢陽縣
大語猶可聞故人難可見君草陳琳檄我書魯連箭
報國有壯心龍顔不迴眷西飛精衞鳥東海何由填
鼓角徒悲鳴樓船習征戰抽劍步霜月夜行空庭徧
長呼結浮雲埋沒顧榮扇他日觀軍容投壺接高宴

江上寄元六林宗

霜落江始寒楓葉綠未脫客行悲清秋永路苦不達滄波眇川汜白日隱天末停棹依林巒驚猿相叫聒夜分河漢轉起視溟漲闊涼風何蕭蕭河水鳴活活浦沙淨如洗海月明可掇蘭交空懷思瓊樹詎解渴勗哉滄洲心歲晚庶不奪幽賞頗自得興遠與誰豁

宣城九日聞崔四侍御與宇文太守遊敬亭余時登響山不同此賞醉後寄崔侍御二首

九日茱萸熟插鬢傷早白登高望山海滿目悲古昔遠訪投沙人因爲逃名客故交竟誰在獨有崔亭伯重陽不相知載酒任所適手持一枝菊調笑二千石日暮岸幘歸傳呼隘阡陌彤襜雙白鹿賓從何輝赫夫子在其間遂成雲霄隔良辰與美景兩地方虛擲晚從南峯歸蘿月下水壁卻登郡樓望松色寒轉碧

咫尺（一作望美）不可親棄我如遺舄
九卿天上落五馬道傍來列戟朱門曉褰帷碧嶂開
登高望遠海召客得英才紫絲歡情洽黃花逸興催
山從圖上見溪即（一作向）鏡中迴遙羨重陽作應歌戲
馬臺（此首本五言排律附鈔入五古中）

涇溪南藍山下有落星潭可以卜築余泊舟石

上寄何判官昌浩

藍岑竦天壁突兀如鯨額奔蹙横澄潭勢吞落星石
沙帶秋月明水搖寒山碧佳境宜緩棹清輝能留客
恨君阻歡遊使我自驚惕所期俱卜築結茅鍊金液

早過漆林渡寄萬巨

西經大藍山南來漆林渡水色倒空青林煙横積素
漏流昔吞翕沓浪競奔注潭落天上星龍開水中霧
巉巖注公柵突兀陳焦墓嶺峭紛上干川明屢迴顧

因思萬夫子解渴同瓊樹何日覩清光相歡詠佳句

遊敬亭寄崔侍御一本作登古城望府中奉寄崔侍御其不同處悉重出

我家敬亭下輒繼謝公作一作我登謝公樓輒繼敬亭作相去數百年風期宛如昨登高素秋月一作高城素秋日下望青山郭府中鴻鷺羣一作俯視鴛鷺羣飲啄自鳴躍夫子雖蹭蹬瑤臺雪中鶴獨立窺浮雲其心在寥廓時來一顧我笑飯葵與藿一作時來顧我笑一飯與葵藿世路如秋風相逢盡蕭索腰閒玉具劒意許無遺諾一作顧為經冬柏不逐天霜落壯士不可輕一作疏相期在雲閣一作相隨集雲閣

自金陵泝流過白壁山翫月達天門寄句容王主簿

滄江泝流歸白壁見秋月秋月照白壁皓如山陰雪幽人停宵征賈客忘早發進帆天門山迴首牛渚沒川長信風來日出宿霧歇故人在咫尺新賞成胡越

寄君青蘭花惠好庶不絕新賞句謂雖有新賞而隔絕不得與同咫尺萬里如胡越也○已上寄懷

秋日魯郡堯祠亭上宴別杜補闕范侍御○魯中以下留別

我覺秋興逸誰云秋興悲山將落日去水與晴空宜
魯酒白玉壺送行駐金羈歇鞍憩古木解帶挂橫枝
歌鼓川上亭曲度神飈吹一本無歌鼓川上亭曲度神飈吹十字卻添南歌憶郢客東轉見齊姬清波忽澹蕩白雪紛逶迤一隔范杜遊此歡各棄遺三韻雲歸碧海夕
雁沒青天時相失各萬里茫然空爾思

留別魯頌

誰道太山高下卻魯連節誰云秦軍衆摧卻魯連舌
獨立天地閒清風灑蘭雪夫子還倜儻攻文繼前烈
錯落石上松無爲秋霜折贈言鏤寶刀千歲庶不滅

留別曹南羣官之江南

我昔釣白龍放龍溪水傍道成本欲去揮手淩蒼蒼
時來不關人談笑遊軒皇獻納少成事歸休辭建章
十年罷西笑覽鏡如秋霜閉劍琉璃匣鍊丹紫翠房
身佩豁落圖腰垂虎盤囊仙人借綵鳳志在窮遐荒
戀子四五人徘徊未翱翔東流送白日驟歌蘭蕙芳
仙宮兩無從人間久摧藏范蠡脫句踐屈平去懷王
飄飖紫霞心流浪憶江鄉愁爲萬里別復此一銜觴
淮水帝王州金陵繞丹陽樓臺照海色衣馬搖川光
及此北望君相思淚成行朝雲落夢渚瑤草空高唐
帝子隔洞庭青楓滿瀟湘懷歸路緜邈覽古情凄涼
登岳眺百川杳然萬恨長卻戀峨眉去弄景偶騎羊

留別王司馬嵩

魯連賣談笑豈是顧千金陶朱雖相越本有五湖心
余亦南陽子時爲梁甫吟蒼山容偃蹇白日惜頹侵

願一佐明主功成還舊林西來何所爲孤劍託知音鳥愛碧山遠（一作鳳集碧梧秀）魚遊滄海深呼鷹過上蔡賣畚向嵩岑他日閑相訪邱中有素琴

還山留別金門知己（一本云出金門後書懷留別翰林諸公）

好古笑流俗素聞賢達風方希佐明主長揖辭成功白日在青天迴光矚（一作照）微躬恭承鳳凰詔欻起雲羅（一作藤蘿）中清切紫霄迥優遊丹禁通君王賜顏色聲價凌煙虹乘輿擁翠蓋扈從金城東寶馬驟（一作麗）絶景錦衣入新豐倚巖望松雪對酒鳴絲桐方（一作因）學揚子雲獻賦甘泉宮天書美片善清芳（一作芬）播無窮歸來入咸陽譚笑皆王公一朝去金馬飄落成飛蓬賓友（一作從）日疏散玉樽亦（一作尋）已空長才（一作才力）猶可倚不慙世上雄閑來東武吟曲盡情未終書此謝知己扁舟（一作滄波）尋釣翁

魏郡別蘇少府因北游

魏都接燕趙美女誇芙蓉淇水流碧玉舟車日奔衝青樓夾兩岸萬室喧歌鍾天下稱豪貴（一作貴游）遊此（一作此中）每相逢洛陽蘇季子劍戟森詞鋒六印雖未佩（一作說趙復過秦）軒車若飛龍黃金數百鎰白璧有幾雙散盡空掉臂高歌賦還（一作臨）邛合從又連橫其意未可封落拓乃如此何（一作誰）人不相從遠別隔兩河雲山杳千重（一作雲天滿愁容）何時更杯酒再得論心胸

留別西河劉少府

秋（一作我）髮已種種所爲竟無成閑傾魯壺酒笑對劉公榮（阮籍與王戎飲酒不與劉公榮謂其相知甚深無所疑忌也）謂我是方朔人間落歲星白衣千萬乘何事去天庭君亦不得意高歌羨鴻冥世人若醯雞安可識梅生雖爲刀筆吏緬懷在赤城余亦如流萍隨波樂休明自有兩少妾雙

騎駿馬行東山春酒綠歸隱謝浮名

頴陽別元丹邱之淮陽 河南

吾將元夫子異姓爲天倫本無軒裳契素以煙霞親
嘗恨迫世網銘意俱未伸松柏雖寒苦羞逐桃李春
悠悠世朝閒玉顏日緇磷所共重山岳所得輕埃塵
精魄漸蕪穢衰老相憑因我有錦囊訣可以持君身
當餐黃金藥去爲紫陽賓萬事難並立百年猶崇晨
別爾東南去悠悠多悲辛前志庶不易遠途期所遵
已矣歸去來白雲飛天津

留別廣陵諸公 淮南○一作留別邯鄲故人

憶昔作少年結交趙與燕金羈絡駿馬錦帶橫龍泉
寸心無疑事所向非徒然晚節覺此疏獵精草太玄
空名束壯士薄俗棄高賢中迴聖明顧揮翰凌雲煙
騎虎不敢下攀龍忽墮天還家守清真孤潔勵秋蟬

鍊丹費火石，採藥窮山川。臥海不關人，租稅遼東田。
乘輿忽復起，棹我溪中船。臨醉謝葛強，山公欲倒鞭。
狂歌自此別，垂釣滄浪前。

感時留別從兄徐王延年（一作延平）從弟延陵

天籟何參差，噫然大塊吹。玄元包橐籥，紫氣何逶迤（一作融怡）。七葉運皇化，千齡光本枝。仙風生指樹，大雅歌螽斯。諸王若鸞虬，肅穆列藩維（已上敘李氏本老子貴胄至唐而宗支蕃衍）。哲兄錫茅土，聖代含榮滋。九卿領徐方，七步繼陳思。伊昔全盛日，雄豪動京師。冠劍朝鳳闕，樓船侍龍池。鼓鐘出朱邸，金翠照丹墀。君王一顧眄，選色獻蛾眉。列戟十八年，未曾輒遷移。大臣小喑嗚，謫竄天南陲。長沙不足舞，貝錦且成詩。佐郡浙江西，病閑絕趨馳。階軒日苔蘚，鳥雀噪檐帷。時乘平肩輿，出入畏人知。北宅聊偃憩，歡愉恤惸嫠。羞言梁苑地，烜赫耀旌旗（已上敘徐王事）兄弟八九人吳秦各分離大賢達機兆豈獨慮安危小子謝麟閣雁行忝肩隨令弟字延陵鳳毛出天姿清英神仙骨芬馥茝蘭蕤夢得春草句將非惠連誰深心紫河車與我特相宜金膏猶罔象玉液尚磷緇伏枕寄賓館宛同清漳湄藥物多見饋珍羞亦兼之誰道溟渤深猶言淺恩慈（已上敘延陵與己交契之厚）嗚蟬遊子意促織念歸期驕陽何火赫海水爍龍龜百川盡凋枯舟檝閣中逵策馬搖涼月通宵出郊岐泣別目眷眷傷心步遲遲願言保明德王室佇清夷摻袂何所道援毫投此辭（已上述留別之意時方枯旱也）

留別金陵諸公（金陵）

海水昔飛動三龍紛戰爭（謂魏蜀吳）鍾山危波瀾傾側駭奔鯨黃旗一掃蕩割壤開吳京六代更霸王遺跡見都城（一作遺都見空城）至今秦淮間禮樂秀羣英地扇鄒魯

學詩騰顏謝名已上賦金陵五月金陵西祖余白下亭欲尋廬峯頂先繞漢水行香爐紫煙滅瀑布落太清若攀星辰去揮手緬含情

金陵白下亭留別

驛亭三楊樹正當白下門吳煙暝長條漢水嚙古根向來送行處迴首阻笑言別後若見之爲余一攀翻

竄夜郎於烏江留別宗十六璟疑烏江及宗字誤

君家全盛日台鼎何陸離斬鼇翼媧皇鍊石補天維一迴日月顧三入鳳凰池失勢青門傍種瓜復幾時猶會舊賓客三千光路歧皇恩雪憤濊松柏含榮滋我非東床人令姊忝齊眉浪迹未出世空名動京師適遭雲羅解翻謫一作遺夜郎悲拙妻莫邪劍及此二龍隨慚君湍波苦千里遠從之白帝曉猿斷黃牛過客遲遙瞻明月峽西去益相思

將遊衡岳過漢陽雙松亭留別族弟浮屠談皓

秦欺趙氏璧卻入邯鄲宮本是楚家玉還來荊山中
符彩照滄溟清輝凌白虹青蠅一相點流落此時同
卓絶道門秀談玄乃支公延蘿結幽居翦竹繞芳叢
涼花拂戸牖天籟（一作樂）鳴虛空憶我初來時蒲萄開
景風今茲大火落秋葉黄梧桐水色夢沅湘長沙去
何窮寄書訪衡嶠但與南飛鴻

留別賈舍人至二首

大梁白雲起飄飆來南洲徘徊蒼梧野十見羅浮秋
鼇抃山海傾四溟揚洪流意欲託孤鳳從之摩天遊
鳳苦道路難翱翔還崑邱不肯銜我去哀鳴慙不周
遠客謝主人明珠難暗投拂拭倚天劍西登岳陽樓
長嘯萬里風掃清胸中憂誰念劉越石化爲繞指柔
秋風吹胡霜凋此檐下芳折芳怨歲晚離別悽以傷

謬攀青瑣賢延我於此堂君爲長沙客我獨之夜郎勸此一杯酒豈唯道路長割珠兩分贈寸心貴不忘何必兒女仁相看淚成行

聞李太尉大舉秦兵百萬出征東南懦夫請纓冀申一割之用半道病還留別金陵崔侍御十九韻復至金陵

秦出天下兵蹴踏燕趙傾黃河飲馬竭赤羽連天明太尉杖旄鉞雲旗繞彭城三軍受號令千里肅雷霆函谷絕飛鳥武關擁連營意在斬巨鼇何論鱠長鯨一作鯢與鯨恨無左車略多愧魯連生拂劍照嚴霜雕戈鬘胡纓願雪會稽恥將期報恩榮半道謝病還無因一作由東南征亞夫未見顧劇孟阻先行天奪壯士心長吁別吳京金陵遇太守倒屣欣一作相逢迎羣公咸祖餞四座羅朝英初發臨滄觀醉栖征虜亭舊國見

秋月長江流寒聲帝車（一作居）信迴轉河漢縱復橫孤鳳向西海飛鴻辭北溟因之出寥廓揮手謝公卿

別韋少府 宣州

西出蒼龍門南登白鹿原欲尋南（一作商）山皓猶戀漢皇恩水國遠行邁仙經深討論洗心句溪月清耳敬亭猿築室在人境閉關無世諠多君枉高駕贈我以微言交乃意氣合道因風雅存別離有相思瑤瑟與金樽（已上留別）

贈別王山人歸布山（以下送別）

王子析道論微言破秋毫還歸布山隱興入天雲高爾去安可遲瑤草恐衰歇我心亦懷歸屢夢松上月傲然遂獨往長嘯開巖扉林壑久已蕪石道生薔薇願言弄笙鶴歲晚來相依

送王屋山人魏萬還王屋

王屋山人魏萬云自嵩宋沿吳相送數千里不遇乘興遊台越經永嘉觀謝公石門後於廣陵相見美其愛文好古浪跡方外因述其行而贈是詩一作見王屋山魏萬云自嵩歷兗遊梁入吳計程三千里相訪不遇因下江東尋諸名山往復百越後於廣陵一面遂乘興共過金陵美此公愛奇好古獨往物表因述其行李遂有此贈

仙人東方生。浩蕩弄雲海。沛然乘天遊。獨往失所在。一作東方不辭家獨訪紫泥海時人少相逢往往失所在魏侯繼大名。本家聊攝城。卷舒入元化。一作雜仙隱跡與古賢并。十三弄文史。揮筆如振綺。辯折田巴生。心齊魯連子。西涉清洛源。頗驚人世諠。採秀臥王屋。因窺洞天門。已上敘魏萬遡然獨往高臥王屋揭來遊嵩峯。羽容何雙雙。朝攜月光子。暮宿玉女窗。鬼谷上窈窕。龍潭下奔深。遊嵩山東浮汴河水。訪我三千里。遊汴宋逸興滿吳雲。飄颻浙江汜。遊吳下揮手杭

越閒樟亭望潮還濤卷海門石雲橫天際山白馬走
素車雷奔駭心顏遊浙觀潮遙聞會稽美一弄一作且度耶谿
水萬壑與千巖崢嶸鏡湖裏秀色不可名清輝滿江
城人遊月邊去舟在空中行此中久延佇入剡尋王
許王許謂王羲之許詢邁也笑讀曹娥碑沈吟黃絹語遊會稽天台
連四明日入向國清僧惠虛居天台國清寺與同侶遊山獨過石橋得見仙蹟五
峯轉月色百里行松聲靈溪恣沿越華頂殊超忽石
梁橫青天側足履半月遊天台眷一作忽然思永嘉不憚
海路賒挂席歷海嶠迴瞻赤城霞赤城漸微沒孤嶼
前嶢兀水續萬古流亭空千霜月遊永嘉縉雲川谷難
石門最可觀瀑布挂北斗莫窮此水端噴壁灑素雪
空濛生晝寒卻尋惡溪去寧懼惡溪惡咆哮七十灘
水石相噴薄路創李北海李公邕昔為括州開此嶺路巖開謝康
樂惡溪有康樂題詩處一作嶺路始北海巖詩題康樂松風和猨聲搜索連洞

鑿遊石門觀瀑布徑出一作岸接梅花橋雙溪納歸潮落帆金華岸赤松若可招沈約八詠樓城西孤岧嶤岧嶤四荒外曠野羣川會雲卷天地開波連浙西大華遊金華亂流新安口北指嚴光瀨釣臺碧雲中邈與蒼梧對遊嚴州稍稍來吳都徘徊上姑蘇煙縣橫九疑漭蕩一作盪漭見五湖目極心更遠悲歌但長吁還過蘇州迴橈楚江濱大江自三峽以下直至濡須口皆楚境也故稱曰楚江揮策揚子津身著日本裘裘則朝卿所贈日本布爲之昂藏出風塵五月造我語知非佁儗人張揖注相如大人賦曰佁儗不前也相逢樂無限水石日在眼徒干五諸侯不致百金產吾友揚子雲絃歌播清芬雖爲江甯宰好與山公羣乘興但一行且知我愛君君來幾何時仙臺應有期東窗綠玉樹定長三五枝至一作如今天壇人當笑爾歸遲我苦惜遠別茫然使心悲黃河若不斷白首長相思

送當塗趙少府赴長蘆

我來楊都市送客迴輕舠因誇吳太子便覿廣陵濤仙尉趙家玉英風凌四豪維舟至長蘆目送煙雲高搖扇對酒樓持袂把蟹螯前途儻相思登嶽一長謠

送友人遊梅湖

送君遊梅湖應見梅花發有使寄我來無令紅芳歇暫行新林浦定醉金陵月莫惜一雁書音塵坐胡越

送崔十二遊天竺寺

還聞天竺寺夢想懷東越每年海樹霜桂子落秋月送君遊此地已屬流芳歇待我來歲行相隨浮溟渤

送楊山人歸天台

客有思天台東行路超忽濤落浙江秋沙明浦陽月今遊方厭楚昨夢先歸越且盡秉燭歡無辭凌晨發我家小阮賢剖竹赤城邊詩人多見重官燭未曾然

興引登山屐情催汎海船石橋如可度攜手弄雲煙

送溫處士歸黃山白鵝峯舊居

黃山四千仞三十二蓮峯丹崖夾石柱菡萏金芙蓉伊昔昇絕頂下窺天目松仙人鍊玉處羽化留餘蹤亦聞溫伯雪一作雲獨往今相逢採秀辭五嶽攀巖歷萬重歸休白鵝嶺渴飲丹沙井鳳吹我時來雲車爾當整去去陵陽東行行芳桂叢迴谿十六度碧嶂盡晴空他日還相訪乘橋躡綵虹首八句自敘曾游黃山亦聞六句敘溫歸白鶴峯鳳吹八句送溫去而又約相訪也

送方士趙叟之東平

長桑曉洞視。五藏無全牛。趙叟得祕訣。還從方士游。西過獲麟臺。為我弔孔邱。念別復懷古潸然空淚流首句用扁鵲遇長桑君事

送韓準裴政一作正孔巢父還山魯中

獵客張兔罝不能挂龍虎所以青雲人高歌（一作臥）在巖戶韓生信英（一作豪）彥裴子含清真孔侯復秀出俱與雲霞親峻節凌遠松同衾臥盤石斧冰潄寒泉三子同（一作傳）二屐時時或乘興往往（一作去去）雲無心出山揖牧伯長嘯輕衣簪昨宵夢裏還云弄竹溪月今晨魯東門帳飲與君別雪崖滑去馬蘿逕迷歸人相思若煙草歷亂無冬春

送楊少府赴選

大國置衡鏡準平天地心羣賢無邪人朗鑒窮清深吾君詠南風衮冕彈鳴琴時泰多美士京國會纓簪山苗落澗底幽松出高岑夫子有盛才主司得球琳流水非鄭曲前行遇知音衣工翦綺繡一謂傷千金何惜刀尺餘不裁寒女衾我非彈冠者感別但開襟空谷無白駒賢人豈悲吟大道安弃物時來或招尋

爾見山吏部當應無陞沈首十句言吏部選政之平山苗二句用左思鬱鬱澗底松離離山上苗之詩而反其意夫子四句送其赴選之正文也衣工句以下太白亦有用世之志冀時有山公者甄拔及之耳

魯郡堯祠送吳五之琅琊

堯沒三千歲青松古廟存送行奠桂酒拜舞清心魂
日色促歸人連歌倒芳樽馬嘶俱醉起分手更何言

金鄉送韋八之西京

客自長安來還歸長安去狂一作秋風吹我心西挂咸
陽樹此情不可道一作論此別何時遇望望不見君連
山起煙霧

送薛九被讒去魯

宋人不辨玉魯賤東家丘我笑薛夫子一作而我笑夫子胡
為兩地遊黃金消眾口白璧竟難投梧桐生蒺藜綠
竹乏佳實鳳皇宿誰家遂與羣雞匹田一作方家養老

馬窮士歸其門蛾眉笑躄者賓客去平原卻斬美人首三千還駿奔毛公一挺劍楚趙兩相存孟嘗習一作悦狡兔三窟賴馮諼信陵奪兵符爲用侯生言一作朱生擊晉鄙爲感信陵恩春申一何愚刎首爲李園賢哉四公子撫掌黃泉裏借問笑何人笑人不好士爾去且勿諠一作論桃花竟何言沙邱無漂母誰肎飯王孫

送族弟凝至晏堌單父三十里金鄉單縣等處村莊多名堌者如今日定陶之冉堌鉅野之龍堌皆巨鎮也其字亦作固通鑑有薄旬固淶水在單縣西南

雪滿原野白戎裝出盤遊揮鞭布獵騎四顧登高邱兔起馬足間蒼鷹下平疇喧呼相馳逐取樂銷人憂捨此戒禽荒徵聲列齊謳鳴雞發晏堌別鴈驚淶溝西行有東音寄與長河流

魯城北郭曲腰桑下送張子還嵩陽

送別枯桑下凋葉落半空我行懵道遠爾獨知天風
誰念張仲蔚還依蒿與蓬何時一杯酒更與李膺同

送魯郡劉長史遷宏農長史

魯國一杯水難容橫海鱗仲尼且不敬況乃尋常人
白玉換斗粟黃金買尺薪閑門木葉下始覺秋非春
聞君向西遷地即鼎湖鄰寶鏡匣蒼蘚丹經理素塵
軒后上天時攀龍遺（一作唯）小臣及此留惠愛庶幾風
化淳魯縞如白煙五縑不成束臨行贈貧交一尺重
山岳相國齊晏子贈行不及言託陰當樹李忘憂當
樹萱他日見張祿綈袍懷舊恩

送族弟單父主簿凝攝宋城主簿至郭南月橋
卻迴棲霞山留飲贈之

吾家青萍劍操割有餘閑往來糾二邑此去何時還
鞍馬月橋南光輝歧路間賢豪相追餞卻到棲霞山

羣花散芳園斗酒開離顔樂酣相顧起征馬無由攀

魯郡堯祠送張十四遊河北

猛虎伏尺草雖藏難蔽身有如張公子骯髒在風塵豈無横腰劍屈彼淮陰人擊筑向北燕燕歌易水濱歸來太山上當與爾爲鄰

送張遥之壽陽幕府

壽陽信天險天險横荆關苻堅百萬衆遥阻八公山不假築長城大賢在其間戰夫若熊虎破敵有餘閑張子勇且英少輕衛霍孱投軀紫髯將千里望風顔勗爾效才略功成衣錦還

送裴十八圖南歸嵩山二首

何處可爲别長安青綺門胡姬招素手延一作留客醉金樽臨當上馬時我獨一作因與君言風吹一作鶯芳蘭折日没烏雀喧舉手指飛鴻此情難具論同歸無早

晚潁水有清源風吹句謂賢人遭讒毀日沒句謂小人鳴得意

君思潁水綠忽復歸嵩岑歸時莫洗耳爲我洗其心

洗心得真情洗耳徒買名謝公終一起相與濟蒼生

送于十八應四子舉落第還嵩山

吾祖謂老聃吹橐籥天人信森羅歸根復太素羣動熙

元和炎炎四真人摛辯若濤波交流無時寂楊墨日

成科夫子聞洛誦誇才才故多爲金好踊躍久客方

蹉跎道可東賣之五寶溢山河勸君還嵩邱開酌眄

庭柯三花如未落乘興一來過

送梁公昌從信安王北征

入幕推英選捐書事遠戎高談百戰術鬱作萬夫雄

起舞蓮華劍行歌明月宮將飛天地陣兵出塞垣通

祖席留丹景征麾拂綵虹旋應獻凱入麟閣佇深功

送張秀才從軍

六駮食猛虎恥從駑馬羣一朝長鳴去矯若龍行雲
壯士懷遠略志存解世紛周粟猶不顧齊珪安肎分
抱劍辭高堂將投霍冠軍長策掃河洛寧親歸汝墳
當令千古後麟閣著奇勳

送崔度還吳度故人禮部員外國輔之子 幽燕

幽燕沙雪地萬里盡黃雲朝吹歸秋鴈南飛日幾羣
中有孤鳳雛哀鳴九天聞我乃重此鳥綵章五色分
胡爲雜凡禽雞鶩輕賤君舉手捧爾足疾心若火焚
拂羽淚滿面送之吳江濆去影忽不見躊躇日將曛

送侯十一 梁宋

朱亥已擊晉侯嬴尚隱身時無魏公子豈貴抱關人
余亦不火食遊梁同在陳空餘湛盧劍贈爾託交親

魯中送二從弟赴舉之西京 再至魯中〇一作送族弟錞

魯客向西笑君門若夢中。霜凋逐臣髮。日憶明光宮。

復羨二龍去才華冠世雄平衢騁高足逸翰淩長風舞袖拂秋月歌筵聞早鴻送君日千里良會何由同

送紀秀才遊越

海水不滿眼觀濤難稱心卽知蓬萊石卻是巨鼇簪送爾遊華頂令余發舄吟仙人居射的道士住山陰禹穴尋溪入雲門隔嶺深綠蘿秋月夜相憶在鳴琴

送楊燕之東魯

關西楊伯起漢日舊稱賢四代三公族清風播人天夫子華陰居開門對玉蓮何事歷衡霍雲帆今始還君坐稍解顏爲我一作君歌此篇我固侯門士謬登聖主筵一辭金華殿蹭蹬長江邊二子魯門東別來已經年因君此中去不覺淚如泉

送蔡山人

我本不棄世世人自棄我一乘無倪舟八極縱遠柁

燕客期躍馬唐生安敢譏採珠勿驚龍大道可暗歸
故山有松月遲爾翫清暉

送殷淑三首

海水不可解連江夜爲潮俄然浦嶼闊岸去酒船遙
惜別耐取醉鳴根且長謠天明爾當去應有便風飄
白鷺洲前月天明送客迴青龍山後日早出海雲來
流水無情去征帆逐吹開相看不忍別更進手中杯
痛飲龍笻下燈青月復寒醉歌驚白鷺半夜起沙灘

送岑徵君歸鳴皋山

岑公相門子雅望歸安石弈世皆夔龍中台竟一作有
三折至人達機兆高揖九州伯奈何天地間而作隱
淪客貴道皆一作能全真潛輝臥幽鄰一作鱗探元入窅
默觀化遊無垠光武有天下嚴陵爲故人雖登洛陽
殿不屈巢由身余亦謝明主今稱偃蹇臣登高覽萬

古思與廣成鄰蹈海甯受賞還山非問津西來（一作終期）

一搖扇共拂元規塵

送范山人歸太山

魯客抱白雞（一作鶴）別余往太山初行若片雪（一作雲）杳

在青崖間高高至天門海日（一作日觀）近可攀雲生望不

及此去何時還

送張秀才謁高中丞（並序 尋陽）

余時繫尋陽獄中正讀留侯傳秀才張孟熊

蘊滅胡之策將之廣陵謁高中丞余嘉子房

之風感激於斯人因作是詩以送之

秦帝淪玉鏡（一作六雄滅金虎）留侯降氛氳感激黃石老經

過滄海君壯士揮金椎報讎六合聞智勇冠終古蕭

陳難與羣兩龍爭鬭時天地動風雲酒酣（一作縱橫）舞長

劍倉卒解漢紛宇宙初倒懸鴻溝勢將分英謀信奇

絶夫子揚清芬一作夫子稱卓絶超然繼清芬胡月入紫微三光亂天文高公鎮淮海談笑廓妖氛採爾幕中畫戡難光殊勳我無燕霜感玉石俱燒焚但灑一行淚臨政竟何云

尋陽送弟昌峒鄱陽司馬作

桑落洲渚連滄江無雲煙尋陽非剡水忽見子猷船了見欲相近來遲杳若仙人乘海上月帆落湖中天一覩無二諾朝懽更勝昨爾則吾惠連吾非爾康樂朱紱白銀章上官佐鄱陽松門拂中道石鏡迴清光搖扇及于越水亭風氣涼與爾期此亭期在秋月滿時過或未來兩鄉心已斷吳山對楚岸彭蠡當中州相思定如此有窮盡年愁

餞校書叔雲

少年費白日。歌笑矜朱顏。不知忽已老。喜見春風還。

惜別且爲懽徘徊桃李閒看花飲美酒聽鳥臨晴山

向晚竹林寂無人空閉關

洞庭醉後送絳州呂使君杲流澧州 江夏

昔別若夢中天涯忽相逢洞庭破秋月縱酒開愁容

贈劒刻玉字延平兩蛟龍送君不盡意書及鴈迴峯

送趙判官赴黔府中丞叔幕

廓落青雲心結交黃金盡富貴翻相忘令人忽自哂

蹭蹬鬢毛斑盛時難再還巨源咄石生何事馬蹏閒

山濤字巨源解河陽從事與石鑒共宿夜起蹴鑒共語鑒答云云濤曰咄石生無事馬蹏閒邪投傳而去

未二年果有曹爽之事

綠蘿長不厭卻欲還東山君爲魯曾子

拜揖高堂裏叔繼趙平原偏承明主恩風霜推一作催

獨坐旌節鎮雄藩虎士秉金鉞蛾眉開玉樽才高幕

下去義重林中言水宿五溪月霜嘷三峽猿東風春

草綠江上候歸軒

送郗昂謫巴中

瑤草寒不死移植滄江濱東風灑雨露會入天地（一作池）春予若洞庭葉隨波送逐臣思歸未可得書此謝情人

送二季之江東

初發强中作題詩與惠連（謝靈運有登臨海嶠初發强中作與從弟惠連見羊何共和之詩）多慙一日長不及二龍賢西塞當中路南風欲進船雲峯出遠海帆影挂清川禹穴藏書地匡山種杏田此行俱有適遲爾早歸旋

江西送友人之羅浮（南昌）

桂水分五嶺衡山朝九疑鄉關眇安西流浪將何之素色愁明湖秋渚晦寒姿疇昔紫芳意（李善注江淹詩曰紫芳紫芝也）已過黃髮期君王縱疏散雲壑借巢夷（二句太白自謂供奉翰林不合詔賜金還山也）爾去之羅浮我還憩峨眉中闊道萬里

霞月遙相思。如尋楚狂子瓊樹有芳枝

宣城送劉副使入秦

君即劉越石雄豪冠當時凄清橫吹曲慷慨扶風詞虎嘯俟騰躍雞鳴遭亂離千金市駿馬萬里逐王師結交樓煩將侍從羽林兒統兵捍吳越豹虎不敢窺大勳竟莫敘已過秋風吹已過秋風吹言事過之後略無形迹猶云如浮雲之過太虛如東風之射馬耳也秉鉞有季公凜然負英姿寄深且戎幕望重必台司感激一然諾縱橫兩無疑伏奏歸北闕鳴騶忽西馳列將咸出祖英寮惜分離斗酒滿四筵歌笑宛溪湄君攜東山妓我詠北門詩貴賤交不易恐傷園中葵昔贈紫騮駒今傾白玉巵同驩萬斛酒未足解相思此別又千里一作此外別千里秦吳眇天涯月明關山苦水劇隴頭悲借問幾時還春風入黃池無令長相思折斷綠楊枝

涇川送族弟錞（時盧校書草序常侍御爲詩）

涇川三百里。若耶羞見之錦石照碧山兩邊白鷺鷥佳境千萬曲客行無歇時上有琴高水下有陵陽祠仙人不見我明月空相知問我何事來盧敖結幽期蓬山振雄筆繡服揮清詞江湖發秀色草木含榮滋置酒送惠連吾家稱白眉愧無海嶠作敢闕河梁詩（海嶠用靈運事河梁用蘇李事）見爾復幾朝俄然告將離中流漾綵鷁列岸叢金羈歎息蒼梧鳳分棲瓊樹枝清晨各飛去飄落天南陲望極落日盡秋深暝猿悲寄情與流水但有長相思

五松山送殷淑

秀色發江左風流奈若何仲文了不還（仲文了不還猶云仲文去已久也）獨立揚清波載酒五松山頹然白雲歌中天度落月萬里遙相過撫酒惜此月流光畏蹉跎明日別

離去連峯鬱嵯峨

送崔氏昆季之金陵（一作秋夜崔八丈水亭送崔二）

放（一作吳）歌倚東樓行子期曉發秋風渡江來吹落山上月主人出美酒滅燭延清光二崔向金陵安得不盡觴水客弄歸棹雲帆卷輕霜扁舟敬亭下五兩先飄揚峽石入水花碧流日更長思君無歲月西笑阻河梁

登黃山淩歊臺送族弟溧陽尉濟充（一作統）汎舟赴華陰（當塗）

鸞乃鳳之族翱翔紫雲霓文章輝（一作耀）五色雙在瓊樹棲一朝各飛去鳳與鸞俱啼炎赫五月中朱曦爍河堤爾從汎舟役使我心魂悽秦地無草木南雲喧鼓鼙君王減玉膳早起思鳴雞漕引救關輔疲人免塗泥宰相作霖雨農夫得耕犂靜者伏草閒羣才滿

金閨空手無壯士窮居使人低靜者伏草間公自謂也空手二句極言處貧約者不得自伸送君登黃山長嘯倚一作上天梯小舟若鳧鴈大舟若鯨鯢開帆散長風舒卷與雲齊日入牛渚晦蒼然夕煙迷相思在何所一作定何許杳在洛陽西上巳送別

酬談少府襄漢○以下酬答

一尉居倏忽梅生有仙骨三二事或可羞匈奴哂千秋梅生卽福千秋田千秋也壯心屈黃綬淚跡寄滄洲昨觀荆峴作如從雲漢遊老夫當暮矣蹀足懼騂騮

五月東魯行答汶上翁魯中

五月梅始黃一作禾黍綠蠶凋桑柘空魯人重織作機杼鳴簾櫳顧余不及仕學劍來山東舉鞭訪前途獲笑汶上翁下愚一作宵人忽壯士未足論窮通我以一箭書能取聊城功終然不受賞羞與時人同西歸去直道

落日昏陰虹此一作我去爾勿言甘心如轉蓬

答長安崔少府叔封遊終南翠微寺太宗皇帝金沙泉見寄長安

河伯見海若傲然誇秋水小物暗遠圖甯知通方士一作甯識通方理多君紫霄意獨往蒼山裏地古寒雲一作雪深巖高長風起初登翠微嶺復憩金沙泉踐苔朝霜滑弄波夕月圓飲彼石下流一作潭結蘿宿谿煙鼎湖夢綠水龍駕空一作何茫然早行子午閒一作開又一作峯卻登山路遠一作卻數山路遠又一作頻識關路遠拂琴聽霜猿滅燭乃星飯人煙無明異鳥道絕往返攀崖倒青天一作到青山下視白日晚既過一作遇石門隱還唱一作闇石潭歌涉雪峯紫芳一作采紫莖濯纓想一作擲清波此一作斯人不可見此地君自過爲余謝風泉其如幽意何

酬崔五郎中

朔雲橫高天萬里起秋色壯士心飛揚落日空歎息長嘯出原野凜然寒風生幸遭聖明時功業猶未成奈何懷良圖鬱悒獨愁坐（一作空獨坐）杖策尋英豪立談乃知我崔公生民秀緬邈青雲姿制作參造化託諷含神祇海嶽尚可傾吐諾終不移是時霜飇寒逸興臨華池起舞拂長劍四座皆揚眉因得窮歡情贈我以新詩又結汗漫期九垓遠相待舉身憩蓬壺濯足弄滄海從此淩倒景一去無時還朝遊明光宮暮入閶闔闕但得長把袂何必嵩邱山

以詩代書答元丹邱

青鳥（一作烏）海上來今朝發何處口銜雲錦字（一作書）與我復飛去鳥去淩紫煙書留綺窗前開緘方（一作時）一笑乃是故人傳故人深相勗憶我勞心曲離居在咸陽三見秦草綠置書雙袂間引領不暫閑長望（一作歎）

杳難見浮雲橫遠山

金門答蘇秀才

君還石門日朱火始改木春草如有情山中尚含綠折芳愧遙憶永路當自勗遠見故人心平生以此足巨海納百川麟閣多才賢獻書入金闕酌醴奉瓊筵屢忝白雲唱恭聞黃竹篇恩光照拙薄雲漢希騰遷銘鼎儻云遂扁舟方渺然我留在金門不去臥丹壑未果三山期遙欣一邱樂玄珠寄罔象赤水非寥廓願狎東海鷗共營西山藥棲巖君寂滅處世余龍蠖良辰不同賞永日應閑居鳥吟檐間樹花落窗下書緣谿見綠篠隔岫窺紅蕖採薇行笑歌眷我情何已月出石鏡間松鳴風琴裏得心自虛妙外物空頹靡身世如兩忘從君老煙水

酬坊州王司馬與閻正字對雪見贈 陝右

遊子東南來自宛適京國飄然無心雲倏忽復西北
訪戴昔未偶尋嵇此相得愁顏發新歡終宴敘前識
閻公漢庭舊沈鬱富才力價重銅龍樓聲高重門側
甯期此相遇華館陪遊息積雪明遠峯寒城泛春色
主人蒼生望假我青雲翼風水如見資投竿佐皇極

酬張卿夜宿南陵見贈

月出魯城東明如天上雪魯女驚莎雞鳴機應秋節
當君相思夜火落金風高河漢挂戶牖欲濟無輕舠
我昔辭林邱雲龍忽相見客星動太微朝去洛陽殿
爾來得茂彥七葉仕漢餘身爲下邳客家有圯橋書
傳說未夢時終當起巖野萬古騎辰星光輝照天下
與君各未遇長策委蒿萊寶刀隱玉匣鏽澀空莓苔
遂令世上愚輕我土與灰一朝攀龍去鼃黽安在哉
故山定有酒與爾傾金罍

酬岑勛見尋就元丹邱對酒相待以詩見招

黄鶴東南來寄書寫心曲倚松開其緘憶我腸斷續不以千里遥命駕來相招中逢元丹邱登嶺宴碧霄對酒忽思我長嘯臨清飈蹇余未相知茫茫綠雲垂俄然素書及解此長渴飢策馬望山月途窮造堦墀喜茲一會面若覩瓊樹枝憶君我遠來我歡方速至開顏酌美酒樂極忽成醉我情既不淺君意方亦深相知兩相得一顧輕千金且向山客笑與君論素心

答從弟幼成過西園見贈

一身自瀟灑萬物何囂喧拙薄謝明時棲閑歸故園二季過舊壑四鄰馳華軒衣劍照松宇賓徒光石門山童薦珍果野老開芳罇上陳樵漁事下敘農圃言昨來荷花滿今見蘭苕繁一笑復一歌不知夕景昏醉罷同所樂此情難其論

酬王補闕惠翼莊廟宋丞泚贈别

學道三十春自言羲皇人軒蓋宛若夢雲松長相親偶將二公合復與三山鄰喜結海上契自爲天外賓鸞翮我先鎩龍性君莫馴朴散不尚古時謡皆失真勿踏荒溪波朅來浩然津（荒溪波浩然津皆太白所命之名猶莊子稱建德之國無何有之鄉耳）薜帶何辭楚桃源堪避秦世迫且離别心在期隱淪酬贈非炯戒永言銘佩紳

酬裴侍御對雨感時見贈 金陵

雨色秋來寒風嚴清江爽孤高繡衣人瀟灑青霞賞平生多感激忠義非外奬禍連積怨生事及徂川往楚邦有壯士鄢郢翻掃蕩申包哭秦庭泣血將安仰鞭屍辱已及堂上羅宿莽頗似今之人蟊賊陷忠讜渺然一水隔何由税歸鞅日夕聽猿愁懷賢盈夢想

翫月金陵城西孫楚酒樓達曙歌吹日晚乘醉

著紫綺裘烏紗巾與酒客數人棹歌秦淮往石頭訪崔四侍御

昨翫西城月青天垂玉鉤朝沽金陵酒歌吹孫楚樓
忽憶繡衣人乘船往石頭草裹烏紗巾倒披紫綺裘
兩岸拍手笑疑是王子猷酒客十數公崩騰醉中流
謔浪棹海客喧呼傲陽侯半道逢吳姬卷簾出揶歈
我憶君到此不知狂與羞月下一見君三杯便迴橈
捨舟共連袂行上南渡橋興發歌淥水秦客為之搖（一作謳）
雞鳴復相招清宴逸雲霄贈我數百字字字凌
風飈繫之衣裘上相憶每長謠

江上答崔宣城

太華三芙蓉明星玉女峯尋仙下西岳陶令忽相逢
問我將何事湍波歷幾重貂裘非季子鶴氅似王恭
謬忝燕臺召而陪郭隗蹤水流知入海雲去或從龍

樹繞蘆洲月山鳴鵲鎮鐘還期如可訪台嶺蔭長松

答族姪僧中孚贈玉泉仙人掌茶竝序

余聞荊州玉泉寺近清溪諸山山洞往往有乳窟窟中多玉泉交流中有一作見白蝙蝠大如鵶按仙經蝙蝠一名仙鼠千歲之後體白如雪一作銀棲則倒懸蓋飲乳水而長生也其水邊處處有茗草羅生枝葉如碧玉唯玉泉真公常采而飲之年八十餘歲顏色如桃花而此茗清香滑熱異於他者所以能還童振枯壯一作扶人壽也余遊金陵見宗僧中孚示余茶數十片拳然重疊其狀如手號爲仙人掌茶蓋新出乎玉泉之山曠古未覿因持之見遺兼贈詩要余荅之遂有此作後之高僧大隱知仙人掌茶發乎中孚禪子及青蓮居

士李白也

常聞玉泉山山洞多乳窟仙鼠如白鴉倒懸深清一作谿月茗生此中石玉泉流不歇根柯灑芳津採服潤肌骨楚老卷綠葉枝枝相接連曝成仙人掌似拍洪崖肩舉世未見之其名定誰傳宗英乃禪伯投贈有佳篇清鏡燭無鹽顧慙西子妍朝坐有餘興長吟播諸天

酬裴侍御留岫師彈琴見寄

君同鮑明遠邀彼休上人鼓琴亂白雪秋變江上春瑤草綠未衰攀翻寄情親相思兩不見流淚空盈巾

張相公出鎮荊州尋除太子詹事余時流夜郎行至江夏與張公相去千里公因太府丞王昔使車寄羅衣二事及五月五日贈余詩余答以此詩流夜郎至江夏

張衡殊不樂應有四愁詩慙君錦繡段贈我慰相思
鴻鵠復矯翼鳳皇憶故地榮樂一如此商山老紫芝

答裴侍御先行至石頭驛以書見招期月滿泛洞庭

君至石頭驛寄書黃鶴樓開緘識遠意速此南行舟
風水無定準湍波或一作成滯留憶昨新一作初月生西
檐苦瓊鉤今來何所似破鏡懸清秋恨不三五明平
湖泛澄流此歡竟莫遂狂殺王子猷巴陵定近遠持
贈何人憂石頭驛在嘉魚之上白螺磯之下去岳州百五十里公時在江夏裴以月之初三四至石頭驛約公速行將以十五同泛洞庭公至石頭時當已過十五矣原注稱石頭驛在金陵失之矣

答高山人兼呈權顧二侯

虹霓掩天光哲后起康濟應運生夔龍開元掃氛翳
太微廓金鏡端拱清遐裔輕塵集嵩岳虛點盛明意
謬揮紫泥詔獻納青雲際讒惑英主心恩疏佞臣計

徬徨庭闕下　歎息光陰逝　未作仲宣詩　先流賈生涕
挂帆秋江上　不爲雲羅制　山海向東傾　百川無盡勢
我於鴟夷子　相去千餘歲　運闊英達稀　同風遙執袂
登艫望遠水　忽見滄浪枻　高士何處來　虛舟眇安繫
衣貌本淳古　文章多佳麗　延引故鄉人　風義未淪替
顧侯達語默　權子識通蔽　曾是無心雲　俱爲此留滯
雙萍易飄轉　獨鶴思淩厲　明晨去瀟湘　共謁蒼梧帝

至陵陽山登天柱石酬韓侍御見招隱黃山

韓衆騎白鹿　西往華山中　玉女千餘人　相隨在雲空
見我傳祕訣　精誠與天通　何意到陵陽　遊目送飛鴻
天子昔避狄　與君亦乘驄　擁兵五陵下　長策遏胡戎
時泰解繡衣　脫身若飛蓬　鸞鳳翻羽翼　啄粟坐樊籠
海鶴一笑之　思歸向遼東　黃山過石柱　巘崿上攢叢
因巢翠玉樹　忽見浮邱公　又引王子喬　吹笙舞松風

朗詠紫霞篇請開蘂珠宮步綱繞碧落倚樹招青童

何日可攜手遺形入無窮

酬崔十五見招

爾有鳥跡書相招琴溪飲手跡尺素中如天落雲錦

讀罷向空笑疑君在我前長吟字不滅懷袖且三年

已上酬答

遊南陽白水登石激作 襄陽〇以下遊宴

朝涉白水源暫與人俗疏島嶼佳境色江天涵清虛

目送去海雲心閑遊川魚長歌盡落日乘月歸田廬

遊南陽清泠泉

惜彼落日暮愛此寒泉清西耀逐水流蕩漾遊子情

空歌望雲月曲盡長松聲

尋魯城北范居士失道落蒼耳中見范置酒摘

蒼耳作 魯中

鴈度秋色遠日靜無雲時客心不自得浩漫將何之
忽憶范野人閑園養幽姿茫然起逸興但恐行來遲
城壕失往路馬首迷荒陂不惜翠雲裘遂爲蒼耳欺
入門且一笑把臂君爲誰酒客愛秋蔬山盤薦霜梨
他筵不下筯此席忘朝飢酸棗垂北郭寒瓜蔓東籬
還傾四五酌自詠猛虎詞古來猛虎行多言不以艱險變節太白之猛虎行則自傷不遇耳近作十日歡遠爲千載期風流自簸蕩謔浪
偏相宜酣來上馬去卻笑高陽池

秋獵孟諸夜歸置酒單父東樓觀妓

傾暉速短炬走海無停川冀餐圓丘草欲以還頹年
此事不可得微生若浮煙俊發跨名駒雕弓控鳴絃
鷹豪魯草白狐兔多肥鮮邀遮相馳逐遂出城東田
一掃四野空喧呼鞍馬前歸來獻所獲炮炙宜霜天
出舞兩美人飄颻若雲仙留歡不知疲清曉方來旋

遊太山六首一作天寶元年四月從故御道上太山

四月上太山石平御道開六龍過萬壑澗谷隨縈迴馬跡遶碧峯于今滿青苔飛流灑絕巘水急一作色松聲哀北眺崿嶂奇傾崖向東摧洞門閉石扇地底興雲雷登高望蓬瀛想像金銀臺天門一長嘯萬里清風來玉女四五人飄颻下九垓含笑引素手遺我流霞杯稽首再拜之自愧非仙才曠然小宇宙棄世何悠哉

青曉騎白鹿直上天門山山際逢羽人方瞳好容顏捫蘿欲就語卻掩青雲關遺我鳥跡書飄然落巖間其字乃上古讀之了不閑感此三歎息從師方未還

平明登日觀舉手開雲關精神四飛揚如出天地間黃河從西來窈窕入遠山憑崖覽八極目盡長空閑偶然值青童綠髮雙雲鬟笑我晚學仙蹉跎凋朱顏

躊躇忽不見浩蕩難追攀
清齋三千日裂素寫道經吟誦有所得衆神衛我形
雲行信長風颯若羽翼生攀崖上日觀伏檻窺東溟
海色動遠山天雞已先鳴銀臺出倒景白浪翻長鯨
安得不死藥高飛向蓬瀛

日觀東北傾兩崖夾雙石海水落眼前天光遙空碧
千峯爭攢聚萬壑絕淩歷緬彼鶴上仙去無雲中跡
長松入霄漢遠望不盈尺山花異人間五月雪中白
終當遇安期於此鍊玉液

朝飲王母池暝投天門闕獨抱綠綺琴夜行青山月
山明月露白夜靜松風歇仙人遊碧峯處處笙歌發
寂聽娛清輝玉真連翠微想像鸞鳳舞飄颻龍虎衣
捫天摘匏瓜恍惚不憶歸舉手弄清淺誤攀織女機
明晨坐相失但見五雲飛

與從姪杭州刺史良遊天竺寺　吳中

挂席凌蓬邱觀濤憩樟樓三山動逸興五馬同遨遊天竺森在眼松門颯驚秋覽雲測變化弄水窮清幽疊嶂隔遙海當軒寫歸流詩成傲雲月佳趣滿吳洲

十八家詩鈔卷五

十八家詩鈔卷六目錄

李太白五古下百九十八首

汎沔州城南郎官湖
夜汎洞庭尋裴侍御清酌
與南陵常贊府遊五松山
宣城清溪
遊水西簡鄭明府
九日登山
九日
陪族叔當塗宰遊化城寺升公清風亭
登錦城散花樓
登峨眉山
大庭庫
登單父陶少府半月臺
天台曉望
早望海霞邊

十八家詩鈔卷六目錄

十八家詩鈔卷六

湘鄉曾國藩纂

合肥李鴻章審訂
東湖王定安校

李太白五古下百九十八首

同友人舟行遊台越作

楚臣傷江楓謝客拾海月懷沙去瀟湘挂席泛溟渤蹇予訪前蹟獨往造窮髮古人不可攀去若浮雲沒願言弄倒景從此鍊真骨華頂窺絕冥蓬壺望超忽不知青春度但怪綠芳歇空持釣鼇心從此謝魏闕

下終南山過斛斯山人宿置酒 長安

暮從碧山下山月隨人歸卻顧所來徑蒼蒼橫翠微相攜及田家童稚（一作稚子）開荊扉綠竹入幽徑青蘿拂行衣歡言得所憩美酒聊共揮長歌吟松風曲盡河星稀我醉君復樂陶然共忘機

朝下過盧郎中敘舊遊

君登金華省我入銀臺門幸遇聖明主俱承雲雨恩復此休澣時閑爲疇昔言卻話山海事宛然林壑存明湖思曉月疊嶂憶清猿何由返初服田野醉芳樽

邯鄲南亭觀妓燕趙

歌鼓一作妓燕趙兒魏姝弄鳴絲粉色豔月彩舞袖一作衫拂花枝把酒領一作顧美人請歌邯鄲詞清箏何繚繞度曲綠雲垂平原君安在科斗生古池座客三千人于今知有誰我輩不作樂但爲後代悲

春陪商州裴使君遊石娥溪時欲東歸遂有此贈

裴公有仙標拔俗數千丈澹蕩滄洲雲飄颻紫霞想剖竹商洛閑政成心已閑蕭條出世表冥寂閉玄關我來屬芳節解榻時相悅褰帷對雲峯揚袂指松雪蹔出東城邊遂遊西巖前橫天聳翠壁噴壑鳴紅泉尋幽殊未歇愛此春光發溪傍饒名花石上有好月

命駕歸去來露華生綠苔淹留惜將晚復聽清猿哀清猿斷人腸遊子思故鄉明發首東路此歡焉可忘

春日陪楊江甯及諸官宴北湖感古作金陵

昔聞顏光祿攀龍宴京(一作重又作明)湖樓船入天鏡帳殿開雲衢君王歌大風如樂豐沛都延年獻嘉作邈與詩人俱我來不及此獨立鍾山孤楊宰穆清颸(一作風)芳聲騰海隅英寮滿四座粲若瓊林敷鷁首弄倒景蛾眉掇明珠新絃綵(一作來)梨園古舞嬌吳歈曲度繞雲(一作清)漢聽者皆歡娛雞棲何嘈嘈沿(一作江)月沸笙竽古之帝宮苑今乃人樵蘇感此勸一觴願君覆瓢壺榮盛(一作盛時)當作樂無令後賢吁

宴鄭參卿山池

爾恐碧草晚我畏朱顏移愁看楊花飛置酒正相宜歌聲送落日舞影迴清池今夕不盡杯留歡更邀誰

遊謝氏山亭

淪老臥江海再歡天地清病閑久寂寞歲物徒芬榮借君西池遊聊以散我情掃雪松下去捫蘿石道行謝公池塘上春草一作風颯已生花枝拂人來山鳥向我鳴田家有美酒落日與之傾醉罷弄歸月遙欣稚子迎

金陵鳳凰臺置酒

置酒延落景金陵鳳凰臺長波寫萬古心與雲俱開借問往昔時鳳凰爲誰來鳳凰去已久正當今日迴明君越羲軒天老坐三台天老力牧黃帝之相豪士無所用彈絃醉金罍東風吹山花安可不盡杯六帝沒幽草深宮冥綠苔置酒勿復道歌鐘但相催

秋浦清溪雪夜對酒客有唱鷓鴣者秋浦

披君一作我貂襜褕對君白玉壺雪花酒上滅頓覺夜

寒無客有桂陽至能吟山鷓鴣清風動窗竹越鳥起
相呼持此足爲樂何煩笙與竽

與周剛青溪玉鏡潭宴別（潭在秋浦桃樹陂下予新名此潭）

康樂上官去永嘉遊石門江亭有孤嶼千載蹟猶存
我來憩秋浦三入桃陂源千峯照（一作點）積雪萬壑盡
嗁猿興與謝公合文因周子論埽崖去落葉席月開
金樽溪當大樓南溪水正南奔迴作玉鏡潭澄明洗
心魂此中得佳境可以絕囂喧清夜方歸來酣（一作蓮）
歌出平原別後經此地爲予謝蘭蓀

遊秋浦白笴陂二首

何處夜行好月明白笴陂山光搖積雪猿影挂寒枝
但恐佳景晚小令歸棹移人來有清興及此有相思
白笴夜長嘯爽然溪谷寒魚龍動陂水處處生波瀾
天借一明月飛來碧雲端故鄉不可見腸斷正西看

沔洒州城南郎官湖并序

乾元歲秋八月白遷於夜郎遇故人尚書郎張謂出使夏口沔州牧杜公漢陽宰王公觴於江城之南湖樂天下之再平也方夜水月如練清光可掇張公殊有勝概四望超然乃顧白曰此湖古來賢豪遊者非一而枉踐佳景寂寥無聞夫子可爲我標之嘉名以傳不朽白因舉酒酹水號之曰郎官湖亦猶鄭圃之有僕射陂也席上文士輔翼岑靜以爲知言乃命賦詩紀事刻石湖側將與大別山共相磨滅焉

張公多逸興共沔洒城隅當時秋月好不滅武昌都
四座醉清光爲歡古來無郎官愛此水因號郎官湖
風流若未滅名與此山俱

夜汎洞庭尋裴侍御清酌

日晚湘水綠孤舟無端倪明湖漲秋月獨汎巴陵西
遇憩裴逸人巖居陵丹梯抱琴出深竹爲我彈鵾雞
曲盡酒亦傾北窗醉如泥人生且行樂何必組與珪

與南陵常贊府遊五松山（山在南陵銅井西五里有古精舍）

安石汎溟渤獨嘯長風還逸韻動海上高情出人閒
靈異可並蹟澹然與世閒我來五松下置酒窮躋攀
徵古絕遺老因名五松山五松何清幽勝境美沃洲
蕭颯鳴洞壑終年風雨秋響入百泉去聽如三峽流
翦竹埽天花且從傲吏遊龍堂若可憩吾欲歸精脩

宣城清溪（一作入青溪山）

清溪勝桐盧水木有佳色山貌日高古石容天傾側
綵鳥昔未名白猿初相識不見同懷人對之空歎息

遊水西簡鄭明府

天宮水西寺雲錦照東郭清湍鳴迴溪綠竹繞飛閣
涼風日蕭灑幽客時憩泊五月思貂裘謂言秋霜落
石蘿引古蔓岸筍開新籜吟翫空復情相思爾佳作
鄭公詩人秀逸韻宏寥廓何當一來遊愜我雪山諾

九日登山

淵明歸去來不與世相逐爲無杯中物遂偶本州牧
因招白衣人笑酌黃花菊我來不得意虛過重陽時
題輿何俊發（周景爲豫州刺史辟陳蕃爲別駕不就景題別駕輿曰陳仲舉）遂結城
南期築土接響山俯臨宛水湄胡人叫玉笛越女彈
霜絲自作英王胄斯樂不可窺赤鯉湧琴高白龜道
冰夷靈仙如彷彿奠酹遙相知古來登高人今復幾
人在滄洲違宿諾明日猶可待連山似驚波合沓出
溟海揚袂揮四座酩酊安所知齊歌送清觴起舞亂
參差賓隨落葉散帽逐秋風吹別後登此臺願言長

相思

九日

今日雲景好水綠秋山明攜壺酌流霞搴菊泛寒榮地遠松石古風揚絃管清窺觴照歡顏獨笑還自傾落帽醉山月空歌懷友生

陪族叔當塗宰遊化城寺升公清風亭

化城若化出金牓天宮開疑是海上雲飛空結樓臺升公湖上一作中秀粲然有辯才濟人不利己立俗無嫌猜了見水中月青蓮出塵埃閑居清風亭左右清風來當暑陰廣殿太陽爲徘徊茗酌待幽客珍盤薦彤梅飛文何灑落萬象爲之摧季父擁鳴琴德聲布雲雷雖遊道林室亦一作不舉陶潛杯清樂動諸天長松自吟哀留歡若可盡劫石乃成灰已上遊宴

登錦城散花樓蜀中以下登覽

日照錦城頭朝光散花樓金窗夾繡戶珠箔懸瓊鉤
飛梯綠雲中極目散我憂(一作愁)暮雨向三峽春江繞
雙流今來一登望如上九天遊

登峨眉山

蜀國多仙山峨眉邈難匹周流試登覽絕怪安可悉
青冥倚天開彩錯疑畫出泠然紫霞賞果得錦囊術
雲閒吟瓊簫石上弄寶瑟平生有微尚歡笑自此畢
煙容如在顏塵累忽相失儻逢騎羊子攜手淩白日

大庭庫(魯中)

朝登大庭庫雲物何蒼然莫辨陳鄭火空霾鄒魯煙
我來尋梓慎觀化入寥天古木翔氣多松風如五絃
帝圖終冥沒歎息滿山川

登單父陶少府半月臺

陶公有逸興不與常人俱築臺像半月迥向(一作出)高

城隅置酒望白雲商（一作高）颷起寒梧秋山入遠海桑柘羅平蕪水色綠且明（一作清）令人思鏡湖終當過江去愛此暫踟躕

天台曉望 吳中

天台鄰四明華頂高百越（華頂峯在天台縣東北六十里）門標赤城霞樓棲滄島月憑高遠登覽直下見溟渤雲垂大鵬翻波動巨鼇沒風潮爭洶湧神怪何翕忽觀奇蹟無倪好道心不歇攀條摘朱實服藥鍊金骨安得生羽毛千春臥蓬闕

早望海霞邊

四明三千里朝起赤城霞日出紅光散分輝照雪崖一餐嚥瓊液五內發金沙舉手何所待青龍白虎車

焦山杳望松寥山

石壁望松寥宛然在碧霄安得五彩虹架天作長橋

仙人如愛我舉手來相招

登太白峯

西上太白峯夕陽窮登攀太白與我語爲我開天關。
願乘泠風去直出浮雲閒舉手可近月前行若無山。
一別武功去何時復更還

登邯鄲洪波臺置酒觀發兵燕趙○時將遊薊門

我把兩赤羽來遊燕趙閒天狼正可射感激無時閑
觀兵洪波臺倚劍望玉關請纓不繫越且向燕然山
風引龍虎旗歌鐘昔一作憶追攀擊筑落高月投壺破
愁顏遙知百戰勝定埽鬼方還

登廣武古戰場懷古

秦鹿奔野草逐之若飛蓬項王氣蓋世。紫電明雙瞳
呼吸八千人橫行起江東赤精斬白帝。叱咤入關中。
兩龍不並躍五緯與天同。楚滅無英圖漢興有來功

按劍清八極。歸酣歌大風。伊昔臨廣武。連兵決雌雄。
分我一杯羹。太皇乃汝翁。戰爭有古蹟。壁壘頹層穹。
猛虎吟洞壑。飢鷹鳴秋空。翔雲列曉陣。殺氣赫長虹。
撥亂屬豪聖。俗儒安可通。沈湎呼豎子。狂言非至公。
撫掌黃河曲。嗤嗤阮嗣宗。

登金陵冶城西北謝安墩 自注此墩即晉太傅謝安與右軍王羲之同登超然有高世之志余將營園其上故作是詩

晉室昔橫潰永嘉遂南奔沙塵何茫茫龍虎鬬朝昏
胡馬風漢草 馬牛其風謂奔逸也胡馬奔至漢地因曰風漢草 天驕蹙中原
哲匠感頽運雲鵬忽飛翻組練照楚國旌旗連海門
西秦百萬衆戈甲如雲屯投鞭可填江一埽不足論
一作投策可填江一朝爲我吞 皇運有反正醜虜無遺魂談笑遏橫
流蒼生望斯存冶城訪古蹟 一作至今冶城隅 猶有謝安墩
憑覽周地險高標絕人喧想像東山姿緬懷右軍言

梧桐識佳樹蕙草留芳根白鷺映春洲青龍見朝暾地古雲物在臺傾禾黍繁我來酌清波於此樹名園功成拂衣去歸入（一作長嘯）武陵源（首十句敘元帝中興都金陵西秦八句敘謝安破秦兵事治城句以下述登覽之懷）

登梅岡望金陵贈族姪高座寺僧中孚

鍾山抱金陵霸氣昔騰發天（一作神）開帝王居海色照宮闕羣峯如逐鹿奔走相馳突江水九道來雲端遙明沒時遷大運去龍虎勢休歇我來屬天清登覽窮楚越吾宗挺禪伯特秀鸞鳳骨（一作吾宗道門秀特異鸞鳳骨）衆星羅青天朗者獨有月冥居順生理草木不翦伐煙窗引薔薇石壁老野蕨吳風謝安屐白足傲履襪幾宿一下山（一作下山來）蕭然忘干謁談經演金偈降鶴舞海雪時聞天香來了與世事絕佳遊不可得春去惜遠別賦詩留巖屏千載庶不滅

望廬山瀑布 尋陽○附 七言一首

西登香爐峯南見一作望瀑布水挂流三百丈一作三千四噴壑數十里歘如飛電一作練來隱若白虹起初驚河漢一作銀河落半灑雲天裏一作半瀉金潭裏仰觀勢轉雄壯哉造化功海風吹不斷江一作山月照還空空中亂潨射左右洗青壁飛珠散輕霞流沫沸穹石而我遊名山對之心益閑無論漱瓊液且得洗塵顏且諧宿所好永願辭人閒一作集譜宿所好永不歸人閒

日照香爐生紫煙遙看瀑布挂長川飛流直下三千尺疑是銀河落九天一本題云望廬山香爐峯瀑布日廬山上與星斗連日照香爐生紫煙下兩句同

江上望皖公山 宿松

奇峯出奇雲秀木含秀氣清宴皖公山巉絕稱人意獨遊滄江上終日淡無味但愛茲嶺高何由討靈異

默然遙相許欲往心莫遂待吾還丹成投蹟歸此地

望黃鶴山 江夏 岳陽

東望黃鶴山雄雄半空出四面生白雲中峯倚紅日
巖巒行穹跨峯嶂亦冥密頗聞列仙人於此學飛術
一朝向蓬海千載空石室金竈生煙埃玉潭祕清謐
地古遺草木庭寒老芝朮。蹇余羨攀躋。因欲保閑逸。
觀奇徧諸嶽茲嶺不可匹結心寄青松永悟客情畢

九日登巴陵置酒望洞庭水軍 時賊逼華容縣

九日天氣清登高無秋雲造化闢川嶽了然楚漢分
長風鼓橫波合沓蹙龍文憶昔傳遊豫樓船壯橫汾
今茲討鯨鯢旌旆何繽紛白羽落酒樽洞庭羅三軍
黃花不掇手戰鼓遙相聞劍舞轉頹陽當時日停曛
酣歌激壯士可以摧妖氛齷齪東籬下淵明不足羣

杜公識四皓為局促太白識淵明為齷齪自是詩人一時豪語非定論也東坡極稱局促商山芝為杜公

傑句過矣若謂其辭雖譏之其意實欽之乃爲窺見古人深處耳

秋登巴陵望洞庭

清晨登巴陵周覽無不極明湖映天光徹底見秋色
秋色何蒼然際海俱澄鮮山青滅遠樹水綠無寒煙
來帆出江中去鳥向日邊風清長沙浦霜空雲夢田
瞻光惜頹髮閱水悲徂年北渚既蕩漾東流自潺湲
郢人唱白雪越女歌採蓮聽此更腸斷憑崖淚如泉

登巴陵開元寺西閣贈衡嶽僧方外

衡嶽有開士五峯秀眞骨見君萬里心海水照秋月
大臣南溟去問道皆請謁灑以甘露言清涼潤肌髮
明湖落天鏡香閣凌銀闕登眺餐惠風新花期啟發

金陵望漢江

漢江迴萬里派作九龍盤橫潰豁中國崔嵬飛迅湍
六帝淪亡後三吳不足觀我君混區宇垂拱衆流安

今日任公子滄浪罷釣竿

登敬亭北二小山余時客逢崔侍御並登此地

送客謝亭北逢君縱酒還屈盤戲白馬大笑上青山
迴鞭指長安西日落秦關帝鄉三千里杳在碧雲閒

已上登覽

安州應城玉女湯作安州以下行役

神女歿幽境湯池流大川陰陽結炎炭造化開靈泉
地底爍朱火沙傍歊素煙沸珠躍晴月皎鏡涵空天
氣浮蘭芳滿色漲桃花然精覽萬殊入潛行七澤連
愈疾功莫尚變盈道乃全濯纓掬清泚晞髮弄潺湲
散下楚王國分澆宋玉田可以奉巡幸柰何隔窮偏
獨隨朝宗水赴海輸微涓

之廣陵宿常二南郭幽居淮南

綠水接柴門有如桃花源忘憂或假草滿院羅叢萱

暝色湖上來，微雨飛南軒。故人宿茅宇，夕鳥歸楊園。還惜詩酒別，深爲江海言。明朝廣陵道，獨憶此傾樽。

郢門秋懷 荊州江夏岳陽

郢門一爲客，巴月三成弦。朔風正搖落，行子愁歸旋。杳杳山外日，茫茫江上天。人迷洞庭水，雁度瀟湘煙。清曠諧夙好，緇磷及此年。百齡何蕩漾，萬化相推遷。空謁蒼梧帝，徒尋溟海仙。已聞蓬嶽淺，豈見三桃圓。倚劍增浩歎，捫襟還自憐。終當遊五湖，濯足滄浪泉。

荊門浮舟望蜀江

春水月峽來，浮舟望安極。正見桃花流，依然錦江色。江色綠且明，茫茫與天平。逶迤巴山盡，搖曳楚雲行。雪照聚沙雁，花飛出谷鶯。芳洲卻已轉，碧樹森森迎。流目浦煙夕，揚帆海月生。江陵識遙火，應到渚宮城。

上三峽

巫山夾青天巴水流若茲巴水忽可盡青天無到時
三朝上黃牛三暮行太遲三朝又三暮不覺鬢成絲

自巴東舟行經瞿塘峽登巫山最高峯晚還題壁

江行幾千里海月十五圓始經瞿塘峽遂步巫山巔
巫山高不窮巴國盡所歷日邊攀垂蘿霞外倚穹石
飛步淩絕頂極目無纖煙卻顧失丹壑仰觀臨青天
青天若可捫銀漢去安在望雲知蒼梧記水辨瀛海
周遊孤光晚歷覽幽意多積雪照空谷悲風鳴森柯
歸途行欲曛佳趣尚未歇江寒早嘯猿松暝已吐月
月色何悠悠清猿響啾啾辭山不忍聽揮策還孤舟

江行寄遠

刳木出吳楚危槎百餘尺疾風吹片帆日暮千里隔
別時酒猶在已爲異鄉客思君不可得愁見江水碧

下涇縣陵陽溪至澁灘

澁灘鳴嘈嘈兩山足猿猱白波若卷雪側石不容舠
漁人與舟人撑折萬張篙

下陵陽沿高溪三門六剌灘

三門橫峻灘六剌走波瀾石驚虎伏起水狀龍縈盤
何慚七里瀨使我欲垂竿

宿鰕湖

雞鳴發黃山暝投鰕湖宿白雨映寒山森森似銀竹
提攜採鉛客結荷水邊沐半夜四天開星河爛人目
明晨大樓去岡隴多屈伏當與持斧翁前溪伐雲木

已上行役

西施 吳越○以下懷古

西施越溪女出自苧蘿山秀色掩今古荷花羞玉顏
浣紗弄碧水自與清波閑皓齒信難開沈吟碧雲閒

句踐徵絶艷揚蛾入吳關提攜館娃宮杳渺詎可攀

一破夫差國千秋竟不還

王右軍

右軍本清真蕭灑在風塵山陰遇羽客要此好鵝賓

埽素寫道經筆精妙入神書罷籠鵝去何曾別主人

上元夫人

上元誰夫人偏得王母嬌嵯峨三角髻餘髮散垂腰

裘披青毛錦身著赤霜袍手提嬴女兒閑與鳳吹簫

眉語兩自笑忽然隨風飄上元夫人道君弟子也嘗與西王母俱降於漢宮事見漢武內傳嬴女秦穆公女弄玉也喜吹簫作鳳鳴

商山四皓

白髮四老人昂藏南山側偃臥松雪閒冥翳不可識

雲窗拂青靄石壁橫翠色龍虎方戰爭於焉自休息

秦人失金鏡漢祖昇紫極陰虹濁太陽前星遂淪匿

一行佐明兩欻起生羽翼功成身不居舒卷在胸臆
窅冥合元化茫昧信難測飛聲塞天衢萬古仰遺蹟

自廣平乘醉走馬六十里至邯鄲登城樓覽古

書懷 燕趙

醉騎白花駱一作馬西走邯鄲城揚鞭動柳色寫鞚春
風生入郭登高樓山川與雲平深宮翳綠草一作雄都半古家
萬事傷人情相如章華巔猛氣折秦嬴兩虎不可
鬬廉公終負荊提攜袴中兒杵臼及程嬰空孤獻白
刃一作立孤就白刃必死耀丹誠平原三千客談笑盡豪英
毛君能穎脫二國且同盟皆爲黃泉土使我涕縱橫
磊磊石子岡蕭蕭白楊聲諸賢一作賢豪沒此地碑版有
殘銘太古共今時由來互衰榮傷哉何足道感激仰
空一作虛名趙俗愛長劍文儒少逢迎閑從博陵一作徒
遊帳飲雪朝酲一作雪中醒歌酣易水動鼓震叢臺傾日

落把燭歸淩晨向燕京方陳五餌策一使胡塵清相如廉頗程嬰杵臼平原毛穎三端乃趙事之最大者

蘇武

蘇武在匈奴十年持漢節白雁上林飛空傳一書札
牧羊邊地苦落日歸心絕渴飲月窟冰飢餐天上雪
東還沙塞遠北愴河梁別泣把李陵衣相看淚成血

經下邳圯橋懷張子房淮泗

子房未虎嘯破產不爲家滄海得壯士椎秦博浪沙
報韓雖不成天地皆振動潛匿遊下邳豈曰非智勇
我來圯橋上懷古欽英風唯見碧流水曾無黃石公
歎息此人去蕭條徐泗空

秋夜板橋浦汎月獨酌懷謝朓

天上何所有迢迢白玉繩斜低建章闕耿耿對金陵
漢水舊如練霜江夜清澄長川瀉落月洲渚曉寒凝

獨酌板橋浦古人誰可徵玄暉難再得灑酒氣塡膺

金陵新亭

金陵風景好豪士集新亭舉目山河異偏傷周顗情
四座楚囚悲不憂社稷傾王公何慷慨千載仰雄名

過彭蠡湖潯陽

謝公入彭蠡因此遊松門余方窺石鏡兼得窮江源
前賞迹可見後來道空存而欲繼風雅豈唯淸心魂
雲海方助興波濤何足論靑嶂憶遙月綠蘿鳴愁猿
水碧或可採金膏祕莫言余將振衣去羽化出囂煩

望鸚鵡洲悲禰衡

魏帝營八極蟻觀一禰衡黃祖斗筲人殺之受惡名
吳江賦鸚鵡落筆超羣英鏘鏘振金玉句句欲飛鳴
鷙鶚啄孤鳳千春傷我情五嶽起方寸隱然詎可平
才高竟何施寡識冒天刑至今芳洲上蘭蕙不忍生

宿巫山下 巫峽

昨夜巫山下猿聲夢裏長桃花飛綠水三月下瞿塘雨色風吹去南行拂楚王高丘懷宋玉訪古一霑裳

金陵白楊十字巷

白楊十字巷北夾湖溝道不見吳時人空生唐年草天地有反覆宮城盡傾倒六帝餘古邱樵蘇泣遺老

經南陵題五松山 一作南陵五松山感時贈別山名銅坑村五里

聖達有去就潛光愚其德魚與龍同池龍去魚不測當時板築輩豈知傅說情一朝和 一作雨 殷人光氣爲列星伊尹生空桑捐庖佐皇極桐宮放太甲攝政無愧色三年帝道明委質終輔翼曠哉至人心萬古可爲則時命或大謬仲尼將 一作其 奈何鸞鳳忽覆巢麒麟不來過龜山蔽魯國有斧且無柯歸去來歸去來 一作歸來歸去來 宵濟越洪波

姑熟十詠

姑熟谿 谿至蕪湖縣東北流至太平入江

愛此溪水閑乘流興無極漾楫怕鷗驚垂竿待魚食
波翻曉霞影岸疊春山色何處浣紗人紅顏未相識

丹陽湖 湖在當塗縣東南七十里

湖與元氣連風波浩難止天外賈客歸雲間片帆起
龜遊蓮葉上鳥宿蘆花裏少女棹輕舟歌聲逐流水

謝公宅 謝朓宅在當塗城東青山

青山日將暝寂寞謝公宅竹裏無人聲池中虛月白
荒庭衰草徧廢井蒼苔積唯有清風閑時時起泉石

陵歊臺 臺在當塗城北黃山宋武帝嘗登此臺且建離宮

曠望登古臺臺高極人目疊嶂列遠空雜花閒平陸
閒雲入窗牖野翠生松竹欲覽碑上文苔侵豈堪讀

桓公井 桓溫井在當塗東五里白紵山上

桓公名已古廢井曾未竭石甃冷蒼苔寒泉湛孤月

秋來桐暫落春至桃還發路遠人罕窺誰能見清澈

慈姥竹 當塗西北四十五里有慈姥山山上出竹甚爲簫管

野竹攢石生含煙映江島翠色落波深虛聲帶寒早

龍吟曾未聽鳳曲吹應好不學蒲柳凋貞心常自保

望夫山 望夫石在當塗正當和州郡樓昔有婦登此山望夫化爲石

寫望臨碧空怨情感離別江草不知愁巖花但爭發

雲山萬重隔音信千里絕春去秋復來相思幾時歇

牛渚磯 牛渚磯與和州横江渡相對昔有人潛行云此處通洞庭旁達無底

絕壁臨巨川連峯勢相向亂石流洑間迴波自成浪

但驚羣木秀莫測精靈狀更聽猿夜啼憂心醉江上

靈墟山 靈墟山在當塗南十里

丁令辭世人拂衣向仙路伏鍊九丹成方隨五雲去

松蘿蔽幽洞桃杏深隱處不知曾化鶴遼海歸幾度

天門山（天門山在當塗西南三十里東曰博望西曰天門即今之東西梁山也）

逈出江上山雙峯自相對岸映松色寒石分浪花碎

參差遠天際縹緲晴霞外落日舟去遥迴首沈青靄

已上懷古

與元丹邱方城寺談玄作（蜀中○○一作仙城山寺以下閑適）

茫茫大夢中唯我獨先覺騰轉風火來假合作容貌

滅除昏疑盡領略入精要澄慮觀此身因得通寂照

朗悟前後際始知金仙妙幸逢禪居人酌玉坐相召

彼我俱若喪雲山豈殊調清風生虛空明月見談笑

怡然青蓮宮永願恣遊眺

尋高鳳石門山中元丹邱（楚漢）

尋幽無前期乘興不覺遠蒼崖渺難涉白日忽欲晚

未窮三四山已歷千萬轉寂寂聞猿愁行行見雲收

高松上好月空谷宜清秋谿深古雪在石斷寒泉流

峯巒秀中天登眺不可盡丹邱遙相呼顧我忽而哂
遂造窮谷閒始知靜者閑留歡達永夜清曉方言還

安州般若寺水閣納涼喜遇薛員外乂安州

翛然金園賞遠近含晴光樓臺成海氣草木皆天香
忽逢青雲士共解丹霞裳水退池上熱風生松下涼
吞討破萬象褰窺臨衆芳而我遺有漏與君用無方
心垢都已滅永言題禪房

月下獨酌四首長安

花閒一壺酒獨酌無相親舉杯邀明月對影成三人
月既不解飲影徒隨我身暫伴月將影行樂須及春
我歌月徘徊我舞影凌亂醒時同交歡醉後各分散
永結無情遊相期邈雲漢

天若不愛酒酒星不在天地若不愛酒地應無酒泉
天地既愛酒愛酒不愧天已聞清比聖復道濁如賢

賢聖既已飲何必求神仙三杯通大道一斗合自然
但得醉中趣勿爲醒者傳

三月咸陽時（一作城）千花晝如錦（一作好鳥吟清風落花散如錦又作園鳥語成歌庭花笑如錦）誰能春獨愁對此徑須飲窮通與脩短造化夙所稟一樽齊死生萬事固難審醉後失天地兀然就孤枕不知有吾身此樂最爲甚

窮愁千萬端（一作有千端）美酒三百杯（一作唯數杯）愁多酒雖少酒傾愁不來所以知酒聖（一作聖賢）酒酣心自開辭粟臥首陽（一作餓伯夷）屢空飢（一作悲）顏回當代不樂飲虛名安用哉蟹螯卽金液糟邱是蓬萊且須飲美酒乘月醉高臺

春歸終南山松龍舊隱

我來南山陽事事不異昔卻尋溪中水還望巖下石薔薇緣東窗女蘿遶北壁別來能幾日草木長數尺

且復命酒樽獨酌陶永夕

冬夜醉宿龍門覺起言志洛陽

醉來脫寶劍旅憩高堂眠中夜忽驚覺起立明燈前開軒聊直望曉雪河冰壯哀哀歌苦寒鬱鬱獨惆悵傅說版築臣李斯鷹犬人颷起匡社稷寧復長艱辛而我胡爲者歎息龍門下富貴未可期殷憂向誰寫去去淚滿襟舉聲梁甫吟青雲當自致何必求知音

尋山僧不遇作金陵

石徑入丹壑松門閉青苔閑階有鳥蹟禪室無人開窺窗見白拂挂壁生塵埃使我空歎息欲去仍徘徊香雲隔山起花雨從天來已有空樂好況聞青猿哀了然絕世事此地方悠哉

過汪氏別業二首

遊山誰可遊子明與浮邱疊嶺礙河漢連峯橫斗牛

汪生面北阜池館清且幽我來感意氣搥炰列珍羞
掃石待歸月開池漲寒流酒酣益爽氣爲樂不知秋
疇昔未識君知君好賢才隨山起館宇鑿石營池臺
大火五月中景風從南來數枝石榴發一丈荷花開
恨不當此時相過醉金罍我行值木落月苦清猿哀
永夜達五更吳歈送瓊杯酒酣欲起舞四座歌相催
日出遠海明軒車且徘徊更遊龍潭去枕石拂莓苔

待酒不至

玉壺繫青絲沽酒來何遲山花向我笑正好銜杯時
晚酌東窗下流鶯復在茲春風與醉客今日乃相宜

獨酌

春草如有意羅生玉堂陰東風吹愁來白髮坐相侵
獨酌勸孤影閑歌面芳林長松爾何知一作本無情蕭瑟
爲誰吟手舞石上月膝橫花閒琴過此一壺外悠悠

非我心（一本云春草變綠野新鶯有佳音落日不盡歡恐爲愁所侵獨酌勸孤影閑歌面芳林清風尋空來碧松與共吟手舞石上月膝橫花下琴過此一壺外悠悠非我心）

友人會宿

滌蕩千古愁留連百壺飲良宵宜清談皓月未能寢
醉來臥空山天地卽衾枕

春日獨酌二首

東風扇淑氣水木榮春暉白日照綠草落花散且飛
孤雲還空山衆鳥各已歸彼物皆有託吾生獨無依
對此石上月長歌醉芳菲

我有紫霞想緬懷滄洲閒且對一壺酒澹然萬事閑
橫琴倚高松把酒望遠山長空去鳥沒落日孤雲還
但悲光景晚宿昔成秋顏

金陵江上遇蓬池隱者（自注時於落星石上以紫綺裘換酒爲歡）

心愛名山遊身隨名山遠羅浮麻姑臺此去或未返

遇君蓬池隱就我石上飯空言不成歡強笑惜日晚
綠水向雁門黃雲蔽龍山歎息兩客鳥徘徊吳越閒
一語一執手留連夜將久解我紫綺裘且換金陵酒
酒來笑復歌興酣樂事多水影弄月色清光奈愁何
明晨挂帆席離恨滿滄波

日夕山中忽然有懷盧山

久臥名（一作青）山雲遂爲名（一作青）山客山深雲更好賞
弄終日夕月銜樓閒峯泉漱階下石素心自此得真
趣非外借鼯嗁桂方秋風滅籟歸寂緬思洪崖術欲
往滄海（一作島）隔雲車來何遲撫己空歎息

春日醉起言志

處世若大夢胡爲勞其生所以終日醉頹然臥前楹
覺來眄庭前一鳥花閒鳴借問此何時春風語流鶯
感之欲歎息對酒還自傾浩歌待明月曲盡已忘情

廬山東林寺夜懷

我尋青蓮宇獨往謝城闕霜清東林鐘水白虎溪月天香生虛空天樂鳴不歇宴坐寂不動大千入毫髮湛然冥真心曠劫斷出沒

對酒

勸君莫拒杯春風笑人來桃李如舊識傾花向我開流鶯啼碧樹明月窺金罍昨來朱顏子今日白髮催棘生石虎殿鹿走姑蘇臺自古帝王宅城闕閉黃埃君若不飲酒昔人安在哉

嘲王歷陽不肯飲酒歷陽

地白風色寒雪花大如手笑殺陶淵明不飲杯中酒浪撫一張琴虛栽五株柳空負頭上巾吾於爾何有

已上閑適

憶崔郎中宗之遊南陽遺吾孔子琴撫之潸然

感舊以下懷思

昔在南陽城唯餐獨山蕨憶與崔宗之白水弄素月
時過菊潭上縱酒無休歇汎此黃金花頹然清歌發
一朝摧玉樹生死殊飄忽留我孔子琴琴存人已沒
誰傳廣陵散但哭邙山骨泉戶何時明長歸狐兔窟

望月有懷

清泉映疏松不知幾千古寒月搖輕波流光入窗戶
對此空長吟思君意何深無因見安道興盡愁人心

春滯沅湘有懷山中

沅湘春色還風暖煙草綠古之傷心人於此腸斷續
予非懷沙客但美採菱曲所願歸東山寸心於此足

落日憶山中

雨後煙景綠晴天散餘霞東風隨春歸發我枝上花
花落時欲暮見此令人嗟願遊名山去學道飛丹砂

憶秋浦桃花舊遊時竄夜郎

桃花春水生白石今出沒搖蕩女蘿枝半挂青天月不知舊行徑初拳幾枝蕨三載夜郎還於茲鍊金骨

已上懷思

越中秋懷以下感遇

越水繞碧山周迴數千里乃是天鏡中分明畫相似一本首四句云路海思仲連遊山慕康樂攀雲窮千峯弄水涉萬壑下同愛此從冥搜永懷臨湍遊一作林湍幽一爲滄波客十見紅蕖秋觀濤壯天險望海令人愁路遐迫西照歲晚悲東流何必探禹穴誓將歸蓬邱不然五湖上亦可乘扁舟

效古二首

朝入天苑中謁帝蓬萊宮青山映輦道碧樹搖煙空謬題金閨籍得與銀臺通待詔奉明主抽毫頌清風歸時落日晚躞蹀浮雲驄人馬本無意飛馳自豪雄

入門紫鴛鴦金井雙梧桐清歌弦古曲美酒沽新豐快意且爲樂列筵坐羣公光景不可留生世如轉蓬早達勝晚遇羞比垂釣翁 此太白因晚節窮困回憶昔年遇主寵榮之時末二句反言之凡寓言類多迷離其辭

自古有秀色西施與東鄰蛾眉不可妒況乃效其嚬所以尹婕妤羞見邢夫人低頭不出氣塞默少精神寄語無鹽子如君何足珍 此陋妒己謠諑者都無才望皆碌碌庸流耳

感遇二首

寶劍雙蛟龍雪花照芙蓉精光射天地雷騰不可衝一去別金匣飛沈失相從風胡 一作聖人 歿已久所以潛其鋒吳水深萬丈楚山邈千重雌雄終不隔神物會當逢

咸陽二三月百鳥鳴花枝 一作宮柳黃金枝 玉劍誰家子西秦豪俠兒 一作緣幘誰家子賣珠輕薄兒 日暮醉酒歸白馬驕且馳

意氣人所仰一作傾遊冶方及時子雲不曉事晚獻長楊詞賦達身已老草玄鬢若絲投閣良可歎但爲此輩嗤。

擬古十二首

青天何歷歷明星白如石黃姑與織女相去不盈尺銀河無鵲橋非時將安適閨人理紈素遊子悲行役瓶冰知冬寒霜露欺遠客客似秋葉飛飄颻不言歸別後羅帶長愁寬去時衣乘月託宵夢因之寄金微此託爲思婦望征夫之辭

高樓入青天下有白玉堂明月看欲墮當窗懸清光遙夜一美人羅衣霑秋霜含情弄柔瑟彈作陌上桑弦聲何激烈風卷繞飛梁行人皆躑躅棲鳥去回翔但寫妾意苦莫辭此曲傷願逢同心者飛作紫鴛鴦此託爲貞婦不二心之辭陌上桑羅敷作以自明其心者

長繩難繫日自古共悲辛黃金高北斗不惜買陽春
石火無留光還如世中人卽事已如夢後來我誰身
提壺莫辭貧取酒會四鄰仙人殊恍惚未若醉中眞
此託爲痛飲者及時行樂之意

清都綠玉樹灼爍瑤臺春攀花弄秀色遠贈天仙人
香風送紫蕊直到扶桑津恥掇世上豔所貴心之珍
相思傳一笑聊欲示情親此香草以詒美人之意

今日風日好明日恐不如春風笑於人何乃愁自居
吹簫舞彩鳳酌醴鱠神魚千金買一醉取樂不求餘
達士遺天地東門有二疏愚夫同瓦石有才知卷舒
無事坐悲苦塊然涸轍魚此卷舒自由坦懷行樂之意

運速天地閉胡風結飛霜百草死冬月六龍頹西荒
太白出東方彗星揚精光鴛鴦非越鳥何爲眷南翔
惟昔鷹將犬今爲侯與王得水成蛟龍爭池奪鳳皇

北斗不酌酒南箕空簸揚此首指安史之亂六龍頹西荒喻明皇幸蜀也鴛鴦二句太白自喻在江南爲永王所汙染也惟昔二句謂諸將不過鷹犬之材忽躋侯王之尊也

世路今太行迴車竟何託萬族皆凋枯遂無少可樂曠野多白骨幽魂共銷鑠榮貴當及時春華宜照灼人非崑山玉安得長璀錯身沒期不朽榮名在麟閣此首言仕途險巇非己所可干當立名於身後耳

月色不可掃客愁不可道玉露生秋衣流螢飛百草日月終銷毀天地同枯槁蟪蛄啼青松安見此樹老金丹甯誤俗昧者難精討爾非千歲翁多恨去世早飲酒入玉壺藏身以爲寶此首欲飲酒學仙以遺愁思

生者爲過客死者爲歸人天地一逆旅同悲萬古塵月兔空擣藥扶桑已成一作以爲薪白骨寂無言青松豈知春前後更歎息浮榮何足珍此與十九首中之迴車駕言邁去者日以疏二首同意

仙人騎彩鳳昨下閬風岑海水三清淺桃源一見尋
遺我綠玉杯兼之紫瓊琴杯以傾美酒琴以閑素心
二物非世有何論珠與金琴彈松裏風杯勸天上月
風月長相知世人何倏忽

涉江弄秋水愛此荷花鮮攀荷弄其珠蕩漾不成圓
佳期綵雲重欲贈隔遠天相思無由見悵望涼風前
此亦採芳以詒美人之辭

去去復去去辭君還憶君漢水旣殊流楚山亦此分
人生難稱意豈得長爲羣越鷰喜海日燕鴻思朔雲
別久容華晚琅玕不能飯日落知天昏夢長覺道遠
望夫登高山化石竟不返此亦託爲貞婦思夫之辭

感興八首

瑤姬天帝女精彩化朝雲宛轉入夢宵無心向楚君
錦衾抱秋月綺席空蘭芬茫昧竟誰測虛傳宋玉文

洛浦有宓妃飄颻雪爭飛輕雲拂素月了可見清輝
解珮欲西走含情詎相違香塵動羅襪綠水不沾衣
陳王徒作賦神女豈同歸好色傷大雅多爲世所譏
裂素持作書將寄萬里懷眷眷待遠信竟歲無人來
征鴻務從陽又不爲我棲委之在深篋蠹魚壞其題
何如投水中流落他人開不惜他人開但恐生是非
芙蓉嬌綠波桃李誇白日偶蒙春風榮生此豔陽質
豈無佳人色但恐花不實宛轉龍火飛零落互相失
詎知凌寒松千載長守一
十五遊神仙仙遊未曾歇吹笙吟松風汎瑟窺海月
西山玉童子使我鍊金骨欲逐黃鶴飛相呼向蓬闕
西國有美女結樓青雲端蛾眉豔曉月一笑傾城歡
高節奪明主炯心如凝丹常恐彩色晚不爲人所觀
安得配君子共成雙飛鸞

謁來荊山客誰爲珉玉分良寶絕見弃虛持三獻君
直木忌先伐芬蘭哀自焚盈滿天所損沈冥道所羣
東海有碧水西山多白雲魯連及夷齊可以躡清芬
嘉穀隱豐草草深苗且稀農夫旣不異孤穗將安歸
常恐委疇隴忽與秋蓬飛烏得薦宗廟爲君生光輝

寓言三首

周公負斧扆成王何夔夔武王昔不豫翦爪投河湄
賢聖遇讒慝不免人君疑天風拔大木禾黍咸傷萎
管蔡扇蒼蠅公賦鴟鴞詩金縢若不啓忠信誰明之
遙裔雙綵鳳婉孌三青禽往還瑤臺裏鳴舞玉山岑
以歡秦娥意復得王母心驅驅精衛鳥銜木空長吟
長安春色歸先入青門道綠楊不自持從風欲傾倒
海鷰還秦宮雙飛入簾櫳相思不可見託夢遼城東

秋夕旅懷

涼風度秋海吹我鄉思飛連山去無際流水何時歸
日夕浮雲色心斷明月暉芳草歇柔豔白露催寒衣
夢長銀漢落覺罷天星稀含歎想舊國泣下誰能揮

感遇四首

吾愛王子晉得道伊洛濱金骨既不毀玉顏長自春
可憐浮邱公猗靡與情親舉手白日閒分明謝時人
二仙去已遠夢想空殷勤
可歎東籬菊莖疏葉且微雖言異蘭蕙亦自有芳菲
未泛盈樽酒徒沾清露輝當榮君不採飄落欲何依
昔余聞嫦娥竊藥駐雲髮不自嬌玉顏方希鍊金骨
飛去身莫返含笑坐明月紫宮誇蛾眉隨手會凋歇
宋玉事楚王立身本高潔巫山賦綵雲郢路歌白雪
舉國莫能和巴人皆卷舌一惑登徒言恩情遂中絕
已上感遇

翰林讀書言懷呈集賢院內諸學士長安○以下寫懷

晨趨紫禁中夕待金門詔觀書散遺帙探古窮至妙
片言苟會心掩卷忽而笑青蠅易相點白雪難同調
本是疏散人屢貽褊促誚雲天屬清朗林壑憶遊眺
或時清風來閑倚欄一作檐下嘯嚴光桐廬溪謝客臨
海嶠功成謝人君一作閑從此一投釣

尋陽紫極宮感秋作

何處聞秋聲翛翛北窗竹迴薄萬古心攬之不盈掬
靜坐觀衆妙浩然媚幽獨白雲南山來就我檐下宿
嬾從唐生決羞訪季主卜四十九年非一往不可復
野情轉蕭散世道有翻覆陶令歸去來田家酒應熟

江上秋懷

餐霞臥舊壑散髮謝遠遊山蟬號枯桑始復知天秋
朔雁別海裔越鷰辭江樓颯颯風卷沙茫茫霧縈洲

黃雲結暮色白水揚寒流惻愴心自悲潺湲淚難收蘅蘭方蕭瑟長歎令人愁

秋夕書懷一作秋日南遊書懷

北風吹海鴈南度落寒聲感此瀟湘客悽其流淚情海懷結滄洲一作遠心飛蒼梧霞一作遐想遙一作遊赤城始探蓬壺事一作始探蓬壺術旋覺天地輕澹然吟高秋閑臥瞻太清蘿月掩一作隱空幕松霜皓一作雲散前楹滅見息羣動獵微窮至精桃花有源水可以保吾生

避地司空原言懷舒州

南風昔不競豪聖思經綸劉琨與祖逖起舞雞鳴晨雖有匡濟心終爲樂禍人我則異於是潛光皖水濱卜築司空原北將天柱鄰雪霽萬里月雲開九江春俟乎太階平然後託微身傾家事金鼎年貌何長新所願得此道終然保清真弄景奔日馭攀星戲河津

一隨王喬去長年玉天賓

南奔書懷一作自丹陽南奔道中作

遥夜何漫漫一作何時旦空歌白石爛甯戚未匡齊陳平終佐漢攙槍掃河洛直割鴻溝半歷數方未遷雲雷屢多難天人秉旄鉞虎竹光藩翰侍筆黃金臺傳觴青玉案不因秋風起自有思歸歎主將動讒疑王師忽離叛自來白沙上一作兵羅滄海上鼓噪丹陽岸賓御如浮雲從風各消散舟中指可掬城上骸爭爨草草出近關行行昧前算南奔劇星火北寇無涯畔顧乏七寶鞭留連道邊翫太白夜食昴長虹日中貫秦趙興天兵茫茫九州亂感遇一作結明主恩頗高祖遜言過江誓流水志在清中原拔劍擊前柱悲歌難重論

荊州賊亂臨洞庭言懷作

修蛇橫洞庭吞象臨江島積骨成巴陵遺言聞楚老

水窮三苗國地窄三湘道歲晏天崢嶸時危人枯槁思歸阻喪亂去國傷懷抱郢路方邱墟章華亦傾倒風悲猿嘯苦木落鴻飛早日隱西赤沙月明東城草關河望已絶氛霧行當掃長叫天可聞吾將問蒼昊

覽鏡書懷

得道無古今失道還衰老自笑鏡中人白髮如霜草捫心空歎息問影何枯槁桃李竟何言終成南山皓

江南春懷

青春幾何時黃鳥鳴不歇天涯失鄉一作歸路江外老華髮心飛秦塞雲影滯楚關月身世殊爛漫田園久蕪沒歲晏何所從長歌謝金闕已上寫懷

魯東門觀刈蒲魯中〇以下詠物

魯國寒事早初霜刈渚蒲揮鎌若轉月拂水生連珠此草最可珍何必貴龍鬚織作玉牀席欣承清夜娛

羅衣能再拂不畏素塵蕪

詠鄰女東窗海石榴

魯女東窗下海榴世所稀珊瑚映綠水未足比光輝
清香隨風發落日好鳥歸願爲東南枝低舉拂羅衣
無由一攀折引領望金扉

南軒松

南軒有孤松柯葉自綿冪清風無閑時蕭灑終日夕
陰生古苔綠色染秋煙碧何當凌雲霄直上數千尺

求崔山人百丈崖瀑布圖

百丈素崖裂四山丹壁開龍潭中噴射晝夜生風雷
但見瀑泉落如潨雲漢來聞君寫真圖島嶼備縈迴
石黛刷幽草曾青澤古苔幽縅儻相傳何必向天台

見野草中有名白頭翁者

醉入田家去行歌荒野中如何青草裏亦有白頭翁

折取對明鏡宛將衰鬢同微芳似相誚流恨向東風

瑩禪師房觀山海圖

真僧閑精宇滅蹟含達觀列嶂圖雲山攢峯入霄漢

丹崖森在目清晝疑卷幔蓬壺來軒窗瀛海入几桉

煙濤爭噴薄島嶼相凌亂征帆飄空中瀑水灑天半

崢嶸若可陟想像徒盈歎杳與真心冥遂諧靜者翫

如登赤城裏揭涉滄洲畔即事能娛人從茲得蕭散

詠桂二首

園花笑芳年池草豔春色猶不如槿花嬋娟玉階側

芬榮何夭促零落在瞬息豈若瓊樹枝終歲長翕赩

世人種桃李多在金張門攀折爭捷徑及此春風暄

一朝天霜下榮耀難久存安知南山桂綠葉垂芳根

清陰亦可託何惜樹君園

宣城長史弟昭贈余琴溪中雙舞鶴詩以見志

令弟佐宣城贈余琴溪鶴謂言天涯雪忽向窗前落
白玉爲毛衣黃金不肎博當風振六翮對舞臨山閣
顧我如有情長鳴似相託何當駕此物與爾騰寥廓
已上咏物

題隨州紫陽先生壁以下題詠

神農好長生風俗久已成復聞紫陽容早署丹臺名
喘息餐妙氣步虛吟真聲道與古仙合心將元化并
樓疑出蓬海鶴似飛玉京松雪窗外曉池水階下明
忽耽笙歌樂頓失軒冕情終願惠金液提攜凌太清

題元丹邱山居

故人栖東山自愛邱壑美青春臥空林白日猶不起
松風清襟袖石潭洗心耳羨君無紛喧高枕碧霞裏

題元丹邱潁陽山居并序

丹邱家于潁陽新卜別業其地北倚馬嶺連

峯嵩邱南瞻鹿臺極目汝海雲巖映鬱有佳致焉自從之遊故有此作

仙遊渡頫水訪隱同元君忽遺蒼生望獨與洪崖羣卜地初晦蹟與言且成文卻顧北山斷前瞻南嶺分遙通汝海月不隔嵩邱雲之子合逸趣而我欽清芬舉蹟倚松石談笑迷朝曛終願狎青鳥拂衣棲江濆

題瓜洲新河餞族叔舍人賁

齊公鑿新河萬古流不絕豐功利生人天地同朽滅兩橋對雙閣芳樹有行列愛此如甘棠誰云敢攀折吳關倚此固天險自玆設海水落斗門潮平見沙汭我行送季父弭棹徒流悅楊花滿江來疑是龍山雪惜此林下興愴爲山陽別瞻望清路塵歸來空寂蔑

洗腳亭

白道向姑熟洪亭臨道旁前有吳時井下有五丈牀

樵女洗素足行人歇金裝西望白鷺洲蘆花似朝霜
送君此時去回首淚成行

題金陵王處士水亭此亭蓋齊朝南苑又是陸機故宅

王子耽玄言賢豪多在門好鵝尋道士愛竹嘯名園
樹色老一作秀荒苑池光蕩華軒此堂見明月更憶陸
平原埽地青玉簟爲余置金樽醉罷一作後欲歸去花
枝宿鳥喧何時復來此再一作更得洗囂煩

題嵩山逸人元丹邱山居並序

白久在廬霍元公近遊嵩山故交深情出處
無閑猶信頻及許爲主人欣然適會本意當
冀長往不返欲便舉家就之兼書共遊因有
此贈

家本紫雲山道風未淪落況懷丹邱志沖賞歸寂寞
朅來遊閩荒捫涉窮禹鑿貪緣泛潮海偃蹇陟廬霍

憑雷躡天窗弄景憩霞閣且欣登眺美頗愜隱淪諾
三山曠幽期四嶽聊所託故人契嵩潁高義炳丹雘
滅蹟遺紛囂終言本峯壑自矜林湍好不羨市朝樂
偶與真意并頓覺世情薄爾能折芳桂吾亦采蘭若
拙妻好乘鸞嬌女愛飛鶴提攜訪神仙從此鍊金藥

嘲魯儒

魯叟談五經白髮死章句問以經濟策茫如墜煙霧
足著遠遊履首戴方頭巾緩步從直道未行先起塵
秦家丞相府不重褒衣人君非叔孫通與我本殊倫
時事且未達歸耕汶水濱

懼讒

二桃殺三士詎假劍如霜眾女妬蛾眉雙花競春芳
魏姝信鄭袖掩袂對懷王一惑巧言子朱顏成死（一作損）傷行將泣團扇戚戚愁人腸

平虜將軍妻

平虜將軍婦入門二十年君心自不悅妾寵豈得專出解牀前帳行吟道上篇古人不唾井莫忘昔纏綿

嵩山采菖蒲者

神人多古貌雙耳下垂肩嵩嶽逢漢武疑是九疑仙我來采菖蒲服食可延年言終忽不見滅影入雲煙喻帝竟莫悟終歸茂陵田張齊賢曰此篇是詠仙人王輿詩語乃櫽括其傳中事

金陵聽韓侍御吹笛

韓公吹玉笛倜儻流英音風吹繞鍾山萬壑皆龍吟王子停鳳管師襄掩瑤琴餘響渡江去天涯安可尋

白田馬上聞鶯

黃鸝啄紫椹五月鳴桑枝我行不記日誤作陽春時蠶老客未歸白田已繅絲一作吳人欲繅絲驅馬又前去捫

心空自悲（一作嗤）

雜詩

白日與明月晝夜尚（一作常）不閑況爾悠悠人安得久世間傳聞海水上乃有蓬萊山玉樹生綠葉靈仙每登攀一食駐玄髮再食留紅顏吾欲從此去去之無時還（已上題詠）

寄遠十二首（以下閨情）

三鳥別王母銜書來見過腸斷若剪絃其如愁思何遙知玉窗裏纖手弄雲和奏曲有深意青松交女蘿寫水落井中同泉豈殊波秦心與楚恨皎皎爲誰多（寫水卽瀉水也本鮑明遠瀉水置平地寫水四句謂彼此兩地同一相思未知情恨孰多耳）

青樓何所在乃在碧雲中寶鏡挂秋水（一作月）羅衣輕春風新妝坐落日悵望金（一作錦）屏空念此（一作翦綵）送短書願因（一作同）雙飛鴻

本作一行書殷勤道相憶一行復一行滿紙情何極

瑤臺有黃鶴爲報青樓人朱顏凋落盡白髮一何新

自知未應還（一作老）離居（一作君）經三春桃李今若爲當

窗發光彩莫使香風飄留與（一作取）紅芳待

玉筋落春（一作清）鏡坐愁湖陽水聞（一作且）與陰麗華風

煙接鄰里青春已復過白日忽相催但恐荷（一作飛）花

晚令人意已摧相思不惜夢日夜向陽臺

遠憶巫山陽花明綠江暖躊躇未得往淚向南雲滿

春風復無情吹我夢魂斷不見眼中人天長音信短

陽臺（一作陰雲）隔楚水春草生黃河（一作轉蓬落渭河）相思無日

夜浩蕩若流波流波向海去欲見終無因（一作定繞珠江濱）

遙將一點淚遠寄如花人

昔（一作妾）在春陵東君居漢江島百里望花光往來成

白道（一作日日采蘼蕪上山成白道）一爲雲雨別此地生秋草秋草

秋蛾飛相思愁落暉何由一相見滅燭解羅衣[一本暉下添昔時攜手去今時流淚歸遙知不得意玉筯點羅衣]

憶昨東園桃李紅碧枝與君此時初別離金瓶落井無消息令人行歎復坐思坐思行歎成楚越春風玉顏畏銷歇碧窗紛紛下落花青樓寂寂空明月兩不見但相思空留錦字表心素至今緘愁不忍窺

長短春草綠緣門如有情卷葹心獨苦抽卻死還生覩物知妾意希君種後庭閑時當采掇念此莫相輕

魯縞如玉霜筆[一作翦]題月支書寄書白鸚鵡西海慰離居行數雖不多字字有委曲天末如見之開緘淚相續千里若在眼萬里若在心相思千萬里一書直千金

美人在時花滿堂美人去後餘空牀牀中繡被卷不寢[一作更不卷]至今三載聞餘香[一作猶聞香]香亦竟不滅人

亦竟不來相思黃葉盡一作落白露溼青苔此首一作贈遠

愛君芙蓉嬋娟之豔色若可餐兮難再得憐君冰玉清炯之明心情不極兮意已深朝共琅玕之綺食琅玕玉也謂玉食也夜同鴛鴦之錦衾恩情婉孌忽爲別使人莫錯亂愁心亂愁心涕如雪寒鐙厭夢魂欲絕覺來相思生白髮盈盈漢水若可越可惜淩波步羅襪美人美人兮歸去來莫作朝雲飛陽臺第八首及末二首均長短句附錄

代贈遠一作寄遠

妾本洛陽人狂夫幽燕客渴飲易水波由來多感激胡馬西北馳香鬉搖綠絲鳴鞭從此去逐虜蕩邊陲昔去有好言不言久離別燕支多美女走馬輕風雪見此不記人恩情雲雨絕嗁流玉筋盡坐恨金閨切織錦作短書腸隨回文結相思欲有寄恐君不見察焚之揚其灰手蹟自此滅

閨情

流水去絶國浮雲辭故關水或戀前浦雲猶歸舊山恨君流一作龍沙去棄妾漁陽間玉筯夜垂一作日夜流雙雙落朱顏黃鳥坐相悲綠楊誰更攀織錦心草草挑鐙淚斑斑窺鏡不自識況乃狂夫還。

代別情人

清水本不動桃花發岸傍桃花弄水色波蕩搖春光我悅子容豔子傾我文章風吹綠琴去曲度紫鴛鴦昔作一水魚今成兩枝鳥哀哀長雞鳴夜夜達五曉。起折相思樹歸贈知寸心覆水不可收行雲難重尋天涯有度鳥莫絶瑤華音

代秋情

幾日相別離門前生穭葵穭自生稻寒蟬聒梧桐日夕長鳴悲白露溼螢火清霜零兔絲空掩紫羅袂一作空閨掩羅

袂
長啼無盡時

湖邊采蓮婦

小姑織白紵未解將人語大嫂采芙蓉溪湖千萬重
長兄行不在莫使外人逢願學秋胡婦貞心比古松

學古思邊

銜悲上隴首腸斷不見君流水若有情幽哀從此分
蒼茫愁邊色惆悵落日曛山外接遠天天際復有雲
白鴈從中來飛鳴苦難聞足繫一書札寄言數離羣
離羣心斷絕十見花成雪胡地無春輝征人行不歸
相思杳如夢珠淚溼羅衣

折荷有贈

涉江翫秋水愛此紅蕖鮮攀荷弄其珠蕩漾不成圓
佳人綵雲裏欲贈隔遠天相思無因見悵望涼風前
按此與擬古第十一首大同小異

秋浦寄內

我今尋陽去辭家千里餘結荷見水宿卻寄大雷書雖不同辛苦愴離各自居我自入秋浦三年北信疏紅顏愁落盡白髮不能除有客自梁苑手攜五色魚開魚得錦字歸問我何如江山雖道阻意合不爲殊

自代內贈

寶刀截流水無有斷絕時妾意逐君行纏綿亦如之別來門前草春盡秋轉碧掃盡還更生萋萋滿行蹟鳴鳳始相得雄驚雌各飛遊雲落何山一往不見歸估客發大樓一作東海知君在秋浦梁苑空錦衾陽臺夢行雨妾家三作相失勢去西秦猶有舊歌管淒清聞四鄰曲度入紫雲嗁無眼中人女弟爭笑弄悲羞淚盈巾妾似井底桃開花向誰笑君如天上月不肎一回照窺鏡不自識別多憔悴深安得秦吉了爲人道

寸心

秋浦感主人歸燕寄內

霜杇楚關木始知殺氣嚴寥寥金天廓婉婉綠紅潛
胡燕別主人雙雙語前檐三飛四回顧欲去復相瞻
豈不戀華屋終然謝珠簾我不及此鳥遠行歲已淹
寄書道中歎淚下不能緘

送內尋廬山女道士李騰空二首

君尋騰空子應到碧山家水舂雲母碓風掃石楠花
若戀幽居好相邀弄紫霞

多君相門女學道愛神仙素手掬青靄羅衣曳紫煙
一往屏風疊乘鸞著玉鞭（一作不著鞭）

在尋陽非所寄內

聞難知痛哭行啼入府中多君同蔡琰流淚請曹公
知登吳章嶺（吳章嶺去尋陽城四十五里嶺南即今南康府也）昔與死無分

崎嶇行石道外折入青雲相見若悲歎哀聲那可聞

已上閨情

自溧水道哭王炎三首 宣州作○以下哀傷

白楊雙行行白馬悲路傍晨興見曉月更似發雲陽

溧水通吳關逝川去未央故人萬化盡閉骨茅山岡

天上墜玉棺泉中掩龍章名飛日月上義與風雲翔

逸氣竟莫展英圖俄夭傷楚國一老人來嗟龔勝士

有言不可道雪泣惜蘭芳

王公希代寶棄世一何早弔死不及哀殯宮已秋草

悲來欲脫劍挂向何枝好哭向茅山雖未摧一生淚

盡丹陽道

王家碧瑤樹一樹忽先摧海內故人泣天涯弔鶴來

未成霖雨用先夭濟川材一罷廣陵散鳴琴更不開

十八家詩鈔卷七目錄

杜工部五古上百六十八首

發秦州

赤谷

鐵堂峽

鹽井

寒硤

法鏡寺

青陽峽

龍門鎮

石龕

積草嶺

泥功山

鳳凰臺

發同谷縣

木皮嶺

十八家詩鈔卷七目錄

十八家詩鈔卷七

湘鄉曾國藩纂

合肥李鴻章審訂
東湖王定安校

杜工部五古上百六十八首

奉贈韋左丞丈二十二韻（以下皆天寶末亂以前之詩）

紈袴不餓死儒冠多誤身丈人試靜聽賤子請具陳甫昔少（一作妙）年日早充觀國賓讀書破萬卷下筆如有神賦料揚雄敵詩看子建親李邕求識面王翰願卜（陳作為）鄰自謂頗挺出（一作生）立登要路津致君堯舜上再使風俗淳此意竟蕭條行歌非隱淪騎驢三十載旅食京華春朝扣富兒門暮隨肥馬塵殘杯與冷炙到處潛悲辛主上頃見徵欻然欲求伸青冥卻垂翅蹭蹬無縱鱗甚愧丈人厚甚知丈人真每於百僚上猥誦佳句新竊笑貢公喜難甘原憲貧焉能心怏怏祇是走踆踆今欲東入海卽將西去秦尚憐終南

山回首清渭濱常擬報一飯況懷辭大臣白鷗沒(宋作波)浩蕩萬里誰能馴

送高三十五書記(舊書適解褐汴州封邱尉非其好也乃去位客游河右河西節度哥舒翰見而異之表爲左驍衛兵曹充翰府掌書記從翰入朝盛稱之於上前通鑑天寶十三載五月哥舒翰奏前封邱尉高適爲掌書記)

崆峒小麥熟且(一作吾)願休王師請公問主將焉用窮荒爲飢鷹未飽肉側翅隨人飛高生跨鞍馬有似幽并(一作并州)兒脫身簿尉中始與捶楚辭借問今何官觸熱向武威答云(一作言)一書記所媿國士知人實不易知更(一作尤)須慎其儀(一作宜)十年出幕府自可持旌麾(一作旗)此行既特達足以慰所思(一作亦足慰遠思)男兒功名遂亦在老大(唐佐切夜歸詩明星當空大同)時常恨結驩淺各在天一涯又如參與商慘慘中腸悲驚風吹(一作飄)鴻鵠不得相追隨黃塵翳沙漠念子何當(一作時)歸邊城有餘

力旱寄從軍詩王師句窮荒句愼儀二句皆不滿於哥舒之辭

贈李白

二年客東都所歷厭機巧野人對羶腥蔬食常不飽
豈無青精飯使我顏色好苦乏大一作買藥資山林跡
如掃李侯金閨彥脫身事幽討亦有梁宋遊方期拾
瑤草

遊龍門奉先寺

已從招提遊更宿招提境陰壑生虛一作靈籟月林散
清影天闕一作闚荊作閱蔡興宗考異作闚象緯逼雲臥衣裳冷欲
覺聞晨鐘令人發深省

望嶽

岱宗夫如何齊魯青未了造化鍾神秀陰陽割昏曉
盪胸生層雲決眥入歸鳥會當凌絕頂一覽衆山小

陪李北海宴歷下亭時邑人蹇處士等在坐李公序

東藩駐皁蓋北渚凌青荷(一作清河)海內(一作右)此亭古濟南名士多雲山已發興玉珮仍當謌修竹不受暑交流空湧波蘊真愜所遇落日將如何貴賤俱物役從公難重過

贈衞八處士

人生不相見動如參與商今夕復何夕共此燈燭光(一云共宿此燈光)少壯能幾時鬢髮各已蒼訪舊半爲鬼驚呼熱中腸焉知二十載重上君子堂昔别君未婚兒女忽成行怡然敬父執問我來何方問答乃未已(陳浩然作未及已)兒女(一作驅兒)羅酒漿夜雨翦春韭新(一作晨)炊間黃粱主稱會面難一舉累(一作蒙)十觴十觴(一作百觴)亦不醉(一作辭)感子故意長明日隔山岳世事兩茫茫

苦雨奉寄隴西公兼呈王徵士(隴西公即漢中王瑀徵士琅琊王徹)

今秋乃淫雨仲月來寒風羣木水光下萬象（一作家）雲氣中所思礙行潦九里信不通悄悄素滻路迢迢天漢東願騰六尺馬（一作駒）背若孤征鴻劃見公（一作君）子面超然懽笑同奮飛既胡越局促傷樊籠（奮飛句言爲雨所阻咫尺千里不能奮飛若胡越之相隔也）一飯四五起憑軒心力窮嘉蔬沒溷濁時菊碎榛叢鷹隼亦屈猛烏鳶何所蒙式瞻北鄰居取適南巷翁挂席釣川漲焉知清興終

同諸公登慈恩寺塔（時高適薛據先有此作）

高標跨蒼天（一作穹）烈風無時休自非曠（一作壯）士懷登茲翻百憂方知象教力足（一作立）可追冥搜仰穿龍蛇窟始出（一作驚）枝撐幽七星在北戶（一云戶北）河漢聲西流羲和鞭白日少昊行清秋秦山忽破碎涇渭不可求俯視但一氣焉能辨皇州迴首叫虞舜蒼梧雲正愁惜哉瑤池飲（一作燕）日晏崑崙邱黃鵠去不息哀鳴何

所投君看隨陽雁各有稻粱謀（昔賢謂以王母比楊妃瑤池日晏比淫樂忘返在杜公之意或有之至謂虞舜蒼梧以二妃不從比楊妃之從遊又謂黃鵠比賢人遠引陽雁比小人懷祿則失之鑿矣黃鵠蓋公以自喻謂己有大志而卒無所遇不如碌碌者多得溫飽耳）

示從孫濟

平明跨驢出未知適誰門權門多噂𠴲且復尋諸孫諸孫貧無事宅舍如荒村堂前自生竹堂後自生萱萱草秋已死竹枝霜不蕃（一作翻）淘米少汲水汲多井水渾刈葵莫放手放手傷葵根阿翁嬾惰久覺兒行步奔所來（一作求）爲宗族亦不爲盤飧小人利口實薄俗難可（一作具）論勿受外嫌猜同姓古所敦

九日寄岑參

出門復入門兩（陳作雨）腳但如舊所向泥活活（一作浩浩）思君令人瘦沈吟坐西（一作秋）軒（一云冷臥西窗下）飲（一作飯）食錯昏晝寸步曲江頭難爲一相就吁嗟呼（一作乎）蒼生稼

稽不可救安得誅雲師疇能補天漏大明韜日月曠野號禽獸君子强逶迤小人困馳驟維南有崇山恐(一作漭)與川浸溜是節(一作時)東籬菊紛披爲誰秀岑生多新詩(一作語)性亦嗜醇酎采采黃金花何由滿衣袖

渼陂西南臺

高臺面蒼陂六月風日冷蒹葭離披去天水相與永懷新目似擊接要心已領彷像識鮫人空蒙辨魚艇錯磨終南翠顛倒白閣影崷崒增光輝乘陵惜俄頃勞生媿嚴鄭外物慕張邴世復輕驊騮吾甘雜鼃黽知歸俗可忽取適(一作足)事莫放身退豈待官老來苦便(平聲)靜況資菱芡足庶結茅茨迥從此具扁舟彌年逐清景

戲簡鄭廣文虔兼呈蘇司業源明

廣文到官舍繫(一作置)馬堂階下醉則(一作即)騎馬歸頗

遭官長罵才名四一作三十年坐客寒無氈賴一作近有
蘇司業時時與一作乞酒錢

夏日李公一作家令見訪李時爲太子家令黃鶴曰按宗室世系表當是李炎

遠林暑氣薄公子過我游貧居類村塢僻近城南樓
旁舍頗淳樸所願樊陳並作須亦易求隔屋喚西家借問
有酒不牆頭過濁醪展席俯長流清風左右至客意
已驚秋巢多衆鳥鬭一作喧葉密鳴蟬稠苦道一作遭此
物聒孰謂陳作語吾廬幽水花晚色靜樊作淨庶足充淹
留預恐樽中盡更起爲君謀

奉同郭給事湯東靈湫作

東山氣鴻濛宮殿居上頭君來必十月樹羽臨九州
陰火煮玉泉噴薄漲巖幽有時浴赤日光抱空中樓
閬風入轍跡曠一作廣原一作野延冥搜沸一作拂天萬乘

動觀水百丈湫幽靈一云靈湫斯一作新可佳一作怪王命官

屬休初聞龍用壯擘石摧林邱中夜窟宅改移因風雨秋倒懸瑤池影屈注蒼江流味如甘露漿揮弄滑且柔翠旗淡偃蹇雲車紛少留簫鼓蕩四溟異香泱漭浮鮫人獻微綃曾祝沈豪牛百祥奔盛明古先莫能儔坡陁金蝦蟆出見蓋有由至尊顧之笑王母不肯一作遣收復歸虛無底化作長黃虬一云龍與虬飄飄一作飌青瑣郎文采珊瑚鉤浩歌淥水曲清絕聽者愁首十四句敘玄宗嘗以十月幸驪山湯泉初聞以下十六句敘龍移湫之事陂陁以下六句錢箋以爲指安祿山入朝之事似未必然末四句言郭給事有詩也

夜聽許十損一本作許十一一本作許十無損字誦詩愛而有作

許生五臺賓業白出石壁余亦師粲可身猶縛禪寂何階子方便謬引爲匹敵離索晚相逢包蒙欣有擊誦詩渾一作混遊衍四座皆一作俱辟易應手看捶鉤清

心聽鳴鏑精微穿溟涬飛動摧霹靂陶謝不枝梧風騷共推激枝梧謂格格不入互相撐拄不相投契也漢書朱雲傳連拄五鹿君拄卽枝梧不相讓之意不枝梧則相契合矣紫燕自超詣翠駮誰翦剔君意人莫知人間夜寥闃

自京赴奉先縣詠懷五百字天寶十四載十一月初作

杜陵有布衣老大意轉拙許身一何愚竊比稷與契居然成濩落白首甘一作苦契闊蓋棺事則已此志常覬豁窮年憂黎元歎息腸內熱取笑同學翁浩歌彌激烈非無江海志蕭灑送日月生逢堯舜君一云堯爲君不忍便永訣當今廊廟具構廈豈云缺葵藿傾太陽物性固莫一作難奪顧惟螻蟻輩但自求其穴胡爲慕大鯨輒擬偃溟渤以茲悟生理獨恥事干謁兀兀遂至今忍爲塵埃沒終愧巢與由未能易其節沈飲聊自適一作遣放歌頗愁絕歲暮百草零疾風高岡裂天

衢陰崢嶸客子中夜發霜嚴衣帶斷指直不得（一作能）結凌晨過驪山御榻在嵽嵲蚩尤塞寒空蹴蹋崖谷滑瑤池氣鬱律羽林相摩戛君臣（一作聖君）留懽娛樂動殷樛嶱（荊作樛葛）賜浴皆長纓與宴（一作謀）非短褐彤廷所分帛本自寒女出鞭撻其夫家聚斂貢城闕聖人筐篚恩實欲（一作願）邦國活臣如忽至理君豈棄此物多士盈朝廷仁者宜戰慄況聞內金盤盡在衛霍室中堂舞（一作有）神仙煙霧散（一作蒙）玉質煖客（一云蒙）貂鼠裘悲管逐清瑟勸客駝蹄羹霜橙壓香橘朱門酒肉臭路有凍死骨榮枯咫尺異惆悵難再述北轅就涇渭官渡又改轍羣冰（一作水）從西下極目高崒兀疑是崆峒來恐觸天柱折河梁幸未坼枝撐聲窸窣行旅相攀援川廣不（一作且）可越老妻寄（荊作既）異縣十口隔風雪誰能久不顧庶往共飢渴入門聞號咷幼子飢已

卒吾寧捨一哀里巷亦陳作猶嗚咽所愧爲人父無食

致夭折豈知秋未一作禾登貧窶有倉卒生常一作當免

租稅名不隸征伐撫迹猶一作獨酸辛平民固騷屑默

思失業徒因念遠戍卒憂端齊一作際終南澒洞不可

掇自首至頗愁絶自述生平大志勁節自歲暮至難再述因過驪山而歎君臣懽娛憂其荒淫兆亂自北轅至末敘經渭改道至奉先及到家情事此詩作於天寶十四載十一月而安祿山卽於是月叛亂詩中極咎君臣懽娛岌岌有亂離之憂或祿山反叛已略有所聞耶

白水縣崔少府十九翁高齋三十韻天寶十五載五月作

○此下皆安祿山既亂以後之詩

客從南縣來浩蕩無與適旅食白日長況當朱炎赫

高齋坐林杪信宿遊衍闃清晨陪躋攀傲睨俯峭壁

崇高相枕帶曠野懷一作迴一作迥咫尺始知賢主人贈此

遣愁寂危階根青冥曾冰生淅瀝上有無心雲下有

欲落石泉聲聞復急一作息動靜隨所擊陳作激鳥呼藏

其身有似懼彈射吏隱道陳作適一作通情性茲焉其窟宅

白水見舅氏諸翁乃仙伯杖藜長松陰作尉窮谷僻

爲我炊雕胡逍遙展良覿坐久風頗愁一作怒晚來山

更碧相對十丈蛟欻翻盤渦坼何得空裏雷殷殷尋

地脈煙氛一作氣藹莤一作蕾萃魍魎森慘戚崑崙崆峒

顛迴首如一云知不隔前軒頽一作摧反照巉絕華岳赤

兵氣漲林巒川光雜鋒鏑知是相公軍鐵馬雲霧一作煙積玉觴淡無味羯奴豈强敵長歌激屋梁淚下流

袵席人生半哀樂天地有順逆慨彼高國夫休明備

征狄一作敵猛將紛塡委廟謀蓄長策東郊何時開帶

甲且來荆作未釋欲告清宴罷一作疲難拒幽明迫三歎

酒食旁何由似平昔是時安祿山已陷東都而關中無恙故因見華岳而言林巒皆有兵氣川光亦雜鋒鏑也相公軍謂哥舒翰守潼關之師也

三川觀水漲二十韻天寶十五載七月中避寇時作

我經華原來不復見平陸北上唯土山連天走窮谷火雲無時出（一云出無時）飛電常在目自多窮岫雨行潦相豗蹙蓊匌（蓊烏紅切匌音溘）川氣黃羣流會空曲清晨望高浪忽謂陰崖踣（音匐）恐泥竄蛟龍登危聚麇鹿枯查卷拔樹礧磈共充塞聲吹鬼神下勢閱人代速不有萬穴歸何以尊四瀆及觀泉源漲反懼江海覆漂沙折岸去（一作去岸）漱壑松柏禿乘陵（陳作凌）破山門迴斡裂（一作倒）地軸交洛赴洪河及關豈信宿應沈數州沒如聽萬室哭穢濁殊未清風濤怒猶蓄何時通舟車陰氣不（一云亦）黲黷浮生有蕩汨吾道正羈束人寰難容身石壁滑側足雲雷此（一作屯）不已艱險路更跼普天無川梁欲濟願水縮因悲中林士未脫衆魚腹舉頭向蒼天安得騎鴻鵠

大雲寺贊公房四首

心在水精域衣霑春雨時洞門盡徐步深院果幽期
到(一作倒)扉(一作屣又作履)開復閉撞鐘齋及茲醍醐長發性
飲(一作飯)食過扶衰把臂有多日開懷無媿辭黃鸝(一作鶯)
度結構紫鴿下罘罳(一云芳菲)愚(一作芳)意會所適花邊
行自遲湯休起我病微笑索題詩
細軟青絲履光明白氎巾深藏供老宿取用及吾身
自顧轉無趣交情何尚新道林才不世惠遠德過人
雨瀉暮檐竹風吹青(一作春)井芹天陰對圖畫最覺潤
龍鱗
燈影照無睡心清聞妙香夜深殿突兀風動金鋃鐺
天黑閉春院地清棲暗芳玉繩迴斷絕鐵鳳森翱翔
梵放時出寺殘鐘仍殷牀明朝在沃野苦見塵沙黃
時西郊逆賊拒官軍未已
童兒汲井華慣捷(海錄作慣健)瓶上(一作在)手霑灑不濡地

掃除似無帚明（一作晨）霞爛複閣霽霧搴高牖側塞被徑花飄颻委墀（一作堦）柳艱難世事迫隱遁佳期後晤語契深心那能總鉗口奉辭還杖策暫別終回首泱泱泥汚人听听國多狗既未免羈絆（一作寓）時來憩奔走近公如白雪執熱煩何有

晦日尋崔戢李封（晦日謂正月晦日）

朝光入甕牖宴寢驚敝裘起行視天宇春氣漸和柔興來（一云得興 一云乘興）不暇懶今晨梳我頭出門無所待徒（一作徙）步覺自由杖藜復恣意免值公與侯晚定崔李交會心真罕儔每過得酒傾二宅可淹留喜結仁里懽況因令節求李生園欲荒舊（一作有）竹頗修修引客看掃除隨時成獻酬崔侯初筵色已畏空尊愁未知天下士至（一作志）性有此不草牙既青出蜂聲亦暖遊思見農器陳何當甲兵休上古葛天民不貽黃屋（一作

猶憂至今阮籍等熟醉爲身謀威鳳高其翔一云高翔自長鯨吞九州地軸爲之翻百川皆亂流當歌欲一放淚下恐莫收濁醪有妙理庶用一云與慰沈浮阮籍等卽公自指竝指崔李等也熟醉句高其翔句皆謂只謀一身之樂不恤天下之憂也長鯨三句指今日天下之亂

雨過蘇端端置酒

雞鳴風雨一云雲交久旱雲亦好杖藜入春泥無食起我早諸家憶所歷一飯一作飽跡便掃蘇侯得數過懽喜每傾倒也復可憐人呼兒具梨棗濁醪必在眼盡醉攄懷抱紅稠屋角花碧委一作秀牆隔草親賓縱一作絕談諠喧鬧畏衰老畏一作慰況蒙霈澤垂糧粒或自保妻孥隔軍壘撥棄不擬道

喜晴一云喜雨

皇天久不雨既雨晴亦佳出郭眺西郊肅肅一作蕭蕭春增華青熒陵陂麥窈窕桃李一作杏花春夏各有實我

飢豈無涯干戈雖横放慘澹鬭龍蛇甘澤不猶愈且耕今未賒丈夫則帶甲婦女終在家力難及黍稷得種菜與麻千載商山芝往者東門瓜其人骨已朽一作滅此道誰疵瑕英賢遇轗軻遠引蟠泥沙顧慙昧所適迴首白日斜漢陰有鹿門滄海有靈一作雲查焉能學衆口咄咄空一作同咨嗟

送率府程錄事還鄉程攜酒饌相就取別

鄙夫行衰謝抱病昏妄一作忘集常時往還人記一不識十程侯晚相遇與語才傑立薰然耳目開頗覺聽明入千載得鮑叔末契有所及意鍾一作中老柏青義動修蠅蟄若人可數見慰我垂白泣告别無淹晷百憂復相襲內愧突不黔庶羞以一云庶明似賙給素絲挈長魚碧酒隨玉粒途窮見交態世梗悲路澁東風吹春氷泱莽草堂本作漭后土溼念君惜羽翮既飽更思戢

莫作翻雲鶻聞呼向禽急

述懷一首（此以下自賊中竄歸鳳翔作）

去年潼關破妻子隔絕久今夏草木長脫身得西走麻鞋見天子衣袖露兩肘朝廷愍生還親故傷老醜涕淚授拾遺流離主恩厚柴門雖得去未忍即開口寄書問三川不知家在否比聞同罹禍殺戮到雞狗山中漏茅屋誰復依戶牖摧頹蒼松根地冷骨未朽幾人全性命盡室豈相偶嶔岑（一作崟）猛虎場鬱結迴我首自寄一封書今已十月後反畏消息來寸心亦何有漢運初中興生平老耽酒沈思懽會處恐作窮獨（一作途）叟

送長孫九侍御赴武威判官

驄馬新鑿蹄銀鞍被來好繡衣黃白郎騎向交河道問君適萬里取別何草草天子憂涼州嚴程到須早

去秋羣胡反不得無電掃此行收（陳作牧）遺甿風俗方
再造族父領元戎（錢注至德二載五月以武部侍郎杜鴻漸爲河西節度使）名聲
國（晉作閣）中老奪我同官良飄飆按城堡使我不能餐
令我惡懷抱若人才思闊溟漲浸（一作漫）絕島尊前失
詩流塞上得國寶皇天悲送遠雲雨白浩浩東郊尚
烽火朝野色枯槁西極柱亦傾（錢注祿山亂吐蕃乘隙暴掠至德初舊州
及武威等諸城入屯石堡）如何正穹昊

送樊二十三侍御赴漢中判官

威弧不能弦自爾無寧歲川谷血橫流豺狼沸相噬
天子從北來長驅振凋敝頓兵岐梁下卻跨沙漠裔
二京陷未收四極我得制蕭索漢水清緬通淮湖稅
使者紛星散王綱尚旒綴南伯從事賢君行立談際
生（一作坐）知七曜歷手畫三軍勢冰雪淨聰明雷霆走
精銳幕府輟諫官朝廷無此（一作比）例至尊方旰食仗

爾布嘉惠補闕暮徵入杜史晨征憩（樊作補闕入杜史晨征固多憩）正當艱難時實藉長久計迴風吹獨樹白日照執袂慟哭蒼煙根山門萬重（一作里）閉居人莽牢落遊子方迢遞徘徊悲生離局促老一世陶唐歌遺民後漢更列（一作別）帝恨無匡復姿（一作資）聊欲從此逝

送從弟亞赴西安（一云河西）判官

南風作秋聲殺氣薄炎熾盛夏鷹隼擊時危異人至令弟草中來蒼然（一作茫）請論事詔書引上殿奮舌動天意兵法五十家爾腹爲篋笥應對如轉丸疏通略文字經綸皆新語足以正神器宗廟尚爲灰君臣俱（一作皆）下淚崆峒地無軸青海（浩然本作清海）天軒輕西極最瘡痍連山暗烽燧帝曰大布衣藉卿佐元帥坐看清流沙所以子奉使歸當再前席適遠非歷（一作虛）試須存武威郡爲畫長久計孤峯石戴驛快馬金纏轡黃

羊飫不羶蘆（一作魯）酒多還醉踴躍常人情慘淡苦士
志安邊敵何有反正計始遂吾聞駕鼓車不合用騏
驥龍吟迴其頭夾輔待所致

送韋十六評事充同谷郡防禦判官

昔沒賊中時潛與子同遊今歸行在所王事有去留
偪側兵馬間主憂急良籌子雖軀幹小老（一作志）氣橫
九州挺身艱難際張目視寇讎朝廷壯其節奉詔令
參謀鑾輿駐鳳翔同谷爲咽喉西扼弱水道南鎮枹
罕（一作氐羌）陬此邦承平日剽劫吏所羞況乃胡未滅控
帶莽悠悠府中韋使君道足示懷柔令姪才俊茂二
美又何求受詞太白腳走馬仇池頭古色（一作邑）沙土
裂積陰雪雲（一作霜雪）稠（一作積雪陰雲稠）羌父豪豬靴（一云帽）羌
兒青兕裘（晉作漢兵黑貂裘）吹角向月窟蒼山（一作山蒼）旌旆愁
鳥驚出死樹龍怒拔老湫古來無人境今代橫戈矛

傷哉文儒士憤激馳林邱中原正格鬭後會何緣由
百年賦定命豈料沈與浮且復戀良友握手步道周
論兵遠壑淨亦可縱冥搜題詩得秀句札翰時相投

塞蘆子

五城何迢迢迢迢隔河水邊兵盡東征城內空荊杞
思明割懷衛秀巖西未已迴略大荒來（一作東）崤函蓋
虛爾延州秦北戶關防猶可倚焉得一萬人疾驅塞
蘆子岐（一作頃）有薛大夫旁制山賊起近聞昆戎徒爲
退三百里蘆關扼兩寇深意實在此誰能（晉作敢）叫帝
閽胡行速如鬼（扼兩寇者謂東扼高史等窺太原之寇西則扼昆戎之寇塞者所以遮塞之而扼守之也錢氏謂塞蘆關而入直擣長安殊非塞守之義亦非詩旨杜公以書生談兵未必有當於事理然公之意以延州爲秦之北戶在長安之背扼此兩寇則長安或可收復耳末言胡行速如鬼言我不疾驅塞之胡將連行而入則長安之守益固援益厚不復可克矣）

彭衙行

憶昔避賊初北走經險艱夜深彭衙道（一作門）月照白水山盡室久徒步逢人多厚顏參差谷鳥吟（一作鳴）不見遊子還癡女飢咬我啼畏虎狼（一作猛虎）聞懷中掩其口反側聲愈嗔小兒強解事故索苦李餐一旬半雷雨泥濘相牽攀既無禦雨備徑滑衣又寒有時經（一作最）契闊竟日數里間野果充餱糧卑枝成屋椽早行石上水暮宿天邊煙少留周（晉作固一作同）家窪欲出蘆子關故人有孫宰高義薄曾雲延客已曛黑張燈啓重門煖湯濯我足翦紙招我魂從此出妻孥相視涕闌干衆雛爛漫睡喚起沾盤飧誓將與夫子永結爲弟昆遂空所坐堂安居奉我懽誰肯艱難際豁達露心肝別來歲月周胡羯仍構患何當有翅翎飛去墮爾前

北征（歸至鳳翔墨制放往鄜州作）

皇帝二載秋閏八月初吉杜子將北征蒼茫問家室
維時遭艱虞（一作危）朝野少暇日顧慙恩私被詔許歸
蓬華拜（一作奉）辭詣闕下（一云闕門）怵惕久未出雖乏諫諍
姿恐君有遺失君誠中興主經緯固密勿東胡反未
已臣甫憤所切揮涕戀行在道途（一作路）猶恍惚乾坤
含（陳浩然本作合）瘡痍憂虞何時畢（以上將歸而戀闕不忍遽去）靡靡踰
阡陌人煙渺蕭瑟（一作索）所遇多被傷呻吟更流血迴
首鳳翔縣旌旗晚明滅前登寒山重屢得飲馬窟邠
郊入地底涇水中蕩潏猛虎立我前蒼崖吼時裂菊
垂今秋花石戴（一作帶一作載）古車轍青雲動高興幽事亦
可悅山果多瑣細羅生雜橡栗或紅如丹砂或黑如
點漆雨露之所濡甘苦（一作酸）齊結實緬思桃源內益
歎身世拙坡陀望鄜畤巖谷互出沒我行已水濱我
僕猶木末鴟鳥（一作梟）鳴黃桑野鼠拱亂穴夜深（一作中）

經戰場寒月照白骨撞關百萬師往者散（一作敗）何卒遂令半秦民殘害爲異物（以上敘述途次所見景物）況我墮（一作隨）胡塵及歸盡華髮經年至茆屋妻子衣百結慟哭松聲迴（一作迥）悲泉共幽（一作鳴）咽平生所嬌兒顏色白勝雪見耶背面啼垢膩腳不襪床前兩小女補綻才（一作纔）過膝海圖拔波濤舊繡移曲折天吳及紫鳳顛倒在裋（一作短）褐老夫情懷惡嘔泄臥數日（一云數日臥嘔泄）那無（一作能）囊中帛救汝寒凜慄粉黛亦解苞衾裯稍羅列瘦妻面復光癡女頭自櫛學母無不爲曉妝隨手抹移時施朱鉛狼籍畫眉闊生還對童稚似欲忘飢渴問事競挽鬚誰能即瞋喝翻思在賊愁甘受雜亂聒新歸且慰意生理焉得說（一作脫○以上敘到家後情形）至尊尚蒙塵幾日休練卒仰觀（一作看）天色改坐（一作旁）覺妖氣（一作氛）豁陰風西北來慘淡隨回鶻（一作胡紇）其王願助順

其俗喜（一作善）馳突送兵五千人驅馬一萬匹此輩少爲貴四方服勇決所用皆鷹騰破敵過（一作如）箭疾聖心頗虛佇時議氣欲奪伊洛指掌收西京不足拔官軍請深入蓄銳何（一作可）俱發此舉開青徐旋瞻略恆碣昊天積霜露正氣有肅殺禍轉亡胡歲勢成擒胡月胡命其能久皇綱未宜絕（以上回憶至尊在鳳翔而憂回紇不可恃）

昨狼狽初事與古先別姦臣竟葅醢同惡隨蕩析不聞夏殷（當作殷周）衰中自誅褒妲周漢獲再興宣光果明哲桓桓陳將軍仗鉞奮忠烈微爾人盡非于今國猶活淒涼大同殿寂寞白獸闥都人望翠華佳氣向金闕園陵固有神掃灑數不缺煌煌太宗業樹立甚宏達（以上追頌勘亂之功而極抒望治之懷）

得舍弟消息

風吹紫荊樹色與春庭暮花落辭故枝風迴返無處

骨肉恩書重漂泊難相遇猶有淚成河經天復東注

玉華宮

溪迴（一作迴）松風長蒼鼠竄古瓦不知何王殿遺構絕壁下陰房鬼火青壞道哀湍瀉萬籟真笙竽（一作竽瑟）秋色（一作氣一作光）正（一作極）蕭灑美人爲黃土況乃粉黛假當時侍金輿故物獨石馬憂來藉草坐浩歌淚盈把冉冉征途閒誰是長年者

九成宮

蒼山入百里崖斷如杵臼曾宮憑風迴（一作迴）岌業土囊口立神扶棟梁（一作宇）鑿翠開戶牖其陽産靈芝其陰宿牛斗紛披（一作秋）長松倒（一作側）揭孽怪石走哀猿啼一聲客淚迸林藪荒哉隋家帝製此今頹朽向使國不亡焉爲巨唐有雖無新增修尚置官居守巡非瑤水遠跡是雕牆後我行（一作來）屬時危仰望嗟歎久

天王守晉晁並作狩趙云守音狩太白駐馬更搔一作回首

羌村三首

崢嶸赤雲西日腳下平地柴門鳥雀噪歸客一云客子千里至妻孥怪我在驚定還拭淚世亂遭飄蕩生還偶然遂隣人滿牆頭感歎亦歔欷夜闌更秉燭相對如夢時

晚歲迫偷生還家少歡趣嬌兒不離膝畏我復卻去憶昔好一作多追涼故繞池邊樹蕭蕭北風勁撫事煎百慮賴知禾黍一作黍秫一作黍稌收已覺糟牀注如今足斟酌且用慰遲暮

羣雞正一作忽亂叫客至雞鬭爭驅雞上樹木始聞扣柴荊父老四五人問我久遠行手中各有攜傾榼濁復清苦一作莫辭酒味薄黍地無人耕兵革既未息兒童一作郎盡東征請爲父老歌艱難愧深一作餘情歌罷

仰天歎四座淚縱橫

送李校書二十六韻

代北有豪鷹生子毛盡赤渥洼騏驥兒(一作種)尤異是龍(一作虎)脊李舟名父子清峻流(樊作時)輩伯人閒好少年不必須白皙十五富文史十八足賓客十九(一作妙)授校書二十聲輝(樊作烜)赫衆中每一見使我潛動魄自恐二男兒辛勤養無益乾元元(一作二)年春萬姓始安宅舟也衣綵衣告我欲遠適倚門固有望斂袵就行役南登吟白華已見楚山碧藹藹咸陽都冠蓋日雲(一作已如)積何時太夫人堂上會親戚汝翁草明光天子正前席歸期豈爛漫別意終感激顧我蓬屋姿謬通金閨(一作門)籍小來習性嬾晚節(一作歲)慵轉劇每愁悔吝作如覺天地窄羨君齒髮新行己能夕惕臨岐意頗切對酒不能喫迴身視綠野慘淡如荒澤老鴈

春忍（陳作忍春）飢哀號待枯麥時哉高飛鷰絢鍊新羽翮長雲溼褒斜漢水饒巨石無令軒車遲衰疾悲夙昔

留花門

北門（一作北方一作花門）天驕子飽肉氣勇決高秋馬肥健挾矢射漢月自古以爲患詩人厭薄伐修德使其來羈縻固不絕胡爲傾國至出入暗金闕中原有驅除隱忍用此物公主歌黃鵠君王指白日連雲屯左輔百里見積雪長戟鳥休飛哀笳曙（一作曉）幽咽田家最恐懼麥倒桑枝折沙苑臨清渭泉香草豐潔渡河不用船千騎常撇烈（一云滅沒異作撇捩）正胡塵踰太行雜種抵京室花門既須留原野轉蕭瑟

義鶻（宋刻諸本皆曰義鶻行惟吳若本無行字）

陰崖有蒼（一作二）鷹養子黑柏顛白蛇登其巢吞噬（一作之）恣（一作資）朝餐雄飛遠求食雌者鳴辛酸力強不可

制黃口無半存其父從西歸(一作來)翻身入長煙斯須領健鶻痛憤(一云憤懣一云冤憤)寄所宣斗上捩孤影噭哮(一作無聲)來九天修鱗脫遠枝巨顙折老拳高空得蹭蹬短(一作茂)草辭蜿蜒折尾能一掉(一作擺)飽腸皆(一作今)已(一作以一云已皆)穿生雖滅衆雛死亦垂千年物情有報復快意貴目前茲實鷙鳥最急難心炯(一作皎)然功成失所往(一作在)用舍何其賢近經潏水湄此事樵夫傳飄蕭覺素髮凜欲(一作烈一作若)衝儒冠人生許與分只在(一云亦存)顧盻閒聊爲義鶻行用(一作永)激壯士肝

畫鶻行(一作畫雕)

高堂見生(一作老)鶻颯爽動秋骨初驚無拘攣(一作卷)何得立突兀乃知畫師妙功(一作巧)刮造化窟寫作(一作此)神俊姿充君眼中物烏鵲滿樛枝軒然恐其出側腦看青霄甯爲衆禽沒長翮如刀劍人寰可超越乾坤

空崢嶸粉墨且蕭瑟緬思（一作想）雲沙際自有煙霧質
吾今意何傷顧步獨紆鬱

新安吏（收京後作雖收兩京賊猶充斥）

客行新安道喧呼聞點兵借問新安吏縣小更無丁
府帖（一作符）昨夜（一作日）下次選中男行中男絕短小何
以守王城肥男有母送瘦男獨伶俜白水暮東流青
山猶（一作聞）哭聲莫自使眼枯收汝淚縱橫眼枯卽見
骨天地終無情我軍取（一作至）相州日夕望其平豈意
賊難料歸軍星散營就糧近故壘練卒依舊京掘壕
不到水牧馬役亦輕況乃王師順撫養甚分明送行
勿泣血僕射如父兄

潼關吏

士卒何草草築城潼關道大城鐵不如小城萬丈餘
借問潼關吏修關（一作築城）還備胡要我下馬行爲我指

山隅連雲列戰格飛鳥不能踰胡來但自守豈復憂西都丈(一作大)人視要處窄狹容單車艱難奮長戟萬古(吳本作千)用一夫哀哉桃林戰百萬化爲魚請囑防關將愼勿(一作莫)學哥舒

石壕吏

暮投石壕村有吏夜捉人老翁踰牆走老婦出門看吏(蘇潤公本作老婦出看門)呼一何怒婦啼一何苦聽婦前致詞三男鄴城戍一男附書至(一作到)二男新戰死存(一作在)者且(一作是)偷生死者長已矣室中更無人惟(文粹作所)有乳下孫有孫母未去(陳浩然本作孫有母未去)出入(一作更)無完裙(一云孫母未便出見吏無完裙)老嫗力雖衰請從吏夜歸急應河陽役猶得備晨炊夜久語聲絕如聞泣幽咽天明登前途獨與老翁別

新婚別

兔絲附蓬麻引蔓故(一作固)不長嫁女與征夫不如棄路旁結髮爲妻子(樊作子妻)席不暖君牀暮婚晨告別無乃太怱忙君行雖(一作既)不遠守邊赴(一作戍)河陽妾身未分明何以拜姑嫜父母養我時日夜令我藏生女有所歸雞狗(一作犬)亦得將君今往死地(陳浩然本君今死生地草堂本君生往死地)沈痛迫中腸誓欲隨君去(一作往)形勢反蒼黃勿爲新婚念努力事戎行婦人在軍中兵氣恐不揚自嗟貧家女久致羅襦裳羅襦不復施對君洗紅妝仰視百鳥飛大小必雙翔人事(一作生)多錯迕與君永相望

垂老別

四郊未寧靜垂老(一作死)不得安子孫陣亡盡焉用身獨完投杖出門去同行爲辛酸幸有牙齒存(一作好)所悲骨髓(一作肉)乾男兒既介冑長揖別上官老妻臥路

啼歲暮衣裳單孰知是死別且復傷其寒此去必不
歸。還聞勸加餐。土門壁甚堅杏園度亦難勢異鄴城
下縱死時猶晉作獨寬人生有離合豈擇衰老一作盛端
憶昔少壯日遲迴竟長歎萬國盡征戍一云東征烽火被
岡巒積屍草木腥流血川原丹何鄉爲樂土安敢尚
盤桓棄絕蓬室居塌然摧肺肝

無家別

寂寞天寶後園廬但蒿藜我里百一作萬餘家世亂各
東西存者無消息死者爲一作委塵泥賤子因陣敗歸
來尋舊一作故蹊久行見空巷一作室日瘦氣慘悽但對
狐與狸豎毛怒我啼四鄰何所有一二老寡妻宿鳥
戀本枝安辭且窮棲方春獨荷鋤日暮還灌畦縣吏
知我至召令習鼓鞞雖從本州役內顧無所攜近行
止一身遠去終轉迷家鄉既盪盡遠近理亦齊永痛

長病毋五年委溝谿生我不得力終身兩酸嘶人生無家別何以爲烝黎

夏日歎

夏日出東北陵天經晉作經天陵中街朱光徹厚地鬱蒸何由開上蒼久無雷無乃號令乖雨降不濡物良田起黃埃飛鳥苦熱死池魚涸其泥萬人尚流冗舉目唯蒿萊至今大河北化一作盡作虎與豺浩蕩想幽薊王師安在哉對食不能餐我心殊未諧眇然貞觀初難與數子偕

夏夜歎

永日不可暮炎蒸毒我一作中腸安得萬里風飄颻吹我裳昊天出華月茂林延疏光仲夏苦夜短開軒納微涼虛明見纖毫羽蟲亦飛揚物情無巨細自適固其常念彼荷戈士窮年守邊疆何由一洗濯執熱互

相望竟夕擊刁斗喧聲連萬方青紫雖被體不如早還鄉北城悲笳發鸛鶴號且翔況復煩促倦激烈思時康

立秋後題

日月不相饒節序昨夜隔元蟬無停號秋燕已如客平生獨往願惆悵年半百罷官亦由人何事拘形役

貽阮隱居昉

陳留風俗衰人物世不數塞上得阮生迥繼先父祖貧知靜者性自（晉作白）益毛髮古車馬入鄰家蓬蒿翳環堵清詩近道要識子（一作字）用心苦尋我草逕微褰裳踏寒雨更議居遠村避喧甘猛虎足明箕潁客榮貴如糞土

遣興三首

下馬古戰場四顧但茫然風悲浮雲去黃葉墜（一作墮）

我前朽骨穴螻蟻又爲蔓草纏故老行歎息今人尚開邊漢虜互勝負（樊作失約）封疆不常全安得廉恥（一作頗）將三軍同晏眠

高秋登塞（一作寒）山南望馬邑州降虜東擊胡壯健盡不留穹廬莽牢落上有行雲愁老弱哭道路願聞甲兵休鄴中事反覆（一云蕭條）死人積如邱諸將已茅土載驅誰與謀

豐年孰（一云既一云亦）云遲甘澤不在早耕田秋雨足禾黍已映道春苗九月交顏色同日老勸汝衡門士勿悲尚枯槁時來展材力先後無醜好但訝鹿皮翁忘機對芳（一作荒）草（時來二句謂天下多事但展材力早晚皆可致富貴也鹿皮二句公以自況謂不思乘時自奮於功名但忘機觀物耳）

昔遊

昔謁華蓋君深求洞宮腳（陳作綠袍崑玉腳）玉棺已上天白

日亦寂一作冥寞暮昇艮岑晉作峯頂巾几猶未卻弟子四五人入來淚俱落余時游名山發軔在遠壑良覿違夙願含淒晉作悽向寥廓林昏罷幽磬竟夜伏石閣王喬下天壇微月映皓鶴晨溪嚮虛駛歸徑行已昨豈辭青鞵胝悵望一云惆悵金七藥東蒙赴舊隱尚憶同志樂休一作伏事董先生于今獨蕭索胡為客關塞道意久衰薄妻子亦何人丹砂負前諾雖悲鬒髮變一云鬢髮變未憂筋力弱扶一作杖藜望清秋有興入廬霍

幽人

孤雲亦羣遊神物有所歸麟一作靈鳳在赤霄何當一作常一來儀往與惠荀一作詢輩中年滄洲期天高無消息棄我忽若遺內懼非道流幽人見瑕疵洪濤隱語笑鼓枻蓬萊池崔嵬扶桑日照曜珊瑚枝風帆倚翠蓋一作巘暮把東皇衣嚥嗽元和津所思煙霞一作霧微

知名未足稱局促商山芝五湖復浩蕩歲暮有餘悲此游仙詩之類洪濤以下八句自思一旦飄然長往造此境界以自適其適知名二句謂不欲學四皓留名於世也五湖二句自歎束縛塵中不能出世也

佳人

絕代有佳人幽居在空一作山谷自云良家子零落依草木關中昔喪敗一作亂兄弟遭殺戮官高何足論不得收骨肉世情惡衰歇萬事隨轉燭夫壻輕薄兒新人已一作美如玉合昏尚知時鴛鴦不獨宿但見新人笑那聞舊人哭在山泉水清出山泉水濁侍婢賣珠迴牽蘿補茅屋摘花不插髮一作髻晉作鬢采柏動盈掬一作握天寒翠袖薄日暮倚修竹此詩不可解當有一賢者曾居高位後遭屏棄公敬慕而傷悼之故作詩以歎美之耳關中喪敗四句當是實賦其事前後皆以美人喻賢者迷離其辭使人驟難尋求與阮公詠懷詩相近在山句謂賢人之隱居未仕者出山句謂賢人已仕而困事為時所棄則愛憐之者少矣如李陵房琯雖為史遷與杜公所重而終不為時論所許亦出山泉濁之類也

赤谷西崦人家

躋險不見喧荊作宣一作安出郊已清目溪迴日氣暖逕轉山田熟鳥雀依茅茨藩籬帶松菊如行武陵暮欲問桃花一作源宿

西枝村尋置草堂地夜宿贊公土室二首

出郭晒細岑披榛得微路溪行一流水曲折方屢渡贊公湯休徒好靜心迹素昨枉霞上作盛論巖中趣怡然共攜手恣意同遠步捫蘿澀先登陟巘眩反顧要求陽岡暖苦陟晉作步陰嶺沍惆悵老大藤沈吟屈蟠樹卜居意未展杖策迴且暮層巔一作天餘落日草蔓已多露

天寒鳥已歸月出人晉作山更一作已靜土室延白光松門耿疏影躋攀倦日短語樂寄夜永明然林中薪暗汲石底一作泉井大師京國舊德業天機秉從來支許

遊興趣江湖迥數奇譎關塞道廣存箕潁何知戎馬閒復接塵壓事屏幽尋豈一路遠色有諸嶺晨光稍朦朧更越西南頂

寄贊上人

一昨陪錫杖卜鄰南山幽年侵腰腳衰未便陰崖秋重岡北面起竟日陽光留茅屋買（一作置）兼土斯焉心所求近聞西枝西有谷杉黍稠亭午頗和暖石（一作沙）田又足收當期塞（一作寒）雨乾宿昔齒疾瘳徘徊虎穴上面勢龍泓頭柴荊具茶茗逕（一作遙）路通林邱與子成二老來往亦風流

太平寺泉眼

招提憑高岡疏散連草莽出泉枯柳根汲引歲月古石閒（一作門）見海眼天畔縈水府廣深丈尺間宴息敢輕侮青白二小蛇幽姿可時覿如絲氣或上爛漫為

雲雨山頭到山下鑿井不盡土取供十方僧香美勝牛乳北風起寒文弱藻舒（一作勝）翠縷明涵客衣淨細蕩林影趣何當宅下流餘潤通藥圃三春溼黃精一食生毛羽

夢李白二首

死別已吞聲生別常惻惻江南瘴癘地逐（一作遠）客無消息故人入我夢明我長相憶恐非平生魂路遠（一作迷）不可測魂來楓葉（一作林）青魂（一作夢）返關塞黑君今在羅網何以（一作似）有羽翼落月滿屋梁猶疑照（樊作見）顏色水深波浪闊無使蛟龍得

浮雲終日行遊子久不至三夜頻夢君情親見君意告歸常局促苦道來不易江湖多風波（一作秋多風）舟楫恐失墜出門搔白首若（一作苦）負平生志冠蓋滿京華斯人獨顦顇孰云網恢恢將老身（一作才）反累千秋萬

歲名寂寞身後事

有懷台州鄭十八司戶 虔

天台隔三江一云江海風浪無晨暮鄭公縱得歸老病不識路昔如水一作江晉作天上鷗今如樊作爲罝中兎性命由他人悲辛但狂顧山鬼獨一脚蝮蛇長如樹呼號傍孤城歲月誰與度從來禦魑魅多爲一作被才名誤夫子嵇阮流更被晉作遭時俗惡海隅微小吏眼暗髮垂素黃帽映一云鳩杖逬青袍非供折腰具平生一杯酒見我故人遇相望無所成乾坤莽迴互

遣興五首

蟄龍三冬臥老鶴萬里心昔時賢俊人未遇猶視今嵇康不得死一云且不死孔明有知音又如壠底松用捨在所尋大哉霜雪幹歲久爲枯林

昔者一作在昔龐德公未曾入州府襄陽耆舊間處士節

獨一作猶苦豈無濟時策一作術終竟畏羅罟一作終歲畏罪罟

林茂鳥有歸水深魚知聚舉家依一作隱鹿門劉表焉

得取

我今日夜憂諸弟各異方不知死與生何況道路長

避寇一分散飢寒永相望豈無柴門歸一作掃欲出畏

虎狼仰看雲中雁禽鳥亦有行

蓬生非無根漂蕩隨高風天寒落萬里不復歸本叢

客子念故宅三年門巷空悵望但烽火戎車滿關東

生涯能幾何常在羈旅中

昔在洛陽時親友相追攀送客東郊道遨遊宿南山

煙塵阻長河樹羽成皐閒迴首載酒地豈無一日還

丈夫貴壯健慘戚非朱顏

遣興五首

朔風飄胡雁慘澹帶沙礫長林何蕭蕭秋草萋更碧

北里富薰天高樓夜吹笛焉知南鄰客九月猶絺綌

長陵銳頭兒出獵待明發騂一作觪弓金爪鏑白馬蹴微雪未知所馳逐但見暮光滅歸來懸兩狼門戶有旌節

漆有用而割膏以明自煎蘭摧白露下桂折秋風前府中羅舊尹沙道尚依然赫赫蕭京兆今為時所憐

猛虎憑其威往往遭急縛雷吼徒咆哮枝撐已在腳忽看皮寢處無復睛閃爍人有甚于斯足以勸一作戒元惡

朝逢富家葬前後皆一作見輝光共指親戚大緦麻百夫行送者各有死不須羨其強君看束練一作縛去亦得歸山岡

遣興五首

天用莫如龍有時繫扶桑頓轡海徒涌神人身更長

性命苟不存英雄徒自強吞聲勿復道真宰意茫茫地用莫如馬無良復誰記此日千里鳴追風可君意君看渥洼種態與駑駘異不雜一作在蹄齧閒逍遙有能事

陶潛避俗翁未必能達道觀其著詩集頗亦憾枯槁達生豈是足默識蓋不早有子賢與愚何其掛懷抱

賀公雅吳語在位常清狂上疏乞骸骨黃冠歸故鄉爽氣不可致斯人今則亡山陰一茅宇江一作淮海日淒涼

吾憐孟浩然裋褐卽長夜賦詩何必多往往凌鮑謝清江空舊魚一作舊魚美一作舊美魚春雨餘甘蔗每望東南雲令人幾悲吒

前出塞九首

國藩按錢箋謂前出塞為徵秦隴之兵赴交河而作刺主上窮兵開邊其說近是謂後出塞為徵東都之兵赴薊門而作譏祿山逆節已萌而人主不悟其說

尚有未當兩詩皆公在秦州追憶前事而作前出塞追咎天寶開徼兵開邊後出塞追咎至德開徼兵赴薊以討安史觀坐見幽州騎二句則所憶者乃安史已破兩京以後之事非憶未亂以前之事也

戚戚去故里悠悠赴交河公家有程期亡命嬰禍羅
君已富土境開邊一何多棄絕父母恩吞聲行負戈
出門日已遠不受徒旅欺骨肉恩豈斷男兒死無時
走馬脫轡頭手中挑青絲捷下萬仞一作丈岡俯身試搴旗
磨刀嗚咽水水赤刃傷手欲輕腸斷聲心緒亂已久
丈夫誓許國憤惋復何有功名圖麒麟戰骨當速朽
送徒既有長遠戍亦有身生死向前去不勞吏怒嗔
路逢相識人附書與六親哀哉兩決絕不復同一作問苦辛
迢迢萬餘里領我赴三軍軍中異苦樂主將寧盡聞

隔河見胡騎倐忽數百羣我始爲奴僕幾時樹功勳

挽弓當挽强用箭當用長射人先射馬擒賊先擒王殺人亦有限列（一作立）國自有疆苟能制侵陵豈在多殺傷

驅馬天雨雪軍行入高山逕危抱寒石指落曾冰閒已去漢月遠何時築城還浮雲暮南征可望不可攀

單于寇我壘百里風塵昏雄劍四五動彼軍爲我奔虜其名王歸繫頸授轅門潛身備行列一勝何足論

從軍十年餘能無分寸功衆人貴苟得欲語羞雷同中原有鬭爭況在狄與戎丈夫四方志安可辭固（一作困）窮

後出塞五首

男兒生世閒及壯當封侯戰伐有功業焉能守舊邱

召募赴薊門軍動不可留千金買馬鞭（一作鞍）百金裝

刀頭閭里送我行親戚擁道周斑白居上列酒酣進庶羞少年別有贈含笑看吳鉤

朝進東門營（一作營門）暮上河陽橋落日照大旗馬鳴風蕭蕭平沙列萬幕部伍各見招中天懸明月令嚴夜寂寥悲笳數聲動壯士慘不驕借問大將誰恐是霍嫖姚

古人重守邊今人（一作日）重高勳豈知英雄主出師亙長雲六合已一家四夷且孤軍遂使貔虎士奮身勇所聞拔劍擊大荒日收胡馬羣誓開元冥北持以奉吾君

獻凱日繼踵兩蕃靜無虞漁陽豪俠地擊鼓吹笙竽雲帆轉遼海粳稻來東吳越羅與楚練照耀輿臺軀主將位益崇氣驕淩上都邊人不敢議議者死路衢

我本良家子出師亦多門將驕益愁思身貴不足論

躍馬二十年恐辜明主恩坐見幽州騎長驅河洛昏
中夜閒道歸故里但空村惡名幸脫免窮老無兒孫

別贊上人

百川日東流客去亦不息我生苦（一作若）漂蕩何時有
終極贊公釋門老放逐來上國還爲世塵嬰頗帶顦
顇色楊枝晨在手豆子雨已熟是身如浮雲安可限
南北異縣逢舊友（一作交）初忻寫胸臆天長關塞寒（一作遠）
歲暮飢凍（一作寒）逼野風吹征衣欲別向曛黑（一作曛昏）
馬嘶（一作鳴）思故櫪歸鳥盡斂翼古來聚散地宿昔長
荊棘相看俱衰年出處各努力

萬丈潭（同谷縣作按此下皆由秦州赴同谷旋赴劍南及居蜀以後之詩）

青溪合（趙鴻刻作含）冥漠神物有顯晦龍依積水蟠窟壓
萬丈內跼步凌垠堮側身下煙靄前臨洪濤寬卻立
蒼石大山危一徑盡崖絕兩壁對削成根虛無倒影

垂澹瀕趙作瀏黑。如。陳作爲黃作知灣澴底清見光炯碎孤雲方輿作峯倒。來。深。飛。鳥。不在外高羅成帷一作帳幄寒木累旌旆遠川曲通流嵌竇潛洩瀨造幽無人境發興自我輩告歸遺恨多將老斯遊最閑藏修鱗蟄出入巨石趙作爪礙何事趙作當暑一作炎天過怪意風雨一作雲會

兩當縣吳十侍御江上宅

寒城朝煙澹山谷落葉赤陰風千里來吹汝江上宅鶗雞號枉渚日色傍阡陌借問持斧翁幾年長沙客哀哀失木狖矯矯避弓翮亦知故鄉樂未敢思宿昔昔在鳳翔都共通金閨一作門籍天子猶蒙塵東郊暗長戟兵家忌間諜。此輩常接跡臺中領舉劾君必慎剖析。不忍殺無辜。所以分白黑。上官權許與失意見遷斥。吳君因論賊諜宜分別真僞酌予原宥而見黜敘事雅潔極不易學仲尼甘旅人向子識損益朝廷非不知閉口休歎息樊本仲尼一聯在朝廷一

聯下余時忝諍臣丹陛實咫尺相看受狼狽至死難塞責行邁心多違出門無與適於公負明義惆悵頭更白

發秦州乾元二年自秦州赴同谷縣紀行十二首

我衰更嬾拙生事不自謀無食問樂土無衣思南州漢源十月交天氣涼如秋草木未黃落況聞山水一作東幽栗亭名更佳下有良田疇充腸多薯蕷崖蜜亦易求密竹復冬筍清池可方舟雖傷一作云旅寓遠庶遂平生遊此邦俯要衝實恐人事稠應接非本性登臨未銷憂谿谷無異石寒田始微收豈復慰老夫一作大惘一作炯然難久留日色隱孤戍烏啼滿城頭中宵驅車去飲馬寒塘流磊落星月高蒼茫雲霧浮大哉乾坤內吾道長悠悠

赤谷

天寒霜雪繁遊子有所之豈但歲月暮重來未有期
晨發赤谷亭險艱方自茲亂石無改轍我車已載脂
山深苦多風落日童稚飢悄然村墟迥煙火何由追
貧病轉零落（一云飄零）故鄉不可思常恐死道路永爲高
人嗤

鐵堂峽

山風吹遊子縹渺乘險絕硤形藏堂隍壁色立積（荊作精）
鐵徑摩穹蒼蟠石與厚地裂修纖無垠（一作限）竹嵌
空（一作孔）太始雪威遲哀壑底徒旅慘不悅（一作徒懷松柏悅）
水寒長冰橫我馬骨正折生涯抵弧矢盜賊殊未滅
飄蓬踰三年迴首肝肺熱

鹽井

鹵中草木白青者官鹽煙官作既有程煮鹽煙在川
汲井歲榾榾（草堂本云當作搰搰）出車日連連自公斗三百轉

致斛六千君子慎止足小人苦喈闐我何良歎嗟物理固自然一云亦固然

寒硤

行邁日悄悄山谷勢多端雲門轉絕岸積阻霾天寒寒硤不可度我實一作貧衣裳單況當仲冬交泝沿增波瀾野人尋煙語行子傍水餐此生免荷殳未敢辭路難

法鏡寺

身危適他州勉强終勞苦神傷山行深愁破崖寺古嬋娟碧蘚淨蕭摵寒籜聚回回一作洄洄山一作石根水冉冉松上雨洩雲蒙清晨初日翳復吐朱甍半光炯戶牖粲可數拄一作柱策忘前期出蘿已亭午冥冥子規叫微徑不復一作敢取

青陽峽

塞外苦厭山南行道（一云登道）彌惡岡巒相經亙雲水氣

參錯林迴峽角來天窄（一作穿）壁面削礫西五里石奮

怒向我落仰看日車側俯恐坤軸弱魑魅嘯有（一作狂）

風霜霰浩漠漠昨憶（一作憶昨）踰隴坂高秋視吳岳東笑

蓮華卑北知崆峒薄超然侔壯觀已謂殷（一作隱）寥廓

突兀猶趁人及茲歎冥寞（末八句謂登隴坂時氣象寥廓眼界已爲之一曠矣不意茲山又突兀趁人信造物之冥寞難測也）

龍門鎮

細泉及輕冰沮洳棧道溼不辭辛苦行迫（一作迨）此短

景急石門雪雲（一作雲雷）隘（一作溢）古鎮峰巒集旌竿暮慘

澹風水白刃澀胡馬屯成皐防虞此何及嗟爾遠戍

人山寒夜中泣

石龕

熊羆咆我東虎豹號我西我後鬼長嘯我前狨又啼

天寒昏無日山遠道路迷驅車石龕下仲冬見虹蜺

伐竹(一作木)者誰子悲謌上(一作抱)雲梯爲官採美箭五

歲供梁齊苦云直簳(一作笴)盡無以充(一作應)提攜柰何

漁陽騎颯颯驚烝黎

積草嶺

連峰積長陰白日遞隱見颼颼林響交慘慘石狀變

山分(一作外)積草嶺路異明水縣旅泊吾道窮(一作東)衰

年歲時倦卜居尚百里休駕投諸彥邑有佳主人情

如已會面來書語絕妙遠客驚深眷食蕨不願餘茅

茨眼中見

泥功山

朝行青泥上暮在青泥中泥濘(一作穽)非一時版築勞

人功不畏道途(一作路)永乃將(一云反將一云及此)汨沒同白馬

爲鐵驪小兒成老翁哀猿(一作猱)透卻墜死鹿力所窮

寄語北來人後來莫悤悤

鳳凰臺山峻不至高頂

亭亭鳳皇臺北對西康州西伯今寂寞鳳聲亦悠悠山峻路絕蹤石林氣高浮安得萬丈梯爲君上上頭恐有無母雛飢寒日啾啾一云啁啾我能剖心出方輿勝覽作心血飲啄慰孤愁心以當竹實炯然無方輿作忘外求血以當醴泉豈徒比清流所重王者瑞敢辭微命休坐看綵翮長一作舉舉一作縱意八極周自天銜瑞圖一作圖讖飛下十二樓圖以奉一作獻至尊鳳以垂鴻猷再光中興業一洗蒼生憂深衷正方輿作止爲此羣盜何淹留

發同谷縣乾元二年十二月一日自隴右赴劍南紀行

賢有不黔突聖有不暖席況我飢愚人一作夫焉能尚安宅始來茲山中休駕喜一作嘉地僻柰何迫物累一歲四行役夏發華州冬離秦州十二月發同谷忡忡去絕境杳杳更遠

適停驂龍潭雲迴首白一作虎崖石臨歧別數子握手
淚再滴交情無舊深一作雖無舊深知一作雖舊情深知窮老多慘感
平生懶拙意偶值棲遁跡去住與願違仰慙林間翮

木皮嶺

首路栗亭西尚想鳳皇村季冬攜童一作幼稺辛苦赴
蜀門南登木皮嶺艱險不易論汗流被我體祈寒爲
之暄遠岫爭輔佐千巖自崩奔始知五嶽外別一作更
有一作見他山尊仰干一作看塞大明俯入裂厚坤再聞
虎豹鬬屢蹹風水昏高有廢閣道摧折如短一作斷轅
下有冬青林石上走長根西崖特秀發煥若靈芝繁
潤聚金碧氣清無沙土痕憶觀崑崙圖一作墟目擊元
圃存對此欲何適默傷垂老魂

白沙渡

畏途隨長江渡口欲絕岸差池上舟楫杳窕入雲漢

天寒荒野外日暮中流半我馬向北嘶山猿飲相喚水清石礧礧沙白灘漫漫迥一作脩然洗愁辛多病一疏散高壁抵嶔崟一作岑洪濤越凌亂臨風獨迴首攬轡復三歎

水會渡 一云水回渡

山行有常程中夜尚未安微月沒已久崖傾路何難大江動一作當我前洶若溟渤寬篙師暗理楫歌笑輕波瀾霜濃木石滑風急一作烈一作冽手足寒入舟已千憂陟巘仍萬盤迴眺積水一作石外始知衆星乾遠遊令人瘦衰疾慙加餐

飛仙閣

土門山行窄一作出微徑緣秋毫一云徑微上秋毫棧雲闌干峻梯石結構牢萬壑欹疏林一作竹積陰帶奔濤寒日外淡泊長風中怒號歇鞍在地底始覺所歷高往來

雜坐臥人馬同疲勞浮生有定分飢飽豈可逃歎息謂妻子我何隨汝一作爾曹

五盤

五盤雖云險山色佳有餘仰凌棧道一作閣細俯映江木疏地僻無網罟水清反多魚好鳥不妄飛野人半巢居喜見淳樸俗坦然心神舒東郊尚格鬬巨猾何時除故鄉有弟妹流落隨邱墟成都萬事好一作在豈若歸吾盧

龍門閣

清江下龍門絕壁無尺土長風駕高一作白浪浩浩自太古危途中縈盤一作縈盤道仰望垂線縷滑石欹誰鑿浮梁裊相拄目眩隕雜花頭風吹過雨一作飛雨一作過百年不敢料一墜那得取飽聞一作知經瞿塘足見度大庾終身歷艱險恐懼從此數

石櫃閣

季冬（一作冬季）日已長山晚半天赤蜀道多早花江間饒奇石石櫃曾波上臨墟蕩高壁清暉迴羣鷗暝色帶遠客羈棲負幽意感歎向絕跡信甘孱懦嬰不獨凍餒迫優遊謝康樂放浪陶彭澤吾衰未自安（一作由）謝爾性所（一作有）適

桔柏渡

青冥寒江渡駕竹爲長橋竿溼煙（一云竹竿溼）漠漠江永（一作水）風蕭蕭連笮動嫋娜征衣颯飄颻急流鴇鷁散絕岸黿鼉驕西轅自茲異東逝不可要高通荊門路闊會滄海潮孤光隱顧眄遊子悵寂寥無以洗心胸前登但山椒

劍門

惟天有設險劍門（一作閣）天下壯連山抱西南石角皆

北向兩崖崇墉倚刻畫城郭狀一夫怒臨關（一作門）百萬未可傍（一作仰）珠玉（陳作玉帛）走中原岷峨氣悽愴三皇五帝前雞犬各相（一作自）放後王尚柔遠職貢道已喪至今英雄人高視見霸王并吞與割據極力不相讓吾將罪真宰意欲鏟疊嶂恐此復偶然臨風默（一作黯）惆悵

鹿頭山

鹿頭何亭亭是日慰飢渴連山西南斷俯見千里豁遊子出京華劍門不可越及茲險阻盡始喜原野闊殊方昔三分霸氣曾閒發天下今一家雲端失雙闕悠然想揚馬繼起名碑兀有文（一作才）令人傷何處埋爾骨紆餘脂膏地慘澹豪俠窟仗鉞非老臣宣風豈專達冀公柱石姿論道邦國活斯人亦何幸公鎮踰歲月（僕射裴冀公冕國藩按登鹿頭山則成都沃野千里如在目前故云始喜原野闊俯見千里豁）

成都府

翳翳桑榆日照我征衣裳我行山川異忽在天一方但逢新人民未卜見故鄉大江東流去一作從東來游子去日一作日月長曾城填華屋季冬樹木蒼喧然名都會吹簫閒一作奏笙簧信美無與適側身望川梁鳥雀夜各歸中原杳茫茫初月出不高衆星尚爭光自古有羈旅我何苦哀傷

贈蜀僧閭邱師兄太常博士均之孫

大師銅梁秀籍籍名家孫嗚呼先博士炳靈精氣奔惟一云往昔武皇后臨軒御乾坤多士盡儒冠墨客藹雲屯當時上紫殿不獨卿相尊世傳閭邱筆峻極逾樊作倅崑崙鳳藏丹霄暮一作穴龍去一作出白水渾青熒雪嶺東碑碣舊製存斯文散都邑高價越璵璠晚看作者意妙絕與誰論吾祖詩冠古同年蒙主恩豫章

夾日月歲久空深根小子思疏闊豈能達詞門窮愁（一作秋）一揮淚相遇即諸昆我住錦官城兄居祇樹園地近慰旅愁往來當邱樊天涯歇滯雨粳稻臥不翻漂然薄遊倦始（晉作如）與道侶（一作旅）敦景晏步修廊而無車馬喧夜闌接軟語（一作夜言詞常軟）落月如金盆漠漠世界黑（一作空）驅驅爭奪繁惟有摩尼珠可照濁水源

嗚呼先博士以下十六句均詠閭邱均晚看作者二句指僧也不獨鄉相尊者謂主上亦重之也

泛溪

落景下高堂進舟泛迴溪誰謂築居小未盡喬木西遠郊信荒僻秋色有餘淒練練峯上雪纖纖雲表霓童戲左右岸（一云兒童戲左右）罟弋畢提攜翻倒荷芰亂指揮徑路迷得魚已割鱗採藕不洗泥人情逐鮮美物賤事已（一云迹）睽吾村靄暝姿異舍雞亦棲蕭條欲何適出處庶可齊衣上見新月霜中登故畦濁醪初自

熟東城多鼓鼙

病柏

有柏生崇岡童童狀車一作青蓋偃蹙龍虎姿主當風雲會神明依正直故老多再拜豈知千年根中路顏色壞出非不得地蟠據亦高大歲寒忽無憑一作用日夜柯葉改一云碎丹鳳領九雛哀鳴翔其外鴟鴞志意滿養子穿穴一云窟內客從何鄉來佇立久吁怪靜求元精一云無根理浩蕩難倚賴

病橘

羣一作伊橘少生意雖多亦奚爲惜哉結實小一作少酸澀如棠梨剖一作劊之盡蠹蟲樊作蝕采掇爽其一作所宜紛然不適口豈只存其皮蕭蕭半死葉未忍一作悤悤別故枝元冬霜雪積況乃迴風吹嘗聞蓬萊殿羅列瀟湘姿此物歲不稔玉食失一作少光輝寇盜尚憑陵當

君減膳時汝病是天意吾諗（一云愁）罪有司憶昔南（一作聞）海使奔騰獻荔支百馬死山谷到今耆舊悲

枯椶

蜀門多椶（一作栟）櫚高者十八九其皮割剝甚雖衆亦易朽徒布（一作有）如雲葉青黃歲寒後交橫集斧斤凋喪先蒲柳傷時苦軍乏一物官盡取嗟爾江漢人生成復何有有同枯椶木使我沈嘆久死者即已休生者何（一作能）自守啾啾黃雀啅側見寒蓬走念爾形影乾（一作枯形影）摧殘沒藜莠

枯柟

楩柟枯崢嶸鄉黨皆莫記不知幾百歲慘慘無生意上枝摩皇（一作蒼）天下根蟠厚地巨圍雷霆坼萬孔蟲蟻萃凍雨落流膠衝風奪佳氣白鵠遂不來天雞爲愁思猶含棟梁具無復霄漢（一作雲霄）志良工古昔少識

者出涕淚種榆水中央長成何容易截承金露盤裊裊不自畏

大雨

西蜀冬不雪春農尚嗷嗷上天回哀眷朱一作清夏雲鬱陶執熱乃沸鼎纖絺成縕袍風雷颯萬里霈澤施蓬蒿敢辭茅葦漏已喜黍豆高三日無行人二一作大江聲怒號流惡邑里清矧茲遠江皋荒庭步鸛鶴隱几望波濤沈痾聚藥餌頓忘所進勞則知潤物功可以貸不毛陰色靜壠畝勸耕自官曹四鄰耒耜出。一作出耒耜何必吾家操。

溪漲

當時浣花橋溪水纔尺餘白石一作日明可把水中有行車秋夏忽泛溢豈惟一作伊入吾廬蛟龍亦狼狽況是鼈與魚茲晨已半落歸路跬步疏馬嘶未敢動前

有深塡淤青青屋東麻散亂床上書不意（一作知）遠山
雨夜來復何如我遊都市閒晚憩必村墟乃知久行
客終日思其居

戲贈友二首

元年建巳月郎有焦校書自誇足膂力能騎生馬駒
一朝被馬踏脣裂板齒無壯心不肯已欲得東擒胡
元年建巳月官有王司直馬驚折左臂骨折面如墨
駑駘漫（一作慢）深（陳浩然本作染）泥何不避雨色勸君休歎慽
未必不爲福

遭田父泥飲美嚴中丞

步屧隨春風村村自花柳田翁逼社日邀我嘗春酒
酒酣誇新尹畜眼未見有迴頭指大男渠是弓弩手
名在飛騎籍長番歲時久前日放營農辛苦救衰朽
差科死則已誓不舉家走今年大作社拾遺能住否

叫婦開大瓶盆中爲吾取感此氣揚揚須知風化首語多雖雜亂說尹終在口朝來偶然出自卯將及酉久客惜人情如何拒鄰叟高聲索果栗欲起時被肘指揮過無禮未覺村野醜月出遮我留仍嗔問升斗

喜雨

春旱天地昏日色赤如血農事都已（樊作未）休兵戈況騷屑巴人困軍須慟哭厚土熱滄江夜來雨真宰罪一雪穀根小（一作少）蘇息沴氣終不滅何由見甯歲解我憂思結崢嶸羣（一作東）山雲交會未斷絕安得鞭雷公滂沱洗吳越（時聞浙右多盜賊）

述古三首

赤驥頓長纓非無萬里姿悲鳴淚至地爲問馭者誰鳳凰從東（一作天）來何意復高飛竹花不結實念子忍朝飢古時君臣合可以物理推賢人識定分進退（一作

用固一作因其宜

市人日中集於利競錐刀置膏烈火上哀哀自煎熬

農人望歲稔相率除蓬蒿所務穀一作農爲本邪贏無

乃勞舜舉十六相身尊道何高秦時任商鞅法令如

牛毛

漢光得天下祚永固有開豈惟高祖聖功自蕭曹來

經綸中興業何代無長才吾慕寇鄧勳濟時信良哉

耿賈亦宗臣羽翼共徘徊休運終四百圖畫在雲臺

冬到金華山觀因得故拾遺陳公學堂遺跡

涪右衆山內金華紫崔嵬上有蔚藍天垂光抱瓊臺

繫舟接絕壁策杖窮縈回四顧俯層巔淡然川谷開

雪嶺日色一作光死霜鴻有餘哀焚香玉女跪霧裏仙

人來陳公讀書堂石柱仄青苔悲風爲我起激烈傷

雄才

陳拾遺故宅

拾遺平昔居大屋一作宅尚修椽悠揚一作悠悠荒山日慘淡一作崔崒故園一作國煙位下曷足傷所貴者聖賢有才繼騷雅哲匠不比肩公生揚馬後名與日月懸同遊英俊人多秉輔佐權彥昭超一作趙玉價郭振晉作震起通泉到今素壁滑灑翰銀鉤連盛事會一時此堂豈千年終古立忠義感遇有遺編

謁文公上方

野寺隱喬木山僧高下居石門日色異絳氣橫扶疏窈晉作窅窕入風磴長蘿紛卷舒庭前猛虎臥遂得文公廬俯視萬家邑煙塵對階除吾師雨花外不下十年餘長者自布金禪龕只晏如大一作火珠脫玷翳白月一作日當空虛甫也南北人蕪蔓少耘鋤久遭詩酒汚何事忝簪裾王侯與螻蟻同盡隨邱墟願聞第一

義迴向心地初金篦刮眼膜價重百車渠無生有汲
引茲理儻吹噓

奉贈射洪李四丈明甫

丈人屋上烏人好烏亦好人生意氣豁不在相逢早
南京亂初定所向邑一作色枯槁遊子無根株茅齋付
秋草東征下月峽挂席窮海島萬里須十金妻孥未
相保蒼茫風塵際蹭蹬騏驎老志士懷感傷心胸已
頹倒

早發射洪縣南途中作

將老憂貧窶筋力豈能及征途乃吳作後一作復侵星得使
諸病入鄙人寡道氣在困無獨立俶裝逐徒旅達曙
淩險澀寒日出霧遲清江轉山急僕夫行不進駑馬
若維縶汀洲稍疏散風景開怏一云悁悒空慰所尚懷
終非曩遊集衰顏偶一破勝事難屢一云皆空挹茫然阮

籍途更灑楊朱泣

通泉驛南去通泉縣十五里山水作

溪行衣自溼亭午氣始散冬溫蚊蚋在（一作集）人遠鳧鴨亂登頓生曾陰欹傾出高岸驛樓衰柳側縣郭輕煙畔一川何綺麗盡目（一作日）窮壯觀山色遠寂寞江光夕滋漫傷（一作知）時愧孔父去國同王粲我生苦飄零所歷有嗟歎

過郭代公故宅

豪俊初未遇其跡或脫略代公尉通泉放意何自若及夫登袞冕直氣森噴薄（一本此下有精魄凜如在所歷終蕭索國藩按錢箋本玉句草堂本皆作直氣）磊落見異人豈伊常情度定策神龍後宮中翕清廓俄頃辨尊親指揮存顧託羣公有（一作見）慚色王室無削弱迥出名臣上丹青照臺閣我行得遺跡（一作址）池館皆疏鑿壯公臨事斷顧步涕橫落（草堂）

一本精魄凜如在一聯在此下高詠寶劍篇神交付冥漠

觀薛稷少保書畫壁

少保有古風得之陝郊篇惜哉功名忤但見書畫傳我遊梓州東遺跡涪江邊畫藏青蓮界書入金牓懸仰看垂露姿不崩亦不騫鬱鬱三大字蛟龍岌相纏又揮西方變發地扶屋椽慘淡壁飛動到今色未填此行疊壯觀郭薛俱才賢不知百載後誰復來通泉

通泉縣署屋壁後薛少保畫鶴

薛公十一鶴皆寫青田真畫色久欲盡蒼然猶出塵低昂各有意磊落如長人佳此志氣遠豈惟粉墨新萬里不以力羣遊森會神威遲白鳳態非是倉鶊鄰高堂未傾覆常一作幸得慰嘉賓曝露牆壁外終嗟風雨頻赤霄有真骨恥飲洿池津冥冥任所往脫略誰能馴

陪章留後惠義寺餞嘉州崔都督赴州

中軍待上官令肅事有恆前驅入寶地祖帳飄金繩南陌（一作伯）既留歡茲山亦深登清聞樹杪磬遠謁雲端僧迴策匪新岸（樊作崖）所攀仍舊藤耳激洞門飆目存寒谷冰出塵閟軌躅畢景遺炎蒸永願坐長夏將衰棲大乘羈旅惜宴會艱難懷友朋勞生共幾何離憾兼相仍

將適吳楚留別章使君留後兼幕府諸公得柳字

我（一作甫）來入蜀門歲月亦已久豈唯長兒童自覺成老醜常恐性坦率失身為杯酒近辭痛飲徒折節萬夫（一作人）後昔如（樊作若）縱壑魚今如喪家狗既無遊方戀行止復何有相逢半新故取別隨薄厚不意青草湖扁舟落吾手眷眷章梓州開筵俯高柳樓前出騎

馬帳下羅賓友健兒簸紅旗此樂或（一作幾）難朽日車

隱崑崙烏雀噪戶牖波濤未足畏（一作慰）三峽徒雷吼

所憂盜賊多重見衣冠走中原消息斷黃屋今安否

終作適荊蠻安排用莊叟隨雲拜東皇挂席上南斗

有使即寄書無使長迴首（自首至扁舟落吾手自敘居蜀已久將赴吳楚眷眷八句敘餞末十二句敘別意）

山寺（得開字章留後同遊）

野寺根（一作限）石壁諸龕遍崔嵬前佛不復辨百身一

莓苔雖（一作唯）有古殿存世尊亦塵埃如聞龍象泣足

令信者哀使君騎紫馬捧擁從西來樹羽靜千里臨

江久徘徊山僧衣藍縷告訴棟梁摧公爲顧（一作領）賓

徒（荊作從）咄嗟檀施開吾知多羅樹卻倚蓮華臺諸天

必歡喜鬼神無嫌猜以茲撫士卒孰曰非周才窮子

失淨處高人憂禍胎歲晏風破肉荒林寒可迴思量

入一作人道苦自哂同嬰孩

縛拂子

縛拂且薄陋豈知身效能不堪代白羽有足除蒼一作青蠅熒熒金錯刀擢擢朱絲繩非獨顏色好亦用晉作由顧盼稱吾老抱疾病家貧臥炎蒸咂膚倦撲滅賴爾甘服膺物微世競棄義在誰肯徵三歲清秋至未敢闕緘縢

寄題江外草堂梓州作寄成都故居

我生性放誕難欲逃自然嗜酒愛風一作修竹卜居必一作此林泉遭亂到蜀江臥痾遣晉作遺所便誅茅初一畝廣地方一作必連延經營上元始斷手寶應年敢謀土木麗自覺面勢堅一作賢臺亭一作亭臺隨高下敞豁當清川雖樊作惟有會心侶數能同釣船干戈未偃息安得酣歌眠蛟龍無定窟黃鵠摩蒼天古來達士志一作

賢達士甯受外物牽顧惟魯鈍姿豈識悔吝先偶攜老妻去慘澹淩風煙事跡無固必幽貞媿雙全尚念四小松蔓草易一作己拘纏霜骨不甚長永爲鄰里憐自首至數能同釣船謂至成都經營草堂數年乃成自干戈未偃息以下謂因亂至梓州違離草堂思憶之也

送韋諷上閬州錄事參軍

國步猶艱難兵革未衰息萬方哀一作尚嗷嗷十載一作年供軍食庶官務割剝不暇憂反側誅求何多門賢者貴爲德晉作賢俊愧爲力韋生富春秋洞澈有清識操持綱紀地喜見朱絲直當令晉作因循豪奪吏自此無顏色必若救瘡痍先應去蟊賊揮淚臨大江高天意悽惻行行樹佳政慰我深相憶

閬州東樓筵奉送十一舅往青城縣得昏字

曾城有高樓舊作會制古丹雘存迢迢百餘尺豁達開四門雖有一作會車馬客而無人世喧遊目俯大江列

筵慰別魂是時秋冬交節往顏色昏天寒鳥獸休一作伏霜露在草根今我送舅氏萬感集清樽豈伊山川間迴首盜賊繁高賢意不暇王命久崩奔臨風欲慟哭聲出已復呑

南池

崢嶸巴閬間所向盡山谷安知有蒼池萬頃浸坤軸呀然閬城南枕一作控帶巴江腹芰荷入異縣粳稻共比屋皇天不無意美利戒止足高田失西成此物頗豐熟清源多衆魚遠岸富喬木獨歎楓香林春時好顏色南有漢王一作晉主祠終朝走巫祝歌舞散靈衣荒哉舊風俗高堂一作皇亦明王魂魄猶正直不應空陂上縹緲親酒食淫祀自古昔非唯一川瀆干戈浩茫茫地僻傷極目平生江海一作溟渤興遭亂身局促駐馬問漁舟躊躇慰羇束自首至富喬木敘南池景物自獨歎至一川瀆敘漢主淫祀末

六句唱數作收

贈別賀蘭銛

黃雀飽野粟羣飛動荆榛今君抱何憾寂寞向時人老驥倦驤首蒼（一作饑）鷹愁易馴高賢世未識固合嬰饑貧國步初返正乾坤尚風塵悲歌鬢髮白遠赴湘吳春我戀岷下芋君思千里蓴生離與死別自古鼻酸辛

別唐十五誡因寄禮部賈侍郎

九載一相逢百年能幾何復爲萬里別送子山之阿白鶴久同林潛魚本同河未知棲集期衰老强高歌歌罷兩悽惻六龍忽蹉跎相視髮皓白況難駐羲和胡星墜燕地漢將仍橫戈蕭條四海內人少豺虎多少人慎莫投多虎信所過饑有易子食獸猶畏虞羅子負經濟才天門鬱嵯峨飄颻適東周來往若（一作亦）

崩波南宮吾故人白馬金盤陀雄筆映千古見賢心靡（一作匪）他念子善師事歲寒守舊柯爲吾謝賈公病肺臥江沱

草堂

昔我去草堂蠻奪塞成都今我歸草堂成（一作此）都適無虞請陳初亂時反覆乃須臾（一作斯須）大將赴朝廷羣小起異圖中宵斬白馬盟歃氣已麤西取邛南兵北斷劍閣隅布衣數十人亦擁專城居其勢不兩大始聞蕃漢殊西卒卻倒戈賊臣互相誅焉知肘腋禍自及梟獍徒義士皆痛憤紀綱亂相踰一國實三公萬人欲爲魚唱和作威福孰肯（一作能）辨無辜眼前列杻械背後吹笙竽談笑行殺戮濺（一作流）血滿長衢到今用鉞地風雨聞號呼鬼（一作人）妾與鬼馬色悲充爾娛國家法令在此又足驚吁嗟子且奔走三年望東吳

孤矢暗江海難爲遊五湖不忍竟舍此復來薙榛蕪
入門四松在步屧一作屟萬竹疏舊犬喜我歸低徊入
衣舊作我裾鄰舍喜我歸沽酒攜胡蘆一云提榼壺大官喜
我來遣騎問所須城郭喜一作知我來賓客隘一作溢村
墟天下尚未寧健兒勝腐儒飄飖一作飄飄風塵際何地
置一作致老夫於時見一作是疣贅骨髓幸未枯飲啄媿
殘生食薇不敢餘自請陳要亂初至自及梟獍徒敘寶應元年嚴武入朝徐知道反旋
爲其下李忠厚所殺也自義士皆痛憤至此又足驚吁敘徐逆雖誅而成都無主紀綱大亂誅殺無辜但
所謂一國三公者不知指何人耳自賤子且奔走以下敘廣德二年嚴武再來鎮蜀公自梓州復還成都

四松

四松初移時大抵三尺強別來忽三載一作歲離立如
人長會看根不拔莫計枝凋傷幽色幸一作會秀發疏
柯亦一作已昂藏所插小藩籬本亦有隄防終然振直根
切撥損得怯一作愧千葉黃敢爲故林主黎庶猶未康

避賊今始歸春草滿空堂覽物歎衰謝及茲慰淒涼清風爲我起灑面若微霜足以送老姿一作足爲送老資聊待一作將偃蓋張我生無根帶一作蔕配爾一作汝亦茫茫有情且賦詩事跡可兩一作兩可忘勿矜千載後慘澹蟠穹蒼

水檻

蒼江多風飆雲雨晝夜飛茅軒駕巨浪焉得不低垂遊子久在外門戶無人持高岸尚如一作爲谷何傷浮柱欹扶顛有勸誡恐貽識者嗤既殊大廈傾可以一木支臨川視萬里何必欄檻爲人生感故物慷慨有餘悲

破船

平生江海心宿昔具扁舟豈惟清溪上日傍柴門遊蒼皇避亂兵緬邈懷舊邱鄰人亦已非野竹獨脩脩

船舷不重扣埋沒已經秋仰看西飛翼下愧東逝流故者或可掘新者亦易求所悲數奔竄白屋難久留

營屋

我有陰江竹能令朱夏寒陰通積水內高入浮雲端甚（一作如）疑鬼物憑不顧翦伐殘東偏若面勢戶牖永可安愛惜已六載茲晨去千竿（不顧疑當作不顧謂前此甚好此竹愛惜六載不顧伐之茲晨將營屋乃伐去千竿耳）蕭蕭見白日洶洶聞奔湍度堂匪華麗養拙異考槃草茅雖薙葺衰疾方少寬洗然順所適此足代加餐寂無斤斧響庶遂憩息歡

除草（吳若本注去蕁草也蕁音潛山韭）

草有害於人曾何生阻修其毒甚蜂蠆其多彌道周清晨步前林江色未散憂芒刺在我眼焉能待高秋霜露（一作雪）一霑凝（一作衣）蕙葉亦難留荷鋤先童稚日入仍討求轉致水中央豈無雙釣舟頑根易滋蔓敢

使依舊邱自茲（一作移）藩籬曠更覺松竹幽芟夸不可鬬疾惡信如讎

揚旗（二年夏六月成都尹嚴公置酒公堂觀騎士試新旗幟）

江雨（一作風）颯長夏府中有餘清我公會賓客肅肅有異聲初筵閱軍裝羅列照廣庭庭空六（一作四）馬入駮駮揚旗旗（一作旆）旌迴迴偃飛蓋熠熠迸流星來纏（一作衝）風飆急去擘山岳傾材歸俯身盡妙取略地平虹霓就掌握舒卷隨人輕三州陷犬戎但見西嶺青公來練猛士欲奪天邊城此堂不易升庸蜀日已寧吾徒且加餐休食鑾與荊

太子張舍人遺織成褥段

客從西北來遺我翠（一作細）織成開緘風濤湧中有掉尾鯨逶迤羅水族瑣細不足名客云充君褥承君終宴榮空堂魑魅（一作魍魎）走高枕形神清領客珍重意顧

我非公卿留之懼不祥施之混柴荊服飾定尊卑大哉萬古程今我一賤老裋（一作短）褐更無營煌煌珠宮物寢處禍所嬰（一作縈）歎息當路子干戈尚縱橫掌握有權柄衣馬自（一云己）肥輕李鼎死岐陽實以驕貴盈來瑱賜自盡氣豪直（一作真）阻兵皆聞黃金多坐見悔吝生柰何田舍翁受此厚貺情錦鯨卷還客始覺心和平振我麤席塵媿客茹（一作飯）藜羹（皆聞一作昔聞國藩按敘事得雄直之氣韓公五古多學此等）

別蔡十四著作（自此以上公自隴至蜀久居成都草堂中閒曾至青城新津曾居梓州閬州仍歸成都草堂之詩）

賈生慟哭後寥落無其人安知蔡夫子高義邁等倫獻書謁皇帝志已清風塵流涕灑丹極萬乘為酸辛天地則創痍朝廷當（一作多）正臣異才復閒出周道日惟新使蜀見知己別顏始一伸主人薨城府扶櫬歸

咸秦巴道此相逢會我病江濱憶念鳳翔都聚散俄十春我衰不足道但願子意一作音陳稍令社稷安自契魚水親我雖消渴甚敢忘帝力勤尚思未朽骨復覲耕桑民積水駕三峽浮龍倚長津一云輪囷揚舲洪濤間仗子濟物身鞍馬下秦塞王城通北辰元甲聚不散兵久食恐貧窮谷無粟帛使者來相因若憑一云逢南轅吏陳作使書札到天垠

十八家詩鈔卷七

十八家詩鈔卷八目錄

七月三日亭午已後較熱退晚加小涼穩睡有

詩因論壯年樂事戲呈元二十一曹長

牽牛織女

毒熱寄簡崔評事十六弟

殿中楊監見示張旭草書圖

楊監又出畫鷹十二扇

送殿中楊監赴蜀見相公

贈李十五丈別

西閣曝日

課伐木

園人送瓜

信行遠修水筩

槐葉冷淘

行官張望補稻畦水歸

十八家詩鈔卷八目錄

十八家詩鈔卷八

湘鄉曾國藩纂

合肥李鴻章審訂
東湖王定安校

杜工部五古下九十五首

杜鵑自此以下嚴武卒後公去成都至戎州渝州忠州暨寓居雲安夔州之詩

西川有杜鵑。東川無杜鵑。涪萬無杜鵑。雲安有杜鵑。我昔遊錦城。結廬錦水邊。有竹一頃餘。喬木上參天。杜鵑暮春至。哀哀叫其間。我見常再拜。重是古帝魂。生子百鳥巢。百鳥不敢嗔一作喧。仍爲餧其子。禮若奉至尊。鴻雁及羔羊。有禮太古前。行飛與跪乳。識序如知恩一作又。聖賢古一作吾法則。付與後世傳。君看禽鳥情。猶解事杜鵑。今忽暮春間。值我病經年。身病不能拜。淚下如迸泉。黃鶴本載舊本題注云。上皇幸蜀還。肅宗用李輔國謀。遷之西內。上皇悒悒而崩。此詩感是而作。錢箋以是說爲然。國藩按。望帝禪位於開明。而自隱於西山。與明皇幸蜀而內禪於肅宗。其事略同。此詩及杜鵑行。皆爲上皇而作。殆近之矣。

客居

客居所居堂前江後山根下塹萬尋岸蒼濤鬱飛翻葱青衆木梢邪豎雜石痕子規晝夜啼壯士斂精魂峽開四千里水合數百源人虎相半居相傷終兩存蜀麻久不來吳鹽擁荊門西南失大將錢箋永泰元年閏十月郭英又爲崔旰所殺蜀中大亂大曆元年二月以杜鴻漸爲山南西道劍南東西川副元帥商旅自星奔今又降元戎已聞動行軒舟子候利涉亦憑節制尊我在路中央生理不得論臥愁病腳廢徐步視小園短畦帶碧草悵望思王孫鳳隨其皇去籬雀暮喧繁覽物想故國十年別荒村日暮歸幾翼北林空自昏安得覆八溟爲君洗乾坤稷契易爲力犬戎何足吞儒生老無成臣子憂四番箧中有舊筆情至時復援

客堂

憶昨離少城而今異楚蜀舍舟復深山窅窕一林麓

棲泊雲安縣消中內相毒舊疾甘載一作戰一作再來衰年

得無足一作得弱足一作弱無足死爲殊方鬼頭白免短促老馬

終望雲南雁意在北別家長兒女欲起慚筋力客堂

敘節改具物對羈束石暄蕨芽紫。渚秀蘆筍綠。巴鸚

一作稼紛未稀。徼麥早向熟。悠悠日動江。漠漠春辭木。

臺郎選才俊自顧亦已極前輩聲名人埋沒何所得

居然綰章紱受性本幽獨平生憩息地必種數竿竹

事業只濁醪營葺但草屋上公有記者累奏資薄祿

主憂豈濟時身遠彌曠職循鮑作脩文廟算正獻可天

衢直尚想趨朝廷毫髮裨社稷形骸今若是進退委

行色

石硯詩平侍御者

平公今詩伯秀發吾所羨奉使三峽中長嘯得石硯

巨璞禹鑿餘異狀君獨見其滑乃波濤其光或雷電
聯坳各盡墨多水遞隱見揮灑容數人十手可對面
比公頭上冠貞質未爲賤當公賦佳句況得終淸宴
公含起草姿不遠明光殿致于丹青地知汝隨顧盼

水閣朝霽奉簡嚴雲安一作雲安嚴明府

東城抱春岑江閣鄰石面崔嵬晨雲白朝旭一作日射
芳甸雨檻臥花叢風牀展書卷一作展輕幔鉤簾宿鷺起
丸藥流鸚囀呼婢取酒壺續兒誦文選晚交嚴明府
矧此數相見

贈鄭十八賁

溫溫士君子令人懷抱盡靈芝冠衆芳安得闕親近
遭亂意不歸竄身迹非隱細人尙姑息吾子色愈謹
高懷見物理識者安肎哂卑飛欲何待捷徑應未忍
示我百篇文詩家一標準羈離交屈宋牢落值顏閔

水陸迷畏（一作長）途藥餌駐修齡古人日已遠青史字不泯步趾咏唐虞追隨飯葵堇數杯資好事異味煩縣尹心雖在朝謁力與願矛盾抱病排金門衰容豈爲敏

三韻三篇

高馬勿唾（一作捶）面長魚無損鱗辱馬馬毛焦困魚魚有神君看磊落士不肎易其身

蕩蕩萬斛船影若揚白虹起檣必椎牛挂席集衆功自非風動天莫置大水中

烈（一作列）士惡多門小人自同調名利苟可取殺身傍權要何當官曹清爾輩堪一笑

鄭典設自施州歸

吾憐滎陽秀冒暑初有適名賢慎所出（一作出處）不肎妄行役旅茲殊俗遠（一作還）竟以屢空迫南謁裴施州氣

合無險僻攀援懸根木登頓入天一作草堂陳浩然竝作矢石青山自一川城郭洗憂慼聽子話此邦令我心悅懌其俗則一作甚純樸不知有主客溫溫諸侯門禮亦如古昔敕廚倍常羞杯盤頗狼籍時雖屬喪亂事貴賞一作當匹敵中宵愜良會裴鄭非遠戚羣書一萬卷博涉供務隙他日辱銀鉤森疏見矛戟倒屣喜旋歸畫地求一作來所歷乃聞風土質又重田疇闢刺史似寇恂列郡宜競惜一作借音迹○以上敘鄭自施州歸以下敘公亦思南行也北風吹瘴癘羸老思散策諸拂蒹葭塞一作寒嶠穿蘿蔦冪此身仗兒僕高興潛有激孟冬方首路強飯取崖壁歎爾疲駑駘汗溝血不赤終然備外飾駕馭何所益我有平肩輿前途猶準的翩翩入鳥道庶脫蹉跌厄

柴門

孤一作泛舟登瀼西迴首望兩崖東城乾旱天其氣如

焚柴長影沒窈窕餘光散唅呀大江蟠嵌根歸海成一家下衡割坤軸竦壁攢鏌鋣蕭颯灑秋色氛(一作氣)昏霾日車峽(一作硤)門自此始最窄容浮查禹功翊造化疏鑿就欹斜巨渠決太古衆水爲長蛇風煙渺吳蜀舟楫通鹽麻我今遠遊子飄轉混泥沙萬物附本性約(一云處)身(一作性)不顧(一作欲)奢茅棟蓋一牀清池有餘花濁醪與脫粟在眼無咨嗟山荒人民少地僻日夕佳貧病(一作賤)固其常富貴任生涯老于干戈際宅幸蓬蓽遮石亂上雲氣杉清(晉作青)延月(一作日)華賞妍又分外理愜夫何誇足了垂百年敢居高士差書此豁平昔迴首猶暮霞

貽華陽柳少府

繫馬喬木間問人野寺門柳侯披衣笑(晉作嘯)見我顏色温竝坐石下堂(一云堂下石 一云石堂下)俛視大江奔火雲洗

月露絶壁上朝曒自非曉相訪觸熱生病根南方六七月出入異中原老少多暍死汗踰水漿翻俊才得之子筋力不辭煩指揮當世事語及戎馬存涕淚一云流涕濺我裳悲氣排帝閽鬱陶抱長策義仗知者論吾衰臥江漢但媿識璵璠文章一小技於道未爲尊起予幸斑白因是託子孫俱客古信州結廬依毁垣相去四五里徑微山葉繁時危挹佳士況免軍旅喧醉從趙女舞歌鼓秦人盆子壯顧我傷我驩兼淚痕餘生如過鳥故里今空村

雷

大旱山岳燋密雲復無雨一云覆如雨南方瘴癘地罹此農事苦封内必舞雩峽中喧擊鼓真龍竟寂寞土梗空俯僂吁嗟公私病稅斂缺不補故老仰面啼瘡痍向誰數暴尫或前聞鞭巫非稽古請先偃甲兵處分

聽人主萬邦但各業一物休盡取水旱其數然[一云數至然]堯湯免覲覯上天鑠金石羣盜亂豺虎二者存一端衍愆陽不猶愈昨宵殷其雷風過齊萬弩復吹霾翳散虛覺神靈聚氣暍腸胃融汗滋衣裳汚[一云腐]吾衰尤拙計[一云計拙]失望築場圃

火

楚山經月火大旱則斯舉舊俗燒蛟[一作蛇]龍驚惶致雷雨爆嵌魑魅泣崩凍嵐陰昈羅落沸百泓根源皆萬[一作太]古青林一灰燼雲氣無處所入夜殊赫然新秋照牛女風吹巨燄作河棹[一作淡]騰[一作勝]煙柱勢欲焚崑崙光彌㸌洲渚腥至焦長蛇聲吼[一云吼爭]纏猛虎神物已高飛不[一作只]見石與土爾寧要謗讟憑此近熒侮薄關長吏憂甚昧至精主遠遷誰撲滅將恐及環堵流汗臥江亭更深氣如縷

七月三日亭午已後較熱退晚加小涼穩睡有

詩因論壯年樂事戲呈元二十一曹長

今茲商用事餘熱亦已末衰年旅炎方生意從此活亭午減汗流北鄰耐人聒晚風爽烏匼筋力蘇摧折閉目踰十旬大江不止渴退藏憾雨師健步聞一作供旱魃園蔬抱金玉無以供採掇密雲雖聚散徂暑終一作經衰歇前聖眘焚巫武王親救暍陰陽相主客時序遞迴斡灑落唯清秋昏霾一空闊蕭蕭紫塞鴈南向欲行列欻思紅顏日霜露凍階闥胡馬挾彫弓鳴弦不虛發長鈚逐一作及狡兔突羽當滿月惆悵白頭吟蕭條游俠窟臨軒望山閣縹緲安可越高人煉丹砂未念將朽骨少壯迹頗疏歡娛曾倏忽杖藜風塵際老醜難翦拂吾子得神仙本是池中物賤夫美一睡煩促嬰詞筆欻思以下八句蓋公回思少年時清秋射獵之樂公他日有詩所謂放蕩

齊趙厮養馬頰清狂春歌叢臺上冬獵青邱旁者也

牽牛織女

牽牛出河西織女處其東萬古永相望七夕誰見同神光（一作仙）意（一作竟）難候此事終蒙朧颯然精靈合何必秋遂通亭亭新妝立龍駕具曾空（一作穹）世人亦爲爾祈請走兒童稱家隨豐儉白屋達公宮膳夫翊堂殿鳴玉淒房櫳曝衣徧天下曳月揚微風蛛絲小人態曲綴（一作掇）瓜果中初筵裛重露日出甘所終（一作從）嗟汝未嫁女秉心鬱忡忡防身動如律竭力機杼中雖無姑舅事敢昧織作功明明君臣契咫尺或未容義無棄禮法恩始夫婦恭小大有佳期戒之在至公方圓苟齟齬丈夫多英雄（一云勿替丈夫雄○末句不可解）

毒熱寄簡崔評事十六弟

大暑（一作火）運金氣荊揚不知秋林下有塌翼水中無

行舟千室但埽地閉關人事休老夫一作大轉不樂旅
次兼百憂螋蚍暮偃蹇空牀難暗投炎宵惡明燭況
乃懷舊邱開襟仰內弟執熱露白頭束帶負芒刺接
居成阻修何當清霜飛會子臨江樓載聞大易義諷
興一作詠詩家流藴藉異時輩檢身非苟求皇皇使臣
體信是德業優楚材擇杞梓漢苑歸驊騮短章達我
心理爲一云待識者籌空牀難暗投云者謂螋蚍出於牀閒不敢於暮暗時投身寢臥也而執燭入室又惡其炎熱種種可憎況乃心懷故鄉乎公詩拙處往往如此不可學也

殿中楊監見示張旭草書圖

斯人已云亡草聖祕難得乃茲煩見示滿目一淒惻
悲風生微綃萬里起古色鏘鏘鳴玉動落落羣松直
連山蟠其間溟涬與筆力有練實先書臨池真盡墨
俊拔爲之主暮年思轉極未知張王後誰竝百代則
嗚呼東吳精逸氣感清識楊公拂篋笥舒卷忘寢食

念昔揮毫端不獨觀酒德

楊監又出畫鷹十二扇

近時馮紹正能畫鷙鳥樣明公出此圖無乃傳其狀
殊姿各獨立清絕心有向（一作尚）疾禁千里馬氣敵萬
人將憶昔驪山宮冬移含元仗天寒大羽獵此物神
俱王當時無凡材百中皆用壯粉墨形似間識者一
惆悵干戈少暇日真骨老崖嶂爲君除狡兔會是翻
飛（一作韝上）

送殿中楊監赴蜀見相公

去水絕還波曳雲無定姿人生在世間聚散亦暫時
離別重相逢偶然豈定期送子清秋暮風物長年悲
豪俊貴勳業邦家頻出師相公鎮梁益軍事無孑遺
解榻再見今用才復擇誰況子已高位爲郡得固辭
難拒供給費慎哀漁奪私干戈未甚息紀綱正所持

汎舟巨石橫登陸草露滋山門日易久一云夕當念居
者思

贈李十五丈別

峽人鳥獸居其室附層巔下臨不測江中有萬里船
多病紛倚薄少留改歲年絕域誰慰懷開顏喜名賢
孤陋忝末親等級敢比肩人生意頗一作氣合相與襟
袂連一日兩遣僕三日一共筵揚論展寸心壯筆過
飛泉玄成美價存子山舊業傳李十五之父當有名位於時故以韋賢庾
肩吾比之不聞八尺軀常受衆目憐且爲辛苦行蓋被生
事牽北迴白帝棹南入黔陽天汧公制方隅迥出諸
侯先封內如太古時危獨蕭然清高金莖露一作金掌露一
作金莖掌正直朱絲絃昔在堯四岳今之黃潁川于邁恨
不同所思無由宣山深水增波解榻秋露懸客游雖
云久主要陳作亦思月再圓晨集風渚亭醉操雲嶠篇丈

夫貴知己歡罷念歸旋

西閣曝日

凜冽倦元冬負暄嗜飛閣羲和流德澤顓頊愧倚薄毛髮具自和（一作私）肌膚潛沃若太陽信深仁衰氣欻有託欹傾煩注眼容易收病腳流離（或作劉漓）木杪（一作梢）猿猱躍山顛鶴用（刊作朋）知苦聚散哀樂日已作（一作亦已昨）即事會賦詩人生忽如昨（一作錯）古來遭喪亂賢聖盡蕭索胡爲將暮年憂世心力弱

課伐木并序

課隸人伯夷幸（一作辛）秀信行等入谷斬陰木人日四根止維條伊枚正直挺然晨征暮返委積庭內我有藩籬是缺是補載伐篠簜伊仗（一作杖）支持則旅次於小安山有虎知禁若恃爪牙之利必昏黑摚（曾作撐一作搪）突夔人屋壁

列（一作冽）樹白菊（一作萄）鏝爲牆實以竹示式遏爲與虎近混淪乎無良賓客憂（一作齒）害馬之徒苟活爲幸可嘿息已作詩示宗武（一作文）誦

長夏無所爲客居課奴（一作童）僕清晨飯其腹（一作陽）持斧入白谷青冥曾巔後十里斬陰木人肩四根已亭午下山麓尚聞丁丁聲功課日各足蒼皮成委積（吳本作積委）素節相照燭藉汝跨小籬當仗（一云杖一云材）苦（一云若）虛竹空荒咆熊羆乳獸待人肉不示知禁情豈惟干戈哭城中賢府主處貴如白屋蕭蕭理體淨蜂蠆不敢毒虎穴連里閭隄防舊風俗泊舟滄江岸久客慎所觸舍西崖嶠壯雷雨蔚含蓄牆宇資屢修衰年怯幽獨爾曹輕執熱爲我忍煩促秋光近青岑季月當泛菊報之以微寒共給酒一斛

園人送瓜

江間雖炎瘴瓜熟亦不早柏公鎮夔國滯務茲(一作資)一掃食新先戰士共少及溪(一作竆)老傾筐蒲鴿青滿眼顏色好竹竿接嵌竇引注來烏道沈浮亂水玉愛惜如芝草落刃嚼冰霜開懷慰枯槁許以秋蔕除仍看小童(一作兒)抱東陵(一作溪)迹蕪絕楚漢休征討園人非故侯種此何草草

信行遠修水筒

汝性不茹葷清靜僕夫內秉心識本(一作根)源於事少滯礙雲端水筒坼林表山石碎觸熱藉子修通流與廚會往來四十里荒險崖谷大日曛驚未餐(一作食)貌赤媿相對浮瓜供老病裂餅嘗所愛於斯答恭謹足以殊殿最詎要方士符何假將軍蓋(高麗本作佩)行諸直如筆用意崎嶇外

槐葉冷淘

青青高槐葉采掇付中廚新麪來近市汁滓宛相俱
入鼎資過熟加餐愁欲無碧鮮俱照筯香飯兼苞蘆
經齒冷於雪勸人投此(一作比)珠願隨金騕褭走置錦
屠蘇(又作廜䣽)路遠思恐泥興深終不渝獻芹則小小薦
藻明區區萬里露寒殿開冰清玉壺君王納涼晚此
味亦時須

行官張望補稻畦水歸

東屯大江北(一云枕大江)百頃平若桉六月青稻多千畦
碧泉亂插秧適云已引溜加溉灌更僕往方塘決渠
當斷岸公私各地著浸潤無天旱主守問家臣分明(一作朋)
見溪伴(一作畔)芊芊炯翠羽剡剡生(一作向)銀漢鷗
鳥鏡裏來關山雪邊看秋菰成黑米精鑿(一作穀)傳(一作
傅)白粲玉粒足晨炊紅鮮任霞散終然添旅食作苦
期壯觀遺穗及衆多我倉戒滋蔓

催宗文樹雞柵

吾衰怯行邁旅次展崩迫愈風傳烏雞秋卵方漫喫自春生成者隨母向百翮驅趁制不禁喧呼山腰宅課奴殺青竹終日憎一作增晉作帽赤幘踏藉盤桉翻塞蹊使之隔牆東有隙晉作闕散地可以樹高柵避熱時來晉作未歸問兒所為迹織籠曹其內令入不得擲稀閒可一作苦突過觜爪還汚席我寬螻蟻遭彼免狐貉厄應宜各長幼自此均勍敵籠柵念有修近身見一作知損益明明領處分一一當剖析不昧風雨晨亂離減憂感其流則凡鳥其氣心匪石倚賴窮歲晏撥煩去一作及冰釋未似尸鄉翁拘留蓋阡陌

園官送菜並序

園官送菜把本數日闕矧苦苣馬齒掩乎嘉蔬傷小人妬害君子菜不足道也比而作詩

清晨蒙（一作送）菜把常荷地主恩守者愆實數略有其名存苦苣刺如鍼馬齒葉亦繁青青嘉蔬色埋沒在（晉作自）中園園吏未足怪世事固堪論嗚呼戰伐久荊棘暗長原乃知苦苣輩傾奪蕙草根小人塞道路為態何喧喧又如馬齒盛氣擁葵荏昏點染不易虞絲麻雜羅紈一經器（一作氣）物內永掛麤刺痕志士採紫芝放歌避戎軒畦丁負籠至感動百慮端

上後園山腳

朱夏熱所嬰清旭（一作日）步北林小園背高岡挽葛上崎崟曠望延駐目飄颻散疏襟潛鱗恨水（一作川）壯去翼依雲深勿謂地無疆劣於山有陰石櫃偏天下水陸兼浮沈自我登隴首十年經碧岑劍門來巫峽薄倚浩至今故園暗戎馬骨肉失追尋時危無消息老去多歸心志士惜白日久客藉黃金敢為蘇門嘯庶

作梁父吟

驅豎子摘蒼耳

江上秋已分林（一作村）中瘴猶劇畦丁告勞苦無以供日夕蓬莠獨不（獨一作猶）焦野蔬暗泉石卷耳況療風童兒且時摘（一云童僕先時摘）侵星（疑當作侵晨）驅之去爛漫任遠適放筐亭（一作當）午際洗剝相蒙冪登牀半生熟下筯還小益加點瓜薤間依稀橘（一作木）奴迹亂世誅求急黎民糠籺窄飽食復何心荒哉膏粱客富家廚肉臭戰地骸骨白寄語惡少年黃金且休擲

秋行官張望督促東渚耗（一作刈）稻向畢清晨遣女奴阿稽豎子阿段往問

東渚雨今足佇聞粳稻香上天無偏頗蒲稗各自長人情見非類田家戒其荒功夫競搰搰除草置岸旁穀者命之本客居安可忘青春具所務勤墾免亂常

吳牛力容易竝驅去聲動莫當一云紛遊揚豐苗亦已穊雲水照方塘有生固蔓延靜一資隄防督領不無人提攜一作挈頗在綱荆揚風土暖肅肅候微霜尚恐主守疏用心未甚臧清朝遣婢僕寄語喻崇岡西成聚必散不獨陵我倉豈要仁里譽感此亂世忙北風吹蒹葭蟋蟀近中堂荏苒百工休鬱紆遲暮傷

阻雨不得歸瀼西甘林

三伏適已過驕陽化爲霖欲歸瀼西宅阻此江浦深壞舟百板坼峻岸復萬尋篙工初一棄恐泥勞寸心佇一作倚立東城隅悵望高飛禽草堂亂元圃不隔崑崙岑昏渾衣裳外曠絕同層陰園甘長成時三寸如黃金諸侯舊上計厥貢傾千林邦人不足重所迫豪吏侵客居暫封殖日夜偶瑤琴虛徐五株態側塞煩胸襟焉得一作能轂兩一作兩足杖藜出嶇嶔條流數翠

實偃息歸碧潯拂拭烏皮几喜聞樵牧音令兒快搔背脫我頭上簪

雨

峽雲行清曉煙霧相徘徊風吹蒼江樹晦菴作去雨灑石壁來淒淒生餘寒殷殷兼出一作山雷白谷變氣候朱炎安在哉高鳥溼不下居人門未開楚宮久已滅幽珮爲誰哀侍臣書王夢賦有冠古才冥冥翠龍駕多自巫山臺

雨二首

青山澹無姿白露誰能數片片水上雲蕭蕭沙中雨殊俗狀巢居曾臺俯風渚佳客適萬里沈思情延佇掛帆遠色外驚浪滿吳楚久陰蛟螭出寇盜一作冠蓋復幾許

空山中宵陰微冷先枕席迴風起清曙一作曉萬象萋

巳碧落落出岫雲渾渾倚天石日假何道行雨含長江白連檣荊州船有士荷矛戟南防草鎮慘霑溼赴遠役羣盜下辟山總戎備強敵水深雲光廓鳴櫓各有適漁艇息（一作自）悠悠夸歌負樵客留滯一老翁書時記朝夕

晚登瀼上堂

故躋瀼岸高頗免崖石擁開襟野堂豁繫馬林花動雉堞粉如雲山田麥無壠春氣晚更生江流靜猶湧四序嬰我懷羣盜久相踵黎民困逆節天子渴垂拱所思注東北深峽轉脩聳衰老自成病郎官未爲冗淒其望呂葛不復夢周孔濟世數嚮時斯人各枯冢楚星南天黑蜀月西霧重安得隨鳥翎迫此懼將恐

又上後園山脚

昔我游山東憶戲東嶽陽窮秋立日觀矯首望八（一云）

北荒朱崖著毫髮碧海吹衣裳蓐收困用事元冥蔚强梁遊水自朝宗鎭名各其方平原獨憔悴農力廢耕桑非闕一作北關風露凋曾是戍役傷於時國用富足以守邊彊朝廷任猛將遠奪戎馬場到今事反覆故老淚萬行龜蒙不復見況乃懷舊一作故鄉肺萎屬久戰骨出熱中腸憂來杖匣劍更上林北岡瘴毒猿鳥落峽乾南日黃秋風亦已起江漢始如湯登高欲有往蕩析川無梁哀彼遠征人去家死路旁不及祖父塋纍纍冢相當

雨

山雨不作泥江雲薄爲霧晴飛半嶺鶴風亂平沙樹明滅洲景微隱見巖姿露拘悶出門遊曠絕經目趣消中日伏枕臥久塵及屨豈無平肩輿莫辨望鄉路兵戈浩未息蛇虺反相顧悠悠邊月破鬱鬱流年度

鍼灸阻朋曹糠粃對童孺一命須屈色新知漸成故窮荒益自卑飄泊欲誰訴厄羸愁應接俄頃恐違一作危迮浮俗何萬端幽人有獨吳作高步龐公竟獨往尚子終罕遇宿留洞庭秋天寒瀟湘素杖策可入舟送此齒髮暮

甘林

捨舟越西岡入林解我衣青芻適馬性好鳥知人歸晨光映遠岫夕露見日晞遲暮少寢食清曠喜荆扉經過倦俗態在野無所一云或違試問甘藜藿未肎羨輕肥喧靜不同科出處各天機勿矜朱門是陋此白屋非明朝步鄰里長老可以依時危賦斂數脫粟為爾揮相攜行荳田秋花靄菲菲子實不得喫貨市送王畿盡添軍旅用迫此公家威主人長跪問戎馬何時稀我衰易悲傷屈指數賊圍勸其死王命慎莫遠

奮飛

雨

行雲遞崇高飛雨靄而至潺潺石間溜汩汩松上駛亢陽乘秋熱百穀皆一作亦已棄皇天德澤降焦卷有生意前雨傷卒暴今雨喜容易不可無雷霆間作鼓增氣佳聲達中宵所望時一致清霜九月天髣髴見滯穗郊扉及我私一云栽耘我圃日蒼翠恨無抱甕力庶減臨江費吳若本注峽內無井取江水喫

種萵苣 並序

既雨已秋堂下理小畦隔種一兩席許萵苣向二旬矣而苣不甲坼伊人一作獨野莧青青傷時君子或晚得微祿轗軻不進因作此詩

陰陽一錯一作屯亂驕蹇不復理枯旱於其中炎方慘如爕植物半蹉跎嘉生將已矣雲雷欻奔命師伯集

所使指麾赤白日頹洞青光一作雲色起雨聲先已晉作以
風散足盡西靡山泉落滄江霹靂猶在耳終朝紆颯
沓信宿罷瀟灑堂下可以畦呼童對經始苣兮蔬之
常隨事蓺其子破塊數席間荷鋤功易止兩旬不甲
坼空惜埋泥滓野莧迷汝來宗生實於此此輩豈無
秋亦蒙寒露委翻然出地速滋蔓戶庭毀因知邪干
正掩抑至沒齒賢良雖得祿守道不封己擁塞敗芝
蘭衆多盛荊杞中園陷蕭艾老圃永爲恥登於白玉
盤藉以如霞綺莧也無所施胡顏入筐篚

暇日小園散病將種秋菜督勒耕牛兼書觸目

不愛入州府畏人嫌我真及乎歸茅宇一云及歸在茅屋旁
舍未曾嗔老病忌一作恐拘束應接喪精神江村意自一作日
放林木心所欣秋耕屬地溼山雨近甚勻冬菁
飯之半牛力晚一作曉來新深耕種數畝未甚後四鄰

嘉蔬既不一名數頗具陳荆巫非苦寒採擷接青春以上敘散病種秋菜之事以下書觸目也飛來兩白鶴暮啄泥中芹雄者左翮垂損傷已露一作及筋一步再流血尚經一作驚矰繳勤三步六號叫志屈悲哀頻鸞鳳不相待側頸訴高旻杖藜俯沙渚爲汝鼻酸辛

八哀詩並序

傷時盜賊未息興起王公李公歎舊懷賢終於張相國八公前後存沒遂不詮次焉

贈司空王公思禮高麗人

司空出東夷童稚刷勁翮追隨燕薊兒穎銳一作脫物不隔服事哥舒翰意無晉作氣無流沙磧未甚拔行間犬戎大充斥短小精悍姿屹然强寇敵貫穿百萬衆出入由咫尺馬鞍懸將首甲外控鳴鏑洗劍青海水刻銘天山石九曲非外蕃錢箋拔石堡城除右金吾衛將軍十二載翰征九曲思禮

後期欲引斬之續使命釋之思禮徐言曰斬斬則斬卻喚何物其王轉深壁飛兎不
近駕鷙鳥資遠擊曉達兵家流飽聞春秋癖胸襟日
沈靜肅肅晉作蕭蕭自有適潼關初潰散萬乘猶辟易偏
裨無所施元帥見手格錢箋安祿山事蹟翰至關津驛火拔歸仁帥諸將叩馬請
降祿山翰欲下馬遂以毛繩於馬腹連縛其脚控轡出驛翰怒握鞭自築其喉又被奪鞭攏馬就乾祐送
於洛陽太子入朔方至尊狩梁益胡馬纏伊洛中原氣
甚逆肅宗登寶位塞望勢敦迫一作逼公時徒步至請
罪將厚責錢箋潼關失守西赴行在思禮與呂崇賁李承光竝引於纛下責以不能堅守竝從
軍令或救之可收後効遂斬承光而釋思禮崇賁新書云宰相房琯諫以爲可收後効遂獨斬承光安祿
山事蹟十六日玄宗幸蜀十七日至金城宿是夜王思禮自潼關至始知哥舒翰被擒以思禮爲河西隴
右節度使即令赴鎮舊新二書記思禮纛下被釋與公詩合而通鑑載思禮自潼關至在次馬嵬驛之前
又云即授節度使恐當有誤際會清河公間道傳玉冊天王拜跪
畢讜議果冰釋翠華卷飛雪一云飛雪中熊虎亙阡陌屯
兵鳳凰山帳殿涇渭闢金城賊咽喉錢箋寰宇記景龍四年送金城

公主至始平縣因改爲金城至德二載復爲興平思禮爲關內節度使鎮此黃鶴以爲河西之金城謬矣

詔鎮雄所搤禁暴清一作靖一作靜無雙爽氣春淅瀝巷有

從公歌野多青青麥及夫哭廟後復領太原役錢箋從廣平王收西京領兵先入清宮還兵部尚書霍國公李光弼鎮河陽以思禮爲太原尹北京留守河東節度使貯軍糧百萬器械精銳尋加守司空自武德以來三公不居宰輔惟思禮而已恐懼祿位

高悵望王士窄不得見清時嗚呼就窀穸永一作空繫

五湖舟悲甚田橫客千秋汾晉閒事與雲水白昔觀

文苑傳豈述廉藺績一作蹟嗟嗟晉作諾諾鄧大夫士卒終

倒戟錢箋思禮薨管崇嗣代爲太原尹北京留守數月召景山代崇嗣思禮立法嚴整士卒不敢犯景山以文吏見稱至太原以鎮撫綱紀爲己任檢覆軍吏隱沒者軍衆憤怒遂殺景山

故司徒李公光弼廣德二年七月卒

司徒天寶末北收晉陽甲錢箋祿山之亂命郭子儀爲朔方節度收兵河西玄宗眷求良將委以河北河東之事以問子儀子儀薦光弼甚當闔寄以光弼爲雲中太守充河東節度副使潼關失守授戶部尚書兼太原尹北京留守史思明等四僞帥率衆十萬餘攻太原拒守五十餘日伺

（其怠出擊大破之斬首七萬餘級）胡（一作獷）騎攻吾城愁寂意不愜人

安若泰山薊北斷右脅朔方氣乃（一作多）蘇黎首見帝

業二宮泣西郊九廟起頹壓未散河陽卒（錢箋思明殺慶緒卽僞位破洛陽光弼率軍赴河陽大破賊衆斬萬餘級生擒八千餘人收懷州思明來救逆擊於泌水之上又敗之遂拔懷州生擒安太清周摯楊希文等送於闕下進爵臨淮郡王顏魯公神道碑乾元二年冬十月甲申賊將周摯悉河北之衆萃於河陽城北思明以河南之衆頓於河陽南城之南南北夾攻表裏受敵公設奇分銳襲其虛而大破摯軍擒其大將徐璜玉摯僅以身免思明心悸氣索煙火不舉者三日官軍大振）思明僞臣妾復自碣石來火焚乾坤獵高視笑

祿山公又大獻捷（一云獻大捷）異王冊崇勳小敵信所怯

擁兵鎮河汴（錢箋譚賓錄光弼之未至河南也田神功平劉展後逗留於陽府尚衡殷仲卿相攻於兗鄆來瑱旅拒而還襄陽朝廷患之及光弼自河中入朝復拜太尉出鎮臨淮至徐州史朝義退走田神功遽歸河南尚衡殷仲卿來瑱皆懼其威名相繼赴闕吐蕃犯都上手詔追光弼率衆赴長安光弼與程元振不協遷延不至初光弼御軍嚴肅天下服其威名及懼朝恩之害不敢入朝田神功等諸軍皆不受其制因此不得志愧恥成疾薨於徐州神道碑遂趣徐州因召田神功與同寢宿以宋州之難告

祖道郊外俾先飲以寵之分麾下隸於其將喬岫仍令兵馬使郝庭玉與岫犄角而擊之賊遂一戰而走上在陝州以公兼東都留守制書未下久待命於徐州將赴中都屬痾疾增劇公知不起使使齎表奉辭廣德二年七月薨於官舍將吏問以後事公曰吾久在軍中不得就養今爲不孝子矣夫復何言千里初妥帖青蠅紛一作徒營營風雨秋一葉內省未入朝死淚終映睫大屋去高棟長城埽遺堞平生白羽扇零落蛟龍匣雅望與晉作歎英姿惻愴槐里接錢箋長安志槐里故城卽犬邱城在興平縣東南一十里卽漢書所謂槐里環隄者也神道碑窆公於富平縣先塋之東銘曰渭水川上檀山路旁檀山在縣西北四十里漢武帝墓在槐里之茂陵衞青霍去病去茂陵不三里光葬在馮翊猶衞霍之接近槐里故曰惻愴槐里接三軍晦光彩烈士痛稠疊直筆在史臣將來洗箱篋吾思哭孤冢南紀阻歸楫扶顛永蕭條未濟失利涉疲苶竟何人灑涕巴東峽

贈左僕射鄭國公嚴公武永泰元年卒

鄭公瑚璉器華岳金天晶昔在童子日已聞老成名

嶷然大賢後復見秀骨清開口取將相小心事友生
閱書百紙（一云氏）盡落筆四座驚歷職匪父任嫉邪常
力爭漢儀尚整肅胡騎忽縱橫飛傳自河隴逢人問
公卿不知萬乘（一作乘輿）出雪涕風悲鳴受詞劍閣道謁
帝蕭關城（武自劍閣受玄宗之命謁肅宗於靈武亦與房琯張鎬相同）寂寞雲臺
仗飄颻沙塞旌江山少使者笳鼓凝皇情壯士血相
視（一作見）忠臣氣不（一作未）平密論貞觀體揮發岐陽征
感激動四極聯翩收二京西郊牛酒再（一作至）原廟丹
青明匡汲俄寵辱衞霍竟哀榮四登會府地三掌華
陽兵京兆空柳色（一作市）尚書無履聲羣烏自朝夕白
馬休橫行諸葛蜀人愛文翁儒化成公來雪山重公
去雪山輕記室得何遜韜鈐延子荊四郊失壁壘虛
館開逢迎堂上指圖（一作書）畫軍中吹玉笙豈無成都
酒憂國只細傾時觀錦水釣問俗終相并意待犬戎

滅人藏紅粟盈以茲報主願庶或(一作獲)裨世程炯炯

一心在沈沈二豎嬰顏回竟短折賈誼徒忠貞飛旐

出江漢孤舟轉荊衡虛無(舊本作虛爲時本作虛橫横字蓋公自况也)馬

融笛悵望龍驤塋空餘老賓客身上愧簪纓

贈太子太師汝陽郡王璡(天寶九載卒)

汝陽讓帝子眉宇真天人虬髯似太宗色映塞外(一作寒夜)春往者開元中主恩視遇頻出入獨非時禮畢見羣臣愛其謹潔極倍此骨肉親從容聽(一作退)朝後或在風雪晨忽思格猛獸苑囿騰清塵羽旗動若一萬馬肅駪駪詔王來射雁拜命已挺身箭出飛鞚內上又(一作人)回翠麟翻然紫塞翮下拂明月輪胡人雖獲多天笑不爲新王每中一物手自與金銀袖中諫獵書扣馬久上陳竟無銜橜虞聖聰(一作慈)剝多仁官免供給費水有在藻鱗匪唯帝老大皆是王忠勤晚年

務置醴門引申白賓道大容無能永懷侍芳茵好學
尚貞烈義形必霑巾揮翰綺繡揚篇什若有神川廣
不可泝墓久狐兎鄰宛彼漢中郡文雅見天倫何以
開（一作慰）我悲泛舟俱遠津溫溫昔風味少壯已書紳
舊遊易磨滅衰謝增（一作多）酸辛

贈祕書監江夏李公邕

長嘯宇宙間高才日陵（一作淪）替古人不可見前輩復
誰繼憶昔李公存詞林有根柢聲華當健筆灑落富
清製風流散金石追琢山岳銳情窮造化理學貫天
人際（以上渾贊其才與學以下至竟掩宣尼袂敘其多作碑版鬻文獲財）干謁走其門
碑版照四裔各滿深望還森然起凡例蕭蕭白楊路
洞徹（晉作涸轍）寶珠惠龍宮塔廟湧（卞作踴）浩劫浮雲（一作空）
衛宗儒俎豆事故吏去思計聘睞已皆虛跋涉曾不
泥向來映當時豈獨（一作特）勸後世豐屋珊瑚鉤騏驎

織成罽紫騮隨劍几義取無虛歲分宅脫驂閒感激懷未濟衆歸賙給美擺落多藏晉作臟穠獨步四十年風聽九皋唳錢箋唐詩紀事邕知名長安中死天寶初四十年間可謂獨步矣累獻詞賦甚稱玄宗旨後因上計中使臨索其新文以文章徼天聽故有九皋鶴唳之句朝野僉載李邕文章書翰正直辭辨義烈皆過人時謂六絕嗚呼江夏姿竟掩宣尼袂以下至易力何深嘖敘其風骨崚嶒勁直獲罪往者武后朝引用多寵嬖否臧太常議錢箋太常博士李處直議韋巨源謚曰昭邕再駁之面折二晉作三張勢錢箋召拜左拾遺御史中丞宋璟奏侍臣張昌宗兄弟有不順之言請付法推斷則天初不應邕在陛下進曰璟言事關社稷望陛下可其奏則天色稍解始允璟所請孔璋書曰往者張易之用權人畏其口而邕折其角韋氏恃勢言出禍應而邕挫其鋒顏魯公宋文貞碑張易之昌宗兄弟席寵脅權天下側目公危冠入奏奮不顧身天后失色倉皇欲起拾遺李邕奏曰陛下坐則天下安起則天天下危遂俱攝詰臺庭立切責二豎股栗氣索不敢仰視自朝至於日昃敕使馳救之衰俗凜生風排蕩秋旻霽忠貞負冤晉作怨恨宮闕深旒綴放逐早聯翩錢箋邕始以與張柬之善貶雷州玄宗初又貶崖州召還為姚崇所嫉貶括州徵為陳州玄宗東封回邕於汴州謁見累獻詞

賦頗自矜衒張說甚惡之發陳州贓事抵死孔璋上書請代邕死貶欽州累轉括淄滑三州刺史天寶初爲汲郡北海二太守低垂困炎厲日斜鵩鳥入魂斷蒼梧帝榮一作策枯走不暇星駕無安稅幾分漢廷竹夙擁文侯箠終悲洛陽獄錢箋邕與柳勣勣馬一匹及勣下獄吉溫令勣引邕議及休咎詞狀連引敕刑部員外郎祁順之監察御史羅希奭馳往就郡決殺之年七十餘後漢蔡邕傳下邕質於洛陽獄邕集曰以辛卯詔書收邕送洛陽詔獄事近小臣斁一作樊禍階初負謗易力何深嚌以下公自敘獲交於李公而記錄其論文之語伊昔臨淄亭酒酣托末契重敘東都別朝陰改軒砌論文到崔蘇指晉作推盡流水逝近伏盈川雄楊炯未甘特進麗李嶠是非張相國燕公說相扼一危脆爭名古豈然鍵捷英華作關鍵欻不閑倒一作倒及吾家詩曠懷掃氛翳慷慨嗣真作錢箋杜審言有和李大夫嗣真奉使存撫河東詩咨嗟玉山桂鍾律儼高懸鯤鯨噴迢遞以下十句蓋哀之也坡陀青州血蕪沒汶陽瘞哀贈竟蕭條恩波延揭厲子孫存如綫舊客舟凝滯君臣

尚論兵將帥接燕薊朗咏六公篇 張桓等五王洎狄相六公錢箋趙明誠金石錄唐六公詠李邕撰胡履靈書余初讀八哀詩恨不見其詩晚得石本其文詞高古眞一代佳作也六公者五王各爲一章狄丞相爲一章董逌書跋云李北海六公咏今秦和集中雖有詩而無其姓名又其說一章不盡或遺余荊州六公咏石刻文既不刓故得盡存可以序載於此五王皆狄公所進故邕數其成大功者六人詩尤奇偉豪氣激發如見斷鼇立極時至今讀之令人想望風采宜老杜有云余見邕他文亦不若是壯厲警拔殆感憤而作故氣激於內而橫放於外者也序言邕爲荊州今新舊書皆不書

憂來豁蒙蔽 論文以下述李公評論諸家之文是非張相國謂李於張之文有褒有貶因此兩賢相厄李爲張所排擠鍵猶機也謂李之機鋒警捷一發不能自閉也匈及吾家詩四句謂李評論杜審言之詩賞其嗣眞之作比之玉山之桂也鍾律句贊李論文法律之細鯤鯨句贊李才力之大

故祕書少監武功蘇公源明

武功少也孤徒步客 寓一作 徐兖讀書東岳中十載考墳典時下萊蕪郭忍飢浮雲巘負米晚爲身每食臉必泫夜字照爇薪垢衣生 帶一作 碧蘚庶以勤苦志報茲劬勞顯 願一作 學蔚醇儒姿文包舊史善灑落 淚一作

辭幽人歸來潛京輦射君東堂策（魯作射策君東堂）宗匠集精選制可題（一作制題墨）未乾乙科（一作休聲）已大闡文章日自負吏祿（晉作掾吏）亦累踐晨趨閶闔內足踏宿昔趼一麾出守還黃屋朔風卷不暇陪八駿虜庭悲所遣平生滿樽酒斷此朋知展憂憤病二秋有恨石（一作不）可轉肅宗復社稷得無逆順辨范睢顧其兒李斯憶黃犬祕書茂松意（文苑英華云祕書茂松色屢扈祠壇墠前後百卷文枕藉皆禁臠篆刻揚雄流溟漲本末淺王仲正本屢扈作再從篆刻作制作）溟漲本末淺青熒芙蓉劍犀兕豈獨剸反爲後輩褻予實苦懷緬煌煌齋房芝事絕萬手搴垂之俟來者正始徵勸勉不要（一作惡）懸黃金胡爲投乳（一作亂）贊結交三十載吾與誰遊衍滎陽復冥寞罪罟已橫胃（音泫）嗚呼子逝日始泰則（晉作卽）終蹇長安米萬錢凋喪盡餘喘戰伐何當解歸帆阻清沔尚纏漳水疾永負蒿里餞（蔡夢弼以肅宗得兩京辨別逆順諸

署僞官者皆伏誅故有范曄李斯之句獨源明以臨難不變其節得知制誥故有茂松之況云云國藩按肅宗收京之後汚僞職者以六等定罪殊不類范曄李斯之事不知公詩竟何指也又虜庭悲所遺句似蘇公曾奉命出使虜中諭賊使反正而不效者胡爲投乳竇句似蘇公曾攖權奸之怒摧折以死者其事均不可考詩旨亦難盡明

故著作郎貶台州司戶滎陽鄭公虔

鶢鶋至魯門不識鐘鼓饗孔翠望赤霄愁思一作入雕籠養滎陽冠衆儒早聞名公賞地崇士大夫況乃氣精爽往者公在疾蘇許公頲位尊望重素未相識早愛才名躬自哀問後結忘年之契遠邇嘉之天然生知姿學立游夏上神農極闕漏黃石愧師長藥纂西極一作域名兵流指諸掌公著薈蕞等諸書之外又撰胡本草七卷貫穿無遺恨薈蕞何技癢圭臬星經奧蟲篆丹青廣子雲窺未徧方朔諧太枉神翰顧不一體變鍾兼兩文傳天下口大字猶在牓昔獻書畫圖新詩亦俱往滄洲動玉陛宣一作寡鶴誤一響三絕自御題四方尤

所仰嗜酒盆疏放彈琴視天壤形骸實土木親近唯几杖未曾寄魯作記官曹突兀倚書幌晚就芸香閣胡塵昏坱莽反覆歸聖朝點染無滌盪老蒙台州掾泛泛英華作遐泛淛江槳履穿四明雪飢拾楢溪橡空聞紫芝歌不見杏壇丈天長眺東南秋色餘魍魎別離慘至今斑白徒懷曩春深秦一作泰山秀葉墜清渭朗劇談王侯門野稅林下鞅操紙終夕酣時物集遐想春深六句追憶昔在長安與虔宴遊之樂所謂懷曩也詞場竟疏闊平昔濫吹晉作咨獎百年見存沒牢落吾安放一作做蕭條阮咸在出處同世網他日訪江樓含悽述飄蕩原注著作與秘書監鄭君審篇翰齊價謫江陵故有阮咸江樓之句

故右僕射相國英華有曲江二字張公九齡開元二十八年七月卒

相國生南紀金璞無留礦仙鶴下人間獨立霜毛整

矯然江海一作瀵思復與雲路永寂寞想上一作玉階未遑等箕潁上君自玉堂倚君金華省碣石一作喝力歲崢嶸天地一作池日蛙黽退食吟大庭何心記一作託榛梗骨驚畏曩哲鬒一作鬢變負人境雖蒙換蟬冠右地恧多幸敢忘一作志二疏歸痛迫蘇耽井紫綬一作金紫映暮年荊州謝所領庾公興不淺黃霸鎮每靜賓客引調同諷詠在務屏詩罷能地有餘一云詩地能有餘篇終語清省一陽發陰管淑氣含公鼎乃知君子心用才文章境散帙起翠螭倚薄巫廬並綺麗元暉擁牋誄任昉騁自我一作成一家則一作削未缺隻字警千秋滄海南名繫朱鳥影歸老守故林戀闕悄一作嘗延頸波濤良史筆蕪絕大庾嶺向時禮數隔制作難上請再讀徐孺碑猶思理煙艇自寂寞至諷詠句敘張公仕宦出處雖一生翱翔雲路而不忘江海之思也碣石句指祿山天池句指李林甫二人者乃張公之榛梗也自詩罷地有餘至未缺句敘張公詩文之

矣

寫懷二首

勞生共乾坤何處異風俗冉冉自趨競行行見羈束無貴賤不悲無富貧亦足萬古一骸骨鄰家遞歌哭鄙夫到巫峽三歲如轉燭全命甘留滯忘情任榮辱朝班及暮齒日給還脫粟編蓬石城東採藥山北一作林谷用心霜雪間不必條蔓綠非關故安排曾是順幽獨達士如弦直小人似鉤曲曲直我不知負暄候樵牧

夜深坐南軒明月照我厀驚風翻河漢梁棟已出日一作日已出羣生各一宿飛動自儔匹吾亦驅其兒營營爲私實晉作室天寒行旅稀歲暮日月疾榮名忽一云惑中人世亂如蟣蝨古者三皇前滿腹志願畢胡爲有結繩陷此膠與漆禍首燧人氏厲階董狐筆君看燈

燭張轉使飛蛾密放神八極外俯仰俱蕭瑟終契如往還一云終然契真如得匪合仙術一作歸匪金仙術

往在

往在西京日一作時胡來滿彤一作丹宮中宵焚九廟雲漢爲之紅解瓦飛十里繐帷紛一作粉曾空夜心惜木主一一灰悲風合昏排鐵騎清旭散錦𨎥一作幪賊臣表逆節晉作帥相賀以成功是時妃嬪戮連爲糞土叢當宁陷玉座白閒剝畫蟲不知二聖處私泣百歲翁車駕既云還楹桷歘穹崇故老復涕泗祠堂樹椅桐宏壯不如初已見帝力雄前春禮郊廟祀事親聖躬微軀忝近臣景從陪群公登階捧玉冊峩冕耿一作聆金鐘侍祠恧先露一作霑掖垣邇濯龍天子惟孝孫五雲起九重鏡奩換粉黛翠羽猶蔥朧前者厭羯胡後來遭犬戎俎豆腐一作羶膻肉罘罳行角弓安得自西

極申命空山東盡驅詰闕下士庶塞闕中主將曉逆順元元歸始終一朝自罪己[一云罪己己]萬里車書通鋒鏑供鋤犁征戍聽所從宂官各復業士著還力農君臣節儉足朝野歡呼[一作娛]同中興似[一作比]國初繼體如太宗端拱納諫諍和風日沖融赤墀櫻桃枝隱映銀絲籠千春薦陵寢永永垂無窮京都不再火涇渭開愁容歸號故松柏老去苦飄蓬[自首至私泣百歲翁敘述祿山陷京焚毀宗廟之事自車駕既云還至罘罳行角弓述肅宗收京重修廟祀而以末四句敘吐蕃再毀宗廟之事自安得自西極至末懸想中興致治之盛而以結二句自抒不得還鄉之悲豪邁蒼涼之氣跌宕變幻之節皆臻絕詣]

昔遊

昔者與高李[適白]晚[一作同]登單父臺寒蕪際碣石萬里風雲來桑柘葉如雨飛藿去[一作共]徘徊清霜大澤凍禽獸有餘哀是時倉廩實洞達寰區[一作瀛]開猛士思

滅胡將帥望三台君王無所惜駕馭英雄材幽燕盛用武供給亦勞哉吳門轉粟帛泛海陵蓬萊肉食三一作四十萬獵射起黃埃隔河憶長眺青歲已摧頹不及少年日無復故人杯賦詩獨流涕亂世想賢才有能一作君市駿骨莫恨少龍媒商山議得失蜀主脫嫌猜呂尚封國邑一云內國傅說已鹽梅景晏楚山深水鶴去低回龐公任本性攜子臥蒼苔自是時倉廩實至起黃埃指安祿山釀亂之由思滅胡謂祿山討奚契丹也望三台謂祿山領范陽節度使求平章事也隔河云者杜公時遊單父在黃河之南祿山領范陽在黃河之北當日見祿山之煩費驕貴隔河長眺不勝感歎至今猶憶之也

壯遊

往昔一作者十四五出遊一作入翰墨場斯文崔魏徒崔鄭州尚魏豫州啓心以我似一作比班揚七齡思即壯開口詠鳳凰九齡書大字有作成一囊性豪業嗜酒嫉惡懷剛

腸脫略一作落小時輩結交皆老蒼飲酣視八極俗物都茫茫以上述少年意氣之盛東去姑蘇臺已具浮海航到今有遺恨不得窮扶桑王謝風流遠闔廬邱墓荒劍池石壁仄長洲荷芰香嵯峨閶門北清廟映迴一作池塘每趨吳太伯撫事淚浪浪枕戈憶句踐渡浙想秦皇蒸魚聞七首除道哂要章越女天下白鑑湖五月涼剡溪蘊秀異欲罷不能忘歸帆拂天姥中歲貢舊鄉氣劘屈賈壘目一作日短曹劉牆忤下考功第獨辭京尹堂放蕩齊趙閒裘馬頗清狂春歌叢臺上冬獵青邱旁呼鷹皁一作紫櫪一作櫟林逐獸雲雪岡射飛曾縱鞚引一作跋臂落鶖鶬蘇侯據鞍喜監門胄曹蘇預忽如攜葛强以上敘歷遊吳越齊趙快意八九年西歸到咸陽許與必詞伯賞一作貴遊實賢王曳裾置醴地奏賦入明光天子廢食召羣公會軒裳脫身無所愛一作受痛飲信行藏

黑貂不（一作甯）免敝斑鬢兀稱觴杜曲晚（一作換）耆舊四郊多白楊坐深鄉黨敬日（一作自）覺死生忙朱門任（一作務）傾奪赤族迭罹殃國馬竭粟豆官雞輸稻粱舉隅見煩費引古惜興亡（以上敘至京師豪氣漸衰時事漸變）河朔風塵起岷山行幸長兩宮各警蹕萬里遙相望崆峒殺氣黑少海旌旗黃禹功亦命子涿鹿親戎行翠華擁英（一作吳）岳螭虎啖豺狼爪牙一不中胡兵更陸梁大（一作天）軍載草草凋瘵滿膏肓備員竊補袞憂憤心飛揚上感九廟焚（一作毀）下憫萬民（一作蒼生）瘡斯時伏青蒲廷爭守御牀君辱敢愛死赫怒幸無傷聖哲體仁恕宇縣復小康哭廟灰燼中鼻酸朝未央（以上敘祿山亂後肅宗至鳳翔公以拾遺諫爭獲罪）小臣議論絕老病客殊方鬱鬱苦不展羽翮困低昂秋風動哀壑碧蕙捐（一作損）微芳之推避賞從漁父濯滄浪榮華敵勳業歲暮有嚴霜吾觀鴟夷子

才格出尋常羣凶逆未定側佇英俊翔（以上述暮年客蜀）

遣懷

昔我遊宋中惟梁孝王都名今陳留亞劇則貝魏俱邑中九萬家高棟照通衢舟車半天下主客多歡娛白刃讎不義黃金傾有無殺人紅塵裏報答在斯須憶與高李輩（適白）論交入酒壚兩公壯藻思得我色敷腴氣酣登吹（一作文）臺懷古視平蕪芒碭雲一去雁鶩空相呼先帝正好武寰海未凋枯猛將收西域長戟破林胡百萬攻一城獻捷不云輸組練棄如泥尺土負（一作勝）百夫拓境功未已元和辭大爐亂離朋友盡合沓歲月徂吾衰將焉託存沒再嗚呼蕭條益堪愧獨在天一隅（一云蕭條病益甚塊獨天一隅）乘黃已去矣凡馬徒區區不復見顏鮑繫舟臥荆巫臨餐吐更食常恐違撫孤

同元使君舂陵行并序

覽道州元使君結舂陵行兼賊退後示官吏作二首志之曰當天子分憂之地效漢官舊作朝良吏之目今盜賊未息知民疾苦得結輩十數公落落然參錯天下爲邦伯萬物吐晉作姓壯氣天下少一作小安可得矣一作已不意復見比與體制微婉頓挫之詞感而有詩增諸卷軸簡知我者不必寄元晉作云

遭亂髮盡一作遽白轉衰病相嬰一作縈沈綿盜賊際狼狽江漢行數時藥力薄爲客羸瘵成吾人詩家秀一作流博采世上名粲粲元道州前聖畏後生觀乎舂陵作歘見俊哲情復覽賊退篇結也實國楨賈誼昔流慟匡衡常引經道州憂一作哀黎庶詞氣浩縱橫兩章對秋月一作水一字偕一作皆華星致君唐虞際純樸憶

意一作大庭何時降璽書用爾爲丹青獄訟永衰息豈
唯偃甲兵悽惻念誅求薄斂近休明乃知正人意不
苟飛長纓涼颷振南岳之子寵若驚色阻晉作沮金印
大輿含滄浪一作溟清我多長卿病日夕思朝廷肺枯
渴太甚漂泊公孫城呼兒具紙筆隱几臨軒楹作詩
呻吟內墨淡字欹傾感彼危苦詞庶幾知者聽

覽柏中允兼子姪數人除官制詞因述父子兄

第四美載歌絲綸

紛然喪亂際見此忠孝門蜀中寇亦甚柏氏功彌存
深誠補王室戮力自元昆三止錦江沸獨清玉壘昏
高名入竹帛新渥照乾坤子弟先卒伍芝蘭疊璵璠
同心注師律灑血在戎軒絲綸實具載紱冕已殊恩
奉公舉骨肉誅叛經寒温一作喧金甲雪猶凍朱旗塵
不翻每聞戰場說欻激懦氣奔聖主國多盜賢臣官

則尊方當節鉞用必絕祲沴根吾病日迴首雲臺誰再論作歌挹盛事推轂期孤鶱

聽楊氏歌

佳人絕代歌獨立發皓齒滿堂慘不樂響下清虛裏一作浮雲裏江城帶數月況乃清夜起老夫悲暮年壯士淚如水玉杯久寂寞金管迷宮徵勿云聽者疲愚智心盡死古來傑出士一作事豈待一知己吾聞昔秦青傾側天下耳

奉酬薛十二丈判官見贈

忽忽峽中睡悲風一作秋方一醒西來有好鳥爲我下青冥羽毛淨一作盡白雪慘澹飛雲汀既蒙主人顧舉翮唳孤亭持以比佳士及此慰揚舲清文動哀玉見道發新硎欲學鴟夷子待勒燕山銘誰重斷蛇劍一云國重斬邪劍致君君未聽志在麒麟閣無事雲母屏卓氏

近新寡豪家朱門（一作戶）扃相如才調逸銀漢會雙星
客來洗粉黛日暮拾流螢不是無膏火勸郎勤六經
老夫自汲澗野水日泠泠我歎黑頭白君看銀印青
臥病識山鬼爲農知地形誰矜坐錦帳苦厭食魚腥
東西兩岸坼（晉作岸兩坼）横（一作積）水注滄溟碧色忽（一作苦）
惆悵風雷搜百靈空中右（一作有）白虎赤節引娉婷自
云帝里（一作季）女嘆兩鳳凰翎襄王薄行迹莫學泠如
丁（一作泳）千秋一拭淚夢覺有微馨人生相感動金石
兩青熒丈人但安坐休辨渭與涇龍蛇尚格鬬灑血
暗郊垧吾聞聰明主治（一作活）國用輕刑銷兵鑄農器
今古歲方甯文（一作天）王日儉德俊乂始盈庭榮華貴
少壯豈食楚江萍

別李義

神堯十八子十七王其門道國洎（一作及）舒國督（一作實）

唯親弟昆中外貴賤殊余亦忝諸孫錢箋道王元慶高祖第十六子舒王元明第十八子趙云詳味詩意則李義道國之裔孫而公則舒國後裔之外孫也舊注云公自言杜李同出陶唐氏是何夢語祭外祖祖母文曰紀國則夫人之門而舒國則府君之外外父外父者鄭外王父也公爲舒國外孫之外外孫故云余亦忝諸孫趙注未詳丈人嗣三葉一作王業之子

自玉温道國繼德業請從丈人論丈人領宗卿錢箋道王元慶麟德元年薨謚曰孝子臨淮王誘嗣次子詢詢子微神龍初封爲嗣道王景雲元年宗正卿卒子鍊開元二十五年襲封嗣道王廣德中官至宗正卿公詩所謂丈人嗣三葉者微也困學紀聞云義蓋微之子是也宗室世系表微下不載義偶失之耳肅穆古制敦先朝納諫諍直

氣橫乾坤子建文筆壯河閒經術存爾克富詩禮骨清慮不喧洗然遇知己談論淮湖奔憶昔初見時小襦一作孺繡芳蓀長成忽會面慰我久疾魂三峽春冬交江山雲霧昏正宜且聚集恨此當離樽莫怪執杯遲我衰涕唾煩重問子何之西上岷江源願子少干謁蜀都足戎軒誤失將帥意不如親故恩少年早歸

來梅花已飛翻努力慎風水豈惟數盤飧猛虎臥在岸蛟螭出無痕王子自愛惜老夫困石根生別古所嗟發聲爲爾吞

送高司直尋封閬州

丹雀銜書來暮棲何鄉樹驊騮事天子辛苦在道路司直非冗官荒山甚無趣借問泛舟人胡爲入雲霧與子姻婭間既親亦有故萬里長江邊邂逅一相遇長卿消渴再公幹沈綿屢清談慰老夫開卷得佳句時見文章士欣然淡（一作談）情素伏枕聞別離疇能忍漂寓良會苦短促溪行水奔注熊羆咆空林游子慎馳騖西謁巴中侯艱險如跬步主人不世才先帝常特顧拔爲天軍佐崇大王法度淮海生清風南翁尚思慕公宮造廣廈木石乃無數初聞伐松柏猶臥天一柱我瘦（一作病）書不成成字讀（一作字）亦誤爲我問故

人勞心練征戍

贈蘇四徯

異縣昔同遊各云厭轉蓬別離已五年尚在行李中
戎馬日衰息乘輿安九重有才何棲棲將老委所窮
爲郎未爲賤其柰疾病攻子何面黧黑不得豁心胸
巴蜀倦剽掠一作劫下愚成土風幽薊已削平荒徼尚
彎弓斯人脫身來豈非吾道東乾坤雖寬大所適裝
囊空肉食哂菜色少壯欺老翁況乃主客間古來偪
側同君今下荆揚獨帆如飛鴻二州豪俠場人馬皆
自雄一請甘飢寒再請甘養蒙

寄薛三郎中據

人生無賢愚飄颻若埃塵自非得神仙誰免危其身
與子俱白頭役役常苦辛雖爲尚書郎不及村野人
憶昔村野人其樂難具陳藹藹桑麻交公侯爲等倫

天未厭戎馬我輩本常貧子尚客荊州我亦滯江濱峽中一臥病瘧癘終冬春春復加肺氣此病蓋有因早歲與蘇鄭痛飲情相親二公化爲土嗜酒不失真余今委修短豈得恨命屯聞子心甚壯所過信席珍上馬不用扶每一作忽扶必怒瞋賦詩賓客閒揮灑動八埏乃知蓋代手才力老益神青草洞庭湖東浮滄海漘君山可避暑況足采白蘋子豈無扁舟往復江漢津我未下瞿塘空念禹功勤聽說松門峽吐藥攬衣巾高秋卻束帶鼓枻視青旻鳳池日澄碧濟濟多士新余病不能起健者勿逡巡上有明哲君下有行化臣

宿青溪驛奉懷張員外十五兄之緒 自此以下自蜀入楚居松陵公安及至湖南之詩

漾舟千山內日入泊枉渚我生本飄飄今復在何許

珍倣宋版印

石根青楓林猿鳥聚儔侶月明遊子靜畏虎不得語
中夜懷友朋乾坤此深阻浩蕩前後間佳期付荊楚

敬寄族弟唐十八使君 唐十八流配施州在夷陵舍舟登陸時有書與公公寄此詩酬之

與君陶唐後盛族多其人聖賢冠史籍枝派羅源津
在今氣磊落巧偽莫敢親介立實吾弟濟時肎殺身
物白諱受玷行高無汚真得罪永泰末放之五溪濱
鸞鳳有鎩翮先儒曾抱麟雷霆霹長松骨大卻生筋
一失不足傷念子執自珍泊舟楚宮岸戀闕浩酸辛
除名配清江厥土巫峽鄰登陸將首途筆札枉所申
歸朝跼病肺敘舊思重陳春風洪濤壯谷轉頗彌旬
我能泛中流搪突鼉獺瞋長年已省柁慰此貞良臣

北風

北風破南極朱鳳日威一作低垂洞庭秋欲雪鴻雁將

安歸十年殺氣盛六合人煙稀吾慕漢初老時清猶茹芝

客從

客從南溟來遺我泉客珠珠中有隱字欲辨不成書緘之篋笥久以俟公家須開視化爲血哀今徵斂無

白馬

白馬東北來空鞍貫雙箭可憐馬上郎意氣今誰見近時主將戮中夜商（一作傷）於戰喪亂死多門嗚呼淚如霰

別董頲

窮冬急風水逆浪開帆難士子甘旨闕不知道里寒有求彼樂土南適小長安到（刊作別）我舟楫去覺君衣裳單素聞趙公節兼盡賓主歡已結門廬（一作閭）望無令霜雪殘老夫纜亦解脫粟朝未餐飄蕩兵甲際幾

時懷抱寬漢陽頗甯靜峴首試考槃當念著白帽一作褐采薇青雲端錢箋鶴目詩云急風逆浪蓋董自岳陽泝漢水而之鄧也又云老夫纜亦解公是時亦有適潭之期矣

送重表姪王砅評事使南海砅力制切說文引詩深則砅

我之曾祖吳作老姑爾之高祖母爾祖未顯時歸爲尚書婦王珪也隋朝大業末房杜俱交友長者來在門荒年自餬口家貧無供給客位但箕帚俄頃羞頗珍一作頗羞珍寂寥人散後入怪鬢髮空吁嗟爲之久自陳翦髻鬟鬻市充杯一作沽酒上云天下亂宜與英俊厚向竊窺數公經綸亦俱有次問最少年虬髯十八九子等成大名皆因此人手下云風雲合龍虎一吟吼願展丈夫雄得辭兒女醜秦王時在坐真氣驚戶牖及乎貞觀初尚書踐台斗夫人常肩輿上殿稱萬壽六宮師柔順法則化妃后至尊均嫂叔盛事垂不朽以上

述祖姑國初識英雄事以下敘咏昔日避亂之情今茲送別之感鳳雛無凡毛五色

非爾曹往者胡作逆乾坤沸嗷嗷吾客左馮翊爾家

同遁逃爭奪至徒步塊獨委蓬蒿逗留熱爾腸十里

卻呼號自下所騎馬右持腰間刀左牽紫遊韁飛走

使我高苟活到今日寸心銘佩牢亂離又聚散宿昔

恨滔滔水花笑白首春草隨青袍廷評近要津節制

收英髦北驅漢陽傳南泛上瀧舠家聲肎墜地利器

當秋毫番禺親賢領籌運神功操大夫出盧宋錢箋大歷四年李勉除廣州刺史兼嶺南節度觀察使番禺賊帥馮崇道桂州叛將朱濟時阻洞爲亂遣將招討悉斬之五嶺平前後西域舶汎海至者歲纔四五勉性廉潔舶來都不檢閱故末年至者四十餘代歸至石門停舟悉搜家人所貯南貨犀象諸物投之江中者老以爲可繼前朝宋璟盧奐李朝隱之徒人吏詣闕請立碑代宗許之詩所謂親賢大夫者謂李勉也夢弼以爲竝指王琳失之遠矣寶貝休脂

膏洞主降接武海胡舶千艘我欲就丹砂跋涉覺身

勞安能陷糞土有志乘鯨鼇或驂鸞騰天聊樊作不作

鶴鳴皋

詠懷二首

人生貴是男丈夫重天機未達善一身得志行所爲嗟余竟轗軻將老逢艱危胡雛逼神器逆節同所歸河雒化爲血公侯一作卿草間啼西京復陷沒翠蓋蒙塵飛萬姓悲赤子兩宮棄紫微倏忽向二紀奸雄多是非本朝再樹立未及貞觀時日給在軍儲上官督有司高賢迫形勢豈暇相扶持疲苶苟懷策棲屑無所施先王實罪己愁痛正爲茲歲月不我與蹉跎病于斯夜看酆城氣回首蛟龍池齒髮已自料意深陳苦詞督有司以供軍儲取民之財多有不堪問者高賢二句如今日鼇金局之類雖賢者亦知其病民而不能遽去疲苶二句杜公自歎有策而不得施也

邦危壞法則聖遠益愁慕飄颻桂水遊悵望蒼梧暮潛魚不銜鉤走鹿無反顧皦皦幽曠心拳拳異平素

衣食相拘閔朋知限流寓風濤上春沙千(一作十)里侵(刊作浸)江樹逆行少(陳作值)吉日時節空復度井竈任塵埃舟航煩數具牽纏加老病瑣細隘俗務萬古一死生胡爲足名數多憂汚桃源拙計泥銅柱未辭炎瘴毒擺落跋涉懼虎狼窺中原焉得所歷任葛洪及許靖避世常此路賢愚誠等差自愛各馳騖羸瘠且如何魄奪針灸屢擁滯僮僕慵稽留篙師怒終當挂帆席天意難告訴南爲祝融客勉强親杖屨結託老人星羅浮展衰步(公蓋有意爲嶺表交廣之遊旣而不果)

送顧八分文學適洪吉州

中郎石經後八分蓋憔悴顧侯運鑪錘筆力破餘地昔在開元中韓(擇木)蔡(有鄰)同贔屭元宗妙其書是以數子至御札早流傳揄揚非造次三人並入直恩澤各不二顧於韓蔡內辦眼工小字分日示(英華作侍)諸王鉤

深法更祕文學與我遊蕭疏外聲利追隨二十載浩蕩長安醉高歌卿相宅文翰飛省寺視我揚馬閒白首不相棄驊騮入窮巷必脫黃金轡一論朋友難遲暮敢失墜古來事反覆相見橫涕泗嚮者玉珂人誰是青雲器才盡傷形體一作骸病渴汙官位故舊獨依然時危話顛躓我甘多病老子負憂世志胡爲困衣食顏色少稱遂遠作辛苦行順從衆多意舟檝無根蔕蛟鼉好爲祟況兼水賊繁特戒風飆駛崩騰戎馬際一作險往往殺長吏子干東諸侯勸一作勤勉防縱恣邦以民爲本魚飢費香餌請哀瘡痍深告訴皇華使使臣精所擇進德知歷試惻隱誅求情固應賢愚異列一作烈士惡苟得俊傑思自致贈子猛虎行出郊載酸鼻自首至鉤深法更祕句贊其八分之工自文學與我遊至時危話顛躓句敘前後交誼之厚我甘多病老至末送別也

上水遣懷

我衰太平時身病戎馬後蹭蹬多拙爲安得不皓首驅馳四海內童穉日餬口但遇新少年少逢舊親友低顏下色地故人知善誘後生血氣豪舉動見老醜窮迫挫曩懷常如中風走一紀出西蜀于今向南斗孤舟亂春華(一作草)暮齒依蒲柳冥冥九疑葬聖者骨亦(一作已)朽蹉跎陶唐人鞭撻日月久中閒屈賈輩讒毀竟自取鬱沒(樊作悒)二悲魂蕭條猶在否崷崒清湘石逆行雜林藪篙工密逞巧氣若酣杯酒歌謳互激遠(樊作越)回斡明授受善(一作蓋)知應觸類各藉穎脫手古來經濟才何事獨罕有蒼蒼衆色晚熊挂元虵吼黃羆在樹顛正爲羣虎守羸骸將何適履險顏益厚庶與達者論吞聲混瑕垢

遣遇

磬折辭主人開帆駕洪濤春水滿南國朱崖雲日高
舟子廢寢食飄風爭所操我行匪利涉謝爾從者勞
石閒采蕨女鬻菜一作市輸官曹丈夫死百役暮返空
村號聞見事略同刻剝及錐刀貴人豈不仁視汝如
莠蒿索錢多門戶喪亂紛嗷嗷奈何黠吏徒漁奪成
逋逃自喜遂生理花時甘刊作貫縕袍

解憂

減米散同舟路難思共濟向來雲濤盤衆力亦不細
呀坑一作帆一作吭瞥眼過飛櫓本無蔕得失瞬息間致遠
宜恐泥百慮視安危分明曩賢計茲理庶可廣拳拳
期勿替

宿鑿石浦

早宿賓從勞仲春江山麗飄風過無時舟楫敢不一作
不敢繫回塘澹暮色日沒衆星嘒缺月殊未生青燈死

分翳窮途多俊異亂世少恩惠鄙夫亦放蕩草草頻
卒（樊作年）歲斯文憂患餘聖哲垂象繫

早行

歌哭俱在曉行邁有期程孤舟似昨日聞見同一聲
飛鳥數（一作散）求食潛魚亦（一作向）獨驚前王作網罟設
法害生成碧藻非不茂高帆終日征干戈未（一作異）揖
讓崩迫開（樊作闕）其情

過津口

南岳自茲近湘流東逝深和風引桂楫春日漲雲岑
回首過津口而多楓樹林白魚困密網黃鳥喈嘉音
物微限通塞惻隱仁者心甕餘不盡酒膝有無聲琴
聖賢兩寂寞眇眇獨開襟

次空靈岸

沄沄逆素浪落落展清眺幸有舟檝遲得盡所歷妙

空靈霞石峻楓栝一作枯隱奔峭青春猶無一作有私白日亦一作已偏照可使營吾居一作屋終焉託長嘯毒瘴未足憂兵戈滿邊徼嚮者留遺恨恥爲達人誚迴帆覬賞延佳處領其要

宿花石戍

午辭空靈岑夕得花石戍岸疏開闢水一作山木雜今古樹地蒸南風盛春熱西日暮四序本平分氣候何迴互茫茫天造閒理亂豈恆數繫舟盤藤輪策杖古樵路罷人不在村野圃泉自注柴扉雖蕪沒農器尚牢固山東殘逆氣吳楚守王度誰能扣君門下令減征賦罷人卽疲民也罷與疲同民字避諱改作人周禮曰以嘉石平疲民西征賦牧疲民於西夏文選亦因避諱作疲人

早發

有求常百慮斯文亦吾病以茲朋故多窮老驅馳併

早行篙師怠席挂風不正昔人戒垂堂今則奚奔命濤翻黑蛟躍日出黃霧映煩促瘴豈侵頹倚睡未一作還醒僕夫問盥櫛暮顏一作未靦青鏡隨意簪葛巾仰慚林花盛側聞夜來寇幸喜囊中淨艱危作遠客干請傷直性薇蕨餓首陽粟馬資歷聘賤子欲適從疑誤此二柄

次晚洲

參錯雲石稠坡陀風濤壯晚洲適知名秀色固異狀棹經垂猿把身在度鳥上擺浪散帙妨危沙折花當羈離暫愉悅羸老反惆悵中原未解兵吾得終疏放

望嶽

南嶽配朱鳥秩禮自百王歘吸領地靈鴻一作頑洞半炎方邦家用祀典在德非馨香巡守何寂寥有虞今則亡洎一作泪吾隘世網行邁越瀟湘渴日絕壁出潒

舟清光旁祝融五一作三峯尊崟峯次低昂紫蓋獨不

朝爭長業相望恭聞魏夫人羣仙夾翱翔有時五峯

氣散風如飛霜牽迫限一作恨修途未暇杖崇岡歸來

覲命駕沐浴休玉堂三歎問府主曷以贊我皇牲璧

忍一作感衰俗神其思降祥

湘江宴餞裴二端公赴道州

白日照舟師朱旗散廣川羣公餞南伯肅肅秩初筵

鄙人奉末眷佩服自早年義均骨肉地懷抱罄所宜

盛名富事業無取愧高賢不以喪亂嬰保愛金石堅

計拙百寮下氣蘇君子前會合苦不久哀樂本相纏

交遊颯向盡宿昔浩茫然促觴激百慮掩抑淚潺湲

熱雲集曛黑一作初集黑缺月未生天白團爲我破華燭

蟠長煙鴰鷵一作鶡鵴一作鴰鶬催明星解袂從此旋上請減

兵甲下請安井田永念病渴老附書遠山巔

奉送魏六丈佑少府之交廣

賢豪贊經綸功成空名垂子孫不振耀（一云子孫沒不振）歷代皆有之鄭公四葉孫長大常苦飢衆中見毛骨猶是麒麟兒磊落貞觀事致君樸直詞家聲蓋六合行色何其微遇我蒼梧陰（一作野）忽驚會面稀議論有餘地公侯來未遲虛思黃金貴（一作遺）自笑青雲期長卿久病渴武帝元同時季子黑貂敝得無妻嫂欺尚爲諸侯客獨屈州縣卑南游炎海甸浩蕩從此辭窮途仗神道世亂輕土宜解帆歲云暮可與春風歸出入朱門家華屋刻蛟螭玉食亞王者樂張游子悲侍婢豔傾城綃綺輕（一作煙）霧霏掌中琥珀鍾行酒雙逶迤新歡繼明燭梁棟星辰飛兩情顧眄合珠碧贈於斯上貴見肝膽下貴不相（一作見）疑心事披寫閒氣酣達（一作遠）所爲錯揮鐵如意莫避珊瑚枝始兼（一作無）逸邁

興終愼賓主儀戎馬闇天宇嗚呼生別離

別張十三建封

嘗讀唐實錄國家草昧初劉裴建首義龍見尚躊躕秦王撥亂姿一劍總兵符汾晉爲豐沛暴隋竟滌除宗臣則廟食後祀何疏蕪彭城英雄種宜膺將相圖爾惟外曾孫倜儻汗血駒眼中萬少年用意盡崎嶇相逢長沙亭乍問緒業餘乃吾故人子錢箋張建封兗州人父玠少豪俠安祿山反令僞將李庭偉率番兵脅下城邑玠率鄉豪集兵殺之太守韓擇木方遣使奏聞玠流蕩江南不言其功公父爲兗州司馬當以趨庭之日與玠游也童丱聯居諸揮手灑衰淚仰看八尺軀內外名家流風神蕩江湖范雲堪晚晉作結友嵇紹自不孤擇材征南幕湖一作潮落回鯨魚載感賈生慟復聞樂毅書主憂急盜賊師老荒京都舊邱豈稅駕大廈傾宜扶君臣各有分管葛本時須雖當霰雪嚴未覺栝柏枯高義在雲臺嘶鳴望天

衢羽人歸碧海功業竟何如

奉贈李八丈判官 曛

我丈時英特宗枝神堯後珊瑚市則無騄驥人得有早年見標格秀氣衝星斗事業富清機官曹正獨守頃來樹嘉政皆已傳衆口艱難體貴安冗長吾敢取區區猶歷試炯炯更持久討論實解頤操割紛應手篋書積諷諫宮闕限奔走入幕未展材一作懷秉鈞孰爲偶所親問淹泊泛愛惜衰朽此句言李待己之厚以下即自歎其窮老也垂白亂一作辭南翁委身希北叟真成窮轍鮒或似喪家狗秋枯洞庭石風颯長沙柳高興激荊衡知音爲迴首

蘇大侍御訪江浦賦八韻紀異 并序

蘇大侍御渙靜者也旅於江側凡一作乃是不交州府之客人事都絕久矣肩輿江浦忽訪

老夫舟檝而已茶酒內余請誦近詩肎吟數首才力素壯詞句動人接對明日憶其湧思雷出書篋几杖之外殷殷留金石聲賦八韻記異亦見老夫傾倒於蘇至矣

龐公不浪出蘇氏今有之再聞誦新作突過黃初詩乾坤幾（一云泊）反覆揚馬宜同時今晨清鏡中勝食齋房芝余髮喜卻變白間生（一作添）黑絲昨（一作永）夜舟火滅（一作接）湘娥簾外悲百靈未敢（刊作永夜）散風破（一作波）寒江遲（錢箋南部新書蘇渙本不平者善放白弩巴中號爲弩跖賓人患之比壯年後自知非變節從學鄉賦擢第累遷至侍御史佐湖南幕崔瓘中丞遇害遂踰嶺扇動哥舒晃跋扈交廣作變伏誅有變律詩十九首上廣帥李公唐人謂渙詩長於諷刺得陳拾遺一鱗半甲余觀其詞氣頡頏如此固可見其胸中矣子美逆旅相遇美其能詩又以龐公比之此過情之譽也權德輿南兗郡王伊慎神道碑大歷中嶺南裨將哥舒晃作亂晃謀主蘇渙屯據要害詔公討之明年十月斬晃渙泔溪揭其首以徇）

題衡山縣文宣王廟新學堂呈陸宰

旄頭彗紫微無復俎豆事金甲相排蕩青衿一憔悴
嗚呼已十年儒服弊於地征夫不遑息學者淪素志
我行洞庭野欻得文翁肆侁侁冑子行若風舞雩至
周室宜中興孔門未應棄是以資雅才渙然立新意
衡山雖小邑首唱恢大義因見縣尹心根源舊宮閟
講堂非曩構大屋加塗塈下可容百人牆隅亦深邃
何必三千徒始壓戎馬氣林木在庭戶密幹疊蒼翠
有井朱夏時轆轤凍階戺耳聞讀書聲殺伐災髣髴
故國延歸望衰顏減愁思南紀改陳作收波瀾西河共
風味采詩倦跋涉載筆尚可記一云常記異高歌激宇宙
凡百慎失墜

入衡州錢箋大曆五年二月潭州刺史崔瓘為其兵馬使臧玠所殺玠據潭州為亂湖南將王國良因之而反公避地入衡州

兵革自久遠興衰看帝王漢儀甚照耀胡馬何猖狂

老將一失律清邊生戰場君臣忍瑕垢河岳空金湯重鎮如割據輕權絕紀綱軍州體不一寬猛性所將嗟彼苦節士錢箋璀以士行聞莅職清謹選潭州刺史政在簡肅恭守禮法將吏自經時艱久不奉法多不便之大歷五年四月會月給糧儲兵馬使臧玠與判官達奚覯忿爭覯曰今幸無事玠曰有事何逃厲色而去是夜玠遂搆亂犯州城以殺覯爲名璀遑遽走逢玠兵至遂遇害素於圓鑿方寡妻從爲郡兀者安堵牆凋敝惜邦本哀矜存事常旌麾非其任府庫實過防恕刊作怒己獨在此多憂增內傷偏裨限酒肉卒伍單衣裳元惡迷是似聚謀一作諜洩康莊竟流帳下血大降湖南殃烈火發中夜高煙焦上蒼至今分粟帛殺氣吹元湘福善理顛倒明徵天莽茫銷魂避飛鏑累足穿豺狼隱忍枳棘刺遷延胝趼瘡遠歸兒侍側猶乳女在旁久客幸脫免暮年慚激昂蕭條向水陸汩沒隨魚商報主身已老入朝病見妨悠悠委薄俗鬱鬱迴剛腸參錯走洲

渚春容轉林篁片帆左郴岸通郭前衡陽華表雲鳥埤名園花草香旗亭壯邑屋烽櫓蟠城隍中有古刺史盛才冠巖廊扶顛待柱石獨坐飛風霜昨者閒瓊樹高談隨羽觴無論再繾綣已是安蒼黃劇孟七國畏馬卿四賦良門闌蘇生在（蘇生侍御渙）勇銳白起强問罪富形勢（澧州刺史楊子琳道州刺史裴虬衡州刺史楊濟各出兵討玠）凱歌懸否臧氛埃期必掃蚊蚋焉能當橘（一作繘）井舊地宅仙山引舟航此行厭暑雨厥土聞清涼諸舅剖符近開緘書札光（錢箋魯訔曰橘井在郴州諸舅謂崔偉前有送二十三舅錄事之攝郴州詩公將往依焉）頻繁命屢及磊落字百行江總外家養謝安乘興長下流匪珠玉擇木羞鸞凰我師嵇叔夜世賢張子房柴荆寄樂土鵬路觀翱翔（首十二句言唐自安史之亂紀綱一失兵端遂多自嗟彼苦節士至明徵天莽茫句敘潭州刺史崔瓘清謹守法將吏多不便之兵馬使臧玠為亂瓘遂遇害自銷魂避鋒鏑至通郭前衡陽句敘避亂入衡州自華表雲鳥埤至蚊蚋焉能當句敘衡州刺史楊濟及

其客蘇渙討賊必勝自橘井舊地至末言將往郴州依其舅崔偉及其掾張勸

舟中苦熱遣懷奉呈楊中丞通簡臺省諸公

媿爲湖外客看此戎馬亂中夜混黎甿脫身亦奔竄遇臧玠之亂入衡州平生方寸心反掌一作當帳下難嗚呼殺賢良不叱白刃散吾非丈夫特沒齒埋冰炭恥以風病辭胡然泊湘岸入舟雖苦熱垢膩可溉灌痛彼道邊人形骸改昏旦中丞連帥職封內權得按身當問罪先縣實諸侯半士卒既輯睦啓行促精悍似聞上游兵稍逼長沙館鄰好彼克修天機自明斷南圖卷雲水北拱戴霄漢美名光史臣長策何壯觀驅馳數公子咸願同伐叛聲節哀有餘夫何激衰懦偏裨表三上鹵莽同一貫始謀誰其間迴首增憤惋錢箋通鑑臧玠之亂澧州刺史楊子琳起兵討之取賂而還初崔旰殺郭英乂子琳起兵討旰杜鴻漸各授官以和解之及子琳攻旰敗還遂縱兵涪夔衛伯玉請赴朝以爲峽州團練使及臧玠殺崔瓘子琳聲言問罪取賂而還公詩

所謂偏禆表三上鹵莽同一貫始謀誰其閱迴首增憤惋者合前後三叛言之也始謀蓋追論鴻漸伯玉故曰迴首增憤惋唐藩鎮有事俱用偏禆上表假衆論以脅制朝廷也宗英李公端（錢箋）夢弼曰謂李勉也按是時勉在廣州方招討番禺賊帥及桂州叛將未聞起兵討臧玠也守職甚昭煥變通迫脅地謀畫焉得算王室不冐徼凶徒略無憚此流須卒斬神器資强幹扣寂豁煩襟皇天照嗟歎

聶耒陽以僕阻水書致酒肉療飢荒江詩得代懷與盡本韻至縣呈聶令陸路去方田驛四十里舟行一日時屬江漲泊於方田

耒陽馳尺素見訪荒江眇義士烈女家風流吾賢紹昨見狄相孫許公人倫表前期（刊作朝）翰林後屈迹縣邑小知我礙湍濤半旬獲浩溔（溔玉篇以沼切上林賦浩溔瀇瀁）麾下殺元戎（指臧玠殺崔瓘事）湖邊有飛旐孤舟增鬱鬱僻路殊悄悄側驚猿猱捷仰羨鸛鶴矯禮過宰肥羊愁當

置清醥人非西喻蜀與在北坑趙方行郴岸靜未話

長沙擾崔師乞已至澧卒用矜少問罪消息真開顏

憩亭沼聞崔侍御漼乞師於洪府師已至袁州北

楊中丞琳問罪將士自澧上達長沙矣

十八家詩鈔卷八

西元二〇二二年一月一日重製一版

十八家詩鈔　冊一（清曾國藩輯）

平裝四冊基本定價叁仟捌佰元正
（郵運匯費另加）

發行人　張敏君
發行處　中華書局
臺北市內湖區舊宗路二段一八一巷八號五樓（5FL., No. 8, Lane 181, JIOU-TZUNG Rd., Sec 2, NEI HU, TAIPEI, 11494, TAIWAN）
客服電話：886-8797-8396
公司傳真：886-8797-8909
匯款帳戶：華南商業銀行西湖分行
179100026931
印刷：維中科技有限公司
海瑞印刷品有限公司

No. N3080-1

國家圖書館出版品預行編目(CIP)資料

十八家詩鈔/(清)曾國藩輯. -- 重製一版. -- 臺北市 : 中華書局, 2022.01

冊 ;　公分

ISBN 978-986-5512-71-2(全套 : 平裝)

831　　110021465